카이사르
3

카이사르

Caesar

COLLEEN
McCULLOUGH

3

콜린
매컬로
지음

강선재 · 신봉아
이은주 · 홍정인
옮김

교유서가

루비콘 강

기원전 49년 1월 1일부터 4월 5일까지
1. Jan. 49 B.C. ~ 5. Apr. 49 B.C.

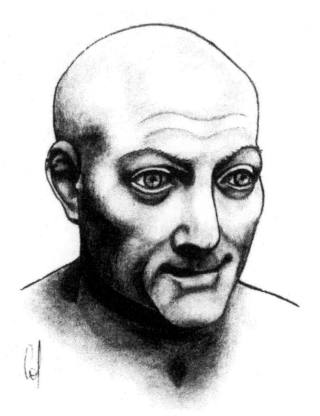

루키우스 도미티우스 아헤노바르부스

로마

새해 첫날 새벽, 가이우스 스크리보니우스 쿠리오는 팔라티누스 언덕의 저택에 도착하여 아내로부터 열렬한 환영을 받았다.

"그만하시오, 여보!" 그는 아내가 너무 반가운 나머지 숨이 막히도록 꽉 껴안으며 말했다. "우리 아들은 어디 있소?"

"우리 아들에게 오늘 첫 끼니를 먹이려던 차에 딱 맞춰 도착했네요." 풀비아는 남편의 손을 잡고 육아실로 이끌었다. 그녀는 잠에 취한 아기 쿠리오를 침대에서 꺼내 자랑스럽게 들어올렸다. "정말 아름답지 않나요? 오, 난 항상 빨강머리 아기를 낳고 싶었어요! 이애는 당신을 똑 닮았어요. 정말 짓궂은 아이로 자라겠죠? 딱 봐도 개구쟁이예요!"

"개구쟁이 같은 모습은 전혀 안 보이는걸. 너무도 얌전하지 않소."

"그건 이 아이의 세계가 정돈되어 있고, 어머니로부터 불안한 감정을 느끼지 않기 때문이죠." 풀비아는 유모에게 가도 된다는 의미로 고개를 끄덕이고, 어깨에 걸쳐져 있던 로브를 바닥에 떨어뜨렸다.

그녀는 잠시 동안 부풀어오른 젖가슴을 드러내고 서 있었다. 젖꼭지에서 젖이 뚝뚝 떨어졌다. 그것은 쿠리오가 본 것 중에 가장 놀라운 장면이었고, 온전히 그 자신으로 인해 만들어진 장면이었다. 그는 그녀를 향한 욕망 때문에 아랫도리가 아파왔지만 가만히 의자에 앉았다. 다른 의자에 앉은 그녀는 반쯤 잠들어 있는 아기를 한쪽 젖가슴에 갖다 댔다. 반응은 즉각적이었다. 아기 쿠리오는 어머니의 갈색 피부에 작은 손을 만족스럽게 올려놓고 귀에 들릴 만큼 길고 힘차게 소리를 내어 젖을 빨았다.

"난 이제 여한이 없소." 그는 걸걸한 목소리로 말했다. "이런 모습을 봤으니 내일 당장 죽는다 해도 여한이 없소, 풀비아. 클로디우스와는 오래 알고 지냈지만, 당신이 얼마나 대단한 어머니인지는 전혀 몰랐소. 유모도 없이 직접 젖을 먹이다니, 게다가 아이 키우는 일을 얼마나 수월하게 해내는지. 엄마가 된다는 건 당신에게 있어 삶의 자연스러운 부분인 거요. 귀찮은 일도 아니고, 그렇다고 해서 삶의 전부도 아니고."

그녀는 놀란 얼굴이었다. "아기들은 사랑스러워요, 쿠리오. 남편과 아내 사이에 존재하는 궁극적인 작품이죠. 아기들은 어떻게 보면 별로 손이 가지 않고, 어떻게 보면 아주 손이 많이 가요. 아기들과 함께하는, 아이들을 위한 행위는 날 즐겁게 해요. 젖을 먹일 때면 너무도 기분이 좋아요. 내 모유잖아요, 쿠리오! 내가 만든 거예요!" 그녀는 짓궂은 미소를 지었다. "하지만 기저귀를 갈거나 빼는 일은 하인에게 맡기는 걸로 만족해요."

"옳은 말이오." 그는 등받이에 몸을 기대며 그 장면을 지켜봤다.

"이애는 이제 생후 4개월이에요." 그녀가 말했다.

"그렇군. 난 3주 동안 요 녀석이 자라는 모습을 놓친 거요."

"라벤나는 어떤가요?"

그는 얼굴을 찡그리며 어깨를 으쓱했다.

"카이사르가 어떤지 물어보는 게 나을까요?"

"솔직히 잘 모르겠소, 풀비아."

"그와 대화를 나눠보지 않았나요?"

"3주 동안 매일 대화를 나눴소."

"그런데도 모르겠다는 거군요."

"그는 모든 상황을 명쾌하고 냉정하게 논의하면서도 속내를 드러내지 않았소." 쿠리오가 말했다. 그는 눈살을 찌푸리더니 몸을 앞으로 기울여, 열심히 젖을 빨고 있는 아들의 빨간 머리카락을 쓰다듬었다. "뛰어난 그리스인 논리학자의 발언이라 해도 카이사르의 발언 다음에 들으면 실망스럽게 느껴질 거요. 카이사르는 모든 것의 무게를 가늠하고 명확하게 정의한다오."

"그래서요?"

"그러니 나머지 모든 것은 이해되지만 가장 궁금한 한 가지는 오리무중인 상태요."

"그게 뭐죠?"

"그의 의도."

"그가 로마로 진군할까요?"

"그렇다고, 혹은 그렇지 않다고, 어떻게든 대답할 수 있으면 좋겠소, 여보! 하지만 그럴 수가 없소. 난 전혀 모르겠소."

"그들은 그가 진군하지 않을 거라고 생각해요. 보니파랑 폼페이우스 말이죠."

"풀비아!" 쿠리오는 허리를 세워 앉으며 소리쳤다. "폼페이우스가 그렇게 순진할 리 없소. 카토라면 그럴지 몰라도."

"내 말이 맞아요." 그녀가 말했다. 그녀는 아기 쿠리오를 젖가슴에서 떼어내고 무릎에 앉힌 뒤 아기의 몸을 부드럽게 앞으로 기울여 큰 트림이 나오게 했다. 그러더니 다시 아기를 들어 이번에는 반대편 젖을 물렸다. 그런 다음 마치 아무 일도 없었다는 듯 말을 이어나갔다. "그들을 보면 어떤 작은 짐승들이 떠올라요. 실제로는 공격성이 없지만 가짜 위협이 통한다는 걸 알기에 거짓으로 위협적인 몸짓을 취하는 동물 말이죠. 그러다 결국 난데없이 나타난 코끼리에게 짓밟히게 되겠죠. 그들의 눈엔 코끼리가 안 보이니까요." 그녀는 한숨을 지었다. "로마 내의 긴장감이 대단해요, 여보. 모두들 극도의 공포에 시달려요. 그런데도 보니파는 계속 가짜 위협이나 해대는 작은 짐승처럼 굴고 있어요. 포룸 로마눔에서 괜히 으스대며 떠들고, 원로원과 18개 상급 백인조를 발작적인 공포 상태로 몰아넣고 있어요. 그러는 동안 폼페이우스는 키케로 같은 생쥐들에게 내전은 불가피하다는 우울하고 무거운 얘기만 해대고 있고요. 하지만 그는 자신이 하는 말을 안 믿고 있어요, 쿠리오. 카이사르가 이탈리아 갈리아에 딱 1개 군단만 두고 있다는 것을, 또 추가 군단이 이동중이라는 증거는 없다는 것을 그도 알아요. 추가 군단이 올 거였다면 진작 이탈리아 갈리아에 도착했어야 한다는 것도요. 보니파도 그 사실을 알고요. 아직도 모르겠어요? 그들이 시끄럽게 소란을 떨고 불안을 고조시킬수록, 카이사르가 항복하는 순간 그들의 승리는 더 대단해 보일 거예요. 그들은 영광을 누리고 싶어해요."

"만약 카이사르가 항복하지 않는다면?"

"그들은 짓밟히게 되겠죠." 그녀는 쿠리오를 뚫어져라 쳐다보며 말했다. "무슨 일이 벌어질지 본능적으로 느껴지는 게 있을 텐데요, 쿠리오. 당신의 본능은 뭐라고 말하나요?"

"카이사르는 아직도 자신의 진퇴양난을 합법적으로 풀어가고 싶어한다는 것."

"카이사르는 주저하지 않아요."

"그건 나도 알고 있소."

"그러니까 그의 마음속에선 모든 것들이 정리되어 있을 거예요."

"그렇소. 그 점에 있어선 당신 말에 동의하오."

"무슨 목적이 있어서 잠깐 들른 거예요, 아니면 아주 집으로 돌아온 거예요?"

"카이사르로부터 원로원에 편지를 전해달라는 부탁을 받았소. 그는 오늘 있을 신임 집정관 취임식에서 이 편지가 낭독되기를 바랐소."

"누가 낭독할 건가요?"

"안토니우스. 난 이제 일개 시민이라 내 말은 듣지도 않을 거요."

"최소한 며칠이라도 나와 함께 지낼 순 없나요?"

"나도 다시는 안 떠났으면 좋겠소, 풀비아."

얼마 지나지 않아 쿠리오는 원로원의 신년 첫날 회의가 열리는 카피톨리누스 언덕의 유피테르 옵티무스 막시무스 신전으로 떠났다. 몇 시간 뒤 그는 마르쿠스 안토니우스와 함께 집으로 돌아왔다.

식사 준비에는 시간이 조금 걸렸다. 기도를 올리고, 라레스와 페나테스에게 공물을 바치고, 토가를 벗어 개어놓고, 신발을 벗고, 발을 씻고 말렸다. 이 모든 과정이 진행되는 동안 풀비아는 평온함을 유지하다가 다짜고짜 오른쪽 긴 의자를 차지했다. 그녀는 비스듬히 누운 자세로 식사하기를 고집하는 괘씸하도록 진취적인 여성 중 하나였던 것이다.

"전부 다 말해줘요." 첫 요리가 준비되고 하인들이 물러나자마자 그녀가 말했다.

안토니우스는 음식을 먹었고, 쿠리오는 이야기를 했다.

"게걸스럽게 식사중인 이 친구가 그 누구보다 우렁찬 목소리로 카이사르의 편지를 낭독했소." 쿠리오는 활짝 웃으며 말했다.

"카이사르의 편지 내용은 뭐였죠?"

"자신의 속주와 군대를 계속 인정해주든가, 그렇게 안 된다면 그가 속주와 군대를 내려놓는 즉시 다른 총독들도 똑같이 해야 한다고 했소."

"아!" 풀비아는 만족스러운 표정으로 외쳤다. "진군할 작정이군요."

"어째서 그렇게 생각하시오?" 그녀의 남편이 물었다.

"그는 아주 황당무계하고 절대로 받아들여질 수 없는 요구를 했어요."

"뭐, 그건 나도 알지만……."

"풀비아 말이 맞네." 안토니우스는 계란을 손에 쥐고 입에도 쑤셔넣은 채로 웅얼거렸다. "그는 진군할 걸세."

"계속 얘기해봐요. 그다음엔 어떻게 됐죠?"

"렌툴루스 크루스가 회의를 주재했소. 그는 카이사르의 제안에 대한 공개 논의를 거부했소. 그 대신 전반적인 의사 진행을 방해했지."

"하지만 작은 마르켈루스가 수석 집정관이잖아요. 1월의 파스케스를 쥔 사람이기도 하고요! 어째서 그가 회의를 주재하지 않았죠?"

"종교의식을 치른 뒤 집으로 돌아갔소." 안토니우스가 웅얼거렸다. "두통이 있다나 뭐라나."

"마르쿠스 안토니우스, 말을 하려면 먼저 씹던 거나 마저 삼켜요!" 풀비아가 날카롭게 말했다.

흠칫 놀란 안토니우스는 입안의 음식을 삼키고 뉘우치는 듯한 미소를 지었다. "미안하게 됐소." 그가 말했다.

"풀비아는 엄격한 어머니일세." 쿠리오는 아내에게 사랑스러운 눈길을 보내며 말했다.

"그다음엔 어떻게 됐죠?" 엄격한 어머니가 물었다.

"메텔루스 스키피오가 연설을 시작했소." 쿠리오는 이렇게 말하고 한숨을 쉬었다. "세상에, 그의 연설은 정말 지겨웠소! 다행히 결론을 빨리 이야기하고 싶었던 모양인지 끝없이 지껄이진 않더군. 그는 표결에 부칠 안건을 내놓았소. 10인 호민관법은 효력이 없고, 고로 카이사르에겐 그의 속주나 군대에 대한 그 어떤 권리도 없다고 말했소. 또한 카이사르가 내년 집정관 선거에 출마하려면 일개 시민 신분으로 로마에 나타나야만 한다고 했소. 그러더니 카이사르가 추후 확정될 날짜에 군대를 해산하지 않으면 그를 공공의 적으로 간주해야 한다는 내용의 표결을 제안했지."

"고약하네요." 풀비아가 말했다.

"오, 아주 고약하지. 하지만 원로원 의원들은 모두 그의 편이었소. 그 안건에 반대표를 던진 사람은 거의 없었소."

"그래도 그게 통과되진 않았겠죠!"

안토니우스는 서둘러 입안의 음식을 꿀꺽 삼키고 기특할 정도로 정확한 발음으로 말했다. "퀸투스 카시우스와 내가 거부권을 행사했소."

"오, 참 잘했어요!"

하지만 폼페이우스는 그 거부권 행사가 전혀 잘한 일이라고 생각지 않았다. 1월 둘째 날 원로원 회의가 이어지고 또다시 호민관들이 거부권을 행사하자 그는 분통이 터졌다. 비통함과 두려움에 시달리는 로마에서 그는 다른 누구보다 더 큰 부담을 지고 있었다. 폼페이우스는 가장 잃을 것이 많은 사람이었다.

"전혀 진척이 없어!" 그는 메텔루스 스키피오에게 으르렁거렸다. "난 이 일이 얼른 마무리되는 걸 보고 싶네! 말도 안 되는 일이야! 며칠씩이나, 몇 달씩이나. 정신 바짝 차리지 않으면 어느새 3월 칼렌다이가 돌아올 테고, 카이사르에게 본때를 보여주는 일은 그때까지도 진척이 없을 걸세! 카이사르가 날 압도하는 느낌이 드는데, 아주 마음에 안 들어! 이제 이 우스꽝스러운 희극은 끝나야 하네! 원로원은 확실한 조치를 취해야 해! 원로원 의원들이 카이사르에게서 모든 권한을 빼앗는 법을 트리부스회에서 통과시키지 못하면, 그들은 원로원 최종 결의라도 통과시켜 이 문제를 내게 일임해야 할 걸세!"

그는 박수를 세 번 쳐서 집사를 불러들였다.

"로마 내의 모든 원로원 의원들에게 지금 당장 전하게." 그는 집사에게 퉁명스럽게 말했다. "지금으로부터 두 시간 내에 우리집으로 모이라고 말이야."

메텔루스 스키피오는 걱정스러운 표정이었다. "폼페이우스, 이게 현명한 일일까요?" 그는 용기 내어 말했다. "감찰관들과 전직 집정관들을 불러내는 것이?"

"그래, 다 불러낼 걸세! 이제 지긋지긋하네, 스키피오! 이번에야말로 카이사르 문제를 끝장내고 싶어!"

대다수의 행동가처럼 폼페이우스는 우유부단함을 극도로 싫어했다. 또한 대다수의 행동가처럼 폼페이우스는 절대적인 지휘권을 원했다. 우왕좌왕하고 우물쭈물하는데다 폼페이우스를 모든 면에서 자기네보다 한 등급 아래로 보는 원로원 의원들에게 휘둘리는 것을 원치 않았다. 상황이 정말이지 짜증스럽게 변해가고 있었다!

카이사르는 왜 항복하지 않는 걸까? 그리고 왜 항복하지도 않을 거면서 1개 군단만 데리고 아직까지 라벤나에 눌러앉아 있는 걸까? 왜 아무런 조치도 취하지 않는 걸까? 그래, 그에겐 분명 로마로 진군할 마음이 없다. 하지만 그럴 마음이 없다면 앞으로 대체 어떻게 할 생각이지? 항복해, 카이사르! 항복해, 항복하라고! 하지만 그는 항복하지 않는다. 항복하지 않을 것이다. 대체 무슨 꿍꿍이속일까? 항복하지도 진군하지도 않을 거라면, 그는 어떤 수를 써서 지금의 곤경에서 벗어날 수 있을까? 무슨 생각을 하고 있을까? 집정관 선거가 열리는 7월 노나이까지 지금의 교착상태를 이어나가려는 걸까? 하지만 그가 그때까지 임페리움을 내려놓지 않는다 해도 부재중 집정관 후보 출마를 허락받을 순 없을 텐데. 투표 기간에 그의 충직한 병사 수천 명을 휴가차 로마로 보낼 작정일까? 그는 6년 전 폼페이우스와 크라수스의 집정관 선거 때도 비슷한 전략을 구사한 바 있었다. 하지만 이번엔 부재중 출마 허락을 받지도 못할 텐데, 어째서? 도대체 왜? 원로원을 위협해 부재중 출마를 허락받을 수 있다고 생각하는 걸까? 충직한 병사 수천 명을 휴가 보내는 방식으로?

폼페이우스는 고뇌에 빠져 방안을 왔다갔다했다. 그때 그의 집사가 나타나 아트리움에 많은 원로원 의원들이 모여 있다고 소심하게 전했다.

"난 참을 만큼 참았어!" 그는 아트리움으로 성큼성큼 걸어가며 외쳤다. "참을 만큼 참았다고!"

감찰관 아피우스 클라우디우스 풀케르부터 수도 담당 재무관 가이우스 네리우스에 이르기까지 대략 150여 명의 의원들이 입을 떡 벌리고 놀란 눈으로 폼페이우스를 쳐다봤다. 한 쌍의 파란 눈은 요직 의원들을 확인하고 빠진 사람이 누구인지 파악했다. 감찰관 루키우스 칼푸르니우스 피소, 두 집정관, 다수의 전직 집정관, 카이사르파로 알려진 모든 원로원 의원들, 카이사르파는 아니지만 법적 권한도 없는 인물에게 소집당하는 게 불쾌해 불참한 몇몇 의원들. 그럼에도 불구하고, 일을 시작하기에는 충분한 인원이었다.

"난 참을 만큼 참았소!" 그는 값진 분홍색 대리석 벤치 위에 올라가 다시 말했다. "겁쟁이! 멍청이! 우유부단하고 물러빠진 인간들! 난 로마의 일인자인데, 로마의 일인자라고 불리는 게 창피할 지경이오! 당신들 꼴을 보시오! 가이우스 율리우스 카이사르의 속주와 군대를 두고 10개월간 광대극을 벌이면서 아무 결론도 내놓지 못했소! 아무런 결론도!"

그는 카토, 파보니우스, 아헤노바르부스, 메텔루스 스키피오, 마르켈루스 삼 형제 중 두 명에게 고개를 숙였다. "존경하는 동료들이여, 난 여러분에게 매서운 비난을 퍼부을 마음이 없고 다만 이 자리의 증인으로 불렀소. 여러분이 가이우스 카이사르의 불법적인 활동을 근절하기 위해 오랫동안 힘들게 싸워왔다는 것은 신들도 아실 거요. 하지만 여러분은 실질적인 지원을 얻지 못했는데, 오늘밤 내가 그 문제를 바로잡을 작정이오."

폼페이우스는 이제 다시, 감찰관 아피우스 클라우디우스 풀케르처럼 언짢은 표정을 짓고 있는 나머지 사람들에게 말했다. "다시 말하겠소! 멍청이! 겁쟁이! 나약하고 박약하고 징징대기나 하는 한물간 인간들! 난 견딜 만큼 견뎠소!" 그는 길게 숨을 들이쉬었다. "난 지금껏 노력했고, 인내심을 가지려 애썼고, 계속 기다렸고, 당신들에게 내내 시달렸소. 당신들 밑구멍을 닦아주고 당신들이 구토할 때 머리를 잡아주었소. 그렇게 기분 더러운 표정 짓고 서 있지 마시오, 바로! 신발이 발에 맞으면 그냥 신으란 말이오! 로마 원로원은 로마 제국 전역의 정치기관과 공공기관을 위해 분위기를 조성하고 모범을 보여야 마땅하오. 그런데 지금의 로마 원로원은 망신거리요! 당신들도 모두 망신거리요! 10개월간 한 사람을—단 한 사람을!—상대하면서 그가 당신들 얼굴에 오줌을 갈기도록 내버려뒀소! 당신들은 우물쭈물하고, 덜덜 떨고, 시끄럽게 다투고, 칭얼거리고, 투표하고 투표하고 투표하고 또 투표했고, 결국 아무 결론도 내놓지 못했소! 세상에, 가이우스 카이사르가 얼마나 웃어대고 있을지!"

이쯤 되니 다들 분노를 뛰어넘어 망연자실한 표정을 짓고 있었다. 그 자리에 있던 의원들 중에는 폼페이우스 밑에서 복무하며 그의 추한 면을 직접 확인했던 사람이 거의 없었다. 그들 대부분은 어째서 폼페이우스가 일을 척척 해내는지 이제야 이해할 수 있었다. 평소 서글서글하고 사람 좋고 자신을 낮추는 폼페이우스는 실은 아주 엄한 사람이었던 것이다. 그들 중 몇몇은 카이사르의 뚜껑이 열리는 장면을 목격한 적이 있었고, 아직까지도 그때를 떠올리면 겁이 날 지경이었다. 이제 그들은 폼페이우스의 뚜껑이 열리는 장면을 목격하며 겁에 질려 있었다. 그들에게 한 가지 질문이 떠올랐다. 카이사르와 폼페이우스, 이 두 사람 중에 누가 더 엄한 주인일까?

"당신들에겐 내가 필요하오!" 폼페이우스는 벤치 위에 서서 소리쳤다. "당신들에겐 내가 필요하다는 걸 절대 잊지 마시오! 당신들에겐 내가 필요하오! 당신들과 카이사르 사이에 서 있는 사람은 나뿐이오. 우리 중에 카이사르를 전장에서 무찌를 수 있는 사람은 나뿐이니 난 당신들의 유일한 피난처나 다름없소. 그러니 이제부터라도 내게 착하게 구는 게 좋을 거요. 행동거지를 조심하는 게 좋을 거요. 이 혼란스러운 상황을 수습하는 게 좋을 거요. 원로원 결의를 통해 카이사르의 군대, 속주, 임페리움을 박탈하는 법을 트리부스회에서 통과시키는 게 좋을 거요! 난 당신들을 위해 그 일을 대신 해줄 수 없소. 난 오직 한 표밖에 행사할 수 없기 때문이오. 그리고 당신들은 계엄령을 선포해 내게 모든 권한을 맡길 용기도 없지 않소!"

그는 이를 드러냈다. "단도직입적으로 말하겠소, 원로원 의원 여러분. 난 당신들을 좋아하지 않소! 내가 당신들의 공권을 박탈할 수 있는 입장이라면 그렇게 했을 거요! 당신들 대부분을 타르페이아 바위에서 떨어뜨려 원로원 의원들이 바다에 겹겹이 쌓이도록 만들었을 거요! 난 참을 만큼 참았소. 가이우스 카이사르는 당신들에게 거역하고 로마에 거역하고 있소. 그걸 멈춰야 하오. 당장 그를 처단하시오! 그리고 카이사르에게 동조하다가 내 눈에 띄기라도 하면 절대 내게서 자비를 기대하지 마시오! 당신들은 용기가 부족해 정식으로 선언하지 못했지만, 그는 낙오자이자 범법자요! 경고하겠소. 나는 오늘부터 카이사르에게 동조하는 사람 역시 낙오자이자 범법자로 취급할 거요!"

그는 한 손을 내저었다. "집으로 가시오! 잘 생각해보시오! 그리고 유피테르 신께 맹세코, 제발 행동을 취하시오! 카이사르란 인간을 내 인생에서 사라지게 하시오!"

그들은 한마디 말도 없이 등을 돌리고 떠났다.

폼페이우스는 환한 얼굴로 벤치 아래로 내려왔다. "오, 훨씬 기분이 낫군!" 그는 남아 있던 보니파 의원들에게 말했다.

"저들의 엉덩이를 시뻘겋게 달아오른 부지깽이로 찌르셨군요." 카토가 감정이 결여된 목소리로 말했다.

"허! 저들에겐 그게 필요했네, 카토. 하루는 우리 편을 들었다가, 다음날은 카이사르 편을 드는 꼴이라니. 정말 지긋지긋해. 난 이 문제를 끝내고 싶네."

"우리가 생각하기에," 큰 마르켈루스가 건조하게 말했다. "이건 신중한 행동이 아니었습니다, 폼페이우스. 로마 원로원 의원들을 연병장의 훈련병처럼 취급하며 명령을 내리다니요."

"누군가는 그래야만 했네!" 폼페이우스는 딱 잘라 말했다.

"당신의 이런 모습은 본 적이 없습니다." 마르쿠스 파보니우스가 말했다.

"나의 이런 모습을 다시 볼 일이 없길 바라는 게 좋을 걸세." 폼페이우스는 심각하게 말했다. "집정관들은 어디 있나? 둘 다 안 왔던데."

"그들은 올 수가 없었습니다, 폼페이우스." 마르쿠스 마르켈루스가 말했다. "그들은 집정관입니다. 그들의 임페리움은 당신의 임페리움을 앞섭니다. 그들이 여기 나타난다는 건 당신을 윗사람으로 인정한다는 뜻이 될 테니까요."

"세르비우스 술피키우스도 오지 않았더군."

"저는 애초부터," 큰 가이우스 마르켈루스가 문 쪽으로 걸어가며 말했다. "세르비우스 술피키우스가 소환에 응하지 않을 거라 생각했습니다."

얼마 지나지 않아 다 떠나고 메텔루스 스키피오만 남았다. 그는 자신의 사위에게 책망하는 눈길을 보냈다.

"대체 왜 그러는 건가?" 폼페이우스가 공격적으로 추궁했다.

"아무것도 아닙니다, 아무것도! 다만 오늘 일은 현명하지 못했던 것 같습니다, 마그누스." 그는 처량하게 한숨을 쉬었다. "절대 현명하지 못했어요."

그 의견은 다음날에도 반복되었다. 그날은 키케로의 쉰일곱번째 생일이자 그가 로마 외곽에 위치한 핑키우스 언덕의 빌라에 도착한 날이기도 했다. 개선식을 허락받은 키케로는 신성경계선을 넘을 수 없었다. 아티쿠스가 로마 밖으로 나가 키케로를 맞이했고, 전날 저녁 펼쳐진 특별한 현장의 소식을 키케로에게 전했다.

"누구한테 들었나?" 키케로는 구체적인 상황 묘사에 충격을 금치 못하며 물었다.

"은행가 라비리우스 포스투무스말고, 자네의 친구이자 원로원 의원인 라비리우스 포스투무스로부터 들었네."

"그 늙은 라비리우스 포스투무스? 자네가 말하는 건 그의 아들이겠지."

"늙은 라비리우스 포스투무스가 맞네. 그는 페르페르나가 사라지고 나니 새로운 활력을 얻었어. 가장 연장자라는 명성을 누리고 싶은 거겠지."

"마그누스가 무슨 짓을 했나?" 키케로는 근심스럽게 물었다.

"로마에 아직 남아 있는 대부분의 의원들을 위협했네. 그들 중에는 폼페이우스의 그런 모습을 처음 본 사람들이 많아. 너무 심하게 화를 내고 신랄한 말을 해댔지. 공들인 문장은 아니고 구태의연한 비난이었지만, 진짜로 독기를 품은 말이었네. 그는 카이사르 문제에 대한 원로원의 우물거리는 대응을 끝내야 한다고 말했어. 그 자신이 진짜 원하는 건 입 밖에 내지 않았지만, 다들 짐작할 수 있었네." 아티쿠스는 이맛살을 찌푸렸다. "그는 의원들의 공권을 박탈하겠다고 위협했는데, 그것만 봐도 그가 얼마나 흥분해 있었는지 짐작되겠지. 그러더니 모든 의원들을 타르페이아 바위에서 떨어뜨리겠다고 협박했네. 먼저 떨어진 사람들 위로 나중에 떨어진 사람들이 겹겹이 쌓이도록 하겠다고 말이지. 원로원 의원들은 다들 기겁했어!"

"하지만 원로원은 노력했단 말일세. 그것도 최선을 다해서!" 키케로는 밀로의 재판 당시를 떠올리며 항변했다. "마그누스는 원로원에게 뭘 바라는 거지? 호민관의 거부권 행사는 빼앗을 수 없는 권리인데!"

"그는 원로원이 원로원 최종 결의를 통과시켜 자기에게 모든 지휘권을 넘긴다는 내용의 계엄령을 내려주길 바라고 있네. 그것말고 다른 조치는 그를 만족시키지 못할 걸세." 아티쿠스는 단호하게 선언했다. "폼페이우스는 중압감 때문에 지쳐가고 있네. 그는 이 상황이 끝나기를 바라고, 그의 바람은 대부분 뜻대로 이루어졌지. 그는 끔찍하도록 버릇없는 인간이고 모든 일이 자기 뜻대로 풀리는 상황에 익숙해져 있어. 그 점에 있어서는 원로원도 책임이 있다네, 키케로! 원로원 의원들은 수십 년간 그의 뜻에 굴복해왔으니까. 그들은 폼페이우스에게 연달아 특별 직권을 허락했고, 카이사르에겐 허락하지 않았을 온갖 특혜를 폼페이우스에게 베풀었지. 이제 귀한 혈통을 타고난 인물이 자신을 폼페이우스와 똑같이 대우해달라고 원로원에 요구하고 있네. 그 요구에 진심으로 반대할 사람이 누구일 것 같나?"

"카토, 그리고 지금 여기 있다면 비불루스도 포함되겠지. 마르켈루스 삼 형제, 아헤노바르부스, 메텔루스 스키피오, 그리고 몇몇 강경파 의원들." 키케로가 말했다.

"그렇지. 하지만 그들은 하나같이 정치적인 인간인 반면 폼페이우스는 그렇지 않아." 아티쿠스가 참을성 있게 말했다. "폼페이우스가 없었다면 그들은 지금처럼 저항하지도 못했을 걸세. 폼페이우스는 경쟁자를 원하지 않는데, 카이사르는 아주 막강한 경쟁자지."

"오, 율리아가 죽지만 않았어도!" 키케로는 비통하게 말했다.

"그건 불합리한 추론일세, 마르쿠스. 율리아가 살아 있을 때 카이사르는 위협적인 상대가 아니었네. 아니, 적어도 폼페이우스 눈에는 그랬을 거야. 폼페이우스는 섬세하지도 않고 선견지명도 없으니까. 그러니 율리아가 지금 살아 있더라도 폼페이우스의 행동은 달라지지 않았을 걸세."

"그렇다면 난 오늘 당장 마그누스를 만나야겠군." 키케로는 결심한 얼굴로 말했다.

"무슨 의도로?"

"카이사르와 협정을 맺으라고 설득해보기 위해서지. 그걸 거부한다면, 로마를 떠나 그의 군대가 있는 히스파니아로 가서 상황이 해결되기를 기다려보라고 설득할 작정일세. 마그누스라는 최후의 보루가 사라진다면, 카토와 과격한 보니파 의원들이 아무리 애쓴다 해도 원로원은 결국 카이사르와 타협하리란 예감이 들어. 원로원 의원들은 마그누스를 자신들의 병사로 보고 있고, 카이사르를 무찔러줄 수 있으리라 믿고 있네."

"내가 보기에," 아티쿠스가 말했다. "자넨 그가 카이사르를 못 이길 거라고 생각하는군."

"내 동생은 그가 못 이길 거라고 생각해. 퀸투스의 생각이 맞겠지."

"퀸투스는 어디 있나?"

"여기 함께 왔네. 하지만 그는 도시 바깥에 머물 필요가 없으니, 자네 여동생의 성질이 좀 순해졌는지 확인하러 집으로 갔다네."

아티쿠스는 눈물이 날 때까지 웃었다. "우리 폼포니아가? 성질이 순해져? 그런 일이 벌어지는 것보단 폼페이우스와 카이사르가 화해하길 기다리는 게 더 빠르겠네!"

"왜 키케로 집안 형제들은 둘 다 가정의 평화를 얻지 못하는 걸까? 왜 우리 형제의 아내들은 둘 다 그렇게 성격이 사납고 험하지?"

누구보다도 현실적인 아티쿠스가 말했다. "친애하는 마르쿠스, 그건 자네와 퀸투스 둘 다 돈을 보고 결혼해야 했기 때문일세. 자네들 형제에겐 남들이 욕심낼 만하고 돈도 많은 여자를 아내로 들이는 데 필요한 좋은 혈통이 없었잖나."

찍소리도 못하게 된 키케로는 핑키우스 언덕에서 마르스 평원을 가로질러(키케로가 데려온 일단의 킬리키아 병사들은 소규모 개선식을 기다리며 그곳에서 야영중이었다) 요트 뒤에 달린 꼬마 돛단배 같은 폼페이우스의 빌라로 갔다.

하지만 키케로가 폼페이우스에게 로마를 떠나 히스파니아로 갈 것을 권유하자, 폼페이우스는 혐오감을 드러내며 거절했다.

"그럼 내가 물러서는 듯이 보일 걸세!" 폼페이우스는 격분하며 말했다.

"마그누스, 그건 당치도 않은 소리야! 카이사르의 요구에 동의하는 척만 하고, 히스파니아에서 상황이 진정되길 기다리면 돼. 따지고 보면 자넨 집정관도 아니고 그저 전직 집정관 중 한 사람일 뿐이잖나. 귀한 숫양 두 마리를 같은 풀밭에 풀어놓는 건 멍청한 농부나 하는 짓일세. 자네가 로마의 풀밭에서 벗어나 있으면 싸움은 벌어지지 않아. 자네는 히스파니아에서 구경꾼처럼 안전하게 지낼 수 있을 걸세. 자네의 군대 곁에서! 카이사르도 재차 생각하게 될 거야. 자네가 이탈리아에 있는 한, 자네와 자네 군대 사이의 거리보다 그와 그의 군대 사이의 거리가 더 가까운 상태야. 지금은 자네 군대와 이탈리아 반도 사이를 그의 군대가 가로막고 있는 형상이잖아. 히스파니아로 떠나게, 마그누스, 부탁이네!"

"이런 헛소리는 난생처음이군." 폼페이우스가 으르렁거렸다. "싫어! 싫다고!"

1월 여섯째 날 원로원에서 맹렬한 논의가 벌어지는 동안, 키케로는 루키우스 코르넬리우스 발부스에게 정중한 편지를 보내 핑키우스 언덕으로 불러냈다.

"당신은 분명 평화로운 해결책을 원할 것이오." 키케로는 막 도착한 발부스에게 말했다. "유피테르 신이시여, 살이 이렇게 많이 빠지다니!"

"마르쿠스 키케로, 전 진심으로 평화로운 해결책을 원합니다. 네, 살도 많이 빠졌습니다." 키 작은 가데스인 은행가가 말했다.

"사흘 전에 폼페이우스를 만났소."

"아아, 그는 절 보려고 하지 않습니다." 발부스는 한숨을 쉬었다. "아울루스 히르티우스가 그를 만나지 않고 로마를 떠난 이후로 줄곧 말이죠. 제가 그 비난을 덮어쓰게 됐어요."

"마그누스는 협조하지 않을 거요." 키케로가 무뚝뚝하게 말했다.

"오, 뭔가 타협점이라도 있으면 좋으련만!"

"실은," 키케로가 말했다. "내가 생각을 해봤소. 밤낮으로 고민했소. 그런데 꽤 그럴싸한 타협점을 찾은 것 같소."

"말해주세요, 제발!"

"이 일을 해내려면 발부스 당신이 카이사르를 설득하도록 노력해줘야 하오. 오피우스와 나머지 사람들도 마찬가지고."

"제 꼴을 보십시오, 마르쿠스 키케로! 이제껏 온갖 노력을 다하느라 이 모양이 됐습니다."

"카이사르에게 급히 편지를 보내주시오. 당신과 오피우스와 라비리우스 포스투무스가 각각 한 통씩 보내는 게 좋을 거요."

"그건 쉽군요. 뭐라고 적어야 할까요?"

"당신이 이곳을 떠나자마자 난 마그누스에게 갈 거요. 그리고 그에게 카이사르가 1개 군단과 일리리쿰을 제외한 모든 것을 내려놓는 데 동의했다고 전할 거요. 카이사르가 진짜 그렇게 하도록 당신이 설득해줄 수 있겠소?"

"네, 우리가 모두 힘을 모아 설득한다면 가능할 거라고 생각합니다. 카이사르는 정말로 평화로운 해결책을 원하거든요. 이 말은 진심입니다. 하지만 그가 모든 것을 포기할 순 없다는 걸 알아주셨으면 합니다. 전부 포기하면 그는 끝장날 테니까요. 그들은 그를 법정에 세우고 추방해버릴 겁니다. 하지만 일리리쿰과 1개 군단이면 충분합니다. 그는 그때그때 버티는 법을 잘 알고 있어요. 임페리움만 유지할 수 있다면 집정관 선거 문제는 나중에 알아서 해결할 겁니다. 저는 이제껏 그보다 더 재주가 넘치는 사람을 못 봤습니다."

"나도 마찬가지요." 키케로는 다소 낙담한 어투로 말했다.

키케로는 폼페이우스의 빌라로 돌아가 또다른 대결을 준비했다. 그는 폼페이우스가 며칠째 밤잠을 설쳤다는 것을 알지 못했다. 원로원 의원들에게 한바탕 퍼부은 직후의 통쾌함이 사그라지자, 로마의 일인자는 움츠러들었다. 그는 장인인 메텔루스 스키피오를 비롯해 보니파의 어떤 구성원도 그가 의원들에게 퍼부은 말을 좋게 보지 않았다는 걸 떠올렸다. 혹은 그의 말투를 좋게 보지 않았으리라. 독재자의 오만함이 느껴지는 말투. 그건 현명하지 못했다. 거의 나흘이 흐른 뒤, 폼페이우스는 자신의 통제력 상실을 후회하고 있었다. 고약한 성질은 의기양양함으로, 그리고 이내 필연적인 우울함으로 바뀌었다. 그렇다, 그들에겐 그가 필요했다. 하지만 그에게도 그들이 필요했다. 그런데 그는 그들을 멀어지게 했다. 그도 그것을 눈치챌 수 있었는데, 그날 이후로 아무도 그를 찾아오지 않았고 원로원 회의가 신성경계선 바깥에서 열린 적이 한 번도 없었기 때문이다. 쓸쓸하고 신랄한 토론, 거부권 행사, 미련퉁이 안토니우스와 카시우스의 저항, 이 모든 일이 그가 없는 곳에서 진행되었다. 카시우스 집안사람이라니! 그 집안사람이 그런 가당찮은 짓을 하다니. 그는 말이라고 생각하며 채찍질을 했는데, 실은 그것이 노새임을 모르고 있었던 것이다. 오, 어떻게 해야 이 곤경에서 벗어날 수 있을까? 원로원은 과연 어떻게 대응할까? 계엄령을 선포한다 해도 정작 그에겐 지휘권을 주지 않을지도 모른다. 왜 공권박탈이나 타르페이아 바위 같은 소리를 지껄인 걸까? 너무 지나쳤다, 마그누스, 너무 지나쳤어! 아무리 원로원 의원들이 그런 말을 들어도 싸다고 해도, 그들을 훈련병처럼 휘어잡아선 안 되는 거였다.

그리하여 키케로가 다시 만난 로마의 일인자는 이전보다 물러진 상태였으며 불안해하고 있었다. 키케로는 그것을 알아차리고 강하게 치고나갔다.

"확실한 사람을 통해 알아낸 소식이 있네, 마그누스. 카이사르는 일리리쿰과 1개 군단만 가질 것이고 나머지는 전부 포기할 거라고 하네." 키케로가 말했다. "자네가 이 제안에 동의하고 자네 영향력을 이용해 승인까지 받아준다면 자넨 영웅이 될 걸세. 자네 혼자만의 힘으로 내전을 막은 셈이 될 테지. 카토를 비롯한 극소수를 제외하고, 모든 로마인들은 자네를 위한 감사제를 지내고 동상을 세우는 등 온갖 방법으로 자네의 업적을 기릴 걸세. 카이사르에게 유죄선고를 내리고 그를 망명 보내는 게 카토의 인생 목표라는 건 우리 둘 다 알고 있어. 하지만 그건 자네의 진짜 목표는 아니지 않나? 자네가 반대하는 건 카이사르와 똑같은 방식으로 대접받는 상황이지. 그가 내려놓는 건 자네도 다 내려놔야 하는 식으로 말이지. 하지만 카이사르의 새로운 제안에는 자네나 자네의 권한이 언급되어 있지 않아."

폼페이우스는 눈에 띄게 밝아졌다. "내가 카토처럼 카이사르를 죽도록 미워하지 않는 건 사실일세. 게다가 난 카토처럼 뻣뻣한 사람도 아니지. 물론 그렇다고 해서 내가 카이사르의 부재중 집정관 후보 출마에 찬성표를 던질 거라는 뜻은 아닐세. 하지만 그건 별개의 문제고 몇 달 뒤에나 벌어질 일이지. 자네 말이 맞네. 지금 가장 시급한 건 내전의 위협을 막는 걸세. 일리리쿰과 1개 군단만으로 카이사르가 만족한다면……. 또 내게도 똑같은 조치가 취해져야 한다고 요구하지 않는다면……. 글쎄, 안 될 게 뭐 있겠나? 그래, 키케로, 안 될 이유가 있겠나? 그 제안에 동의하겠네. 카이사르가 나머지 전부를 포기한다면 일리리쿰과 1개 군단은 가질 수 있도록 해주겠네. 그래! 동의하겠어!"

키케로는 안도감에 몸이 축 쳐졌다. "마그누스, 난 술을 잘 마시지 않지만 오늘은 자네의 훌륭한 포도주를 한잔 들고 싶군."

바로 그 순간, 카토와 차석 집정관 렌툴루스 크루스가 아트리움으로 걸어들어왔다. 키케로와 폼페이우스는 그때까지 아트리움에 있었는데, 키케로가 폼페이우스를 한시바삐 설득해야겠다는 생각에 마음이 급했던 까닭이었다. 오, 이 얼마나 끔찍한 불행인가! 두 사람이 폼페이우스의 서재에 편안히 자리를 잡고 이야기를 나눴다면 방문자들의 도착을 전해 들었을 테고, 키케로는 폼페이우스에게 그들과 대면하지 말라고 설득할 수 있었으리라. 하지만 상황이 이렇다보니, 폼페이우스는 무방비 상태로 손님들을 맞았다.

"어서 오시게." 폼페이우스는 방문자들에게 쾌활하게 말했다. "카이사르와의 평화로운 협상을 축하하는 의미에서 한잔 하려고 했네."

"뭐가 어째요?" 카토는 일순 굳은 얼굴로 물었다.

"카이사르는 내가 동의하기만 한다면 일리리쿰과 1개 군단만을 남기고 전부 내려놓기로 했네. 또한 나도 모든 것을 포기해야 된다는 어리석은 요구를 포기했어. 내전의 위협은 사라졌네. 카이사르는 무력해졌어." 폼페이우스는 엄청난 만족감을 드러내며 말했다. "우린 때가 되면 그의 집정관 후보 출마 문제만 해결하면 된다네. 내가 내전을 막은 셈이야!"

카토는 비명과 포효의 중간쯤 되는 소리를 내지르며 양손으로 머리를 감싸고 머리카락을 정말로 한 움큼씩 쥐어뜯었다. "이런 백치!" 그는 날카롭게 소리질렀다. "자기만족에 빠져 사는 과대평가된 뚱보 같으니라고! 당신이 내전을 막았다는 게 무슨 소립니까? 당신은 로마 역사상 가장 거대한 적에게 항복한 겁니다!" 그는 이를 갈고, 자기 뺨을 손톱으로 할퀴고, 양손에 뜯긴 머리카락을 쥐고 폼페이우스에게 다가섰다. 폼페이우스는 망연자실한 얼굴로 물러섰다.

"당신이 카이사르와 협상을 했다고요? 당신에게 그럴 권리가 있다고 생각합니까? 당신은 원로원의 종복입니다, 폼페이우스, 원로원의 주인이 아니라! 그리고 당신은 카이사르에게 그 교훈을 알려줘야 합니다. 카이사르와 작당해 공화정을 박살낼 게 아니라!"

폼페이우스가 분개하는 모습도 카토만큼이나 대단했지만, 폼페이우스에겐 치명적인 약점이 있었다. 누군가 그를 궁지에 몰아넣으면(세르토리우스가 히스파니아에서 그랬던 것처럼) 그는 균형감각을 상실했고 상황의 주도권을 빼앗아오지 못했다. 카토는 그에게서 공격권을 빼앗아갔고, 그가 화도 낼 수 없을 만큼 혼란스럽게 만들었으며, 자기 입장을 설명할 적당한 말을 찾지도 못하게 했다. 폼페이우스는 머릿속이 빙빙 도는 가운데, 자신이 본 가장 위협적인 분노의 현장을 지켜보며 풀이 죽어버렸다. 그건 짜증이 아니라 광분에 가까웠다.

키케로도 나름대로 노력했다. "카토, 카토, 이러지 말게!" 그는 소리쳤다. "자네의 열정을 옳은 방식으로 이용하게. 내전을 일으킬 게 아니라 카이사르를 법정에 세우란 말일세! 제발 진정하게!"

덩치 크고 괴팍한 렌툴루스 크루스가 키케로의 왼쪽 어깨를 잡아서 획 돌려세웠다. 그러고는 키케로를 아트리움 반대편으로 밀치기 시작했다. "닥치시오! 당신은 빠지시오! 닥치시오! 빠지란 말이오!" 그는 소리를 질렀고, 한 번 소리칠 때마다 키케로의 가슴팍을 세게 밀쳐 뒷걸음질하게 만들었다.

"당신은 독재관이 아닙니다!" 카토는 폼페이우스에게 고함쳤다. "로마를 다스리는 건 당신이 아닙니다! 당신에겐 반역자와 물밑협상을 벌일 권한이 없단 말입니다! 일리리쿰과 1개 군단? 그게 아주 사소한 양보라고 생각하는 겁니까? 그렇지 않습니다! 절대로-그렇지-않습니다! 어마어마한 양보란 말입니다! 그것도 엄청나게 어마어마한 양보! 분명히 말하지만, 나이우스 폼페이우스, 카이사르에게는 그 어떤 양보도 해줄 수 없습니다! 그에게는 죽은 로마인의 손가락 하나도 양보해줄 수 없습니다! 카이사르는 원로원이 그의 주인이지, 그가 원로원의 주인이 아니란 교훈을 얻어야 합니다! 폼페이우스 당신에게도 그런 교훈이 필요하다면 내가 당신에게 줄기차게 가르쳐주겠습니다! 당신은 카이사르와 동맹을 맺고 싶은 겁니까? 잘 알겠습니다! 카이사르와 동맹을 맺든가 하시죠! 반역자 카이사르와! 그리고 반역자 카이사르와 똑같은 운명을 맞길 바랍니다! 모든 신들에게 맹세코, 나는 카이사르를 끌어내리는 것보다 더 지독하게 당신을 끌어내릴 테니까요! 카이사르와 동시에 당신의 임페리움, 속주, 군대를 죄다 빼앗을 겁니다! 내가 원로원에서 이 말을 꺼내기만 하면 끝납니다! 원로원은 이 문제를 표결에 부칠 것이고, 당신에겐 쿠리오나 안토니우스처럼 충직한 부하도 없으니 거부권을 행사하는 호민관도 없을 테죠! 당신 수중의 2개 군단은 원래 카이사르에게 충성하던 병사들로 이루어져 있습니다! 당신의 원래 군단들은 1천 킬로미터 넘게 떨어진 히스파니아에 있고요! 그러니 당신이 날 어떻게 막겠습니까, 폼페이우스? 난 꼭 그렇게 할 겁니다, 이 반역자 양반! 아주 기꺼이 그렇게 할 거라고요! 당신이 발 담그기로 마음먹은 집단은 시시한 사교클럽이 아닙니다! 보니파는 카이사르를 몰락시키는 데 전념하고 있습니다. 그리고 우리는 카이사르를 편드는 사람도 기꺼이 함께 몰락시킬 겁니다. 그게 당신이라 할지라도! 그렇다면 공권박탈을 당하는 사람도, 타르페이아 바위에서 던져지는 사람도 아마 당신이 되겠죠! 보니파가 그런 위협을 용서할 줄 알았습니까? 아니, 용서하지 않을 겁니다! 그리고 감히 로마 원로원의 권위를 업신여기는 인간을 지지하지도 않을 겁니다!"

"그만하게! 그만!" 폼페이우스는 손을 내밀어 손바닥을 보이며 헐떡이듯 말했다. "그만하게, 카토, 제발 부탁이네! 자네 말이 맞아! 자네-말이-전부-맞아! 인정하겠네! 키케로가 나를 꼬드긴 거고, 난 그저…… 그저…… 약해져 있었어! 잠시 마음이 약해졌던 거야! 사흘이나 아무도 날 찾아오지 않았으니까! 나로서도 별별 생각이 다 들지 않았겠나?"

하지만 카토의 분노는 폼페이우스의 분노와 달랐다. 폼페이우스는 갑자기 화를 내는 것만큼이나 갑자기 풀어졌지만, 카토를 진정시키고 그가 항복의 메시지에 귀를 기울이게 하는 데는 오랜 시간이 걸렸다. 카토는 그야말로 끝도 없이 고함을 질러대더니, 마침내 입을 다물고 가만히 서서 부들부들 떨었다.

"자리에 앉게, 카토." 폼페이우스는 애완견을 아끼는 늙은 여자처럼 소란을 떨며 말했다. "여기 앉게, 어서!" 그는 급히 잔에 포도주를 따랐고, 서둘러 카토가 그 포도주잔을 양손으로 쥐게 했다. 동시에 몸서리를 치면서 카토가 그때까지 쥐고 있던 머리카락 뭉치를 빼앗았다. "이제 됐네, 그걸 마시게, 부탁이네! 자네 말이 맞아. 내 생각이 틀렸어. 기꺼이 인정하겠네! 이게 다 키케로 탓이야. 내가 약해진 순간에 찾아왔으니까." 그는 렌툴루스 크루스에게 애원하는 눈빛을 보냈다. "포도주 좀 마시게! 다 같이 자리에 앉아 서로 생각을 나눠보는 게 좋겠네. 단언컨대 해결 불가능한 문제는 아무것도 없을 걸세. 어서, 렌툴루스 크루스, 포도주 좀 마시게!"

"아아!" 키케로는 아트리움 한구석에서 흐느꼈다.

하지만 폼페이우스는 그에게 신경쓰지 않았다. 키케로는 발길을 돌려 마르스 평원을 지나 핑키우스 언덕으로 터벅터벅 걸어갔다. 그는 카토만큼이나 심하게 부들부들 떨고 있었다.

이것으로 전부 끝났다. 이것이 분수령이다. 이제부턴 되돌릴 수 없다. 거의 다 됐는데, 거의 다 됐는데! 오, 불같은 성미의 보니파 의원 두 명이 왜 하필 그 순간에 나타난 건가?

"글쎄," 그는 집에 도착해 발부스에게 소식을 전하려고 편지를 쓰기 시작하면서 생각했다. "만약 내전이 벌어진다면 비난받을 사람은 단 한 명뿐이야. 바로 카토."

바로 다음날인 1월 일곱째 날 새벽, 유피테르 스타토르 신전에서 원로원 회의가 열렸다. 폼페이우스가 참석할 수 없는 장소였다. 안색이 창백한 작은 가이우스 마르켈루스는 회의에 참석했지만, 기도와 희생제의가 끝나자마자 회의 진행을 차석 집정관 렌툴루스 크루스에게 넘겨주었다.

"저는 연설을 할 의도가 없습니다." 렌툴루스 크루스는 거칠게 말했다. 그의 발그레한 얼굴에 푸르스름한 반점이 점점 보였고, 그는 숨을 몰아쉬고 있었다. "원로원 의원 여러분, 우리가 합리적인 방식으로 지금의 위기를 극복해야 할 시기는 진작 지났습니다. 저는 우리가 원로원 최종 결의를 통과시키고, 그에 따라 로마 인근의 집정관, 법무관, 호민관, 전직 집정관, 정무관 권한대행 들에게 호민관의 거부권으로부터 로마의 국익을 지키기 위한 전면적인 권한을 부여할 것을 제안합니다."

시끄러운 웅성거림이 터져나왔다. 원로원 의원들은 이 최종 결의안의 내용에 진심으로 놀랐다. 또한 거기에 폼페이우스의 이름이 언급되지 않았다는 사실에 놀랐다.

"그럴 순 없습니다!" 마르쿠스 안토니우스가 호민관석에서 벌떡 일어서며 말했다. "호민관들로 하여금 그들 자신의 거부권으로부터 로마를 지키라고 명하는 겁니까? 그럴 순 없습니다! 또한 원로원 최종 결의로 호민관들에게 강제로 재갈을 물릴 수도 없습니다! 호민관은 로마의 종복입니다. 늘 그래왔고 앞으로도 그럴 겁니다! 차석 집정관이 제안한 최종 결의의 용어들은 명백한 불법성을 담고 있습니다. 원로원 최종 결의는 반역행위로부터 국가를 보호하기 위한 것인데, 저는 우리 열 명의 호민관 중 누군가를 반역자로 규정하는 차석 집정관의 말에 동의할 수 없습니다! 전 맹세코 이 문제를 평민회로 가져갈 겁니다! 그리고 우리 호민관들이 엄숙히 맹세한 의무 이행을 방해한 대가로, 당신을 타르페이아 바위에서 던져버릴 겁니다!"

"릭토르, 저 사람을 쫓아버리게." 렌툴루스 크루스가 말했다.

"거부합니다. 렌툴루스! 당신의 최종 결의에 거부합니다!"

"릭토르, 저 사람을 쫓아내."

"저도 함께 쫓아내야 할 겁니다." 퀸투스 카시우스가 고함쳤다.

"릭토르, 두 사람 다 쫓아내게."

토가를 걸친 릭토르 십여 명이 안토니우스와 퀸투스 카시우스를 내쫓으려 했지만, 몸싸움으로는 상대가 되지 않았다. 릭토르 수십 명이 더 투입된 후에야 미친듯이 저항하는 안토니우스와 몹시 화가 난 퀸투스 카시우스를 제압할 수 있었다. 두 사람은 옷이 찢기거나 흐트러지고 여기저기 멍이 들고 피가 흐르는 상태로 포룸 로마눔의 높은 구역으로 쫓겨났다.

"후레자식들!" 릭토르들이 움직일 때 함께 신전을 빠져나온 쿠리오가 으르렁댔다.

"편협한 인간들일세." 마르쿠스 카일리우스 루푸스가 말했다. "이제 어디로 가지?"

"민회장으로 내려가야지." 안토니우스가 말했다. 그는 흐트러진 옷매무새를 다듬는 퀸투스 카시우스를 말렸다. "아니, 퀸투스! 지금 꼴이 어떻든 간에 정돈하지 말게. 우린 라벤나에 가서 카이사르를 만날 때까지 지금 이 상태를 유지해야 하네. 렌툴루스 크루스가 무슨 짓을 했는지 카이사르가 직접 확인할 수 있도록."

수많은 관중이 모인 가운데―포룸 로마눔을 자주 찾는 사람들 사이에 불안과 혼란이 만연한 요즘 같은 때에 이 정도의 관중이 모이는 건 어려운 일도 아니었다―안토니우스는 자신과 퀸투스 카시우스의 상처를 드러내 보였다.

"보이십니까? 우리 호민관들은 의무 이행을 방해받았을 뿐만 아니라, 이렇게 함부로 내쫓겼습니다!" 그는 소리쳤다. "왜냐고요? 로마를 자기 방식대로 통치하길 원하는 극소수 의원들의 이익을 위해서죠. 그들의 방식은 받아들여질 수 없고, 받아들여져서도 안 됩니다! 그들은 인민의 통치 권한을 없애버리고 그것을 원로원의 통치 권한으로 대체하고자 합니다! 조심하십시오, 평민 여러분! 조심하십시오, 보니파의 일원이 되길 원치 않는 파트리키 귀족 여러분! 인민 회의체의 종말이 머지않았습니다! 카토와 그의 보니파 졸개들이 원로원을 장악하면― 지금 이 순간 그 작업이 진행중입니다!―그들은 폼페이우스와 군사력을 이용해 정부 내에서 여러분의 발언권을 모두 빼앗을 겁니다! 그들은 폼페이우스와 군사력을 이용해 가이우스 카이사르 같은 사람들을 탄압할 것입니다. 원로원의 권력에 맞서 늘 인민의 수호자를 자처했던 가이우스 카이사르를 말이죠!"

그는 군중 뒤편을 넘겨보고, 유피테르 스타토르 신전에서 상당히 많은 릭토르들이 포룸 로마눔 낮은 구역으로 내려오는 것을 확인했다. "이 연설은 짧게 마무리해야 할 것 같습니다, 퀴리테스 여러분! 원로원의 하인들이 절 감옥에 가두려 오는 중인데, 저는 감옥에 갇힐 생각이 없습니다! 저는 동료 호민관 퀸투스 카시우스, 인민의 수호자들인 가이우스 쿠리오와 마르쿠스 카일리우스와 함께 카이사르가 있는 라벤나로 갈 겁니다! 가이우스 카이사르에게 원로원이 무슨 짓을 했는지 보여줄 작정입니다! 여러분이 평민이든 파트리키 귀족이든 간에, 가이우스 카이사르가 반대세력이라곤 용납 못하는 지독히 앙심 깊은 소규모 파벌의 희생양이라는 것을 잊지 마십시오! 그들은 그를 핍박했고 그의 존엄을—그리고 여러분의 존엄을!—공격했으며 로마의 법을 조롱거리로 만들었습니다! 여러분의 권리를 지키십시오, 퀴리테스 여러분, 그리고 카이사르가 여러분의 복수를 위해 나설 때를 기다리십시오!"

안토니우스는 환한 웃음을 짓고 다정하게 손을 흔들었다. 그는 세 동료와 함께 군중의 큰 환호를 받으며 로스트라 연단을 떠났다. 릭토르들이 가까스로 군중을 뚫고 들어온 것은 네 사람이 떠난 지 한참 지난 뒤였다.

유피테르 스타토르 신전에서는 상황이 보니파에게 유리하게 돌아가고 있었다. 원로원 최종 결의에 반대표를 던질 사람은 대부분 불참했고, 덕분에 최종 결의는 거의 만장일치로 통과되었다. 거리를 두고 사태를 지켜볼 수 있었던 사람들에게 가장 흥미로웠던 점은 수석 집정관 작은 가이우스 마르켈루스의 처신과 행동거지였다. 그는 안색이 나빴고 아무 말도 안 했으며, 투표할 순간이 오자 회의소의 오른쪽으로 발을 끌며 걸어갔고, 그러더니 몹시 피곤하다는 듯 고관 의자로 돌아갔다. 그에 비해 전직 집정관들인 그의 형과 사촌은 훨씬 목청 높여 떠들었다.

릭토르들이 민회장에 내려갔다가 빈손으로 돌아올 무렵, 투표는 끝났고 계엄령은 정식으로 기록되었다.

"내일 다시 회의를 진행하겠습니다." 렌툴루스 크루스가 만족스럽게 말했다. "내일 회의는 마르스 평원의 폼페이우스 회의소에서 진행할 것입니다. 지금부터는 존경하는 전직 집정관이자 총독인 나이우스 폼페이우스 마그누스를 논의에서 빼놓을 수 없으니 말입니다."

"제가 생각하기에는," 마르쿠스 마르켈루스와 함께 집정관을 지낸 세르비우스 술피키우스 루푸스가 말했다. "이 최종 결의를 통해 우리는 가이우스 카이사르에게 전쟁을 선포한 것과 같습니다. 그가 먼저 움직이지도 않았는데 말이죠."

"우리는 나이우스 폼페이우스에게 칼을 건넸을 때 이미 전쟁을 선포한 겁니다." 큰 마르켈루스가 말했다.

"전쟁을 선포한 쪽은 카이사르입니다!" 카토가 고함을 질렀다. "그가 원로원의 명령을 받들어 이행하지 않음으로써 스스로 범죄자가 된 겁니다!"

"물론 그렇죠." 세르비우스 술피키우스가 부드럽게 말했다. "하지만 최종 결의에는 카이사르가 적이라고 명시되어 있지 않습니다. 그는 아직 공식적으로 공공의 적이 아닙니다. 그를 공공의 적으로 명시해야 하지 않을까요?"

"네, 그렇게 해야 합니다!" 렌툴루스 크루스가 말했다. 벌게진 얼굴과 거친 숨소리는 그의 몸속에서 안 좋은 일이 벌어지고 있음을 암시했다. 물론 정작 아파 보이는 건 작은 마르켈루스였다.

"그럴 순 없소." 카이사르의 외삼촌 루키우스 코타가 말했다. 그는 최종 결의에 반대표를 던진 몇 안 되는 인물 중 하나였다. "카이사르는 지금껏 전쟁을 시작하려는 움직임을 전혀 보이지 않았소. 그런데도 여러분은 전쟁을 선포했습니다. 그가 먼저 움직이지 않는 한, 그는 공공의 적이 아니고 공공의 적으로 선포될 수도 없소."

"지금 중요한 것은," 카토가 말했다. "선제공격에 나서는 겁니다!"

"동의합니다, 마르쿠스 카토." 렌툴루스 크루스가 말했다. "그래서 내일 회의 장소를 마르스 평원으로 잡은 겁니다. 우리의 군사 전문가로부터 어떻게, 또 어디서부터 공격해야 할지 조언을 듣기 위해서죠."

하지만 다음날인 1월 여덟째 날 폼페이우스 회의소에서 원로원 회의가 열렸을 때, 군사 전문가 폼페이우스는 어디서부터든 간에 선제공격을 전혀 고려해보지 않았음이 분명히 드러났다. 그는 전술보다는 군사력 증강에 더 집중하고 있었다.

"우리가 기억해야 할 게 있습니다." 그는 원로원 의원들에게 말했다. "카이사르의 군단들은 모두 그에게서 마음이 떠났습니다. 카이사르가 진군을 명령한다 해도, 전 그들이 동의하지 않을 거라 생각합니다. 반면 우리 편의 경우 지난 며칠간 모병활동에 힘쓴 결과 현재 이탈리아 내에 3개 군단이 있습니다. 저는 히스파니아에 7개 군단을 두고 있고 그들에게 이동하라는 명령을 벌써 보내놨습니다. 안타까운 점이 있다면 지금 같은 계절엔 배를 이용할 수 없다는 겁니다. 그러므로 가이우스 카이사르가 길목을 막아서기 전에 제 병사들이 육로 이동을 시작하는 게 중요합니다." 그는 쾌활한 웃음을 지었다. "약속드리겠습니다, 원로원 의원 여러분, 걱정할 건 아무것도 없습니다."

회의는 매일 열렸고 모든 가능성을 염두에 둔 준비가 진행되었다. 파우스투스 술라가 누미디아의 유바 왕을 로마 우호동맹으로 선언할 것을 제안하자, 그때까지 무관심한 모습을 보이던 작은 가이우스 마르켈루스가 벌떡 일어나 파우스투스 술라를 지지했다. 그 제안은 통과되었다. 하지만 파우스투스 술라가 자신이 직접 마우레타니아로 가서 보쿠스 왕과 보구드 왕과 면담을 나눠야 한다고 제안하자—작은 마르켈루스는 이 제안에도 찬사를 보냈다—호민관 중 한 사람인 필리푸스의 아들이 거부권을 행사했다.

"당신은 당신 아버지와 똑같소, 기회주의자 같으니라고!" 카토가 으르렁거렸다.

"분명히 말하지만 그게 아닙니다, 카토. 카이사르가 적대적인 행위를 한다면 우린 이곳에 파우스투스 술라가 필요하기 때문입니다." 필리푸스 2세는 단호하게 말했다.

이 대화에서 가장 흥미로운 측면은 호민관의 거부권 행사 그 자체였다. 호민관의 거부권으로부터 국가를 보호한다는 내용의 원로원 최종 결의가 발효중인 상황에서, 젊은 필리푸스의 거부권은 받아들여졌던 것이다.

아, 하지만 이 모든 일들은 카이사르에게서 임페리움, 속주, 군대를 모두 빼앗는 기막힌 즐거움에 비할 바가 아니었다! 원로원은 루키우스 도미티우스 아헤노바르부스를 먼 갈리아 속주들의 신임 총독으로 임명했고, 전직 법무관 마르쿠스 콘시디우스 노니아누스를 이탈리아 갈리아와 일리리쿰 신임 총독으로 임명했다. 카이사르는 이제 일개 시민으로 전락했고 그를 보호해줄 것은 아무것도 없었다. 하지만 카토 역시 타격을 입었다. 그는 속주 총독으로 부임하기 싫었지만, 어느새 시칠리아 신임 총독으로 임명되고 말았다. 아프리카는 보니파에 대한 충성심이 다소 의심스럽지만 총독 직 부임이 불가피한 루키우스 아일리우스 투베로에게 돌아갔다. 총독을 맡을 만한 사람들이 거의 바닥난 탓이었다. 그 덕분에 폼페이우스는 이미 속주를 다스리고 있는 감찰관 아피우스 클라우디우스에게 마케도니아를 제외한 그리스 지역의 총독 직을 추가로 맡길 수 있었다. 그리고 당장은 마케도니아를 계속 재무관 티투스 안티스티우스의 통치하에 두자고 제안할 수 있었다. 폼페이우스가 이탈리아 땅이 아니라 동방에서 카이사르와 전쟁을 치를 작정임을 아는 사람은 거의 없었으므로, 대부분의 의원들은 아피우스 클라우디우스를 그리스로 파견하고 미래를 위해 마케도니아를 남겨두는 것을 대수롭지 않게 여겼다. 그들의 사고는 카이사르가 진군을 할 것인가, 말 것인가에서 크게 벗어나지 못했다.

"준비하는 동안," 렌툴루스 크루스가 말했다. "이탈리아는 제대로 된 방어선을 구축해야 한다고 생각합니다. 그런 이유에서 저는 집정관급 임페리움을 가진 보좌관들을 이탈리아 각지로 파견할 것을 제안합니다. 그들의 첫번째 임무는 신병 모집이 될 것입니다. 우리에겐 모든 지역으로 보낼 만큼 충분한 숫자의 무장병력이 없으니까요."

"제가 한 지역을 맡겠습니다." 아헤노바르부스가 즉시 말했다. "저는 지금 당장 제 속주로 떠날 필요가 없습니다. 우선 이탈리아의 방어선 구축을 돕는 게 좋겠죠. 그러니 제게 피케눔 이남의 아드리아 해 연안 지역을 맡겨주십시오. 저는 발레리우스 가도를 따라 이동하며 제 피호민인 마르시족과 파일리그니족 중에서 지원병을 모집하겠습니다."

"아이밀리우스 스카우루스 가도, 아우렐리우스 가도, 클로디우스 가도, 다시 말해 에트루리아 방면의 북쪽을 루키우스 스크리보니우스 리보에게 맡기고 싶습니다!" 폼페이우스가 기다렸다는 듯이 말했다.

그 말에 몇몇 사람들이 웃음을 지었다. 폼페이우스의 장남 나이우스와 감찰관 아피우스 클라우디우스의 딸의 결혼생활은 순조롭지도 못했고 오래가지도 못했다. 두 사람이 이혼한 뒤, 젊은 나이우스 폼페이우스는 스크리보니우스 리보의 딸과 재혼했다. 신랑의 아버지는 이 결혼이 마음에 차지 않았지만, 나이우스는 지극히 만족하며 자기 고집을 꺾지 않았던 것이다. 이로 인해 폼페이우스는 시시한 사돈을 위해서 좋은 자리를 찾아줘야 하는 입장이었다. 그 좋은 자리란 카이사르가 염두에 둘 것 같지 않은 에트루리아였다.

퀸투스 미누키우스 테르무스는 움브리아 동북쪽 방면의 플라미니우스 가도를 맡게 되었고, 이구비움에서 주둔하라는 명령을 받았다.

폼페이우스가 가까운 친척인 가이우스 루킬리우스 히루스에게 피케눔에서도 라비에누스의 고향 마을인 카메리눔을 맡김으로써 족벌주의가 다시 한번 모습을 드러냈다. 피케눔은 물론 폼페이우스의 텃밭이었으므로—또한 카이사르가 있는 라벤나에서 가장 가깝기도 했다—다른 사람들도 그곳으로 함께 파견되었다. 전직 집정관 렌툴루스 스핀테르는 앙코나로, 전직 법무관 아티우스 바루스는 폼페이우스의 고향 마을 아욱시뭄으로 보내졌다.

낙담한 키케로에게는 캄파니아로 가서 지원병을 모집하라는 명령이 떨어졌다. 이번 회의는 신성경계선 밖에서 진행되었으므로 그도 회의에 참석하고 있던 차였다.

"됐습니다!" 렌툴루스 크루스는 모든 일이 정리되자 의기양양하게 말했다. "우리가 이런 준비까지 마쳤단 걸 카이사르가 알면 로마 진군을 주저하게 될 겁니다! 감히 진군하지 못할 겁니다!"

라벤나에서 앙코나로

안토니우스와 쿠리오가 로마에서 달아나며 먼저 보낸 전령이 라벤나 인근에 위치한 카이사르의 빌라에 도착한 것은, 안토니우스와 퀸투스 카시우스가 원로원에서 강제로 쫓겨난 바로 다음날이었다. 그가 도착한 것은 1월 아홉째 날의 새벽녘이었지만, 카이사르는 지체없이 그를 맞아 편지를 전달받았고 그에게 따뜻한 감사의 미소를 건네며 식사와 편안한 잠자리를 마련해주었다. 이틀도 안 되는 시간 만에 말을 타고 300킬로미터 이상을 달렸으니 녹초가 됐을 게 분명했다.

안토니우스의 편지는 간단했다.

카이사르, 저와 퀸투스 카시우스는 원로원 최종 결의에 거부권을 행사하려다가 원로원에서 강제로 쫓겨났습니다. 그 최종 결의는 참 이상합니다. 당신을 적으로 선언하지도 않고, 그렇다고 해서 폼페이우스의 이름을 직접적으로 언급하지도 않습니다. 그 대신 모든 정무관과 전직 집정관 들에게 호민관의 거부권 행사에 맞서 국가를 보호할 권리를 부여합니다. 폼페이우스에 관한 내용이라고 짐작되는 유일한 부분은, 국가를 보호할 자격이 부여된 사람들 중에 "로마 인근의 정무관 권한대행"도 포함된다는 것뿐입니다. 그 말은 개선식을 기다리며 앉아 있는 키케로에게도 적용되고, 그냥 가만히 앉아 있는 폼페이우스에게도 적용될 수 있겠죠. 폼페이우스는 실망했을 거라고 생각합니다. 하지만 보니파가 원래 그렇지 않습니까. 그들은 누군가에게 특별 직권을 허락하는 걸 끔찍이 싫어하죠.

지금 네 사람이 함께 가는 중입니다. 쿠리오와 카일리우스도 로마를 탈출하기로 했습니다. 우리는 플라미니우스 가도로 이동할 겁니다.

오, 이게 당신께 어떤 도움이 될지 모르겠지만, 우리는 릭토르들에게 쫓겨날 당시의 모습을 그대로 유지한 채 그곳에 도착할 겁니다. 다시 말해 우리 몸에선 고약한 냄새가 날 테니, 따뜻한 목욕물을 준비해주시길 바랍니다.

카이사르의 곁을 지키던 믿음직한 보좌관은 아울루스 히르티우스뿐이었다. 그는 카이사르가 한 손에 편지를 쥐고 가만히 앉아 모자이크 벽화를 응시하는 것을 발견했다. 아이네이아스 왕이 연로한 아버지를 오른쪽 어깨에 둘러메고 왼팔 밑에 팔라디온(그리스 신화에서 팔라스 아테나 여신을 상징하는 신상—옮긴이)을 낀 채 일리온을 탈출하는 장면이 그려진 벽화였다.

"라벤나의 장점 하나를 꼽으라면," 카이사르는 히르티우스를 쳐다보지도 않고 말했다. "현지인들의 모자이크 벽화 솜씨가 대단하다는 거야. 시칠리아의 그리스인들보다도 뛰어나지."

히르티우스는 카이사르의 얼굴이 보이는 자리에 앉았다. 그 얼굴은 평온하고 만족스러워 보였다.

"전령이 아주 급히 서둘러서 도착했다고 들었습니다." 히르티우스가 말했다.

"그래. 원로원은 최종 결의를 통과시켰네."

히르티우스는 불만 섞인 한숨을 내쉬었다. "사령관님을 공적으로 선언했군요!"

"아니," 카이사르는 차분히 말했다. "로마의 진짜 적은 호민관의 거부권 행사인 듯하고, 진짜 반역자들은 호민관들인 듯하네. 보니파는 어쩜 그렇게 술라 같은지! 적은 절대 외부에 있는 법이 없고 늘 내부에 있다는 거지. 그리고 호민관들에겐 반드시 재갈을 물려야 하고!"

"어떻게 하실 겁니까?"

"움직여야지." 카이사르가 말했다.

"움직여요?"

"남쪽으로. 아리미눔으로. 안토니우스, 퀸투스 카시우스, 쿠리오, 카일리우스가 지금 플라미니우스 가도를 따라 올라오고 있네. 물론 전령만큼 빨리 움직이진 못하겠지. 전령이 이제 막 도착한 걸 보면, 그들은 아마 이틀 안에 아리미눔에 당도할 걸세."

"그렇다면 사령관님의 임페리움은 아직까지 무사하군요. 그런데 아리미눔으로 이동하려면 루비콘 강을 건너 이탈리아로 들어가야만 합니다."

"내가 강을 건널 때쯤이면, 히르티우스, 난 아마 원하는 곳은 어디든 마음대로 갈 수 있는 일개 시민 신분일 걸세. 원로원은 최종 결의를 방패로 삼아 내게서 단번에 모든 것을 빼앗아가겠지."

"그렇다면 아리미눔으로 13군단을 데려가지 않으실 겁니까?" 히르티우스가 물었다. 카이사르가 이제까지 내놓은 대답만으로는 안도감이 느껴지지 않았다. 카이사르는 너무도 침착하고 평화로우며 평소 모습과 다를 바 없었다. 자신감에 차 있고, 절대 의심하는 법이 없고, 늘 자기 자신과 상황을 통제할 줄 아는 남자. 이런 설명만 들으면 그는 절대 사랑받을 수 없는 사람처럼 느껴지지만, 실제로는 사랑받았다. 그가 그런 사랑을 필요로 하기 때문이 아니었다. 그건…… 그건…… 아, 대체 어째서지? 그가 모든 남자들이 꿈꾸는 사람이기 때문에?

"13군단은 당연히 데려가야지." 카이사르가 말했다. 그는 자리에서 일어났다. "병사들이 두 시간 안에 출발 준비를 마치도록 지시하게. 완벽하게 군장을 갖추고 포를 비롯해 모든 것을 다 챙기도록."

"그들에게 목적지를 알려주실 겁니까?"

옅은 색 눈썹이 치켜세워졌다. "당장은 말하지 않을 걸세. 그들은 전부 파두스 강 이북에서 온 병사들일세. 그들에게 루비콘 강이 어떤 의미겠나?"

하급 보좌관 가이우스 아시니우스 폴리오는 사방을 뛰어다니며 군관과 백인대장 들에게 큰 소리로 명령을 전달했다. 두 시간 만에 13군단은 진지를 철거하고 행군 준비를 마친 채로 정렬했다. 병사들은 아주 건강했고 충분히 휴식을 취한 상태였다. 카이사르는 앞서 이 병사들을 폴리오에게 맡겨 테르게스테까지 도보 행군을 보낸 바 있었다. 그들은 그곳에서 집중적인 군사훈련을 받았고, 이후 라벤나로 돌아와 전투력이 절정까지 회복될 만큼 충분히 긴 휴가를 즐겼다.

카이사르가 요구한 이동 속도는 느긋한 편이었다. 13군단은 루비콘 강에서 북쪽으로 한참 떨어진 곳에 방어태세를 갖춘 야영지를 마련했다. 루비콘 강은 이탈리아 갈리아와 이탈리아의 공식 경계선이었다. 아무 말도 없었지만, 군단병과 백인대장을 비롯한 모든 사람들은 머지않아 루비콘 강이 나타난다는 것을 알고 있었다. 그들은 온전히 카이사르의 사람들이었다. 그들은 카이사르가 가만히 당하지 않으리라는 것에, 자신의 더럽혀진 존엄을 회복하기 위해 진군하리라는 것에 몹시 기뻐했다. 카이사르의 존엄은 보좌관부터 비전투원에 이르기까지 모든 부하들의 존엄이기도 했다.

"우리는 역사 속으로 진군하는 걸세." 폴리오는 동료 하급 보좌관 퀸투스 발레리우스 오르카에게 말했다. 폴리오는 역사를 좋아했다.

"총사령관님이 이런 상황을 피하려는 노력을 안 했다고 비난할 사람은 아무도 없겠지." 오르카는 이렇게 말하더니 소리 내어 웃었다. "고작 1개 군단을 이끌고 진군하다니 정말 카이사르 사령관님답지 않나? 강을 건너 피케눔으로 들어갔을 때 어떤 상황이 펼쳐질지 그분이 어떻게 안단 말인가? 우리와 맞서려고 10개 군단이 버티고 있을지도 모를 일인데."

"아니, 그러기엔 사령관님이 너무 똑똑하단 말이지." 폴리오가 말했다. "3개나 4개 군단쯤이면 몰라도 그 이상은 아닐 걸세. 그리고 우린 그들을 철저히 패배시킬 거야."

"그들 중 2개 군단이 6군단과 15군단이라면 더더욱 그렇겠지."

"맞는 말일세."

1월 열째 날 늦은 오후, 13군단은 루비콘 강에 도착했다. 병사들은 지체없이 루비콘 강을 건너라는 명령을 받았다. 강 너머에 새로운 야영지가 세워질 예정이었다.

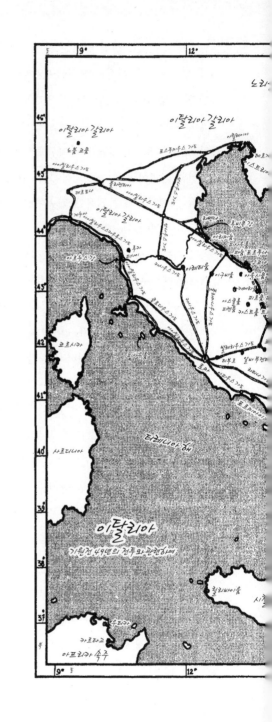

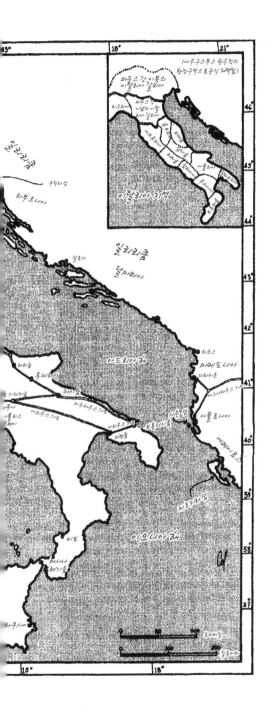

카이사르와 그의 조촐한 보좌관 무리는 강의 북쪽에 남았고, 그곳에서 식사를 했다. 매년 가을 무렵이면 아펜니누스 산맥에서 곧장 아드리아 해로 흘러드는 강들의 유량이 줄었다. 눈은 다 녹은 지 오래였고 강우량은 적었기 때문이다. 루비콘 강은 아주 길었고, 그 수원지는 서쪽으로 흐르는 아르누스 강의 수원지와 아주 인접한 곳에 위치하고 있었다. 그럼에도 불구하고 가을철이면 강폭이 넓은 루비콘 강의 수심은 가장 깊은 곳도 무릎 정도라 사람이나 짐승이 지나다니기 어렵지 않았다.

대화는 거의 없었고, 그나마 카이사르가 한 말들은 너무 일상적이라 실망스러울 정도였다. 그는 평소처럼 평범하고 소박한 음식—작은 빵, 올리브 몇 개, 약간의 치즈—을 먹고 하인이 가져온 물그릇에 손을 씻더니 그가 버리지 않고 가져온 상아 대좌에서 일어났다.

"이제 각자 말에 올라타게." 그가 말했다.

하지만 마구간 하인이 카이사르를 위해 데려온 말은, 카이사르가 가진 아름답고 쉽게 흥분하는 말들 중 하나가 아니었다. 발부리였다. 술라에게 최초의 발부리를 선물 받은 후 그가 전장에서 타곤 했던 두 발부리와 마찬가지로, 갈리아에서의 전투를 계속 함께한 이 발부리도 매끄러운 밤색 털에 갈기와 꼬리가 길고 오목하게 꺼진 콧대가 사랑스러웠다. 폼페이우스처럼 눈부신 백마를 선호하지 않는 장군이라면 누구라도 좋아할 훌륭한 말이었다. 다만 그 말의 발은 세 가닥의 진짜 발부리로 갈라져 있었으며, 갈라진 끝마다 작은 발굽이 달려 있었다.

그가 말에 오르는 모습을 보좌관들은 넋을 놓고 지켜봤다. 지금까지 그들이 기다렸던 전쟁 선포는 없었지만, 이로써 원하던 답을 얻은 것이다. 카이사르가 발부리에 오른다는 것은 전투에 출전한다는 의미였다.

그는 말을 살짝 차며 선두로 나섰다. 나무 사이로 누렇게 변한 가을

풀밭을 지나 물결이 일렁이는 강 쪽으로 천천히 이동했다. 그리고 그곳에, 강둑으로 보이는 그곳에 멈춰 섰다.

바로 이곳이다. 나는 아직 돌아갈 수 있다. 나는 아직 적법성을, 합법성을 저버리지 않았다. 하지만 이 대단할 것 없는 강을 건너는 순간, 나는 조국의 종에서 조국의 침략자로 바뀐다. 하지만 나는 이 모든 것을 알고 있었다. 지난 2년 내내 알고 있었다. 나는 모든 것을 고려하고 기획하고 계획하며 몹시도 애써왔다. 스스로 엄청난 양보를 결심하기도 했다. 심지어 일리리쿰과 1개 군단만으로 만족할 생각까지 했다. 하지만 그러는 매 순간, 나는 그들이 아무것도 양보하지 않으리라는 걸 알고 있었다. 그들이 내게 침을 뱉고, 내 얼굴을 진흙탕에 문대고, 가이우스 율리우스 카이사르를 아무것도 아닌 존재로 만들 작정임을 알고 있었다. 절대 아무것도 아닌 존재가 아닌 나를. 절대 아무것도 아닌 존재로 전락하는 데 동의하지 않을 나를. 이건 네가 바라던 상황이다, 카토. 이제 넌 그걸 보게 될 것이다. 넌 내가 조국을 향해 진군하도록 만들었고, 내가 합법적인 대응을 포기하도록 만들었다. 그리고 폼페이우스, 당신은 막강한 적과 맞서는 것이 어떤 기분인지 곧 알게 될 것이다. 발부리의 발이 강물에 젖는 순간 나는 반역자가 된다. 반역자의 오명을 벗기 위해 나는 전쟁을 개시하고 내 동포들과 싸울 것이다. 그리고 이길 것이다.

루비콘 강 너머에는 무엇이 기다리고 있을까? 그들은 몇 개 군단의 병력을 모아놓았을까? 실질적으로 얼마나 준비되어 있을까? 나는 그들이 아무런 준비도 하지 못했을 거라는 직감만으로 이 전쟁에 나서고 있다. 폼페이우스는 어떻게 전쟁을 시작하는지 모르고, 보니파는 어떻게 전쟁을 치르는지 모른다는 내 직감만으로. 폼페이우스가 치른 전쟁은 모두 특별 직권에서 비롯되었으니, 그는 먼저 전쟁을 개시한 적이 단 한 번도 없다. 단지 빗자루질을 기막히게 잘할 뿐이다. 반면 보니파는 전쟁을 시작하는 것을 제외하면 아무런 재능도 없다. 싸움이 시작됐을 때, 폼페이우스는 그의 발목을 잡고 비난과 잔소리를 퍼부으며 그를 통제하려는 보니파 의원들과 평화롭게 공존할 수 있을까? 그들은 이 상황을 게임이나 가설쯤으로 여겼다. 절대 실제 상황으로 생각하지 않았다. 하지만 나 역시 이것을 게임이라고 생각한다. 그리고 내겐 천부적인 재능은 물론 행운까지 따른다.

그는 갑자기 머리를 뒤로 젖히고 소리내어 웃었다. 그가 가장 좋아하는 시인 메난드로스의 시구가 떠올랐기 때문이다.

"주사위를 높이 던져라!" 그는 그리스어로 크게 외치더니 발부리의 옆구리를 부드럽게 찼다. 그리고 루비콘 강을 건너 이탈리아 속으로, 반란 속으로 걸어들어갔다.

아리미눔은 싸울 분위기가 아니었다. 카이사르와 13군단이 플라미니우스 가도의 북쪽 끝에 위치한 이 부유한 도시에 도착했을 때, 주민들은 가을꽃으로 엮은 화환을 병사들에게 안겨주고 귀청이 떨어지도록 카이사르를 환호했다. 카이사르는 이런 상황에 적잖이 놀랐다고 인정할 수밖에 없었다. 아리미눔은 폼페이우스의 세력권 가장 북쪽에 위치한 도시였고 폼페이우스와 원로원 편에 설 가능성이 높았기 때문이다. 상황이 이러하다면 진짜 싸움을 치를 일이 얼마나 될까? 카이사르는 의문스러웠다. 이구비움은 테르무스가, 카메리눔은 루킬리우스 히루스가, 앙코나는 렌툴루스 스핀테르가, 아욱시뭄은 바루스가 지키고 있다는 것을 그는 알았다. 그중 병사를 가장 많이 모은 사람은 대략 10

개 대대를 모집한 렌툴루스 스핀테르였다. 나머지 사람들은 각각 5개 대대 병력을 모집했다. 13군단에게는 그리 무시무시한 숫자가 아니었다. 이탈리아의 일반 주민들이 카이사르 편이라면 더더욱 그랬다. 이런 상황은 갑자기 큰 위안으로 다가왔다. 카이사르가 원하는 것은 피가 아니었다. 반드시 흘려야 할 피는 적을수록 좋았다.

안토니우스, 퀸투스 카시우스, 쿠리오, 카일리우스는 1월 열한번째 날 이른 아침에 아리미눔 외곽의 진지에 도착했다. 상처 나고 멍든 얼굴에 찢기고 피로 얼룩진 토가를 걸친 두 호민관의 모습은 안쓰러움을 자아내기 충분했고, 이는 카이사르의 목적에 부합했다. 그는 13군단 병사들을 소집해 그들에게 안토니우스와 퀸투스 카시우스의 모습을 당당히 공개했다.

"이것이 바로 우리가 여기로 온 이유다!" 카이사르가 말했다. "우리는 이런 일을 막기 위해 이탈리아로 진군한 것이다! 그 어떤 로마인에게도, 그가 제아무리 오래되고 귀한 가문 출신이라 할지라도 신성한 호민관의 신체에 해를 가할 권리는 없다! 호민관은 평범한 사람들을, 다시 말해 최하층민, 로마 군인, 상업계 종사자, 공무원을 아우르는 수많은 평민들을 보호하기 위해 생겨난 직위다! 원로원의 평민들은 파트리키 귀족이 되길 꿈꾸는 무리에 지나지 않는다! 원로원의 평민들은 마르쿠스 안토니우스와 퀸투스 카시우스 같은 호민관들을 이렇게 대접함으로써 그들이 가진 평민의 지위와 유산을 저버린 것이나 다름없다!

호민관의 신체는 훼손되어선 안 되고, 호민관의 거부권은 침해당할 수 없는 권리다! 절대 침해당할 수 없다! 안토니우스와 카시우스는 그들을 겨냥한, 또한 그들을 통해 나를 겨냥한 악의적인 최종 결의에 거부권을 행사했을 뿐이다. 나는 로마의 세계적인 위상을 드높이고 로마 국고에 막대한 재산을 더함으로써, 파트리키 귀족이 되길 꿈꾸는 저 원로원 의원들의 기분을 상하게 했다. 나는 그들 중 하나가 아니기 때문이다. 나는 단 한 번도 그들 중 하나였던 적이 없다. 나는 원로원 의원이요, 정무관이요, 집정관까지 지낸 몸이다. 하지만 스스로를 '보니'라고, '선량한 사람들'이라고 일컫는 옹졸하고 편협하고 앙심만 많은 파벌의 일원이었던 적은 없다! 보니파는 정부에 대한 인민의 발언권을 없애고, 원로원을 로마의 유일한 통치기관으로 만들려는 작업에 나섰다. 그건 그들의 원로원이다, 제군들, 내 원로원이 아니라! 내 원로원은 너희들의 종이다. 그들의 원로원은 너희들의 주인이 되고자 한다. 그 원로원은 너희가 급여로 얼마를 받아야 할지, 나 같은 장군 밑에서의 복무를 언제 마쳐야 할지, 너희가 은퇴 후에 조그마한 땅을 받아야 할지 말지를 전부 정해주려고 한다. 너희가 받을 상여금 액수와 전리품 분배 비율과 개선행진에 참여할 병사의 숫자를 정해주려고 한다. 심지어 너희에게 시민권을 획득할 자격이 있는지 없는지, 로마를 위해 싸우느라 굽어진 너희의 등을 채찍으로 후려쳐야 할지 말지까지 정해주려고 한다. 그 원로원은 로마의 병사인 너희로부터 주인 대접을 받으려 한다. 너희가 시리아 길거리의 가장 가난한 거지처럼 겁먹고 찡얼거리기를 바란다!"

히르티우스는 흡족한 나머지 숨이 가빠왔다. "완전히 집중하고 계셔." 그가 쿠리오에게 말했다. "이건 최고의 명연설 중 하나가 될 걸세."

"저분이 실패할 리 없지." 쿠리오가 말했다.

카이사르는 말을 이어나갔다. "이 소규모 파벌과 그들이 조종하는 원로원은 내 존엄은 물론, 개인적 노력을 통해 공적 영광을 누릴 내 권리와 자격에 의문을 제기했다. 그들은 내가 세운 모든 업적을 무너뜨리고자 하고 나의 행동을 반역으로 규정했다! 내 존엄을 훼손하고 나를 반역자로 규정함으로써, 그들은 너희의 존엄도 훼손하고 너희 역시 반역자로 규정한 것이다!

생각해봐라, 제군들! 우리가 고달프게 걸었던 먼길, 굶주림에 시달려야 했던 시간들, 칼에 베이고 화살에 맞고 창에 찔린 상처들, 너무도 고결하고 용감했던 최전선에서의 죽음! 모두 떠올려봐라! 우리가 어디로 갔는지, 무엇을 했는지, 그 고생, 땀, 궁핍, 외로움까지! 우리가 로마에 가져다준 거대한 영광을 생각해봐라! 그런데 그 대가는 어떤가? 우리의 호민관들은 주먹질과 발길질을 당했고, 우리의 업적은 비웃음당하고 잊히고 파트리키 귀족을 꿈꾸는 그 대단하신 소규모 파벌이 오줌이나 갈기는 대상으로 전락했다! 그들은 하나같이 변변찮은 군인에다 덜떨어진 장군들이다! 카토가 장군이란 소리를 들어본 사람이 있나? 아헤노바르부스가 정복자란 소리는 들어봤나?"

카이사르는 잠시 멈추고 미소를 짓더니 어깨를 으쓱했다. "너희 중에 과연 카토란 이름을 들어본 사람이 있을까? 아헤노바르부스는 들어봤을지도 모르지. 그의 증조부는 변변찮은 군인이 아니었으니까! 그래서 나는 너희들이 알 만한 이름을 하나 언급하겠다. 자기 자신에게 마그누스라는 별명을 붙인 남자, 나이우스 폼페이우스 마그누스! 그렇다, 나이우스 폼페이우스는 나를 위해, 또 너희를 위해 싸워야 마땅한 인물이다! 하지만 그는 군대라는 조직으로부터 등을 돌렸다! 늙고 뚱뚱하고 무기력해진 그는 해면이 달린 막대를 들고 보니파 동지들의 똥구멍이나 닦아주는 쪽을 택했다! 나와 내 병사들에게 맞서는 싸움을 처음부터 지지하고 나섰다! 왜? 그는 왜 그랬을까? 왜냐하면 자기보다 더 잘 싸우고 장군으로서의 재능과 가문마저 뛰어난 인물을 도저히 견딜 수 없어서다! 자신이 이끌었던 그 어떤 군대보다 다른 누군가의 군대가 더 뛰어나다는 것을 인정할 만큼 '위대하지' 못하기 때문이다! 내 병사들보다 나은 이들이 어디 있겠나? 절대 없다! 절대로 없어! 너희는 로마의 이름으로 칼과 방패를 쥔 그 어떤 병사들보다 더 뛰어나다! 그리고 바로 이곳에, 강 건너편에 너희와 내가 서 있고, 우리는 모욕당하고 난도질당한 존엄을 되찾기 위해 나섰다!

그보다 못한 이유였다면 나는 전쟁에 나서지 않았을 것이다. 그보다 못한 이유였다면 나는 원로원 머저리들에게 맞서지도 않았을 것이다. 내 존엄은 내 삶의 중심이요, 내가 했던 모든 일들을 의미한다! 나는 가만히 앉아 그것을 빼앗기지 않을 것이다! 또한 너희의 존엄이 짓밟히는 꼴을 보고 있지도 않을 것이다. 나에게 적용되는 건 뭐든 너희에게도 적용된다! 우리는 함께 진군하며 케르베로스의 머리 세 개를 모두 베었다! 눈과 얼음, 우박과 폭우를 함께 견뎠다! 대양을 건너고 산을 오르고 거대한 강을 헤엄쳤다! 세상에서 가장 용감한 민족들을 무릎 꿇게 했다! 그들이 로마에 항복하도록 만들었다! 그에 대해 늙고 한물간 나이우스 폼페이우스는 뭐라고 말했지? 아무 말도 안 했다, 제군들, 아무 말도! 그러면 그는 어떤 선택을 했나? 우리에게서 모든 것을 빼앗으려고 했다, 제군들. 명예, 명성, 영광, 기적까지! 우리가 한데 아울러 존엄이라고 칭하는 그 모든 것을!"

그는 말을 멈추더니 무언가를 껴안으려는 것처럼 양팔을 앞으로 뻗었다. "하지만 난 너희의 하인이다, 제군들. 난 너희 때문에 존재하는 사람이다. 최종 결정을 내릴 사람은 너희다. 우리는 이탈리아로 진군해 우리 호민관들의 복수를 해줄 것인가? 아니면 이대로 멈추고 라벤나로 돌아갈 것인가? 어느 쪽으로 갈 것인가? 앞으로, 아니면 뒤로?"

아무도 움직이지 않았다. 기침이나 재채기, 속닥거림도 없었다. 장군이 말을 멈춘 뒤 오랫동안 무시무시한 침묵이 이어졌다. 마침내 최고참 백인대장이 입을 열었다.

"앞으로!" 그가 우렁차게 외쳤다. "앞으로, 앞으로!"

병사들이 똑같이 소리쳤다. "앞으로! 앞으로! 앞으로! 앞으로!"

카이사르는 연단에서 내려와 병사들에게 다가갔다. 그는 쇠사슬 갑옷 차림의 무리에게 완전히 둘러싸일 때까지 웃음을 짓고 자신을 향해 뻗어온 손들과 일일이 악수했다.

"참 대단한 분일세!" 폴리오는 오르카에게 말했다.

로마에서 탈출한 네 사람은 목욕을 마치고 가죽 갑옷 차림으로 그날 오후 식사 자리에 나타났다. 카이사르는 전략 회의를 진행했다.

"히르티우스, 내 연설을 빠짐없이 기록해뒀나?" 그가 물었다.

"지금 필사본을 작성하는 중입니다, 사령관님."

"그걸 모든 보좌관들에게 전달하고 모든 군단에서 낭독하도록 하게."

"그들은 우리와 같은 입장입니까?" 카일리우스가 물었다. "제 말은 사령관님의 보좌관들 말입니다."

"티투스 라비에누스만 빼고 그렇다네."

"별로 놀랍지도 않군요." 쿠리오가 말했다.

"어째서요?" 카일리우스가 물었다. 그는 가장 정보가 적어 자명한 질문을 할 수밖에 없는 입장이었다.

카이사르는 어깨를 으쓱했다. "내가 라비에누스를 원치 않았네."

"당신의 보좌관들은 어떻게 알게 된 겁니까?"

"지난 10월에 내가 장발의 갈리아를 찾아가 보좌관들을 만났네."

"그렇다면 당신은 그때부터 진작 이렇게 되리란 걸 알고 있었군요."

"친애하는 카일리우스," 카이사르는 참을성 있게 말했다. "루비콘 강은 언제나 하나의 가능성이었네. 다만 내가 사용하기를 꺼리는 선택지였지. 자네도 잘 알다시피 난 최선을 다해 이 상황을 피하려고 했어. 하지만 모든 가능성을 철저히 계산해놓지 않는 건 어리석은 짓일세. 다만 지난 10월 무렵부터 루비콘 강이 단순한 가능성을 넘어 필연처럼 느껴지기 시작했다고 해두겠네."

카일리우스는 다시 입을 열었지만, 자신의 옆구리를 쿠리오가 쿡 찌르자 입을 다물었다.

"이제 어디로 가는 겁니까?" 퀸투스 카시우스가 물었다.

"반대세력이 아직 체계적으로 조직되지 않은 게 분명해 보이네. 일반 주민들 역시 폼페이우스와 보니파보다는 내 편인 것 같고." 카이사르는 기름에 적신 빵을 입술 사이로 밀어넣으며 말했다. 그는 빵을 꼭꼭 씹어 삼키고 다시 말했다. "나는 13군단을 쪼갤 생각이네. 안토니우스, 자네는 경험이 적은 5개 대대를 이끌고 즉시 아레티움으로 가서 카시우스 가도를 장악하게. 지금 당장은 플라미니우스 가도를 장악하는 것보단 이탈리아 갈리아로 통하는 길들을 열어두는 게 더 중요하네. 쿠리오, 자네는 내가 이구비움으로 진군하라는 명령을 내릴 때까지 3개 대대와 함께 아리미눔에 남아 있게. 이구비움에서는 테르무스를 몰아내야 할 걸세. 그렇게 되면 난 카시우스 가도와 더불어 플라미니우스 가도까지 얻게 되겠지. 그리고 나는 나머지 2개 노련병 대대를 이끌고 계속 남쪽으로 이동해 피케눔으로 갈 걸세."

"그래봐야 겨우 1천 명입니다, 카이사르." 폴리오가 얼굴을 찡그리며 말했다.

"그 정도면 충분할 거야. 대신 추가 병력이 필요할 때를 대비해 쿠리오에게 당장은 아리미눔에서 대기하라고 한 걸세."

"맞는 말씀입니다, 카이사르." 히르티우스가 진지하게 말했다. "중요한 것은 병사들의 머릿수가 아니라 그들을 이끄는 상관들의 능력입니다. 아티우스 바루스는 어느 정도 저항할 수 있겠지만 테르무스, 히루스, 렌툴루스 스핀테르는 어떨까요? 그들은 묶어둔 암양조차 이끌지 못할 사람들입니다."

"그 말을 들으니 떠오른 게 있네. 이유는 잘 모르겠지만." 카이사르가 말했다. "난 아울루스 가비니우스에게 편지를 써야겠네. 추방당한 그 용맹한 전사를 다시 불러들일 시간일세."

"밀로도 불러들이는 건 어떨까요?" 밀로의 친구인 카일리우스가 물었다.

"아니, 밀로는 안 되네." 카이사르는 무뚝뚝하게 대답하고 식사를 끝마쳤다.

"자네 눈치챘나?" 카일리우스는 나중에 폴리오와 단둘이 있을 때 말했다. "카이사르는 마치 자기한테 추방령을 취소할 능력이 있는 것처럼 말하더군. 정말 그렇게까지 자신감이 넘치는 걸까?"

"자신감이 아닙니다." 폴리오가 말했다. "그저 그렇게 되리란 걸 아는 거죠."

"하지만 그건 순전히 신들의 결정에 달린 일일세, 폴리오!"

"그런데 말입니다," 폴리오는 웃으면서 물었다. "그 신들에게 사랑받는 사람이 누구죠? 폼페이우스? 카토? 말도 안 되는 소리! 잊지 마세요, 카일리우스. 위대한 사람은 자신의 행운을 스스로 만들어낸답니다.

행운은 모든 사람의 손이 닿는 곳에 있어요. 하지만 우린 대부분 기회를 놓쳐버리죠. 우리의 행운을 알아보지 못하니 말입니다. 하지만 그는 항상 그 순간의 기회를 알아보기 때문에 절대로 기회를 놓치지 않아요. 그게 바로 그가 신들로부터 사랑받는 이유입니다. 신들은 똑똑한 인간들을 좋아하니까요."

카이사르는 2개 대대와 함께 아리미눔을 떠나면서 꾸물거렸고, 출발지에서 그리 멀지 않은 곳에 1월 열넷째 밤을 보낼 진지를 마련했다. 원로원에게 끝까지 협상할 기회를 주기 위해서였고, 로마인 동포들을 죽이는 일을 가급적 피하고 싶어서였다. 병사들이 진지를 세운 지 얼마 지나지 않아 원로원이 파견한 특사 두 명이 헐떡이는 말을 타고 나타났다. 현재 나르보에 있는 카이사르 육촌의 아들인 젊은 루키우스 카이사르와, 또다른 젊은 원로원 의원인 루키우스 로스키우스였다. 두 젊은이는 모두 보니파였다. 아들을 걱정하는 루키우스 카이사르에게는 참으로 슬픈 일이었다. 그의 아들은 융통성이 없고 율리우스 카이사르 가문 사람답지 않았던 것이다.

"당신이 이탈리아 갈리아로 철수하는 대가로 무엇을 원하는지 알아보러 왔습니다." 젊은 루키우스 카이사르는 딱딱하게 말했다.

"그렇군." 그의 친척 어른이 말했다. "그런데 자네 아버지 안부를 물어보는 게 먼저라는 생각은 안 드나?"

젊은 루키우스 카이사르의 얼굴이 붉어졌다. "아버지께선 별다른 연락을 안 하셨으니, 가이우스 카이사르, 아마도 잘 지내고 계시리라 생각합니다."

"그래, 잘 지내고 계시지."

"그럼, 원하는 조건들이 뭡니까?"

카이사르는 눈을 동그랗게 떴다. "루키우스, 루키우스, 인내심을 갖게! 그 조건들을 정리하려면 며칠은 걸릴 걸세. 그동안 자네와 로스키우스는 나와 함께 진군해야 할 거야. 남쪽으로."

"그건 반역입니다, 가이우스 카이사르."

"난 국경을 넘기 전부터 반역자 소리를 들었네, 루키우스. 그러니 달라질 게 뭐 있겠나?"

"제가 나이우스 폼페이우스의 편지를 가져왔습니다." 로스키우스가 불쑥 끼어들었다.

"그 점에 대해선 고맙게 생각하네." 카이사르는 편지를 건네받으며 말했다. 아무도 움직이지 않은 채 잠깐 침묵이 흐른 뒤, 카이사르는 아주 위엄 있게 고개를 끄덕였다. "자네들은 가보게. 히르티우스가 자네들을 돌봐줄 걸세."

그들은 반역자에게 그런 식으로 그만 가보란 소리를 듣는 것이 못마땅했지만, 어쨌든 물러갔다. 카이사르는 자리에 앉아 폼페이우스의 편지를 열었다.

이 얼마나 안타까운 난장판인가, 카이사르. 하지만 솔직히 말해 난 자네가 이럴 거란 생각은 단 한 번도 못했네. 고작 1개 군단을 이끌고? 자넨 실패하고 말 걸세. 안 그럴 리 없어. 이탈리아에는 수많은 병사들이 있단 말일세.

내가 편지를 쓰는 이유는 자네에게 자네 이익보다 공화정의 이익을 먼저 생각해달라고 부탁하기 위해서야. 나는 이 난국이 시작될 때부터 그렇게 해왔네. 솔직히 말해, 자네를 편드는 게 내게 더 이익이 된다네, 안 그런가? 우리 둘이 함께라면 세상을 지배할 수 있을 테니까. 하지만 우리 중 한 사람의 힘만으로는 그럴 수 없네. 한 사람만으로는 충분히 강하지 않기 때문이지. 내 기억에 따르면, 자네가 집정관이 되기 전에 그 점을 내게 가르쳐준 사람은 바로 자네였어. 그리고 6년 전 루카에서 그 점을 다시 한번 상기시켜줬지. 아니, 7년 전이군. 시간이 얼마나 쏜살같은지! 그로부터 7년 동안 난 자넬 눈여겨봤네.

내가 자네를 반대한다고 해서 개인적으로 너무 불쾌해하지 않았으면 좋겠네. 맹세코 사적인 감정 때문에 그런 게 아닐세. 나는 로마와 공화정에게 무엇이 최선인지를 고려해 결정을 내린 거야. 카이사르, 다른 사람도 아니고 자네라면 무장반란이 얼마나 헛된 짓인지 잘 알고 있겠지. 자네도 나처럼 술라가 합법적인 자신의 권리를 되찾기 위해 이탈리아로 돌아왔다고 믿는 입장이라면, 실질적으로 성공을 거둔 무장반란은 없는 셈이야. 레피두스와 브루투스를 보게. 카틸리나를 보게. 자네가 원하는 게 그런 건가, 수치스러운 죽음? 제발 다시 생각해보게, 카이사르.

자네에게 분노와 야망을 잠시 접어두라고 부탁하고 싶네. 우리의 사랑하는 공화정을 위해서! 자네가 분노와 야망을 접어둔다면 자네와 원로원이 합의에 도달할 수 있을 거라 믿어. 내가 그 합의를 아주 전적으로 지지해주겠네. 난 내 분노와 야망을 진작 접어두었어. 공화정을 위해서. 늘 로마를 최우선으로 생각하게, 카이사르! 공화정에 해를 입히지 말게! 자네가 자네 적들을 해치려고 하면 필연적으로 공화정도 함께 피해를 입게 될 걸세. 자네만큼이나 자네 적들도 공화정의 일부이기 때문이지. 제발 부탁이니 다른 대안들을 고려해주게. 젊은 루키우스 카이사르와 루키우스 로스키우스를 통해 합리적인 답변을 보내주길 바라네. 우리와 타협하고 이탈리아 갈리아로 철수하게. 그것이 애국일세.

카이사르는 일그러진 미소를 짓더니 짧은 편지를 공처럼 구겨 화로의 석탄 위로 던졌다.

"재수없게 도덕적인 척하는군, 폼페이우스!" 그는 종이가 불길에 휩싸여 사그라지는 것을 지켜보며 말했다. "내게 1개 군단이 있다니까 이러는 거겠지, 안 그래? 내가 고작 2개 대대를 이끌고 남쪽으로 진군중이란 걸 안다면 당신은 과연 뭐라고 했을지 궁금하군! 병사 1천 명 말이야, 폼페이우스! 당신이 그걸 안다면 당장 날 잡으러 오겠지. 하지만 성공하진 못할 거야. 당신이 가진 병력 중 유일하게 쓸 만한 군단은 한때 날 위해 싸우던 6군단과 15군단뿐이니까. 그들의 예전 상관인 나를 향해 칼을 꺼내들라고 명령하면 그들이 어떤 반응을 보일지, 당신은 짐작할 수 없을 거야."

병사 1천 명이면 충분하고도 남았다. 피사우룸은 쏟아지는 환호와 화환 속에 항복했다. 카이사르는 아리미눔으로 사람을 보내 쿠리오에게 이구비움으로 가서 테르무스를 몰아내는 작업을 시작하라고 지시했다. 다음으로 파눔 포르투나이가 항복했고, 더 많은 화환이 쏟아졌다. 1월 열여섯째 날, 원로원이 파견한 두 특사가 지켜보는 현장에서 카이사르는 화환과 환호에 둘러싸인 채 큰 항구도시 앙코나로부터 항복을 받아냈다. 그때까지 단 한 명의 로마인도 피를 흘리지 않았다. 렌툴루스 스핀테르와 그의 10개 대대는 흔적도 없었다. 그는 남쪽의 아스쿨룸 피켄툼으로 달아난 뒤였다. 게다가 항복한 도시들은 카이사르의 행동에 마음을 다칠 일이 없었다. 그는 어떤 종류의 보복도 가하지 않았고, 군대를 위해 징발하는 물품에 대해서는 값을 치렀다.

로마에서 캄파니아로

카이사르가 폼페이우스의 편지를 받기 전날인 1월 열셋째 날, 한 남자가 절뚝거리는 말을 타고 물비우스 교를 건넜다. 원로원 최종 결의가 발효된 이후로 그곳을 지키던 보초는 그 남자에게 마르스 평원의 폼페이우스 회의소에서 원로원 회의가 열리는 중이라고 일러주었다. 그리고 그가 마지막 몇 킬로미터의 여정을 무사히 마칠 수 있도록 새 말을 빌려주었다. 그 남자는 폼페이우스의 피호민으로, 라벤나와 아리미눔 구간의 도로를 감시하는 역할을 맡고 있었다. 그가 직접 말을 타고 소식을 전하러 로마로 달려온 것은, 그 소식을 전했을 때 원로원의 반응을 꼭 확인하고 싶었기 때문이다. 역사의식과 위대한 순간에 참여하고 싶은 소망을 가진 사람으로서, 그는 생각에 잠긴 채 말에 박차를 가해 폼페이우스 회의소 바깥의 테라초 바닥을 시끄럽게 달렸다.

그는 말에서 미끄러져 내려왔고, 닫혀 있는 청동문으로 걸어가 주먹으로 문을 세차게 두드렸다. 깜짝 놀란 릭토르가 한쪽 문을 열고 고개를 내밀었다. 폼페이우스의 피호민은 문을 확 열어젖히고 회의소 안으로 성큼성큼 걸어들어갔다.

"이보시오, 원로원 비공개 회의에는 함부로 들어갈 수 없소!" 릭토르가 소리쳤다.

"원로원 의원 여러분, 전해드릴 소식이 있습니다." 무단 침입자가 크게 외쳤다.

모든 이들이 고개를 돌렸다. 작은 마르켈루스와 렌툴루스 크루스도 상아 대좌에서 일어나 입을 벌리고 침입자를 쳐다봤다. 침입자는 주변을 둘러보며 폼페이우스를 찾았다. 그리고 가장 앞줄 왼쪽에 앉아 있던 폼페이우스를 발견했다.

"무슨 소식인가, 노니우스?" 폼페이우스는 침입자를 알아보고 물었다.

"가이우스 카이사르가 루비콘 강을 건넜습니다. 1개 군단을 이끌고 아리미눔으로 진군중입니다."

그는 자리에서 일어나려다 얼어붙었고 이내 자신의 고관 의자에 털썩 주저앉았다. 갑자기 모든 감각이 사라진 듯했다. 자신의 무시무시한 감각마비 상태만 인식할 수 있을 뿐, 말도 할 수 없었다.

"내전이군!" 작은 가이우스 마르켈루스가 중얼거렸다.

작은 마르켈루스보다 훨씬 주도적인 렌툴루스 크루스는 비틀거리며 앞으로 나섰다. "언제 그랬소?" 그는 안색이 창백해진 채 물었다.

"그는 사흘 전 해가 저물기 직전에 발부리가 갈라진 군마를 타고 루비콘 강을 건넜습니다, 존경하는 집정관님."

"유피테르 신이여!" 메텔루스 스키피오가 나지막하게 말했다. "기어코 그런 짓을!"

이 말은 마치 막혀 있던 수문을 여는 것과 같은 역할을 했다. 원로원 의원들은 맹렬히 출입구로 달려갔고, 좁은 문을 통과하느라 허우적거리며 서로 밀쳐대기 바빴다. 그들은 잔뜩 겁에 질린 채 주랑정원을 지나 로마 시내로 달아났다.

잠시 후, 보니파 의원 몇 명만 남게 되었다.

감각이 돌아오자 폼페이우스는 힘겹게 일어섰다. "다들 날 따라오게." 그는 무뚝뚝하게 말하더니 자신의 빌라로 연결되는 문 쪽으로 걸어갔다.

코르넬리아 메텔라는 아트리움으로 들어오는 일행의 표정을 보더니 바로 자리를 비워주기로 결정했다. 폼페이우스는 피호민 노니우스를 집사에게 맡기며 잘 대접해주라고 말했다.

"고맙네." 그는 노니우스의 어깨를 두드리며 말했다.

노니우스는 역사에 기여했다는 사실에 만족하며 자리를 떠났다.

폼페이우스는 나머지 일행을 서재로 데려갔다. 일행은 포도주가 놓인 탁자에 둘러앉아 물도 섞지 않은 포도주를 떨리는 손으로 따라 마셨다. 폼페이우스는 예외였다. 그는 책상 뒤편의 의자에 앉아 있었다. 그것이 집정관과 전직 집정관 들에게 얼마나 모욕적인 처사인지는 신경쓰지 않았다.

"1개 군단이라니!" 그가 말했다. 자리에 앉은 손님들은 그의 얼굴만 쳐다보고 있었다. 거센 폭풍이 몰아치는 바다에 유일하게 떠 있는 코르크 조각이라도 되는 것처럼. "1개 군단이라니!"

"그 인간은 제정신이 아닌 게 분명합니다." 작은 가이우스 마르켈루스가 중얼거렸다. 그는 토가의 자주색 단으로 얼굴의 땀을 닦아냈다.

하지만 폼페이우스로서는 자신에게 붙박인 그 겁먹고 당혹스러운 눈들이, 그가 마시지 않은 포도주보다도 더 기운을 불어넣어주는 듯했다. 그는 가슴을 내밀고 양손을 책상 위에 올리더니 목청을 가다듬었다.

"가이우스 카이사르가 제정신인지 아닌지는 중요하지 않네." 그가 말했다. "그는 우리에게 도전장을 던졌네. 원로원과 로마 인민에게 도전장을 던졌어. 1개 군단과 함께 루비콘 강을 건넜고, 1개 군단과 함께 아리미눔으로 진군중이고, 1개 군단과 함께 이탈리아를 정복할 작정일세." 폼페이우스는 어깨를 으쓱했다. "성공할 순 없을 거야. 마르스 신이라도 성공하지 못할 테니까."

"마르스에 대해 알려진 모든 바를 고려했을 때, 저는 카이사르가 그보다 더 뛰어난 장군이라고 생각합니다." 큰 가이우스 마르켈루스가 은근슬쩍 한마디 던졌다.

폼페이우스는 이 말을 무시하고 카토를 쳐다봤다. 카토는 노니우스가 회의소에 들어온 이래 아무 말도 하지 않았고, 희석하지 않은 포도주만 엄청나게 마셔댔다.

"마르쿠스 카토, 자넨 어떤가?" 폼페이우스가 물었다. "제안하고 싶은 게 있나?"

"제가 하고 싶은 말은," 카토는 지극히 귀에 거슬리는 목소리로 말했다. "큰 위기를 만들어낸 사람이 그 위기를 끝내는 역할도 맡아야 한다는 겁니다."

"다시 말해 자네는 이 일과 아무 관련이 없고 전적으로 내 책임이란 말인가?"

"카이사르에 대한 제 반대는 정치적인 것이지, 군사적인 것이 아닙니다."

폼페이우스는 심호흡을 했다. "그렇다면 내가 이번 저항을 지휘하는 입장이라는 건가?" 그는 수석 집정관인 작은 가이우스 마르켈루스에게 물었다. "내 말이 맞나?" 그는 차석 집정관인 렌툴루스 크루스에게 물었다.

"네, 물론입니다." 렌툴루스 크루스는 작은 마르켈루스가 꿀 먹은 벙어리처럼 굴자 먼저 대답했다.

"그렇다면," 폼페이우스는 씩씩하게 말했다. "우리가 제일 먼저 할 일은 지금 당장 카이사르에게 특사 두 명을 보내는 걸세."

"뭘 하려고요?" 카토가 물었다.

"그가 이탈리아 갈리아로 철수하는 대가로 무엇을 원하는지 알아보기 위해서지."

"그는 철수하지 않을 겁니다." 카토가 단호하게 말했다.

"한 번에 하나씩 해결해야 하네, 마르쿠스 카토." 폼페이우스의 시선은 그곳에 모인 열댓 명을 찬찬히 훑더니 젊은 루키우스 카이사르와 그의 단짝 루키우스 로스키우스에게서 멈췄다. "루키우스 카이사르, 루키우스 로스키우스, 자네들이 말을 타고 가주게. 플라미니우스 가도로 이동하되, 자네들이 탄 말이 쓰러져 죽기 전에 미리미리 새 말로 갈아타게. 중간에 소변이 마려워도 멈춰선 안 되네. 말 위에서 뒤를 겨누고 해결하도록 하게." 그는 종이 한 장을 꺼내고 펜을 들었다. "자네들은 공식 특사이니 정무관들을 비롯해 원로원 전체를 대변해야 한다네. 하지만 내가 카이사르에게 보내는 편지도 같이 전달해주게." 그는 즐거움이라곤 비치지 않는 미소를 지었다. "공화정을 해치지 말고 공화정의 안녕을 먼저 생각해달라는 간청이 담긴 개인적인 편지일세."

"카이사르가 원하는 건 왕정입니다." 카토가 말했다.

폼페이우스는 편지 작성을 마치고 모래를 뿌릴 때까지 대꾸하지 않왔다. 그러더니 편지를 둘둘 말고 봉인하기 위해 밀랍을 녹이면서 말했다. "카이사르가 직접 말해주기 전까지는 그가 무엇을 원하는지 우린 알 길이 없네." 그는 인장 반지로 녹은 밀랍을 꾹 누르더니 로스키우스에게 편지를 건네줬다. "로스키우스, 자네가 내 특사 역할을 맡아 이 편지를 보관해주게. 루키우스 카이사르는 원로원을 대변하는 역할을 맡게. 이제 가보게. 내 집사에게 말을 달라고 해. 자네들이 가진 그 어떤 말보다 좋은 말을 내줄 걸세. 이곳은 로마에서 북쪽으로 떨어져 있으니, 여기서 출발하면 시간을 절약할 수 있을 거야."

"하지만 토가를 입은 채로 말을 탈 순 없습니다!" 루키우스 카이사르가 말했다.

"잘 맞을지 안 맞을진 모르겠지만, 내 집사가 승마용 장비도 마련해줄 걸세. 이제 당장 떠나게!" 장군이 소리쳤다.

그들은 떠났다.

"앙코나에 있는 스핀테르는 카이사르와 비슷한 규모의 병력을 가지고 있습니다." 메텔루스 스키피오가 희색을 띠며 말했다. "그가 상황을 정리할 겁니다."

"스핀테르는," 폼페이우스는 치아를 드러내며 말했다. "가비니우스가 프톨레마이오스 아울레테스를 다시 왕위에 앉힌 뒤에도 이집트로 군대를 보내는 일을 두고 우물쭈물하기 바빴네. 그러니 스핀테르에게 훌륭한 업적을 기대하려는 희망은 버리자고. 나는 아헤노바르부스에게 편지를 보내 스핀테르, 아티우스 바루스와 병력을 합치도록 하겠네. 그런 다음 기다려봐야지."

하지만 이후 사흘간 전달된 소식은 하나같이 암울했다. 카이사르는 아리미눔, 피사우룸, 파눔 포르투나이를 차례로 손에 넣었다. 그것도 저항이 아니라 쏟아지는 환호와 화환 속에서. 이거야말로 진짜 걱정거리였다. 그 누구도 이탈리아 시골 마을이나 소도시 주민들의 반응을 미처 예상하지 못했다. 특히 폼페이우스의 텃밭이나 다름없는 피케눔의 반응이 놀라웠다. 카이사르가 아무런 저항에도 부딪치지 않고—고작 2개 대대와 함께!—자기 군대가 먹는 식량의 값을 지불하고 누구도 다치게 하지 않으며 진군중이라는 소식은 간담을 서늘하게 만들었다.

1월 열일곱째 날 오후, 최악의 소식 두 개가 도착했다. 첫번째는 렌툴루스 스핀테르와 그의 10개 대대가 앙코나를 버리고 아스쿨룸 피켄툼으로 달아났다는 소식이었고, 두번째는 카이사르가 환호를 받으며 앙코나에 입성했다는 소식이었다. 원로원은 즉시 회의를 열었다.

"믿을 수가 없습니다!" 애매한 태도로 유명한 필리푸스가 외쳤다. "스핀테르는 5천 병력을 가지고도 카이사르의 1천 병력과 맞서지 못했습니다! 제가 지금 로마에서 뭘 하고 있는 걸까요? 당장 카이사르의 발밑에서 길 준비라도 하는 게 낫지 않겠습니까? 당신들은 허세만 부린 꼴이 됐습니다! 카이사르 말마따나 당신들은 입만 살아 있는 장군들입니다! 요즘에는 당신에게도 적용되는 말이죠, 폼페이우스 마그누스!"

"스핀테르에게 앙코나의 방어를 맡긴 것에 난 책임이 없소!" 폼페이우스가 으르렁거렸다. "당신이 기억할지 모르겠지만, 필리푸스, 그건 원로원의 결정이었소! 당신도 거기에 찬성했고!"

"카이사르를 로마의 왕으로 만드는 데 찬성할 걸 그랬군요!"

"그 불온한 입을 당장 닥치시오!" 카토가 꽥 하고 소리를 질렀다.

"쓸데없이 정치적인 헛소리만 늘어놓는 당신 입이나 닥치시오!" 필리푸스가 고함으로 맞받아쳤다.

"정숙하시오!" 작은 가이우스 마르켈루스가 지친 목소리로 말했다.

그것은 고함보다 더 효과적인 듯했다. 필리푸스와 카토는 서로 노려보며 자리에 앉았다.

"우리는 행동 방침을 정하기 위해 이 자리에 모였습니다." 작은 마르켈루스가 계속 말했다. "옥신각신하려고 모인 게 아닙니다. 카이사르의 본부에선 옥신각신하는 일이 얼마나 자주 벌어질까요? 제가 예측하기로는 그런 일이 절대 없을 겁니다. 카이사르는 그걸 용납하지 않을 테니까요. 그런데 로마의 집정관들은 왜 그걸 용납해야 하죠?"

"로마 집정관들은 로마의 종복인 반면, 카이사르는 그 누군가의 종복이기를 거부하기 때문이죠!" 카토가 말했다.

"오, 마르쿠스 카토, 왜 이렇게까지 까칠하고 비협조적으로 나오는 겁니까? 내가 원하는 건 대답이지, 현상황과 무관한 발언이나 실없는 질문이 아닙니다! 이 상황을 어떻게 헤쳐나가야 한다고 생각합니까?"

"제가 제안하겠습니다." 메텔루스 스키피오가 말했다. "본 원로원은 나이우스 폼페이우스 마그누스에게 우리가 가진 모든 병력과 보좌관들을 넘겨줘야 합니다."

"저도 동의합니다, 퀸투스 스키피오." 카토가 말했다. "큰 위기를 만들어낸 사람이 그 위기를 끝내는 역할도 맡아야 합니다. 그러므로 저는 나이우스 폼페이우스를 총사령관으로 임명하고자 합니다."

"이것 보게," 폼페이우스는 나직하게 으르렁거렸다. 그는 카토가 의도적으로 '마그누스'라는 별명을 사용하지 않았다는 것을 너무 잘 알고 있었다. "자네는 저번에도 내게 똑같은 소리를 했는데 난 억울해서 참을 수 없네! '큰 위기'를 불러온 사람은 내가 아닐세, 카토! 그건 자네가 불러왔어! 자네와 자네의 보니파 동지들이! 난 단지 이 똥구덩이에서 자네들을 구해주기 위해 필요한 사람일 뿐이야! 똥구덩이에 빠진 걸

두고 날 탓하지 말게! 범인은 자네야, 카토, 바로 자네라고!"

"정숙하시오!" 작은 마르켈루스가 한숨 쉬듯 말했다. "제안이 나왔지만 정식 투표는 불필요할 것 같습니다. 거수와 대답만으로 확인하겠습니다."

원로원은 거의 만장일치로 폼페이우스에게 공화정의 병력과 보좌관들을 지휘할 권한을 넘겨주었다.

마르쿠스 마르켈루스가 자리에서 일어났다. "원로원 의원 여러분, 저는 마르쿠스 키케로를 통해 캄파니아에서의 모병활동이 끔찍할 정도로 진척이 없다고 들었습니다. 어떻게 해야 속도를 높일 수 있을까요? 우린 반드시 더 많은 병사들을 구해야 합니다."

"하하하!" 파보니우스가 비웃었다. 그는 자신이 사랑하는 카토가 꾸짖음을 당한 데 화가 나 있었다. "한 발로 땅을 구르기만 하면 이탈리아 내의 병사들을 모두 집합시킬 수 있다고 자신했던 사람이 누구죠? 그게 누구였더라?"

"파보니우스 자네에겐 다리 네 개와 수염과 길고 털 없는 꼬리가 달려 있네!" 폼페이우스가 말했다. "그 입 다물게!"

"투표 결과에 따라 먼저 말씀하시죠, 나이우스 폼페이우스." 작은 가이우스 마르켈루스가 말했다.

"좋소, 그렇게 하리다!" 폼페이우스가 딱딱하게 말했다. "캄파니아에서 모병활동이 굼벵이 같은 속도로 진행중이라면 모병 담당자를 탓할 수밖에 없습니다. 마르쿠스 키케로 같은 사람들 말이죠. 그는 아마 지금쯤 보라는 신병 기록부는 안 보고 뭔가 난해한 필사본이나 보고 있을 겁니다. 병사로 만들 수 있는 사람들이 아직 수천 명이나 됩니다, 원로원 의원 여러분. 그리고 여러분은 신병 모집을 나의 임무로—바로 내 임무로! — 만들었습니다. 그러니 이제 내가 그 일을 할 겁니다. 하지만 로마의 하수구를 휘젓고 다니는 쥐들이 내 눈앞에서 사라진다면 더 속도를 낼 수 있겠죠!"

"지금 저한테 쥐라고 했습니까?" 파보니우스는 벌떡 일어나 소리쳤다.

"오, 자리에 앉게, 이 멍청한 양반! 내가 이미 한참 전에 자네를 쥐라고 불렀잖나!" 폼페이우스가 말했다. "회의에나 집중하게, 파보니우스. 머리라고 달린 그 물건을 써보려고 노력하란 말이야!"

"정숙하시오!" 작은 마르켈루스가 지친 듯이 말했다.

"이게 바로 이 지긋지긋한 조직의 문제점이오!" 폼페이우스는 노기 등등한 얼굴로 말했다. "당신들은 하나같이 자신에게 발언권이 있다고 믿소! 당신들은 하나같이 모든 결정이 민주적으로 이뤄져야 한다고 믿소! 하지만 군대는 민주적 원칙에 따라 돌아가지 않소! 만약 그렇다면 그 군대는 무너지고 말 거요. 군대엔 총사령관이 있고 총사령관의 말이 곧 법이오! 법! 나는 이제 총사령관이고 더는 무능한 머저리들에게 비난 받거나 시달리지 않을 것이오!"

그는 자리에서 일어나 가운데로 걸어나갔다. "지금부터는 내란 상황임을 선언하겠소! 당신들의 투표는 불필요하고, 내가 그렇다면 그런 거요! 지금은 전시 상황이오! 당신들이 마지막으로 한 투표를 통해 나에게 최고 지휘권이 주어졌소! 그리고 난 그걸 받아들였소! 당신들은 이제부터 하라는 대로만 하시오! 알아들었소? 알아들었소? 이제부턴 하라는 대로만 하는 거요!"

"그거야 상황에 따라 달라지겠죠." 필리푸스가 웃음을 지으며 느릿느릿 말했다.

폼페이우스는 이 발언을 무시하기로 했다. "모든 원로원 의원들에게 당장 로마를 떠나라는 명령을 내리겠소! 내일 이후 로마에 남아 있는 의원은 카이사르의 지지자로 간주될 것이고, 그에 상응하는 벌을 받게 될 것이오!"

"세상에," 필리푸스는 큰 한숨을 내쉬며 말했다. "겨울도 오고 있는데, 난 캄파니아가 싫단 말입니다! 어째서 쾌적하고 아늑한 로마에 남아 있으면 안 된다는 겁니까?"

"어디 마음대로 해보시오, 필리푸스!" 폼페이우스가 말했다. "이러니 저러니 해도 당신은 카이사르 조카딸의 남편이니까."

"카토의 장인이기도 하죠." 필리푸스가 만족스럽게 말했다.

폼페이우스의 명령 이후에 이어진 완벽한 혼란 상황은 원로원 의원이 아닌 평범한 로마인들의 삶을 더 힘들게 만들었다. 원로원 의원들의 도주를 통해 카이사르가 루비콘 강을 건넜다는 소식이 알려지면서, 도시는 공황 상태에 빠졌다. 기사들이 가장 빈번히 사용한 단어는 독재관 술라의 시대 이후 생겨난 저 끔찍한 '공권박탈'이라는 말이었다. 누군가의 이름이 명단에 적혀 로스트라 연단에 내걸리면, 그건 그 사람이 로마와 독재관의 적으로 선포되어 이제 누구든 그를 죽일 수 있고 그의 재산은 국가에 압수된다는 뜻이었다. 당시 원로원 의원과 기사 2천 명이 목숨을 잃었고, 술라는 텅 비었던 국고를 압수 재산으로 가득 채웠다.

잃을 것이 많은 사람들은 카이사르도 당연히 술라의 전철을 밟을 것이라 예상했다. 술라가 브룬디시움에 상륙해 이탈리아 반도 북쪽으로 진군했을 때와 상황이 똑같지 않은가? 평범한 주민들이 환호하고 꽃을 뿌리는 것마저도 비슷하지 않은가? 게다가 그는 술라처럼 자신의 군대가 먹어치운 잎채소, 빵, 뿌리채소, 새싹 값을 모두 지불하고 있었다. 어차피 코르넬리우스와 율리우스가 뭐가 다르단 말인가? 그들은 상업계의 기사들보다 훨씬 높은 곳에 위치한 존재들이었고 기사들 따윈 그들의 발에 붙은 먼지만도 못했다.

오직 발부스, 오피우스, 라비리우스 포스투무스, 아티쿠스만이 이러한 불안을 진정시키려 애썼다. 그들은 카이사르가 술라와는 다른 사람이고, 그가 원하는 것은 훼손된 존엄을 회복하는 것뿐이며, 독재관이 되어 사람들을 무차별적으로 죽일 의도는 없다고 설명했다. 그는 원로원 내 소규모 파벌의 무분별하고 완고한 반대로 인해 진군을 택할 수밖에 없었고, 그 파벌이 관련 정책과 결의를 철회하는 즉시 일상적인 상황으로 돌아갈 것이라고 설득했다.

하지만 이런 설득은 거의 효과가 없었다. 일단 침착하게 이야기를 듣는 사람이 없었고, 상식 같은 건 이미 증발한 지 오래였다. 재앙이 닥쳤고 로마는 또다시 내전에 휩싸이기 일보 직전이었다. 그리고 공권박탈 조치가 이어지리라. 분개한 폼페이우스가 공권박탈과 타르페이아 바위를 언급했다는 소리를 못 들은 사람이 어디 있을까? 오, 하르피이아와 사이렌 사이에 낀 꼴이었다! 어느 쪽이 이기든 간에 18개 백인조 소속 기사들이 고통을 겪을 것이 분명했다!

대부분의 원로원 의원들은 짐을 싸고 아내에게 이유를 설명하고 새로운 유언장을 쓰면서도 왜 로마를 떠나란 명령을 받았는지 정확히 알지 못했다. 그건 권유가 아니라 명령이었다. 다만 로마에 남으면 카이사르의 지지자로 간주된다는 것만큼은 분명히 이해하고 있었다. 열여섯 살을 넘긴 아들들도 함께 떠나야 했고, 결혼 날짜가 잡힌 딸들은 비명을 지르며 가슴을 졸였다. 은행가와 회계사 들은 원로원 의원 고객들을 한 명씩 찾아다니며 지금은 현금이 부족하다, 땅을 팔 때가 아니다, 경기가 안 좋을 때 익명 투자는 아무 소용이 없다 등등을 설명하느라 바빴다.

이렇다보니 그 무엇보다 중요한 점이 완벽하게 간과된 것은 어쩌면 놀랍지도 않았다. 폼페이우스, 카토, 마르켈루스 삼 형제, 렌툴루스 크루스를 비롯한 그 누구도 국고를 비워야 한다는 생각을 미처 하지 못했던 것이다.

1월 열여덟째 날, 짐이 가득 실린 수레 수백 대가 카페나 성문을 통과해 네아폴리스, 포르미아이, 폼페이, 헤르쿨라네움, 카푸아를 비롯한 캄파니아 도시들로 향했다. 두 집정관과 거의 모든 원로원 의원들이 로마를 빠져나갔다. 국고에는 돈과 금괴가 천장까지 쌓여 있었고 옵스, 유노 모네타, 헤르쿨레스 올리바리우스, 메르쿠리우스 신전에도 다양한 비상용 금괴가 보관되어 있었다. 유노 루키나, 유벤투스, 베누스 리비티나, 베누스 에루키나 신전에는 수천 개의 돈궤가 놓여 있었다. 국고를 관리하는 기사로부터 자금을 건네받을 생각을 했던 유일한 사람은 아헤노바르부스뿐이었다. 그는 며칠 전 자신이 마르시족과 파일리그니족 중에서 모집하게 될 신병들의 급여 명목으로 600만 세스테르티우스를 요청해 지급받았던 것이다. 그렇게 로마의 공공재산은 로마에 남게 되었다.

원로원 의원들이 전부 떠난 것은 아니었다. 로마에 남기를 선택한 사람 중에는 루키우스 아우렐리우스 코타, 감찰관 루키우스 피소, 루키우스 마르키우스 필리푸스가 포함되어 있었다. 아마도 이러한 결정을 더욱 공고히 하는 차원에서 그들은 1월 열아홉째 날 필리푸스의 저택에서 만찬을 함께했다.

"저는 이제 막 결혼했고 갓난아이가 있습니다." 피소가 부실한 치아를 드러내며 웃었다. "양을 잡으려는 사르디니아인처럼 뛰어다니지 않더라도, 제 나이를 고려하면 이미 위태로운 상황이죠!"

"내 경우엔," 코타는 온화하게 웃으며 말했다. "카이사르가 패배할 리 없다고 판단해 남기로 했소. 그는 내 조카인데다, 그의 명성에도 불구하고 난 그가 부주의하게 행동하는 걸 본 적이 없소. 그는 모든 것을 아주 신중히 계산하는 사람이오."

"저는 거처를 옮기기엔 너무 게으른 사람이라 남기로 했습니다. 흥!" 필리푸스가 코웃음을 쳤다. "겨울이 코앞인데 토끼처럼 캄파니아로 달아나라니! 빌라들은 닫혀 있을 테고, 화로에 불을 붙일 하인도 없을 것이며, 물고기도 잠들어 있으니 매일 양배추만 씹게 될 테죠!"

이 말에 모두 웃음을 터뜨렸다. 식사는 유쾌한 분위기 속에서 진행되었다. 피소는 새신부를 데려오지 않았고, 코타는 아내를 먼저 떠나보낸 홀아비였다. 하지만 필리푸스의 아내는 참석했고, 그녀의 열세 살난 아들 가이우스 옥타비우스도 마찬가지였다.

"이 모든 일들을 어떻게 생각하니, 가이우스 옥타비우스?" 그의 외할머니의 외삼촌인 코타가 물었다. 코타는 이 소년을 잘 알고 있었고(아티아가 혼자 사시는 외외종조부를 걱정해 자주 방문한 덕분이었다) 볼 때마다 놀라워했다. 카이사르의 어린 시절과는 다른 의미로 놀라웠지만 비슷한 점도 있었다. 우선 둘 다 아름다웠다. 하지만 어린 가이우스 옥타비우스의 경우 유감스럽게도 귀가 툭 튀어나와 있었다! 카이사르에게는 결점이 전혀 없었던 것이다. 또한 소년은 카이사르처럼 피부가 아주 흰 편이었지만, 눈은 카이사르보다 더 컸고 눈동자는 반짝이는 회색빛이었다. 카이사르처럼 섬뜩한 눈동자가 아니었다. 코타는 얼굴을 찌푸리며 그 눈동자를 설명할 만한 적당한 표현을 찾으려 했고, 마침내 '조심스럽다'라는 표현이 가장 적절하다고 결론지었다. 그래, 바로 그 거였다. 그의 눈동자는 조심스러웠다. 언뜻 보면 천진난만하고 솔직한 것 같지만, 결코 그 눈동자 속에 담긴 진짜 생각을 보여주는 법이 없었다. 언제나 베일에 가려져 있었고 절대로 열정을 드러내지 않았다.

"저는 카이사르가 이길 거라고 생각해요, 코타 할아버지."

"우리도 같은 생각이란다. 넌 왜 그렇게 생각하니?"

"그는 그들보다 뛰어나기 때문이에요." 어린 가이우스 옥타비우스는 새빨간 사과를 들어 하얗고 고른 치아로 한입 베어 물었다. "전장에서 그와 맞설 사람은 아무도 없어요. 폼페이우스는 장군으로서는 이류에 불과해요. 조직 운영을 잘할 뿐이죠. 그가 치른 전쟁들을 살펴보면 그 는 항상 그 능력 덕분에 승전했어요. 획기적인 전투 같은 건 없었어요. 제2의 폴리비오스 같은 역사가에게 영감을 줄 만큼 전략이나 전술이 뛰어난 전투 말이죠. 그는 소모전으로 적들을 무너뜨렸고 그게 바로 그 의 강점이에요. 카이사르는 소모전을 벌이기도 했지만 획기적인 전투 도 여러 번 치른 바 있어요."

"하지만 게르고비아 전투처럼 한두 번의 경우는 별로 탁월하지 못 했지."

"네, 하지만 그런 전투에서도 패배하진 않았어요."

"그렇구나." 코타가 말했다. "전장에서는 그렇다 치고, 다른 부분은?"

"그는 정치를 잘 알아요. 교묘하게 조종하는 법을 알고 있죠. 허울뿐 인 명분에 매달리지 않고 그런 사람들과 어울리지도 않아요. 전장을 벗 어난 곳에서도 폼페이우스만큼이나 효율적이죠. 게다가 폼페이우스보다 더 나은 연설가이자 법조인이자 계획가예요."

루키우스 피소는 이러한 분석을 들으면서 그 분석을 내놓는 사람이 싫어지는 걸 느꼈다. 저 나이의 어린애가 선생처럼 말하는 건 적절하지 않다! 저애는 자기가 뭐라고 생각하는 걸까? 게다가 너무 예쁘다. 지나치게 예뻐. 몇 년 뒤에는 골치 아픈 존재가 될 것이 분명했다. 그애에게선 벌써부터 그런 냄새가 났다. 참 보기 드문 아이였다.

폼페이우스, 두 집정관, 원로원 의원 다수는 1월 스물둘째 날에 캄파니아의 테아눔 시디키눔에 도착했다. 그들은 수도를 급히 탈출하느라 빚어진 혼란을 이곳에 잠시 멈춰서 수습하기로 했다. 모든 의원들이 혜성의 꼬리처럼 폼페이우스를 뒤따라오지는 않았다. 뿔뿔이 흩어져 문을 닫아두었던 각자의 해변 빌라로 떠난 의원들도 있었고, 어디가 됐든 폼페이우스가 안 가는 곳으로 가겠다고 작심한 의원들도 있었다.

티투스 라비에누스가 기다리고 있었다. 폼페이우스는 오래전 헤어진 형제를 만난 것처럼 그를 반겼고 심지어 그의 뺨에 입을 맞추기까지 했다.

"자넨 어디 있다 왔나?" 폼페이우스가 물었다. 원로원의 감시견들─카토, 마르켈루스 삼 형제, 렌툴루스 크루스─이 그를 둘러싸고 있었다. 메텔루스 스키피오도 침통한 표정으로 지켜보고 있었다.

"플라켄티아에서 왔습니다." 라비에누스는 의자 등받이에 기대앉으며 말했다.

현장의 모든 사람들은 라비에누스를 알아봤고 호민관 시절 그의 활동을 기억했다. 하지만 (폼페이우스를 포함해) 그들 중 누구도 지난 10년간 그를 본 적이 없었다. 그는 카이사르가 집정관이었을 때 임무 수행을 위해 로마를 떠나 이탈리아 갈리아로 갔기 때문이었다. 그들은 그의 모습에 당황하지 않을 수 없었다. 라비에누스는 변해 있었다. 50대 초반인 그의 외모는 그간의 변화를 고스란히 반영하고 있었다. 그는 산전수전을 다 겪은, 인정사정없이 권위주의적인 군인이 되어 있었다. 곱슬곱슬한 까만 머리칼에는 흰머리가 섞여 있었고, 얇은 암적갈색 입술은 얼굴 아랫부분에 찢어진 상처처럼 보였다. 거대한 매부리코와 넓은 콧구멍은 독수리를 닮아 있었다. 경멸의 빛이 담긴 가늘고 까만 눈은 벌레에게서 날개를 떼어내려는 잔인한 소년처럼 폼페이우스를 비롯한 모든 사람을 응시하고 있었다.

"언제 플라켄티아를 떠났나?" 폼페이우스가 물었다.

"카이사르가 루비콘 강을 건너고 이틀 뒤에 떠났습니다."

"그는 플라켄티아에 몇 개 군단을 두고 있나? 물론 그곳의 군단들은 지금쯤 카이사르가 있는 곳으로 진군중이겠지만."

흰머리가 섞인 머리통이 뒤로 젖혀졌고, 입이 벌어지면서 크고 누런 이가 드러났다. 라비에누스는 자지러지게 웃었다. "세상에, 당신들은 전부 바보군요!" 그가 말했다. "플라켄티아에는 군대가 없습니다! 군대가 있었던 적도 없습니다. 카이사르는 13군단과 함께 있습니다. 그는 13군단을 테르게스테로 보내 군사 훈련을 시켰는데, 여러분은 그걸 눈치채지 못한 모양이군요. 그가 라벤나에서 보낸 대부분의 시간 동안 그의 곁에는 군대가 전혀 없었습니다. 그는 13군단과 함께 이동했고 그를 뒤따르는 추가 군단 같은 건 없습니다. 그러니까, 그는 13군단만으로 이 일을 해낼 수 있다고 생각한 겁니다. 제가 지금 보니 어쩌면 그의 판단이 옳았는지도 모르겠군요."

"그렇다면," 폼페이우스는 천천히 말했다. 그는 이탈리아를 떠나 마케도니아와 그리스에서 싸우겠다는 계획을 서서히 수정하기 시작했다. "내가 피케눔으로 가서 그를 진압할 수도 있겠군. 렌툴루스 크루스와 아티우스 바루스가 이미 진압을 마친 게 아니라면 말이지. 자네도 알다시피 그는 13군단을 잘게 쪼갰네. 안토니우스가 5개 대대를 이끌고 아레티움과 카시우스 가도를 장악하고 있고,"—폼페이우스는 주춤했다—"쿠리오가 3개 대대를 이끌고 이구비움에서 테르무스를 쫓아냈지. 그럼 현재 카이사르 곁엔 2개 대대밖에 없겠군."

"그렇다면 왜 여기 계신 겁니까?" 라비에누스가 추궁하듯 물었다. "지금쯤 아드리아 해안 중간까진 올라가 있어야 하는데 말이죠!"

폼페이우스는 큰 가이우스 마르켈루스에게 이글이글 타는 책망의 눈길을 보냈다. "난 오해할 수밖에 없는 입장이었네." 그는 아주 위엄 있게 말했다. "카이사르 곁에 4개 군단이 있다고 말일세. 카이사르가 1개 군단과 함께 진군중이라는 소식을 듣긴 했지만, 나머지 군단들도 뒤따라오고 있다고 생각할 수밖에 없었어."

"제 생각에," 라비에누스는 신중하게 말했다. "당신은 카이사르와의 싸움을 원치 않는 것 같습니다, 마그누스."

"제 생각도 그렇습니다!" 카토가 말했다.

오, 이 잔소리와 트집에서 자유로워질 순 없는 걸까? 총사령관으로 공식 임명된 것은 바로 나 아니었던가? 민주주의는 이제 끝났다고, 이젠 내 방식대로 움직이겠다고, 나머지 사람들은 입 닫는 게 좋을 거라고 말하지 않았던가? 그런데 이제 새롭게 등장한 비평가 라비에누스가 카토에게 떡밥을 던져주고 있다!

폼페이우스는 의자에 앉은 채 허리를 곧게 세우고 가죽 흉갑이 삐걱거리도록 가슴을 활짝 폈다. "모두 잘 듣게." 그는 칭찬받아 마땅한 자제력을 발휘하며 말했다. "지휘권은 내게 있고, 나는 내 방식대로 일을 처리할 걸세. 알아들었나? 내 정찰병이 직접 카이사르의 소재를 파악할 때까지 난 계속 기다릴 거야. 자네 말이 옳다면 아무 문제도 없을 걸세, 라비에누스. 우린 피케눔으로 가서 그를 끝장낼 테니까. 하지만 내게 가장 중요한 목표는 이탈리아를 보호하는 걸세. 나는 이번 사태가 이탈리아 내전 같은 양상으로 치달을 경우 이 땅에서 전쟁을 치르지 않기로 맹세했네. 이탈리아 내전 피해를 복구하는 데 20년이 걸렸어. 그런 끔찍한 일에 내 이름이 함께 거론되게 하진 않겠어! 그러므로 피케눔의 소식이 들릴 때까지 나는 때를 기다릴 걸세. 그곳 상황이 파악되면 이탈리아 내에서 카이사르를 제압해야 할지, 아니면 내 군대와 로마 정부를 동방으로 옮겨야 할지 판단이 서겠지."

"이탈리아를 떠난다고요?" 마르쿠스 마르켈루스가 꽥 소리쳤다.

"그렇네, 카르보가 술라의 위협을 받았을 때도 그렇게 했어야 했어."

"술라가 카르보를 끝장냈습니다." 카토가 말했다.

"이탈리아 땅이라서 그랬지. 내가 말하려는 게 그걸세."

"지금 그 말은," 라비에누스가 말했다. "당신이 카르보의 입장이라는 것밖에 안 됩니다. 외국에서의 길고 격렬한 전쟁을 막 마친 노련병 군대에 맞서, 너무 어리거나 늙은 병사뿐인 군대를 지휘하는 사령관 말이죠. 카이사르는 술라의 입장입니다. 그에겐 노련병 군대가 있으니까요."

"카푸아에는 6군단과 15군단이 있네." 폼페이우스가 말했다. "그들을 너무 어리거나 늙은 병사들이라고 말할 사람은 아무도 없을 걸세, 라비에누스!"

"6군단과 15군단은 카이사르에게 충성합니다."

"하지만 그들은 이제 카이사르에게 심한 불만을 품고 있소." 메텔루스 스키피오가 말했다. "아피우스 클라우디우스가 그렇게 말했소!"

이 사람들은 어린애나 다름없구나, 라비에누스는 놀라워하며 생각했다. 훌륭한 정보망을 구축하려는 노력은 일절 하지 않고 귀에 들리는 말은 뭐든 다 믿고 있어. 폼페이우스 마그누스에게 대체 무슨 일이 있었던 걸까? 난 동방에서 그의 수하로 일했는데, 그때의 폼페이우스는 이렇지 않았다. 그는 한물갔거나 주눅이 든 것이 분명하다. 그런데 그를 주눅들게 하는 사람이 누구란 말인가? 카이사르, 아니면 이 잡다한 무리?

"스키피오," 라비에누스는 아주 천천히 또박또박 말했다. "카이사르의 군대는 그에게 불만을 품고 있지 않소! 얼마나 권위 있는 인물이 해준 말인지, 당신이 어떤 증거를 눈으로 확인했는지 따윈 상관없소. 상황을 잘 아는 내 말을 들으시오. 카이사르의 군대는 그에게 불만이 없소." 그는 폼페이우스에게 고개를 돌렸다. "마그누스, 지금 당장 움직이십시오! 15군단, 6군단, 그 밖의 병력을 모두 모아 지금 당장 카이사르를 제압하십시오! 그렇게 하지 않으면 그를 돕기 위해 다른 군단들이 도착할 겁니다. 전 이탈리아 갈리아에 지금 당장 추가 군단이 없다고 했지만 이런 상태가 오래가진 않을 겁니다. 카이사르의 나머지 보좌관들은 그를 위해 목숨이라도 바치려 할 겁니다."

"그런데 왜 당신은 안 그러는 거요?" 큰 가이우스 마르켈루스가 물었다.

까무잡잡하고 번들거리는 피부가 보랏빛으로 변했다. 라비에누스는 잠시 멈추더니 침착하게 말했다. "나는 마르켈루스 당신과 마찬가지로 로마를 너무 아끼기 때문이오. 카이사르는 반역적인 행동을 하고 있소.

나는 반역행위에 반대하는 입장이오."

바뀐 대화의 방향이 어디로 향할지는 아무도 알 수 없게 되었다. 마침 두 특사인 루키우스 카이사르 2세와 루키우스 로스키우스가 돌아왔기 때문이다.

"그곳을 떠나온 지 얼마나 됐나?" 폼페이우스가 초조하게 물었다.

"나흘 됐습니다." 젊은 루키우스 카이사르가 답했다.

"나흘이면," 라비에누스는 모두의 시선을 끌며 말했다. "카이사르의 부하들은 600킬로미터는 이동했을 걸세. 그런데 자네는 뭔가, 250킬로미터도 안 되는 그 거리를?"

"당신은 누군데 날 비난하는 겁니까?" 젊은 루키우스 카이사르는 싸늘한 목소리로 말했다.

"난 티투스 라비에누스네, 젊은 친구." 그는 젊은 루키우스 카이사르를 경멸하듯 위아래로 훑어봤다. "얼굴을 보니 누군지 알겠군. 하지만 자넨 자네 아버지의 발끝도 못 따라가는 젊은이일세."

"됐네, 됐어!" 인내력이 바닥나고 있던 폼페이우스가 말했다. "자네가 떠날 때 무슨 일이 벌어지고 있었나?"

"카이사르는 아욱시뭄에 있었습니다. 그 도시는 두 팔 벌려 그를 환영했습니다. 아티우스 바루스와 그의 5개 대대는 우리가 도착하기 전에 달아났지만, 카이사르는 제1백인대를 보내 그들을 따라잡았습니다. 작은 교전이 벌어졌고 아티우스 바루스가 패배했습니다. 그의 병사들은 대부분 항복을 선언하고 카이사르의 군대에 입대하겠다는 의사를 밝혔습니다. 일부는 흩어져 달아났죠."

침묵이 내렸다. 그 침묵을 깬 것은 카토였다. "카이사르의 제1백인대라면," 그는 묵직한 목소리로 말했다. "겨우 80명일세. 그들이 2천 명 넘는 병력을 무너뜨리다니."

"문제는," 루키우스 로스키우스가 말했다. "바리우스의 병사들에게 싸울 마음이 없었다는 겁니다. 그들은 카이사르를 떠올리기만 해도 안절부절못하고 벌벌 떨었죠. 하지만 카이사르 밑으로 들어가자마자 갑자기 기운 넘치는 군인의 모습으로 돌변했습니다. 정말 대단했습니다."

"아니," 라비에누스가 일그러진 미소를 지으며 말했다. "그게 정상일세."

폼페이우스는 침을 삼켰다. "카이사르가 조건을 제시했나?"

"네." 젊은 루키우스 카이사르가 말했다. 그는 숨을 한번 길게 들이쉬더니 꼼꼼히 외워놓은 카이사르의 말을 전달했다. "나이우스 폼페이우스, 나는 당신에게 다음 조건을 제시하고 싶습니다. 하나, 당신과 카이사르 둘 다 각자의 군대를 해산한다. 둘, 당신은 지금 즉시 히스파니아로 철수한다. 셋, 이탈리아의 모든 군대를 해산한다. 넷, 공포정치를 즉각 중단한다. 다섯, 자유선거를 개최하고 원로원과 인민이 인정하는 합법적인 정부로 돌아간다. 여섯, 당신과 카이사르는 직접 만나 입장 차이를 좁히고 맹세를 통한 합의를 맺는다. 일곱, 이 합의가 맺어지는 즉시, 카이사르는 자신의 속주를 후임자에게 인수인계한다. 여덟, 카이사르는 부재중 후보가 아니라 직접 출마 후보로서 로마 안으로 들어가 집정관 선거를 치른다."

"헛소리!" 카토가 말했다. "단 하나도 진심으로 하는 소리가 아닙니다! 이렇게 황당무계한 요구조건들은 난생처음 들어봅니다!"

"제가 이 내용을 알려드리자 키케로도 같은 말을 했습니다." 젊은 루키우스 카이사르가 말했다. "너무도 황당무계하다고 말이죠."

"자넨 대체," 라비에누스가 위험한 목소리로 물었다. "어디서 키케로를 만난 건가?"

"민투르나이에 있는 그의 빌라에서 만났습니다."

"민투르나이…… . 피케눔에서 출발해 그런 이상한 경로로 여기까지 오다니!"

"전 로마에 들러야만 했습니다. 저와 로스키우스는 생각했던 것보다 훨씬 오래 카이사르와 있어야 했으니까요. 우린 냄새가 고약했단 말입니다!"

"내가 왜 미처 그 생각을 못했을까?" 라비에누스는 지친다는 듯이 말했다. "냄새가 고약해서 그러셨군. 카이사르도 냄새가 나던가? 그의 부하들은?"

"카이사르는 냄새가 안 났습니다. 하지만 그는 얼음장 같은 물로 목욕한단 말입니다!"

"전쟁중에 고약한 냄새를 안 풍기고 싶으면 그 방법밖에 없네."

폼페이우스는 이 자리의 주도권을 되찾으려고 끼어들었다. "어쨌거나, 그는 조건을 제시했네. 얼마나 황당무계하든 간에 이건 그가 공식적으로 제시한 조건일세. 하지만 난 카토 말에 동의하네. 카이사르는 진심으로 말하는 게 아니라 시간을 벌려는 걸세." 그는 입을 열어 소리쳤다. "비불리우스! 세스티우스!"

그의 두 부하가 방으로 들어왔다. 루키우스 비불리우스 루푸스는 공병대장이었고, 세스티우스는 기병 지휘관이었다.

"비불리우스, 지금 즉시 피케눔으로 가서 렌툴루스 스핀테르와 아티우스 바루스를 찾게. 그들에게 최대한 빨리 카이사르를 처리하라고 전하게. 그에겐 2개 대대뿐이니 그들이라면 그를 물리칠 수 있을 걸세. 그 점을 부하들에게 확실히 설명할 수만 있다면 말이지! 병사들에게 확실히 설명해줄 것을 내가 명령했다고 전하게."

비불리우스 루푸스는 경례를 하고 떠났다.

"세스티우스, 자네는 특사 역할을 맡아 카이사르 진영에 다녀오게. 가이우스 카이사르에게 그가 현재 점령한 피케눔의 모든 도시들을 포기하고 루비콘 강을 건너 이탈리아 갈리아로 돌아가지 않는 한 그의 요구조건은 받아들일 수 없다고 전하게. 그가 이탈리아 갈리아로 돌아간다면 나는 그것을 선의의 증거로 인정할 것이고, 그때 가서 더 이야기를 나눌 걸세. 그가 루비콘 강 이남의 이탈리아에 머무는 한 그 어떤 거래도 없을 것이라고 강조하게. 무엇보다도 원로원이 로마로 돌아갈 수 없을 테니 말일세."

기병 지휘관 푸블리우스 세스티우스는 경례를 하고 떠났다.

"훌륭하십니다!" 카토가 만족한 듯이 말했다.

"카이사르가 말한 '공포정치'가 뭘 의미하는 것 같나? 무슨 공포정치를 말하는 거지?" 메텔루스 스키피오가 물었다.

"저와 로스키우스 생각에는," 젊은 루키우스 카이사르가 말했다. "카이사르가 말하는 건 로마 내의 공황 상태 같습니다."

"아, 그거!" 메텔루스 스키피오는 코를 훌쩍였다.

폼페이우스는 목청을 가다듬었다. "그렇다면 고귀한 동지들, 이제 우린 여기서 갈라져야 할 것 같네." 그는 카토와 메텔루스 스키피오의 만족감을 합친 것보다도 더 만족스러운 어조로 말했다. "내일 나와 라비에누스는 라리눔으로 향할 걸세. 6군단과 15군단도 그리로 가는 중이지. 두 집정관은 카푸아로 가서 신병 모집에 박차를 가하게. 거기서 혹시라도 마르쿠스 키케로를 만나면 꾸물거리지 말고 일 좀 하라고 전해주게. 그자는 민투르나이에서 대체 뭘 하고 있단 말인가? 뭐가 됐든 병사 모집은 아닐 게 분명하지! 아티쿠스와 그 밖에 누군지 모를 자들에게 편지나 써대느라 바쁜 모양이야!"

"그렇다면 당신은," 카토가 말했다. "라리눔에서 북쪽의 피케눔으로 진군해 카이사르와 맞설 겁니까?"

"그건 더 두고볼 일이네." 폼페이우스가 말했다.

"두 집정관께서 카푸아로 가야 하는 건 당연해 보입니다." 카토가 따뜻하게 말했다. "하지만 나머지 사람들은 당신을 따라가겠습니다."

"아니, 그럴 순 없네!" 폼페이우스의 턱이 떨렸다. "당분간 모두 카푸아에 머물러 있어야 해. 카이사르가 그곳 검투사 양성소의 검투사 5천 명을 자기편으로 끌어들일 수 있으니, 먼저 그들을 해산시켜야 하네. 이런 때가 되면 우리에게도 감옥이 몇 개 있으면 좋겠다 싶어. 하지만 우리에겐 감옥이 없으니, 자네들처럼 실전 경험이 부족한 사령관들에게 이 문제 해결을 맡겨야겠네. 내가 라리눔까지 데리고 갈 사람은 티투스 라비에누스 한 명뿐일세."

키케로가 꾸물거린 것은 사실이었고, 신병 모집에 열의를 쏟지 않는 것도 사실이었다. 민투르나이에서도 그랬고, 캄파니아 해안에 늘어선 그의 빌라들을 차례로 방문하면서 들른 다음 목적지에서도 마찬가지였다. 미세눔은 민투르나이 바로 옆에 있었고, 그래서 다음 목적지는 미세눔이었다. 그는 혼자가 아니었다. 퀸투스 키케로, 젊은 퀸투스 키케로, 그의 아들 마르쿠스가 함께였다. 또한 그는 여전히 개선식을 앞둔 장군이었으므로 월계수를 두른 파스케스를 든 열두 명의 릭토르까지 앞세워야 했다. 집안의 남자들과 함께 다니는 것도 귀찮은 일이었지만, 그 끔찍한 릭토르들에 비할 바는 아니었다! 그는 그들을 떼어놓고는 어디도 갈 수 없었다. 게다가 그가 가진 것은 해외 속주의 임페리움이라 릭토르들은 눈부신 진홍색 튜닉에 황동 장식이 들어간 넓은 검은색 가죽 허리띠를 두른데다, 서른 개의 막대 다발에 도끼가 꽂힌 파스케스를 들고 다녔다. 그 장면은 인상적이었다. 하지만 키케로처럼 수많은 걱정에 시달리는 사람에겐 부담스러웠다.

그는 후배이자 아주 전도유망한 젊은 변호인 가이우스 트레바티우스 테스타의 방문을 받았다. 카이사르의 수하로 복무했던 트레바티우스는 카이사르의 사상에 너무 심취해 있어 그에 대한 나쁜 말은 한마디도 들으려 하지 않았다. 트레바티우스는 늘 그렇듯 통통한 모습으로 나타나 키케로에게 로마로 돌아가달라고 사정했다. 그는 지금 로마엔 집정관을 지낸 인물들이 주는 안정감이 절실히 필요하다고 말했다.

"무법자의 명령에 따라 어딘가로 가진 않겠네!" 키케로는 분개하며 말했다.

"마르쿠스 키케로, 그는 반역자가 아닙니다!" 트레바티우스가 애원했다. "그는 자신의 존엄을 되찾기 위해 진군한 것이고, 그건 합당한 행동입니다. 그가 원하는 것은 임기 연장뿐입니다. 그것만 해결되면 그는—그 연장된 임기를 이용해—로마에 평화와 번영을 가져오고자 합니다. 그는 당신이 로마에 있어준다면 사람들이 안심할 것이라고 생각합니다."

"됐네, 그가 마음대로 생각하도록 두게!" 키케로가 딱 잘라 말했다. "나는 공화정의 보전과 대의명분에 헌신하는 동료들을 배반하는 인물로 보여선 안 돼. 카이사르는 왕이 될 작정이고, 솔직히 말해서 폼페이우스 마그누스도 마그누스 왕이 되어달라는 제안을 받으면 사양하지 않을 거라 믿네. 허! 마그누스 왕이라니!"

이 대답에 트레바티우스는 가마를 타고 떠날 수밖에 없었다.

다음으로 도착한 것은 카이사르의 친필 편지였다. 이처럼 간결한데다 요점에서 벗어난 단락까지 있는 편지라니, 카이사르가 짜증이 날대로 났다는 뜻이었다.

친애하는 마르쿠스 키케로, 당신은 이번 난장판에 포함된 인물 중에서 선견지명과 중도를 택할 용기를 갖춘 드문 사람이오. 원로원 의원들의 개탄스러운 탈출로 인해 지도자를 잃은 로마의 비참한 처지를 나는 밤낮으로 걱정하고 있소. 반란이 일어났다고 외치고서 배를 버리는 게 무슨 해결책이란 말이오? 나이우스 폼페이우스가 카토와 마르켈루스 삼 형제의 부추김에 넘어가 한 짓이 딱 그거요. 나는 지금까지 폼페이우스를 비롯해 그들 중 그 누구에게서도 로마를 위한다는 느낌을 받지 못했소. 말은 그렇다고들 하지만 말이오.

당신이 로마로 돌아온다면 큰 도움이 될 것이오. 이 점에 대해서라면 분명 티투스 아티쿠스도 동의할 거요. 그가 저 끔찍한 학질을 극복했다는 소식을 들어 무척 반갑소. 그는 자기 몸을 충분히 돌보지 않는 사람이오. 나는 퀸투스 세르토리우스의 어머니 리아를 기억하고 있소. 그녀는 뚜렷한 반복이 없는 학질 탓에 생사가 위태로웠던 나를 돌봐줬소. 로마로 돌아온 내게 편지를 보내 오한을 막으려면 어떤 약초를 복용해야 하고 어떤 약초를 화로에 태워야 하는지도 알려줬소. 그 방법은 잘 통했소, 키케로. 난 그때 이후로는 오한에 시달린 적이 없으니 말이오. 하지만 그 얘기를 해줘도 아티쿠스는 도통 말을 안 들으니 어쩌겠소.

부탁하건대, 집으로 돌아오는 것을 고려해보시오. 날 위해서가 아니오. 그 누구도 당신을 내 지지자로 규정할 수 없을 거요. 부디 로마를 위해 그렇게 해주시오.

하지만 키케로는 로마를 위해 그렇게 하지 않았다. 그렇게 한다면 그건 그가 카이사르를 돕는 셈이었다. 그는 무슨 일이 있어도 카이사르를 돕지 않겠다고 맹세했다!

하지만 1월이 끝나고 2월이 시작될 무렵, 키케로는 자꾸 마음이 왔다갔다했다. 귀에 들리는 소식 중 확신을 심어주는 내용은 아무것도 없었다. 폼페이우스가 피케눔으로 진군해 카이사르가 공격에 나서기도 전에 끝장내버릴 거라는 소식을 굳게 믿고 있으면, 곧이어 폼페이우스는 현재 라리눔에 주둔중이며 브룬디시움으로 이동해서 아드리아 해를 건너 에페이로스나 서부 마케도니아로 떠날 예정이라는 소식이 들려왔다. 카이사르의 편지 탓인지 몰라도, 키케로는 로마에 대한 폼페이우스의 무관심에 속이 탔다. 왜 그는 로마를 방어하지 않는 걸까? 왜?

아드리아 해안부터 티레니아 해의 아우렐리우스 가도에 이르기까지, 북쪽은 그 무렵 전부 카이사르에게 뚫려 있었다. 그는 큰 도로를 죄다 장악하고 있었고, 그곳엔 자신에게 맞설 군대가 없다는 것을 알고 있었다. 히루스는 카메리눔을 버렸고, 렌툴루스 스핀테르는 아스쿨룸 피켄툼에서 달아났으며, 카이사르는 피케눔 전체를 손에 넣었다. 그러는 동안 폼페이우스는 라리눔에 가만히 앉아 있는 듯했다. 그의 공병대장 비불리우스 루푸스는 아스쿨룸 피켄툼에서 정신없이 달아나는 렌툴루스 스핀테르와 마주쳤고, 그 거만한 전직 집정관에게 다부지게 맞섰다. 그 결과 렌툴루스 스핀테르에게서 지휘권을 넘겨받았고, 풀이 죽은 렌툴루스 스핀테르와 병사들을 재빨리 코르피니움으로 데려갔다.

그곳에는 아헤노바르부스가 자리를 잡고 있었다.

카이사르가 루비콘 강을 건너기 이전에 원로원이 이탈리아 방어를 위해 배치했던 보좌관 가운데 선전하고 있는 사람은 아헤노바르부스뿐이었다. 푸키누스 호수와 면한 알바 푸켄티아에서 그는 자신의 피호민이자 호전적이고 정력적인 마르시족을 상대로 2개 군단을 모집했다. 그런 다음 아테르누스 강 옆에 위치한 요새 도시 코르피니움에 그 병력을 배치시켰다. 카이사르의 공격에 맞서 코르피니움과 그 자매도시인 술모만큼은 기필코 지켜낼 작정이었다. 비불리우스의 도움으로 그는 렌툴루스 스핀테르 수하였던 10개 대대를 얻게 됐고, 카메리눔에서 달아나던 히루스로부터 비불리우스가 빼앗은 5개 대대도 추가로 얻었다. 그러므로, 적어도 키케로의 눈에는, 카이사르가 긴장해야 할 유일한 적은 아헤노바르부스뿐인 듯했다. 폼페이우스는 카이사르와 맞설 마음이 없는 게 분명해 보였다.

카이사르가 이탈리아와 로마를 장악한 뒤 어떤 일을 벌일지에 대한 소문은 무성하고도 무시무시했다. 모든 빚을 탕감해줄 거라더라, 기사 계급 전체를 공권박탈자 명단에 올릴 거라더라, 아무 재산도 없고 국가에 기여할 거라곤 자식밖에 없는 하찮은 최하층민에게 원로원과 민회를 넘겨줄 거라더라. 하지만 카이사르는 절대로 그런 일들을 벌이지 않을 것이라고 말해주는 아티쿠스가 있으니 다소 안심이 되는 듯했다.

"카이사르를 사투르니누스나 카틸리나와 동급으로 여기지 말게." 아티쿠스는 키케로에게 편지로 말했다. "그는 아주 유능하고 현명하고 상식적인 사람일세. 나는 그가 부채 전액 탕감 같은 멍청한 짓은 하지 않을 것이고, 무슨 일이 있어도 로마 상업계의 안녕을 보호하고 책임질 거라고 믿네. 키케로, 카이사르는 절대로 급진주의자가 아닐세!"

오, 키케로도 그 말을 얼마나 믿고 싶었는지 모른다! 하지만 그럴 수 없었다. 아마도 그가 모든 사람들의 말을 다 들으며 그 말들이 전부 그 럴싸하다고 믿기 때문이리라. 다만 아티쿠스처럼 카이사르 입장을 대변하는 인물들의 말은, 그 말이 얼마나 차분하고 타당하든 간에 온전히 믿기 어려웠다. 그는 카이사르를 좋아할 수 없었고 믿을 수가 없었기 때문이다. 시작은 그가 집정관을 지낸 저 끔찍한 해부터였다. 당시에 카틸리나는 국가를 전복시킬 계획을 짰고, 카이사르는 재판도 없이 로마 시민을 처형했다는 이유로 키케로를 비난했다. 용납할 수도, 용서할 수도 없는 일이었다. 카이사르의 입장 표명으로 인해 클로디우스의 박해와 18개월간의 망명 생활이 이어졌다.

"형은 이렇게 보나 저렇게 보나 멍청이야!" 퀸투스 키케로가 으르렁 거렸다.

"뭐라고!" 키케로가 씩씩거렸다.

"형도 다 들었잖아! 형은 멍청이야! 카이사르가 괜찮은 사람이고 아주 보수적인 정치인이라는 걸, 로마 역사상 가장 뛰어난 군인이라는 걸 어째서 몰라보는 거야?" 퀸투스 키케로는 냉소와 조롱이 섞인 말을 쏟아냈다. "그는 그들을 모두 쓸어버릴 거야, 마르쿠스! 그들이 그 소중한 공화정에 대해 얼마나 씨부렁거리든 간에, 그들에겐 이길 가능성이 전혀 없어!"

"벌써 여러 번 했던 말이지만," 키케로는 아주 위엄 있게 말했다. "다시 한번 말해주지. 카이사르와 함께 승리하는 것보단 폼페이우스와 함께 패배하는 편이 훨씬 더 나아!"

"그렇다 해도," 퀸투스가 말했다. "나한테까지 똑같은 생각을 강요하진 마. 난 카이사르 밑에서 복무했고 그를 좋아해. 모든 신들께 맹세코,

그를 아주 존경한다고! 그러니 나한테 그와 맞서라고 하진 마. 절대로 맞서지 않을 테니까."

"난 툴리우스 키케로 가문의 수장이야!" 큰형이 외쳤다. "넌 내가 하라는 대로 해야 돼!"

"가족에 대한 도의는 딱 거기까지야. 난 카이사르 밑으로 들어가 싸우지 않겠어. 하지만 절대 칼을 들거나 병사들을 이끌고 카이사르와 맞서지도 않을 거야."

동생 퀸투스는 그 입장에서 한 발도 물러서지 않으려 했다.

키케로의 아내 테렌티아와 딸 툴리아가 포르미아이로 합류하자 다툼은 더 잦고 격해졌다. 퀸투스의 아내 폼포니아가 도착하자 상황은 더 심각해졌다. 폼포니아는 아티쿠스의 여동생이자 테렌티아보다 더 드센 여자였다. 테렌티아는 키케로 편이었지만(흔치 않은 일이었다) 폼포니아와 툴리아는 퀸투스 키케로 편이었다. 설상가상으로 퀸투스 키케로의 아들은 카이사르의 군대에 입대하고자 했고, 키케로의 아들은 폼페이우스의 군대에 입대하고자 했다.

"아빠," 툴리아는 크고 예쁜 갈색 눈으로 애원하듯 말했다. "제발 이 상황을 이성적으로 보셨으면 해요! 제 남편 돌라벨라는 카이사르가 훌륭한 로마 귀족의 조건을 두루 갖춘 사람이라고 했어요."

"나도 그렇게 생각한단다." 퀸투스 키케로가 다정하게 말했다.

"저도 동의해요, 아버지." 젊은 퀸투스 키케로가 똑같이 다정하게 말했다.

"제 오라버니 아티쿠스는 카이사르가 아주 훌륭한 사람이라고 생각해요." 폼포니아가 호전적으로 턱을 내밀며 말했다.

"당신들은 모두 생각이 없군요!" 테렌티아가 쏘아붙였다.

"게다가 이길 것 같은 사람에게 아첨하려고 만반의 준비를 해놓고 있죠!" 젊은 마르쿠스 키케로가 사촌을 노려보며 소리쳤다.

"조용, 조용, 조용!" 툴리우스 키케로 가문의 우두머리가 고함쳤다. "다들 조용히 못해! 얼른 나가보시오! 날 조용히 내버려두란 말이오! 내가 신병 모집에 고전하는 걸로 충분하지 않소? 릭토르 열두 명에게 시달리는 걸로 충분하지 않소? 카푸아의 집정관들이 카이사르의 검투사 5천 명을 귀족 가문들에게 떠맡겨버린 것으로 충분하지 않소? 그 검투사들이 집주인들의 식량을 다 먹어치우고 있는 이 마당에? 카토가 카푸아에 머물지, 시칠리아 총독으로 떠날지 갈팡질팡하는 걸로 충분하지 않소? 발부스가 내게 하루 두 번씩 편지를 보내 카이사르와 폼페이우스의 관계를 회복시켜달라고 애걸하는 걸로 충분하지 않소? 폼페이우스가 벌써부터 브룬디시움의 병력을 아드리아 해 너머로 옮기고 있다는 소문이 들리는 걸로 충분하지 않소? 그러니까 다들 조용, 조용, 조용!"

라리눔에서 브룬디시움으로

폼페이우스는 원로원의 감시견들이 없어지니 훨씬 살 만하다고 생각했다. 티투스 라비에누스는 설교나 장광설, 정치적 분석 없이 견실한 군사적 식견만을 제공했고, 폼페이우스는 이 끔찍한 난파 상황에서 뭔가 건질 수 있을지도 모른다고 생각하기 시작했다. 폼페이우스의 모든 본능은 이탈리아에서 카이사르를 막으려 애쓰는 건 무익하다고, 가장 영리한 방책은 아드리아 해를 건너 후퇴하며 로마 정부를 데려가는 거라고 말했다. 정부가 이탈리아를 떠나면 카이사르는 엄포나 협박, 강압으로 정부로 하여금 자신의 행위를 공식 승인하게 만들어서 입지 강화를 꾀할 기회를 빼앗길 터였다. 그러면 그는 자신의 진짜 모습으로, 정부를 추방한 반역적 정복자로 보이게 될 터다. 또한 아드리아 해를 건너는 후퇴는 진짜 후퇴도 아니었다. 폼페이우스에게 절박하게 필요한 한숨 돌릴 기회였다. 그는 군대를 정비하고, 그의 군대가 히스파니아에서 뱃길로 오게끔 하며, 동방의 피호국 왕들에게 추가 병력과 부족한 기병대를 보내라고 요구할 터였다.

"장군님의 히스파니아 군대를 너무 믿지는 마십시오." 라비에누스가 경고했다.

"무슨 뜻인가?"

"마그누스, 이탈리아를 떠나 마케도니아나 그리스로 가면 카이사르가 쫓아올 거라고 생각하시면 안 됩니다. 카이사르는 히스파니아로 가서 장군님의 기지와 군대를 파괴할 겁니다."

"내가 놈의 영순위야, 확실해!"

"아니요, 카이사르의 영순위는 히스파니아를 무력화하는 겁니다. 따라서 그는 그의 전군을 알프스 이쪽 편으로 데려오지 않을 겁니다. 그는 서방에서 군대가 필요할 거라는 걸 압니다. 제 생각에 지금쯤 트레보니우스는 나르보에서 최소 3개 군단을 확보했을 겁니다. 나르보는 늙은 루키우스 카이사르가 현지인 병력 수천은 물론 모든 것에 대해 완벽한 질서를 확보해놓은 곳이지요. 그들은 아프라니우스와 페트레이우스가 육로로 로마로 진군하기를 기다리고 있을 겁니다." 라비에누스는 찌푸린 얼굴로 폼페이우스를 힐끗 쳐다봤다. "그들은 아직 진군하지 않은 거지요?"

"그래, 그러지 않았어. 난 지금도 계속 카이사르를 처리할 최고의 방책을 생각하는 중일세. 북쪽의 피케눔으로 가야 할지, 아드리아 해를 건너 동쪽으로 가야 할지."

"피케눔으로 가기엔 너무 늦었습니다, 마그누스. 그곳은 한 주 전에 대안으로서의 효력을 잃었어요."

폼페이우스는 결심하고 말했다. "그렇다면 퀸투스 파비우스를 코르피니움에 있는 아헤노바르부스에게 보내겠네. 코르피니움을 버리고 군대와 함께 나한테 오라는 명령을 전달하라고 할 거야."

"좋은 생각입니다. 아헤노바르부스가 계속 코르피니움에 있다가는 몰락할 겁니다. 카이사르가 그의 병사들을 차지할 거고 우리는 아주 아쉬워하게 되겠지요. 아헤노바르부스는 제대로 편성된 2개 군단 외에도 15개 남짓한 대대를 보유중입니다." 라비에누스는 화제를 돌렸다. "6군단과 15군단은 어떻습니까?"

"놀랄 만치 유순해. 주로 자네 때문인 것 같아. 자네가 우리 쪽에 있다는 걸 안 후로 우리가 옳은 편이라는 쪽으로 그들의 생각이 기운 것 같네."

"그렇다면 저도 쓸모가 있군요."

라비에누스는 자리에서 일어나 덧문이 열린 창문 쪽으로 갔다. 북쪽에서 차갑고 불길한 겨울 돌풍이 불어들어왔다. 진지는 라리눔 외곽이었다. 라리눔은 가이우스 베레스와 푸블리우스 케테구스가 술라의 지시에 따라 실시한 처벌에서 전혀 회복되지 못했다. 아풀리아의 시골도 마찬가지였다. 베레스는 나무 한 그루 남기지 않고 다 없애버렸다. 방풍림도, 표토를 잡아줄 뿌리들도 사라지자 푸르고 비옥했던 땅은 사라지고 흙먼지와 메뚜기만 남았다.

"브룬디시움에서 해상 운송수단을 모집하고 있습니까?" 라비에누스가 추위에 아랑곳없이 창밖을 응시하며 물었다.

"물론이네. 하지만 나는 곧 집정관들에게 돈을 부탁해야 해. 일부 선장들이 돈을 먼저 받아야만 배를 띄우겠다고 고집을 부리고 있어. 합법적인 전쟁과 내전의 차이겠지. 선장들은 보통 장부에 달아놓는 것으로 만족하잖나."

"그럼 국고 자금은 카푸아에 있군요."

"그래, 그럴 거라 생각하네." 폼페이우스는 별생각 없이 대답한 뒤 갑자기 충격에 몸이 굳었다. "유피테르 신이시여!"

라비에우스는 곧바로 뒤돌아보았다. "왜 그러십니까?"

"라비에누스, 로마에서 국고를 옮겼다고 확신할 수가 없네! 유피테르시여! 아, 헤르쿨레스! 미네르바! 유노! 마르스 신이시여! 캄파니아로 떠나는 단 한 대의 국고 자금 수레도 본 기억이 없어!" 폼페이우스는 몸을 뒤틀며 손가락으로 관자놀이를 짚은 채 눈을 감았다. "맙소사, 믿을 수가 없군! 하지만 생각하면 할수록 저 귀하신 잡놈들, 마르켈루스와 크루스가 국고를 비우지 않고 황급히 로마에서 빠져나왔다는 확신이 드네! 놈들은 집정관이야. 자금 처리는 그들의 임무라고!"

라비에누스는 핏기 없이 질린 얼굴로 침을 삼켰다. "우리가 군자금도 없이 전쟁을 시작했다는 말씀입니까?"

"내 잘못이 아니야!" 폼페이우스가 은색으로 변한 숱 많은 머리카락을 양손으로 움켜쥔 채 울부짖었다. "내가 모든 걸 다 생각해야만 하나? 카푸아의 그 잡놈들은 아무 생각도 하지 않아도 되고? 그들은 몇 달 동안 날 둘러싸고 꼼짝 못하게 만들었네, 꽥꽥거리고 꼬꼬댁거리면서, 내가 거의 생각을 할 수 없을 때까지 내 귀에 대고 지껄여대면서—쪼고, 트집 잡고, 비판하고, 논쟁했지—아, 티투스, 그들은 질리지도 않고 논쟁을 해! 계속, 계속, 끝도 없이! 이러는 건 옳지 않다, 저러는 건 잘못됐다. 원로원이 이렇게 말했고, 저렇게 말했고—내가 여기 라리눔까지 군대를 이끌고 온 게 놀라울 지경이네!"

지금은 폼페이우스를 책망할 때가 아님을 깨달은 라비에누스가 말했다. "그렇다면 우린 최대한 빨리 카푸아로 사람을 보내서, 집정관들한테 서둘러 로마로 가서 국고를 비우라고 지시해야 합니다. 나랏돈으로 전쟁을 하는 쪽이 카이사르가 되게 하지 않으려면요."

"그래야지!" 폼페이우스는 숨을 헐떡이고 비틀거리며 일어섰다. "당장 그리하겠네. 그래, 가이우스 카시우스를 보내야지! 시리아에서 두각을 나타낸 호민관이니 놈들을 설득할 수 있겠지?"

폼페이우스가 휘청거리며 나간 후 라비에누스는 창가에서 무거운 마음으로 황량한 풍경을 바라보았다. 폼페이우스는 변했다. 솜이 반쯤 빠진 인형이야. 나이 때문이겠지. 쉰일곱이 다 되어갈걸. 정치 이론가 무리―카토, 마르켈루스 삼 형제, 렌툴루스 크루스, 메텔루스 스키피오―에 대해서는 폼페이우스가 옳다. 그들은 군사 쪽으로는 젬병이라 검과 엉덩이도 구분하지 못해. 난 편을 잘못 골랐다. 내가 계속 그 원로원 거머리들보다 더 마그누스와 가깝게 지내지 못한다면 말이지. 놈들한테 맡겨뒀다가는 카이사르가 우리를 먹어치울 것이다. 피케눔은 무너졌다. 12군단은 13군단에 합류했다. 이제 카이사르는 2개의 노련병 군단을 손에 넣었고, 게다가 우리가 모병한 병사들도 모두 손에 넣는 데 성공했다. 그들은 아는 거야. 내가 직접 퀸투스 파비우스를 만나야겠군. 코르피니움에 있는 그 옹고집 잡놈 아헤노바르부스를 반드시 설득해야 해. 그곳을 버리고 이쪽으로 오라고! 돈, 돈……. 아무리 베레스와 케테구스가 약탈한 뒤라고 해도 이 근처에 약간은 분명 있을 텐데. 약탈은 30년 전의 일이니까. 몇몇 신전의 비축물과 늙은 라비리우스의 저택……. 가이우스 카시우스도 직접 만나봐야겠다. 캄파니아의 신전과 소도시 들에서 돈을 빌리라고 해야지. 마지막 한푼까지 샅샅이 찾아내야 한다.

라비에누스가 보기에는 폼페이우스의 항해를 가능케 할 현명한 결정이었다. 렌툴루스 크루스가 폼페이우스의 퉁명스러운 명령에 답할 때쯤이면(수석 집정관인 작은 마르켈루스는―늘 그랬듯이―아팠다)

군대는 라리눔을 떠나 훨씬 남쪽의 루케리아에 있을 것이고, 메텔루스 스키피오는 신나게 짐을 싸고 6개 대대와 브룬디시움으로 가서 카이사르가 그곳으로부터 멀리 있다는 걸 알고는 안심하여 명령대로 거기 머물 터였다.

폼페이우스는 라비에누스가 지켜보는 가운데 렌툴루스 크루스의 편지를 읽었다. "믿을 수가 없군!" 폼페이우스는 백묵처럼 하얗게 질리고 눈에는 순전히 분노 때문에 눈물이 맺힌 채 헐떡이듯 말했다. "고귀하신 차석 집정관께서, 내가 피케눔으로 먼저 가서 카이사르가 로마에 접근하지 못하게 해야만 그 방자한 엉덩이를 떼고 일어나 로마로 가서 국고를 비우겠다는군! 안 그러면 지금대로 카푸아에 계속 '안전하게' 있을 거라나! 그뿐이 아니네. 그는 가이우스 카시우스가 인내심이 부족하다고 비난하는 바이며, 그 벌로 그를—내 보좌관을!—네아폴리스로 보냈다고 썼어. 집정관들과 나머지 정무관들이 캄파니아를 급히 떠야 할 때를 위해 배 몇 척을 수배하라는 임무를 줬다나. 끝맺음은 이렇다네, 라비에누스. 그가 카이사르의 검투사들로 1개 군단을 만들려는 걸 내가 막은 일이 실수였다는 생각엔 변함이 없다. 검투사들이 우리를 위해 훌륭하게 싸웠을 거라고 확신하며, 우리 군인들이 검투사들의 역량을 과소평가한다고 생각한다. 그러므로 본인은 내가 검투사들을 해산시킨 것에 분개한다."

라비에누스는 분노를 넘어서서 킬킬 웃음이 나왔다. "아, 참 대단한 광대극이군요! 마그누스, 이 연극을 아풀리아의 모든 소도시와 촌락을 돌며 순회공연이라도 해야겠습니다. 촌놈들은 태어나서 이렇게 웃기는 익살극 순회 공연단은 처음 본다고 할 겁니다. 렌툴루스 크루스의 가슴에 멜론 두 통을 넣어 정신 나간 늙은 매춘부로 변장시키면 딱이겠어요."

그러나 적어도—라비에누스는 속으로 생각했다—젊은 가이우스 카시우스가 안티움에서 수렌툼까지 신전이란 신전은 모두 습격할 것이다. 다름 아닌 그 카시우스라면, 군대를 희생시켜 원로원을 곤경에서 구하라는 렌툴루스 크루스 같은 놈들의 명령엔 결코 아랑곳하지 않을 것이다!

퀸투스 파비우스가 코르피니움에서 돌아와, 아헤노바르부스가 행군하여 2월 이두스 나흘 전에 루케리아의 군대에 합류할 것이며 피케눔이 무너진 후 난민이 계속 유입되어 그의 병력도 늘어난 상황이라고 폼페이우스에게 보고했다. 가장 기운 나는 소식은 아헤노바르부스에게 600만 세스테르티우스가 있다는 것이었다. 그는 병사들에게 지급하려다가 폼페이우스에게 더 절실히 필요할 것 같아서 지급을 미뤘다고 했다.

그러나 2월의 열한번째 날이자 이두스 이틀 전에 비불리우스는 긴급 공문을 보내 아헤노바르부스가 코르피니움에 남기로 결정했다고 폼페이우스에게 보고했다. 카이사르가 피케눔을 떠나 카스트룸 트루엔툼에 있다고 아헤노바르부스의 정찰대가 보고했기 때문이다. 카이사르를 반드시 저지해야 하니 자신이 그 일을 하겠다는 것이 아헤노바르부스의 말이었다.

폼페이우스는 코르피니움으로 긴급 명령서를 보냈다. 아헤노바르부스는 카이사르가 도착하여 봉쇄당하기 전에 그곳을 떠나라는 내용이었다. 폼페이우스의 정찰대는 카이사르의 노련병들 가운데 3분의 1이 접근하는 중이라고 믿었고, 안토니우스와 쿠리오가 여러 대대를 이끌고 카이사르한테로 복귀했다는 걸 알고 있었다. 오랜 세월 함께한 3개 군단과 풍부한 봉쇄 경험으로 무장한 카이사르는 코르피니움과 술모를 손쉽게 장악할 터였다. 폼페이우스는 명령서에 이렇게 적었다. 거기서 나오게, 나오라고!

아헤노바르부스는 명령서를 무시하고 코르피니움에 남았다.

이 사실을 모르던 폼페이우스는 2월 이두스에 보좌관 데키무스 라일리우스를 통해, 반드시 따라야 한다며 다음 명령을 카푸아로 전했다. 집정관 한 명은 시칠리아로 가서 이제 막 수확되어 들어오기 시작한 곡물을 확보할 것. 아헤노바르부스와 그의 12개 대대 역시 가능한 한 빨리 시칠리아로 갈 것. 시칠리아를 확보하는 데 필요하지 않은 사람들은 즉시 브룬디시움으로 가서 아드리아 해를 건너 에페이로스로 간 다음 디라키온에서 대기할 것. 여기에는 정부도 포함됨. 라일리우스는 시칠리아로 갈 선단 수배 임무를 인계받았다. 라비에누스는 카시우스가 여러 신전과 소도시의 돈을 남김없이 긁어모으느라 바쁘다고 했다.

코르피니움의 상황은 아주 천천히 알려졌다. 코르피니움과 루케리아는 150킬로미터 정도밖에 떨어져 있지 않았지만, 긴급 공문은 이틀에서 나흘 정도 걸려서 폼페이우스에게 도착했다. 폼페이우스가 공문을 받아볼 때쯤이면 이미 대응 행동에 나서기에 늦었다는 뜻이었다. 그 대단한 인재 라비에누스조차도 상황을 개선시킬 수가 없었다. 전령들은 매번 꾸물거리고 인사차 늙은 숙모의 집에 들르고 술집에 가고 여자와 희롱거렸기 때문이다.

폼페이우스는 지친 목소리로 말했다. "아군에는 사기라는 게 아예 없네. 이 전쟁을 믿는 사람들이 거의 없다고! 나머지 사람들도 전쟁을 진지하게 받아들이지 않아. 난 사지가 잘렸네, 라비에누스."

"아드리아 해를 건널 때까지 버티십시오." 라비에누스의 대답이었다.

카이사르는 이두스 다음날에 코르피니움에 도착했지만, 이 소식도 폼페이우스는 사흘이나 지난 후에야 알게 되었다. 그때쯤 카이사르는 8군단, 12군단, 13군단을 이미 손에 넣었다. 술모는 항복했고 코르피니움은 봉쇄에 속수무책이었다. 폼페이우스는 굳은 얼굴로 아헤노바르부스에게 전갈을 보냈다. 지원병을 보내기에는 너무 늦었으며, 본인이 자초한 상황이니 알아서 봉쇄에서 벗어나라는 내용이었다.

아헤노바르부스가 지원을 요청하고 엿새 후 폼페이우스의 냉담한 답신이 도착했을 때, 코르피니움의 사령관은 병사들과 보좌관들을 남겨두고 야반도주하기로 결심했다. 그러나 불행하게도 그의 행동이 이상해진 것을 눈치챈 렌툴루스 스핀테르가 아헤노바르부스를 긴급 구금했다. 스핀테르는 사람을 보내 카이사르를 불렀다. 그리하여 2월의 스물한번째 날, 아헤노바르부스와 그의 패거리 및 나머지 원로원 의원 50명은 카이사르에게 넘겨졌다. 31개 대대와 600만 세스테르티우스도 함께. 카이사르로서는 반가운 덤이었다. 그는 아헤노바르부스의 병사들에게 충성의 맹세를 요구했고 이후로 그들을 잘 대우해줬다. 카이사르는 그들을 시칠리아 확보를 위해 보내는 것이 가장 유용할 거라고 판단했다.

이번에는 전령이 꾸물거리지 않고 폼페이우스에게 갔다. 폼페이우스의 반응은 루케리아의 진지를 철거하고 그가 보유한 50개 대대와 함께 브룬디시움으로 행군하는 것이었다. 카이사르는 맹렬한 추격에 나섰다. 코르피니움의 항복을 받은 지 다섯 시간도 지나지 않아서 그는 폼페이우스를 쫓아 남쪽으로 떠났다. 폼페이우스는 2월의 스물네번째 날에 브룬디시움에 도착했는데, 거기 있는 배들로는 그의 50개 대대

중 30개 대대밖에 수송할 수 없었다.

그러나 폼페이우스를 가장 낙담하게 한 소식은 카이사르가 코르피니움에서 충격적일 정도의 관대함을 보여주었다는 사실이었다. 카이사르는 집단 처형이 아닌 집단 사면을 실시했다. 아헤노바르부스, 아티우스 바루스, 루킬리우스 히루스, 렌툴루스 스핀테르, 비불리우스 루푸스와 원로원 의원 50명은 이탈리아를 지켜낸 용기에 대해 정중한 찬사를 들은 뒤 무탈하게 풀려났다. 카이사르가 요구한 것은 단 하나, 다시는 그에 대항하여 싸우지 않겠다는 약속뿐이었다. 카이사르는 경고했다. 또다시 무기를 든다면 자비는 없을 거라고.

이제 캄파니아는 카이사르에게 북쪽만큼이나 열려 있었다. 아무도—군대도, 집정관도, 원로원 의원도—카푸아에 남지 않았다. 모든 물자와 사람은 브룬디시움으로 이동했다. 폼페이우스가 시칠리아에 군대를 파견할 생각을 접었기 때문이다. 모든 물자와 사람은 에페이로스에서 북쪽으로 좀 떨어진 마케도니아 서부의 디라키온으로 배를 타고 이동했다. 국고는 아직 비워내지 못했다. 하지만 렌툴루스 크루스는 안타까워했던가? 자신의 어리석음을 사죄했던가? 천만에! 그는 아직도 폼페이우스가 검투사 군단을 반대한 일로 성을 내고 있었다.

브룬디시움은 카이사르에게 매우 우호적이었고, 이는 브룬디시움에 있는 폼페이우스를 불편하게 했다. 그는 이 항구도시의 거리를 파내고 방책을 쌓아야 했으며, 브룬디시움이 자신을 배신하지 않도록 갖은 애를 써야 했다. 그래도 폼페이우스는 3월의 두번째 날부터 네번째 날까지 30개 대대를 배에 태워 내보내는 데 성공했다. 집정관 한 명과 다른 정무관들, 원로원 의원들도 같이 태워 보냈다. 이제 적어도 그들이 그를 방해하지는 않을 것이다! 남은 사람들은 폼페이우스가 그나마 참고

대화할 수 있는 이들뿐이었다.

카이사르는 폼페이우스의 배들이 빈 상태로 돌아오기 전에 브룬디시움 외곽에 도착했고, 갈리아 군단 보좌관 카니니우스 레빌루스를 도시 안으로 들여보내 젊은 나이우스 폼페이우스의 장인인 스크리보니우스 리보를 만나게 했다. 레빌루스의 임무는 리보를 설득하여 폼페이우스를 만날 기회를 얻는 것이었다. 폼페이우스는 교섭에 동의했지만 그 외에는 어떤 것에도 동의하지 않았다.

폼페이우스는 말했다. "레빌루스, 집정관들은 부재중이고 나한테는 교섭권이 없소."

"무슨 말씀입니까, 나이우스 폼페이우스." 레빌루스가 단호하게 말했다. "그럴 리가 없습니다. 원로원 최종 결의가 발효중이니 당신이 현재 최고사령관입니다. 집정관 부재시엔 자유로이 협상하실 수 있잖습니까."

"카이사르와 화해할 생각은 추호도 없소!" 폼페이우스가 쏘아붙였다. "카이사르와 화해한다면 아첨하는 개처럼 그의 발치에 엎드리는 거나 다름없소!"

"진심이십니까, 마그누스?" 레빌루스가 떠난 뒤 리보가 물었다. "레빌루스의 말이 맞습니다, 장군께서는 협상을 하실 수 있습니다."

"협상하지 않을 거요!" 폼페이우스가 으르렁댔다. 집정관과 원로원의 감시견 들로 인한 시련에서 벗어나고 시간이 꽤 흐른 뒤라 그는 자신감을 회복했고 갈수록 강경해졌다. "사람을 보내서 메텔루스 스키피오와 가이우스 카시우스, 내 아들과 비불리우스 루푸스를 불러주시오."

리보가 후다닥 달려나가는 동안 라비에누스는 생각에 잠겨 폼페이우스를 바라보다가 말했다. "갑자기 완고해지시고 있군요, 마그누스."

"그래," 폼페이우스가 악문 이 사이로 말했다. "지금껏 포르투나 여신이 친 장난 중에 렌툴루스 크루스가 공화정 최대 위기의 해에 수석 집정관으로 뽑힌 것보다 더 심한 장난이 있는가? 작은 마르켈루스는 차라리 없는 게 나아, 무용지물이니까."

"제 생각에 작은 가이우스 클라우디우스 마르켈루스는, 그의 형제와 사촌과는 전혀 달라서 보니의 대의에 헌신하지 않는 것 같습니다." 라비에누스가 말했다. "그러니 취임한 뒤로 계속 아프다고 하는 것 아니겠습니까?"

"맞아. 그가 주저하면서 항해를 거부했을 때 놀라지 말았어야 하는데. 그래도 그의 태만 덕분에 나는 첫번째 선단에 그들 가운데 나머지 사람들을 몽땅 태워 보내기로 마음먹었지. 코르피니움에서 카이사르가 보인 관대한 처사가 소문난 후 그들은 흔들리고 있었어."

"카이사르는 공권박탈 조치를 하지 않을 겁니다." 라비에누스가 확신하듯 말했다. "그건 그에게 최선책이 아니니까요. 그는 계속 관대하게 행동할 겁니다."

"나도 그렇게 생각하네. 하지만 그자는 틀렸어, 라비에누스, 잘못하고 있는 거야! 내가 이 전쟁에서 승리한다면, 아니, 내가 이 전쟁에서 승리하는 날 공권박탈을 실시할 거야."

"제가 대상자가 아니라면야, 마그누스, 마음대로 하십시오."

소환된 사람들이 도착하여 자리를 잡고 앉았다.

폼페이우스는 장인에게 말했다. "스키피오, 자네를 곧바로 자네의 속주인 시리아로 보내기로 결정했네. 거기서 최대한 돈을 짜낸 다음 그곳의 최정예 20개 대대로 2개 군단을 편성하여 마케도니아든 어디든 내가 있는 곳으로 데려오게."

"알겠습니다, 마그누스." 메텔루스 스키피오가 고분고분하게 대답했다.

"나이우스, 내 아들아, 내가 당장은 너를 데려가지만, 나중에는 함대를 수배하라고 부탁할 거다. 언제가 될지는 분명하지 않지만. 카이사르에게는 해상 작전이 최선일 것 같다. 그는 땅 위에서는 늘 위험한 존재겠지만, 우리가 바다를 지배할 수 있다면 그는 고전을 면치 못할 거다. 동방 사람들은 나를 잘 알지만 카이사르에 대해서는 전혀 몰라. 그들은 나를 좋아하니까 나는 함대를 얻게 될 거다." 폼페이우스는 주화로 1천 탈렌툼, 그리고 캄파니아의 신전과 소도시 금고에서 또 1천 탈렌툼을 어렵게 마련해낸 카시우스를 쳐다보았다. "가이우스 카시우스. 자네도 당분간 나와 같이 움직이세."

"알겠습니다, 나이우스 폼페이우스." 카시우스는 자신이 폼페이우스의 말을 반기는지 그렇지 않은지 확신할 수가 없었다.

"비불리우스, 자네는 서쪽으로 가게. 히스파니아에서 아프라니우스와 페트레이우스를 만났으면 하네. 바로는 이미 길을 떠났지만, 지금 시기라면 배를 탈 수 있네. 아프라니우스와 페트레이우스에게 절대로 내 군대를 동쪽으로 진군시키면 안 된다고 전하게. 그들은 히스파니아에서 카이사르를 기다려야 해. 카이사르는 나를 따라 동쪽으로 가기 전에 히스파니아를 격파하려고 할 것 같으니까. 히스파니아의 내 군대는 문제없이 카이사르를 무찌를 거네. 내가 디라키온으로 데려갈 딱한 군대와는 달리 단련된 노련병들이니까."

다행이군. 라비에누스는 만족스럽게 생각했다. 폼페이우스는 카이사르가 히스파니아로 먼저 갈 거라는 내 의견을 받아들였어. 이제 내가 할 일은 그 마지막 2개 군단을—그리고 이 실망스러운 마그누스를—

무사히 브룬디시움에서 탈출시키는 것뿐이다.

실제로 그들은 3월의 열일곱번째 날, 수송선 두 척만 잃고 브룬디시움을 무사히 빠져나갔다.

원로원과 그 정무관들, 그리고 공화국 군대의 최고사령관은 이탈리아를 카이사르에게 내준 것이다.

브룬디시움에서 로마로

카이사르의 정보망과 정보원들은 폼페이우스의 정보망과 정보원들이 무능한 만큼 유능했다. 카이사르의 전령들은 인사차 늙은 숙모에게 들르거나 술집에 가거나 여자와 희롱거리지 않았다. 폼페이우스와 그의 마지막 2개 군단이 배를 타고 떠나자 카이사르는 그들에 대한 생각을 접었다. 일단 이탈리아부터 처리할 터였다. 그다음은 히스파니아였고, 그다음에야 카이사르는 폼페이우스와 그의 '대(大)공화국군'에 대해 다시 생각할 것이었다.

이제 카이사르에게는 13군단과 12군단, 유능하고 노련한 8군단이 있었다. 폼페이우스가 모병했던 3개 군단도 있었고, 또한 기병 300명이 카이사르 밑에서 복무하겠다며 노리쿰에서 말을 달려왔다. 카이사르로서는 기쁘고도 놀라운 일이었다. 노리쿰은 일리리쿰의 북쪽에 있었고 로마 속주가 아니었지만, 상당히 로마화한 그곳의 부족들은 이탈리아 갈리아 동부와 긴밀한 관계를 맺고 있었다. 노리쿰은 최고의 강철용 철광석 산지였는데, 이탈리아 갈리아에서 아드리아 해로 흐르는 여러 강을 통해 철광석을 수출했다. 그 강들 근처에는 브루투스의 할아버지인 카이피오가 그 마력적인 노리쿰 철광석을 세계 최상의 강철 날로 만들기 위해 세운 소도시들이 있었다. 지금까지 수년간 카이사르는 그 도시들 최고의 고객이었기에 노리쿰의 입장에서도 매우 중요한 사람이었다. 물론 그는 이탈리아 갈리아와 일리리쿰에서도 열렬한 지지를 받았다. 이 속주들을 늘 훌륭하게 통치했고 파두스 강 이북에 사는 사람들의 권리를 옹호해왔기 때문이다.

노리쿰 기병 300명은 크게 환영받았다. 유능한 기병 300명이면 카이사르가 이탈리아에서 계획한 모든 작전에 모자람이 없었다. 이제 그는 먼 갈리아에 게르만족 기병들을 보내달라고 할 필요가 없게 되었다.

브룬디시움에서 반도를 따라 캄파니아로 되돌아갈 때쯤 카이사르는 많은 것을 알게 되었다. 아헤노바르부스와 렌툴루스 스핀테르는 종적을 감추자마자 새로운 저항세력을 일으키려고 모의중이라는 것. 코르피니움에서 카이사르가 보여준 관대함이 마른 숲의 불길보다도 빨리 퍼져서 다른 그 무엇보다도 로마인들의 공포를 완화시켰다는 것. 카토와 키케로 모두 폼페이우스와 함께 이탈리아를 떠나지 않았으며, 작은 가이우스 마르켈루스 또한 숨기는 했지만 로마에 남기로 했다는 것. 코르피니움에서 사면을 받은 전직 집정관 마니우스 레피두스와 그의 장남은 카이사르가 요청한다면 원로원에 합류할 의향이 있다는 것. 루키우스 볼카티우스 툴루스도 카이사르의 원로원에 참여할 의사가 있다는 것. 그리고 집정관들이 국고를 비우지 않고 떠났다는 것.

그러나 3월 말경 캄파니아로 들어가던 카이사르의 마음을 가장 불편하게 한 인물은 키케로였다. 카이사르는 키케로에게 다시 손수 편지를 썼고, 삼촌 발부스와 조카 발부스와 오피우스까지 키케로에게 편지

폭격을 퍼부었지만, 그 고집 세고 근시안적인 사람은 협력하려 하지 않았다. 싫소, 난 로마로 돌아가지 않을 것이오! 싫소, 난 원로원에 합류하지 않을 것이오! 싫소, 공적인 장소에서 카이사르의 관대함을 칭송하지 않겠소, 사적인 자리에서 내가 그것을 얼마나 칭찬하는지와 상관없이! 아니, 난 두 발부스나 오피우스만큼이나 아티쿠스도 신뢰하지 않소!

4월이 되기 사흘 전에 카이사르는 키케로가 더는 만남을 회피할 수 없게 만들었다. 카이사르는 포르미아이에 있는 필리푸스의 빌라에 머물고 있었는데, 그 바로 옆집이 키케로의 빌라였던 것이다.

"명령을 받았소!" 키케로는 격노하여 테렌티아에게 말했다. "가뜩이나 머릿속이 복잡해 죽겠는데! 티로는 지독하게 아프고, 내 아들은 성년이 되는데—그러니 난 이곳 포르미아이가 아니라 아르피눔에서 있고 싶은데! 아, 왜 나는 내 릭토르단을 없앨 수 없는 거지? 거기다 내 눈을 보시오! 엉망진창으로 들러붙어서, 아침마다 하인이 반시간이나 해면으로 닦아줘야만 눈을 뜰 수 있단 말이오!"

"그래요, 정말 볼만하군요." 남편의 기분을 맞춰줄 생각이 없는 테렌티아가 말했다. "하지만 그냥 해치워버리는 게 상책이에요. 그 비열한 사람을 만나고 나면 그가 당신을 내버려둘 수도 있잖아요."

그래서 키케로는 자주색 단을 댄 토가를 입고 월계수로 장식한 파스케스를 든 릭토르단을 앞세운 채 툴툴거리며 집을 나섰다. 필리푸스의 거대한 빌라는 말 그대로 시골 장터 같았다. 사방에 군인들의 막사가 있었고 사람들은 이리저리 종종걸음치고 있었다. 사람이 어찌나 많은지, 위대한 변호인은 필리푸스와 그의 어색한 손님이 대체 어디 있는지 궁금해졌다.

그러나 키케로는 곧 카이사르를 발견했다—맙소사, 저자는 그대로 군! 얼마 만에 보는 거지? 9년도 넘었어. 마그누스가 편하게 인사차 들른 직후 거짓말을 하고 혼자서 몰래 루카로 떠나지 않았다면 루카에서 카이사르를 볼 수도 있었을 텐데. 하지만—키케로는 의자에 주저앉으며 물을 섞은 팔레르눔 포도주가 담긴 잔을 받아들고 생각했다—지금 보니 카이사르도 변하긴 했어. 한 번도 따뜻했던 적이 없는 눈이지만, 이제는 으스스할 정도로 차가워졌군. 늘 힘을 뿜어내는 듯한 모습이었지만, 그 힘이 이토록 강력했던 적은 없어. 언제라도 위협적일 수 있는 사람이지만, 저토록 느긋한 모습으로 위협적이었던 적은 없는데. 키케로는 오싹한 공포를 느끼며 생각했다. 지금 내 눈앞에 있는 건 막강한 군왕이다! 미트리다테스와 티그라네스를 합쳐놓은 것도 능가하는 왕. 타고난 위엄이 흘러넘치는 남자!

"피곤해 보이오." 카이사르가 말했다. "눈도 반쯤 먼 것 같고."

"눈에 염증이 생겼소. 도졌다가 나아졌다 하지. 하지만 맞소, 난 피곤하오. 그래서 염증이 악화된 상태요."

"당신의 조언이 필요하오, 마르쿠스 키케로."

"그것참 애석한 일이구려." 키케로는 적당히 진부한 문구를 찾아 대답했다.

"동의하오. 하지만 이미 벌어진 일이니 함께 처리해야만 하오. 나는 달걀 더미 속을 지나가는 고양이처럼 진행하고 싶소. 이를테면, 난 누구도 화나게 할 여유가 없다는 얘기요. 특히나 당신은." 카이사르는 몸을 앞으로 기울이고 그가 지을 수 있는 가장 매력적인 미소를 지어 보였다. 눈까지 웃고 있었다. "사랑하는 공화국을 다시 일으켜세우도록 도와주지 않겠소?"

"애초에 로마를 쓰러뜨린 건 당신이오, 카이사르. 싫소, 돕지 않겠소!" 키케로가 냉랭하게 대꾸했다.

카이사르의 눈가에 웃음기가 가셨지만, 입술엔 아직 남아 있었다. "공격을 개시한 건 내가 아니오, 키케로. 내 반대자들이었지. 루비콘 강을 건넌 건 내게 아무런 기쁨도 권력감도 주지 않았소. 내가 강을 건넌 건 적들이 웃음거리로 만든 내 존엄을 지키기 위해서였소."

"당신은 반역자요." 노선을 정한 키케로가 말했다.

카이사르의 입이—그 풍부한 곡선이 허락하는 한 최대로—팽팽해졌다. "키케로, 난 다투려고 당신과의 만남을 청한 것이 아니오. 당신의 조언이 가치 있다고 생각하기 때문에 부탁하는 거요. 지금은 소위 '추방된 정부'라는 주제는 제쳐두고 지금 이곳의 일을, 내 손으로 넘어온 로마와 이탈리아를 두고 얘기합시다. 나는 그 두 숙녀 모두를—개인적으로 그 둘은 하나라고 보지만—아주 부드럽게 다루기로 결정했소. 당신도 알다시피 나는 수년간 이곳을 떠나 있었소. 그러니 내게 조언이 필요하다는 걸 알아야 하오."

"내가 아는 건 당신이 반역자라는 것뿐이오!"

카이사르의 이가 드러났다. "그만 좀 둔하게 구시오!"

"둔하다고?" 키케로가 포도주를 튀기며 말했다. "'알아야 하오'라—그건 왕의 어조요, 카이사르. 당신은 다들 아는 사실을 놀라운 사실인 양 말하고 있소. 당신이 수년간 떠나 있었다는 건 이 반도의 모든 사람들이 '알고' 있단 말이오!"

카이사르는 눈을 감았다. 그의 상앗빛 두 뺨에 타는 듯이 붉은 원이 생겼다. 그것이 무슨 징조인지 아는 키케로는 자기도 모르게 몸을 떨었다. 카이사르는 화가 나서 이성을 잃어가는 중이었다. 예전에 마지막으로 키케로에게 이성을 잃을 만큼 화가 났을 때 카이사르는 푸블리우스 클로디우스를 평민으로 만들었다. 뭐, 어차피 이판사판이다. 이성을 잃을 테면 잃으라지!

그러나 카이사르는 이성을 잃지 않았고, 잠시 후 눈을 떴다. "마르쿠스 키케로, 나는 지금 로마로 가는 중이오. 로마에 가면 원로원을 소집할 거요. 난 당신이 원로원에 합류하기를 바라오. 나를 도와 인민을 진정시키고 로마 원로원을 정상화하기를 바라오."

"하!" 키케로가 냉소했다. "로마 원로원! '당신의' 원로원이겠지! 내가 만약 원로원에 나간다면 의원들한테 뭐라고 할지 당신도 알잖소?"

"솔직히 모르겠소. 말해보시오."

"난 당신이 군대와 함께든 아니든 히스파니아로 가지 못하게 하는 원로원 결의를 촉구할 거요. 당신이 군대와 함께든 아니든 그리스나 마케도니아로 가지 못하게 하는 원로원 결의도 촉구할 거고. '진짜' 원로원이 돌아와서 당신을 반역죄 재판에 넘길 때까지 로마에서 당신의 손과 발에 쇠사슬을 채우자고 요청할 것이오!" 키케로는 상냥한 웃음을 지었다. "어쨌거나 카이사르, 당신은 적법절차를 엄격히 지키는 사람 아니오? 당신을 재판도 없이 처형할 순 없지!"

"당신은 백일몽을 꾸고 있소, 키케로." 카이사르가 용케 평정을 유지하며 말했다. "일은 그런 식으로 전개되지 않을 거요. '진짜' 원로원은 도망쳤소. 이 말은 곧, 유일하게 유효한 원로원은 내가 만들기로 한 원로원뿐이라는 뜻이지."

"아!" 키케로가 술잔을 탕 소리가 나게 내려놓으며 소리쳤다. "왕께서 말씀하고 계시는구먼! 내가 여기서 뭘 하고 있는 거지? 가련하고 가련한 나의 벗 폼페이우스! 고향에서, 로마에서, 조국에서 쫓겨나—하지만 그는 당신보다 열 배는 나은 인물이오!"

카이사르는 유유히 대꾸했다. "폼페이우스는 아무것도 아니오. 나는 그의 무가치함을 당신이 무시할 수 없을 방식으로 당신한테 보여줘야만 하게 되지 않기를 진정으로 바라오."

"정말로 폼페이우스를 이길 수 있다고 생각하는군?"

"나는 내가 그를 이길 수 있음을 '알고' 있소. 하지만 그럴 필요가 없기를 바라오, 이것이 내가 말하고자 하는 바요. 그 터무니없는 환상은 제쳐두고 현실을 직시하지 않겠소? 나와 겨룰 만한 진정한 군인은 티투스 라비에누스밖에 없지만, 그 역시 아무것도 아니오. 정말이지 전면전은 피하고 싶소. 지금까지 그것을 분명히 보여주지 않았소? 사람들이 죽지 않았단 말이오, 키케로. 지금까지 난 거의 피를 보지 않았고, 아헤노바르부스와 렌툴루스 스핀테르 같은 자들은─내가 사면한 자들 말이오, 키케로!─자기들이 한 맹세를 어기면서 에트루리아 전역을 휘젓고 다니며 열변을 토하고 있지!"

"바로 그거요, 카이사로. '당신이' 사면한 사람들이라니. 무슨 권리로? 누구의 권한으로? 당신은 왕이오. 왕처럼 생각하고 있단 말이오. 당신의 임페리움은 만료되었고, 이제 당신은 평범한 전직 집정관이자 원로원 의원에 불과하오─그것조차도 단지 진짜 원로원이 당신을 공공의 적으로 선포하지 않았기 때문이지! 루비콘 강을 건너 이탈리아로 들어온 순간 당신이 반역자, 범법자, 공공의 적이 되었음에도 불구하고 말이오! 당신이 한 사면은 아무것도 아니오! 무의미하단 말이오."

카이사르는 숨을 깊이 들이쉬고 말했다. "마지막으로 한번 더 묻겠소, 마르쿠스 키케로. 로마로 가겠소? 원로원에 등원하겠소? 내게 조언을 하겠소?"

"나는 로마에 가지 않을 거요. 당신의 원로원에 등원하지도 않을 거고, 당신한테 조언을 하지도 않을 것이오." 키케로가 대답했다. 심장이 빠르게 뛰고 있었다.

카이사르는 잠시 동안 아무 말도 않다가 결국 한숨을 내쉬고 말했다. "그렇군. 알았소. 마지막으로 이것만 알아두시오, 키케로. 그리고 아주 신중하게 생각해보기를 바라오. 내게 계속 반대하는 건 현명한 행동이 아니오. 정말이지, 현명하지 못한 짓이오." 카이사르는 자리에서 일어섰다. "당신이 내게 적절하고 조예 깊은 조언을 하지 않겠다면, 나는 가능한 다른 누구한테서라도 조언을 얻을 것이오." 키케로를 아래위로 훑어보는 그의 눈은 얼음처럼 차가웠다. "그리고 그 조언대로 무슨 짓이든 할 것이오."

카이사르는 돌아서서 방을 나가버렸고, 키케로는 혼자서 나가는 길을 찾아야 했다. 키케로는 두 손으로 배를 꾹 누르고 있었다. 배가 뭉쳐서 죽을 것만 같았다.

"자네 말이 맞았네." 카이사르는 애를 써서 개인용으로 확보한 방에서 편안하게 기대 누우며 필리푸스에게 말했다.

"키케로가 거절했군."

"거절만 했을까." 진정으로 즐거워하는 웃음이 언뜻 떠올랐다가 사라졌다. "불쌍한 늙은 토끼! 그자의 심장이 뛰는 것이 토가의 모든 주름 사이로 보이더군. 그의 용기는 감탄스러워. 용기는 그 불쌍한 늙은 토끼가 타고난 것이 아니니까. 정말이지, 그가 분별 있는 판단을 하기를 바라! 왠지 그를 싫어할 수가 없단 말이야, 가장 어리석게 굴 때조차도."

필리푸스가 편안한 목소리로 말했다. "자네와 난 언제고 족보에 의

지할 수가 있지. 키케로에게는 기댈 만한 조상이 전혀 없고, 그것이 그에게는 큰 상처인 거야."

"그래서 키케로가 폼페이우스한테서 떨어지지를 못하는가보구먼. 키케로의 눈에 비친 내 인생은 한직 같은 것이겠지. 내게는 생득권이란 게 있으니까. 그런 면에서 볼 때 폼페이우스가 키케로의 취향에 더 부합하는 거지. 폼페이우스는 조상이 없어도 된다는 걸 증명하는 인물이니까. 바라건대 키케로는 생득권이 장애가 될 수 있다는 걸 알아야 해. 만약 내가 폼페이우스 같은 피케눔 출신 갈리아인이었다면 아드리아해를 건너 달아난 그 멍청이들 중 절반은 떠나지 않았을 거야. 나는 로마의 왕이 될 수 없어. 하지만 그들은 율리우스 집안사람이라면 그럴 수 있다고 생각한다고." 카이사르는 한숨을 쉬더니 필리푸스의 건너편 긴 의자에 걸터앉았다. "루키우스, 난 정말이지 로마의 왕이 되고 싶은 생각이 전혀 없다네. 그저 내가 응당 받아야 할 것들을 원할 뿐이야. 그들이 나의 이런 요구에 응하기만 했다면 애초에 일이 이렇게까지 되지도 않았을 거네."

"아, 무슨 말인지 잘 알아." 필리푸스가 가볍게 하품을 하며 말했다. "그리고 자네의 말을 믿어. 제정신인 사람이라면 누가 소송을 일삼고 강퍅한 옹고집 로마인들의 왕이 되고 싶어하겠나?"

두 사람이 큰 소리로 웃는 와중에 한 소년이 조심스레 들어와서 웃음소리가 그칠 때까지 예의바르게 기다렸다. 소년의 갑작스러운 등장에 매우 놀란 카이사르는 얼굴을 찡그린 채 그를 응시했다.

"네가 누군지 안다." 카이사르는 자기 옆에 있는 긴 의자를 두드리며 말했다. "앉거라, 나의 생질손, 가이우스 옥타비우스."

가이우스 옥타비우스가 대꾸했다. "생질손이 아니라 아들이 되고 싶어요, 카이사르 할아버지." 소년은 긴 의자에 앉아 카이사르를 돌아보며 유쾌한 웃음을 지어 보였다.

"키가 많이 컸구나." 카이사르가 말했다. "지난번에 마지막으로 널 봤을 땐 잘 걷지도 못했는데. 이제는 아랫도리가 묵직해 보이는걸. 몇 살이니?"

"열세 살이에요."

"내 아들이 되고 싶다고? 여기 계신 네 양부께 모욕적인 말이 아니냐?"

"그런가요, 루키우스 마르키우스?"

"나야 고맙지. 난 친아들이 둘이나 있는걸. 너를 기꺼이 카이사르한테 넘기겠다."

"솔직히 말해 난 아들에게 내줄 시간이나 애정이 없는 사람이란다. 가이우스 옥타비우스, 유감이지만 넌 앞으로도 계속 나의 생질손일 거다."

"그럼 조카라도 될 수는 없을까요?"

"안 될 거 없지."

소년은 발끝을 치켜세웠다. "마르쿠스 키케로가 나가는 모습을 봤어요. 기분이 좋지 않아 보이던데요."

"그럴 만도 하지." 카이사르가 침울하게 말했다. "그 사람을 아니?"

"어떻게 생겼는지만 알아요. 하지만 그의 연설문은 다 읽었어요."

"그래? 어떻든?"

"대단한 거짓말쟁이예요."

"그래서 감탄스럽니?"

"그렇기도 하고 아니기도 해요. 거짓말이 필요할 때도 있지만, 자신의 경력을 거짓말로만 쌓아올리는 건 어리석은 일이죠. 어쨌거나 저는 그러지 않을 거예요.”

“그럼 넌 어떻게 경력을 쌓을 거냐, 조카?”

“혼자 생각해서요. 내가 생각하는 것보다 적게 말하고 같은 실수를 두 번 하지 않는 걸로요. 키케로는 자기 혀의 노예예요. 자기 혀를 통제하질 못해요. 그건 현명하지 않은 것 같아요.”

“위대한 군인이 될 생각은 없니, 가이우스 옥타비우스?”

“위대한 군인이 될 수 있다면 정말 좋겠어요, 카이사르 할아버지. 하지만 내겐 그런 재능이 없는 것 같아요.”

“그러면서 혀로 경력을 쌓고 싶은 생각도 없다는 거구나. 하지만 계속 혼자 생각하면서 정상에 오를 수 있겠니?”

“네, 행동에 나서기 전에 기다리면서 다른 사람들이 어떻게 하는지 본다면요. 방종은,” 소년은 신중하게 말했다. “순수하게 결점이에요. 사람을 눈에 띄게도 하지만 양털처럼 적들을 모으기도 하니까요. 그러니까, 양털에 까끌까끌한 씨앗들이 들러붙듯이 말이죠.”

카이사르의 눈가에 잔주름이 잡혔다. 하지만 그는 입가까진 웃음이 번지지 않게 했다. “방종을 말하는 거니, 화려함을 말하는 거니?”

“방종요.”

“세심하게 교육받았구나. 학교에 다니니, 집에서 배우니?”

“집에서 공부해요. 제 가정교사는 타르소스의 아테노도로스 카나니테스예요.”

“화려함에 대해서는 어떻게 생각하지?”

“화려함은 화려한 사람들에게 어울려요. 카이사르 할아버지께도 어울리죠. 왜냐하면”—소년의 미간에 주름이 졌다—“왜냐하면 화려함은 할아버지의 일부니까요. 하지만 다른 사람들 중에 할아버지 같은 사람은 절대로 없을 거예요. 즉, 할아버지께 적용되는 것이 다른 사람들한테는 적용되지 않아요."

"너도 포함해서?"

"아, 물론이죠." 소년의 커다란 회색 눈이 흠모하는 듯 카이사르를 올려다보았다. "저는 카이사르 할아버지가 아니에요. 결코 그렇게 될 수 없겠죠. 하지만 저는 반드시 저만의 스타일을 가질 거예요."

카이사르가 웃으며 말했다. "필리푸스, 이 아이가 열일곱 살이 되자마자 무조건 내 수습군관으로 보내게!"

3월 말에 카이사르는 마르스 평원(에 있는 폼페이우스의 방치된 빌라)에 거처를 정했다. 신성경계선을 넘어 로마로 들어가지 않기로 결심한 것이다. 임페리움 박탈을 인정하는 것처럼 행동하는 건 그의 계획에 없었다. 카이사르는 그의 호민관들인 마르쿠스 안토니우스와 퀸투스 카시우스를 시켜 4월 칼렌다이에 아폴로 신전에서 원로원을 소집했다. 그런 다음 삼촌 발부스, 조카 발부스, 가이우스 오피우스, 오랜 벗인 가이우스 마티우스, 아티쿠스와 상의했다.

"다들 어디 있소?" 카이사르가 모두에 대해 물었다.

"마니우스 레피두스와 그의 아들은 코르피니움에서 당신의 사면을 받은 후 로마로 돌아갔소. 아마 지금쯤 둘이서 내일 원로원에 나올지 말지 의논중일 거요." 아티쿠스가 말했다.

"렌툴루스 스핀테르는?"

"푸테올리 근처의 빌라에서 부루퉁해 있다네. 결국 바다를 건너 폼페이우스에게 가버릴 수도 있겠지만, 이탈리아에서 다시 자네에 대한 저항 운동을 꾀할 것 같진 않아." 가이우스 마티우스가 말했다. "아헤노바르부스의 두 가지 취향, 그러니까 코르피니움과 그다음엔 에트루리아로 렌툴루스 스핀테르에겐 충분했던 것 같아. 그는 결국 잠적하기로 했네."

"아헤노바르부스는?"

조카 발부스가 대답했다. "코르피니움을 떠난 뒤 발레리우스 가도를 따라 로마로 돌아가기로 했습니다. 티부르에서 며칠 동안 잠행하다가 에트루리아로 갔죠. 거기서 꽤 성공적으로 모병하고 있습니다. 다들 아시다시피 아헤노바르부스는 아주 부자인데다 전에, 그러니까 장군께서 루비콘 강을 건너기 전에 로마에서 자기 돈을 빼내는 데 성공했거든요."

카이사르가 침착하게 말했다. "솔직히 그 과격한 아헤노바르부스가 다른 누구보다도 신중하고 합리적으로 행동했다는 건 인정해야 할 거야. 코르피니움에 남기로 결정했던 건 제외하고."

"그렇습니다." 조카 발부스가 말했다.

"그래서 그는 에트루리아에서 모병한 군대로 뭘 하려는 건가?"

"그는 코사 항에 하나, 이길리움 섬에 또하나, 이렇게 두 개의 소규모 함대를 확보했습니다." 조카 발부스가 대답했다. "이길리움 섬에서 이탈리아를 뜰 생각인 것 같습니다. 아마 히스파니아로 가겠죠. 제가 에트루리아를 돌아다닐 때 그런 소문을 들었습니다."

"로마는 어떻소?" 카이사르는 아티쿠스에게 물었다.

"당신이 코르피니움에서 관대하게 행동했다는 소문이 퍼진 이후 분위기가 훨씬 차분해졌소, 카이사르. 또한 당신이 전장에서 군인들을 학살하지 않고 있다는 것도 다들 깨닫기 시작했소. 내전중인 것 치고는 흐르는 피가 극히 적다고들 하오."

"앞으로도 피를 보지 않게 해달라고 계속 신들께 제물을 바칩시다."

"문제는," 가이우스 마티우스가 카이사르와 함께 아우렐리아의 안뜰에서 놀던 어린 시절을 떠올리며 말했다. "자네 적들은 목표가 각자 다르다는 거야. 그들 중 누구도—어쩌면 폼페이우스만 빼고—자네를 쓰러뜨릴 수만 있다면 피를 얼마나 보든 신경쓰지 않을 걸세."

"오피우스, 카토에 대해 말해주게."

"그자는 시칠리아로 떠났습니다, 카이사르."

"그곳의 총독으로 임명되었으니까."

"그랬지요. 하지만 당신이 루비콘 강을 건넌 후 로마에 머문 원로원 의원 대다수는 카토를 별로 좋아하지 않았습니다. 그래서 그들은 곡물을 확보하는 특정 임무를 수행할 사람을 지정하기로 하여 카토의 총독직에 구멍을 냈지요. 그들은 하고많은 사람 중에서 루키우스 포스투미우스를 선택했습니다. 그러나 포스투미우스는 사양했습니다. 이유를 묻자 그는 어쨌거나 정식 총독인 카토의 권한을 빼앗는 것이 불편하다고 했습니다. 물론 카토는 총독 직을 원치 않았습니다. 다들 아시다시피 그자는 이탈리아 밖으로 나가는 걸 싫어하니까요. 하지만 포스투미우스는 완강히 버텼고, 결국 카토도 떠나기로 동의했습니다. 그후 카토의 원숭이 파보니우스가 그와 동행하겠다고 나섰습니다."

카이사르는 웃음을 지으며 듣고 있었다. "루키우스 포스투미우스? 맙소사, 그들은 사람을 잘못 뽑는 데 탁월한 능력이 있군! 그자보다 점잔빼고 학자연하고 시시한 놈은 본 적이 없는데."

"말씀 한번 잘했소." 아티쿠스가 말했다. "그자는 임무를 받자마자 시칠리아로 떠나지 않겠다고 했다오! 젊은 루키우스 카이사르와 루키우스 로스키우스가 돌아와 당신의 요구조건을 알려줄 때까지 꼼짝도 하지 않으려 했소. 그후에도 계속 항해하지 않겠다며 고집을 부렸고. 푸블리우스 세스티우스가 폼페이우스의 요구조건에 대한 당신의 답을 갖고 돌아올 때까지 말이오."

"저런, 저런. 그래서 그 놀랍고도 자그마한 암탉들이 마침내 떠난 게 언제였소?"

"2월 중순이었소."

"군대를 데리고 갔소? 시칠리아에는 군대가 없으니까."

"전혀. 폼페이우스가 아헤노바르부스의 12개 대대를 배에 태워 놈들한테 데려가기로 이야기가 되어 있었지만, 당신도 알다시피 일이 꼬였소. 폼페이우스와 있던 군대는 전원 디라키온으로 가버렸다오."

"놈들은 로마의 안녕엔 별로 신경쓰지 않는 것 같지 않소?"

가이우스 마티우스는 어깨를 으쓱했다. "신경쓸 필요가 없었겠지, 카이사르. 자네가 로마나 이탈리아를 굶주리게 하지 않을 거란 걸 아니까."

"뭐, 적어도 시칠리아는 쉽게 확보할 수 있겠지." 카이사르는 마티우스의 말에 담긴 진실을 인정하며 대꾸했다. 그러고는 눈썹을 치켜세우며 삼촌 발부스를 쳐다보았다. "나로서는 믿기 어렵지만, 아무도 국고의 재산을 챙겨가지 않았다는 것이 사실이오?"

"사실입니다, 카이사르. 국고의 금괴와 은괴는 그대로 있습니다."

"주화도 많이 있었으면 좋겠군."

"국고를 차지할 생각인가?" 가이우스 마티우스가 물었다.

"그럴 수밖에 없네, 내 오랜 친구. 전쟁에는 돈이 아주 많이 필요해. 게다가 내전에는 전리품도 없으니까."

"하지만 물론," 조카 발부스가 찡그린 얼굴로 말했다. "장군께서 가시는 곳마다 수천 대의 금, 은, 주화 수레를 끌고 다니시겠다는 건 아니지요?"

"아, 자네는 내가 감히 그것들을 로마에 두고 가지 못하리라 생각하는군." 카이사르가 아주 느긋한 목소리로 말했다. "아니, 난 그것들을 로마에 두고 갈 거야. 안 될 게 뭔가? 폼페이우스가 로마로 들어오려면 나라는 산을 먼저 넘어야만 해—그는 로마를 버리고 가버렸으니까. 나는 당장 필요한 것만 가지고 갈 거야. 주화로 1천 탈렌툼 정도, 국고에 주화가 그만큼 있다면 말이야. 시칠리아와 아프리카에서의 전쟁은 물론 서방에서의 내 작전에도 돈이 필요하니까. 하지만 작은 발부스, 이것만은 믿어주게. 일단 국고가 내 것이 되면 다시는 그걸 내주지 않을 거야. 여기서 내 것이라 함은, 적법한 정부를 구성한 나와 로마에 남은 의원들의 것이란 뜻이야."

"그런 정부를 구성할 수 있을 거라고 생각하오?" 아티쿠스가 물었다.

"진심으로 그러기를 바라오." 카이사르가 대답했다.

그러나 4월의 첫날 아폴로 신전에서 원로원이 소집됐을 때, 참석 의원 수는 정족수에도 미치지 못했다. 카이사르로서는 큰 타격이었다. 전직 집정관들 중에는 루키우스 볼카티우스 툴루스와 세르비우스 술피키우스 루푸스만 온데다 세르비우스는 비협조적이었다. 또한 보니파 호민관들이 모두 떠난 것도 아니었고, 이는 카이사르가 예상치 못한 돌발 상황이었다. 호민관 벤치의 마르쿠스 안토니우스와 퀸투스 카시우스 옆에 뼛속까지 보니파인 루키우스 카이킬리우스 메텔루스가 앉아 있었던 것이다. 이는 전자보다 더 큰 타격이었는데, 카이사르는 자신의 호민관들이 입은 상처를 구실로 루비콘 강을 건너왔기 때문이다. 즉, 이제 루키우스 메텔루스가 카이사르의 행위에 거부권을 행사하더라도 완력이나 위협으로 대응할 수 없다는 의미였다.

원로원 결의를 통과시킬 수 있을 만큼의 의원들이 참석하지 않았음에도, 카이사르는 보니의 온갖 배신행위와 본인의 완벽하게 정당한 이탈리아 진군에 대해 일장연설을 했다. 유혈 사태가 없었음을, 그리고 코르피니움에서 보여준 관대한 처사에 대해서도 누누이 강조했다.

카이사르는 결론으로 들어갔다. "지금 당장 해야 하는 일은 에페이로스에 있는 폼페이우스에게 원로원 대표단을 파견하는 것입니다. 대표단은 평화 협상 임무를 공식적으로 부여받아 떠나게 될 것입니다. 저는 내전을 원하지 않습니다. 이탈리아에서건 다른 어디에서건 내전은 원하지 않습니다."

아흔 명 남짓한 의원들이 발을 이리저리 움직였다. 다들 아주 못마땅한 기색이었다.

"좋습니다, 카이사르." 세르비우스 술피키우스가 말했다. "대표단이 도움이 될 거라고 당신이 생각한다면, 원로원은 대표단을 보낼 것입니다."

"열 분이 필요한데, 누가 가시겠습니까?"

아무도 나서지 않았다.

카이사르는 입술을 굳게 다문 채 수도 담당 법무관 마르쿠스 아이밀리우스 레피두스를 쳐다보았다. 그는 남아 있는 선출직 정무관들 가운데 가장 높은 사람이었다. 국가에 대항하고 그로 인해 죽은—폐렴이었다고 하는 사람들도 있었고 상심해서 죽었다고 하는 사람들도 있었다—남자의 막내아들인 레피두스는 자신의 파트리키 가문을 로마에서 가장 강력한 가문 중 하나로 되돌려놓겠다고 마음먹고 있었다. 코에 검에 베인 흉터가 있는 미남인 그는, 얼마 전에 보니가 결코 다시는 그를(또는 그의 형 루키우스 아이밀리우스 레피두스 파울루스를) 신뢰하지 않을 것임을 깨달은 터였다. 그런 그에게 카이사르의 등장은 구원과 같았다.

그리하여 레피두스는 이 회의가 시작되기 전 부탁받은 일을 하려는 열의에 가득찬 상태로 자리에서 일어났다. "의원 여러분, 집정관급 총독 가이우스 카이사르가 국고 자금을 자유로이 이용하게 해달라고 요청했습니다. 이에 저는 가이우스 카이사르가 필요한 만큼 국고 재산을 이용하도록 허락하자고 제의하는 바입니다. 물론 국고가 얻는 이익도 있습니다. 가이우스 카이사르는 1할 단리로 국고 자금을 필요한 만큼 빌리겠다고 했기 때문입니다."

"거부권을 행사합니다, 마르쿠스 레피두스." 루키우스 메텔루스가 말했다.

"루키우스 메텔루스, 이것은 로마에 이로운 거래입니다!" 레피두스가 외쳤다.

"헛소리!" 루키우스 메텔루스가 경멸조로 말했다. "첫째, 정족수도 안 되는 원로원에서는 그 어떤 제안도 통과시킬 수 없습니다. 그리고 훨씬 더 중요한 점은, 카이사르가 실제로 요청하고 있는 일은 그 자신과 진정한 로마 정부 사이에 있는 작금의 의견 대립 속에서 공식적으로 적법한 대의명분을 부여받는 것이라는 사실입니다. 저는 그가 국고 자금을 빌리는 것에 거부권을 행사합니다. 앞으로도 계속 그리할 것입니다! 카이사르가 군자금을 확보하지 못하면 침략 행위를 그만둘 수밖에 없을 테니까요. 그러므로 저는 거부권을 행사합니다."

충분히 유능한 레피두스가 반박했다. "지금은 호민관의 거부권을 금지하는 원로원 최종 결의가 발효중입니다, 루키우스 메텔루스."

"그렇습니다." 루키우스 메텔루스는 활짝 웃으며 대꾸했다. "하지만 그건 예전 정부에서 나온 겁니다! 카이사르는 호민관단의 권리와 신변을 보호하기 위해 진군했고, 오늘 모인 것은 그의 원로원이자 그의 정부입니다. 카이사르 정부의 주춧돌은 호민관이 거부권을 행사할 권리라고 추정해야 하지 않겠습니까?"

카이사르가 말했다. "기억을 되살려줘서 고맙소, 루키우스 메텔루스."

카이사르는 원로원을 해산한 후 플라미니우스 경기장에서 정식 트리부스회를 소집했다. 여기에는 훨씬 더 많은 사람들이 참석했는데, 이 사람들은 보니를 전혀 좋아하지 않았다. 청중은 카이사르가 원로원에서 했던 것과 똑같은 연설을 호의적인 태도로 경청했으며, 카이사르의 관대함을 신뢰할 의향이 있었고, 가능한 모든 방식으로 카이사르를 돕고자 했다. 카이사르가 인민에게 클로디우스의 무상 곡물 분배를 계속하고 모든 로마 남성 시민에게 300세스테르티우스를 주겠다고 말한 후에는 더욱 그러했다.

카이사르는 말했다. "하지만 저는 독재관처럼 보이고 싶지 않습니다! 저는 지금 원로원에서 나라를 운영해달라고 간청하는 중이며, 설득에 성공할 때까지 멈추지 않을 것입니다. 그러한 이유로, 지금 당장은 여러분께 그 어떤 법도 통과시켜달라고 부탁하지 않겠습니다."

이는 실수였음이 판명되었다. 원로원에서 교착상태가 지속되었던 것이다. 세르비우스 술피키우스는 무슨 일이 있어도 평화 협상을 맺어야 한다고 반복해서 말했지만 폼페이우스에게 갈 대표단이 되겠다고 나서진 않았고, 루키우스 메텔루스는 카이사르가 자금을 요청할 때마다 거부권을 행사했다.

4월의 네번째 날 새벽, 카이사르는 신성경계선을 넘어 로마로 들어갔다. 열두 명의 릭토르들을 대동한 채였다(그들은 진홍색 튜닉을 입고 파스케스에 도끼를 끼우고 있었는데, 신성경계선 안에서 그렇게 할 수 있는 건 독재관뿐이었다). 카이사르의 두 호민관 안토니우스와 퀸투스 카시우스, 그리고 수도 담당 법무관 레피두스가 카이사르와 함께 했다. 안토니우스와 퀸투스 카시우스는 완전무장을 하고 검을 차고 있었다.

카이사르는 곧장 사투르누스 신전 지하의 국고로 향했다.

"시작하게." 카이사르는 레피두스에게 말했다.

레피두스는 주먹으로 두드리며 외쳤다. "수도 담당 법무관이오, 문을 여시오!"

오른쪽 문짝이 열리더니 머리가 하나 빼꼼 나왔다. "네?" 겁에 질린 얼굴이 물었다.

"우리를 들여보내주시오, 하급 기사."

그 순간 어디선가 루키우스 메텔루스가 나타나서 진입로를 정면으로 막아섰다. 그는 혼자였다. "가이우스 카이사르, 당신은 스스로 보유 중이라 주장하던 임페리움을 방금 포기했습니다. 신성경계선을 넘었기 때문입니다."

작은 군중이 재빨리 모여들었다.

"가이우스 카이사르, 당신은 이 경내를 침범할 권한이 없으며, 여기서 단 한 푼이라도 가져갈 권한도 없습니다!" 루키우스 메텔루스는 그가 낼 수 있는 가장 큰 목소리로 외쳤다. "난 당신이 국고에 손을 대는 것에 거부권을 행사한 바 있으며, 여기서 다시 한번 당신에게 거부권을 행사합니다! 마르스 평원으로 돌아가든, 관저로 가든, 어디든 원하는 다른 곳으로 가십시오. 막지 않겠습니다. 하지만 당신을 로마 국고에 들여보내지는 않을 겁니다!"

"물러서시오, 메텔루스." 마르쿠스 안토니우스가 말했다.

"그럴 수 없소."

"물러서시오, 메텔루스." 안토니우스가 다시 말했다.

그러나 메텔루스는 안토니우스가 아니라 카이사르에게 말했다. "당신이 여기 있는 건 로마의 서판에 새겨진 모든 법을 대놓고 위반하는 것입니다! 당신은 독재관이 아닙니다! 집정관급 총독도 아니고요! 좋게 말하면 정무관이 아닌 시민이고, 나쁘게 말하면 공공의 적입니다. 내 말을 거역하고 이 문을 통과한다면 여기서 지켜보고 있는 사람들은 모두 당신이 실제로 둘 중 어느 쪽인지를, 로마 인민의 적이라는 사실을 알게 될 겁니다!"

카이사르는 태연하게 듣고 있었다. 안토니우스가 앞으로 걸어나왔다. 금방이라도 검집에서 검을 뽑을 태세였다.

"물러서시오, 메텔루스!" 안토니우스가 호령했다. "나는 합법적으로 선출된 호민관으로서 당신에게 물러서라고 명령하오!"

"당신은 카이사르의 하수인이오, 안토니우스! 사형집행인처럼 나를 굽어보지 마시오! 나는 물러서지 않겠소!"

"그렇다면," 안토니우스가 메텔루스의 양어깨 아래쪽을 잡으며 말했다. "이렇게 하겠소, 메텔루스. 당신을 들어올려서 옆으로 옮길 거요. 다시 끼어들었다가는 진짜로 죽일 거요."

"퀴리테스 여러분, 증인이 되어주십시오! 저들은 내게 무력을 사용했습니다! 제가 임무를 수행하는 걸 방해했습니다! 제 목숨을 위협했습니다! 저들이 모두 대반역죄 재판을 받는 날까지 잘 기억해두십시오!"

안토니우스는 그를 옆으로 들어 옮겼다. 목표를 달성한 루키우스 메텔루스는 군중 속으로 걸어들어가 자신의 지위가 침해당했다고 선언하며 모두 증인이 되어달라고 부탁했다.

"먼저 들어가게, 안토니우스." 카이사르가 말했다.

수도 담당 법무관을 지낸 적 없는 안토니우스로서는 낯선 경험이었다. 그는 그럴 필요가 없었음에도 고개를 숙이고 들어가다가, 그 운명적인 아침에 국고를 지키고 있던 겁에 질린 하급 기사와 부딪힐 뻔했다.

퀸투스 카시우스와 레피두스, 카이사르가 뒤를 따랐다. 릭토르단은 밖에서 대기했다.

창살로 덮인 구멍들 사이로 들어온 흐릿한 빛이 좁은 통로의 거무스름해진 응회암 블록 벽에서 스러졌다. 통로 끝에는 아주 평범한 문이 있었는데, 그 안의 북적이는 공간에서는 국고 관리들이 등불과 거미집과 종이 진드기들 사이에서 일하고 있었다. 그러나 그 문은 안토니우스와 퀸투스 카시우스에게 아무것도 아니었다. 복도 안쪽 벽을 따라 어두운 방들이 있었는데, 각 방은 철봉으로 된 거대한 대문에 가로막혀 있었다. 어떤 방에서는 금이, 다른 방에서는 은이 어두침침한 그곳에서 흐릿하게 번쩍이고 있었다. 그 광택은 사무소 문까지 가닿았다.

"반대쪽도 똑같네." 카이사르가 앞장서서 걸으며 말했다. "금고들이 줄지어 있지. 법 서판은 제일 뒤쪽에 있는 방 하나에서 꺼냈다가 넣었

다가 한다네." 그는 바깥쪽 사무소로 향했고, 어질러진 공간을 가로질
러가서 선임 관리가 근무하는 작고 답답한 방으로 갔다. "이름이?" 카
이사르가 물었다.

하급 기사는 침을 꿀꺽 삼켰다. "마르쿠스 쿠스피우스입니다."

"국고 재산이 얼마나 되오?"

"갓 주조한 주화 3천만 세스테르티우스, 탈렌툼 대형 주철로 은 3만
탈렌툼, 탈렌툼 대형 주철로 금 1만5천 탈렌툼이 있습니다. 전부 국고
인장이 찍혀 있지요."

"훌륭해!" 카이사르는 흡족한 목소리로 말했다. "주화가 1천 탈렌툼
이 넘는군. 쿠스피우스, 앉아서 서류를 작성하시오. 수도 담당 법무관
과 이쪽의 호민관 두 명이 증인이 될 것이오. 이렇게 쓰시오. 집정관급
총독 가이우스 율리우스 카이사르가 로마의 이름으로 수행하는 적법
한 전쟁의 자금으로 금일 주화 3천만 세스테르티우스를 대부한다. 대
부 기간은 2년이며, 이자는 단리 10퍼센트로 한다." 카이사르는 마르쿠
스 쿠스피우스가 서류를 쓰고 있는 책상 가장자리에 걸터앉았다. 서류
가 완성되자 카이사르는 몸을 숙여 자기 이름을 적은 다음 증인들을
향해 고갯짓을 했다.

퀸투스 카시우스의 표정이 이상했다.

"왜 그러나, 카시우스?" 카이사르가 레피두스에게 펜을 건네며 물
었다.

"아! 아, 아무것도 아닙니다, 카이사르. 그냥 금과 은에서 냄새가 난
다는 걸 처음 알아서 그럽니다."

"냄새가 마음에 드나?"

"쏙 드는데요."

"재미있군. 난 이 냄새를 맡으면 답답해지는데."

카이사르는 웃음을 지으며 서명과 부서가 된 서류를 쿠스피우스에게 돌려주었다. "잘 보관하시오, 마르쿠스 쿠스피우스." 카이사르는 책상에서 내려섰다. "그리고 지금부터 내 말 잘 들으시오. 이 건물에 있는 것은 오늘부터 내가 관리하오. 내 허락 없이는 단 1세스테르티우스도 나갈 수 없소. 내 명령이 잘 지켜지도록, 나의 병사들로 구성한 경비대가 국고 입구를 늘 지키고 있을 것이오. 여기서 일하는 사람들과 내가 지정한 대리인인 루키우스 코르넬리우스 발부스와 가이우스 오피우스 외에는 아무도 출입할 수 없소. 가이우스 라비리우스 포스투무스―원로원 의원말고 은행가요―역시 여행에서 돌아오면 내 대리인으로서 권한을 갖게 될 거요. 알겠소?"

"알겠습니다, 고귀한 카이사르." 하급 기사는 입술을 축였다. "어……. 수도 담당 재무관들은요?"

"수도 담당 재무관들은 출입 금지요, 쿠스피우스. 방금 내가 말한 대리인들만 드나들 수 있소."

"그러니까 그렇게 하면 되는 거군요." 카이사르 무리가 마르스 평원에 있는 폼페이우스의 빌라로 걸어갈 때 안토니우스가 말했다.

"아니, 안토니우스. 그렇게 하면 되는 게 아니야. 난 그럴 수밖에 없어서 그리한 거라네. 루키우스 메텔루스가 날 잘못된 방향으로 떠밀었으니까."

"벌레 같은 놈! 죽여버릴 걸 그랬습니다."

"그래서 그를 순교자로 만들겠다고? 그럴 순 없지! 내가 그를 제대로 봤다면―사실 제대로 봤다고 생각해―그는 자신의 승리를 오만 사람들한테 밤낮없이 떠벌려서 그 승리를 망쳐버릴 걸세. 떠벌리는 건 어리석은 짓이거늘." 순간 카이사르는 자기 생각을 드러내지 않아야 한다는 가이우스 옥타비우스의 말을 떠올리며 싱긋 웃었다. 그 녀석은 대성할지도 몰라. "사람들은 루키우스 메텔루스의 말에 갈수록 싫증을 낼 거야. 사람들이 카틸리나가 반역자라는 걸 증명하려는 키케로의 노력과 키케로 본인에게 싫증을 냈듯이."

"그래도 아쉽습니다." 안토니우스가 말하고는 얼굴을 찡그렸다. "카이사르, 어째서 세상엔 늘 루키우스 메텔루스 같은 놈들이 있는 걸까요?"

"그런 놈들이 없다면 세상이 더 잘 돌아갈 수도 있겠지. 하지만 세상이 지금보다 더 잘 돌아간다면 나 같은 사람들이 설 자리도 없을 거야." 카이사르가 대답했다.

폼페이우스의 빌라에서 카이사르는 보좌관들과 레피두스를 폼페이우스가 서재라고 부르던 커다란 방에 불러놓고 말했다.

"이제 우리에겐 돈이 있네." 카이사르는 폼페이우스의 책상 의자에 앉아 있었다. "따라서 나는 내일, 4월 노나이에 이동할 거야."

"히스파니아로 가시는 거죠." 안토니우스가 유쾌하게 말했다. "고대하고 있던 날입니다, 카이사르."

"아니, 안토니우스. 자네는 가지 않아. 자넨 여기 이탈리아에 있어야 하네."

안토니우스가 어두워진 낯빛으로 사납게 노려보았다. "공정하지 않습니다! 저는 전쟁에 나가고 싶습니다!"

"안토니우스, 세상에 공정한 건 아무것도 없어. 그리고 난 자넬 기쁘게 하려고 일하는 사람이 아니야. 내가 이탈리아에 남으라고 하면 자넨 이탈리아에 남는 거야. 나의, 음, 비공식 기병대장으로서 말이지. 로마의 첫번째 거리표석 밖에 있는 모든 것을 관리하게. 이 나라 전체의 평화 유지에 필요한 모든 행정상의 결정을 내리고 온갖 계획을 세워야 해. 원로원 의원들도 자네 허락 없이는 아무도 이탈리아 밖의 외국으로 나갈 수 없어. 다시 말해, 배를 빌릴 수 있는 모든 항구에 수비대를 주둔시키라는 뜻이야. 이탈리아 쪽 곡물 공급도 자네가 관장하게 될 것이네. 배를 곯는 사람이 생겨서는 안 돼. 은행가들의 조언을 들어. 아티쿠스의 조언도 듣고. 양식 있는 사람들의 조언도 들어야 해." 순간 카이사르의 눈빛이 냉랭해졌다. "잔치를 벌여도 좋고, 진탕 마시고 시끄럽게 즐겨도 좋아. 단, 내가 맡긴 임무는 만족스러울 정도로 해내야만 해. 안 그러면 자네 시민권을 박탈하고 영구추방을 보낼 거야."

안토니우스는 침을 꿀꺽 삼키며 고개를 끄덕였다.

다음은 레피두스의 차례였다.

"레피두스, 자네는 수도 담당 법무관으로서 로마 시를 통치하게 될 걸세. 지난 며칠 동안 내가 힘들었던 만큼 힘들지는 않을 거야. 자네한테 거부권을 행사할 루키우스 메텔루스가 없을 테니까. 내 병사들 몇몇한테 그자를 브룬디시움으로 호송하라는 명령을 내려놓았네. 거기서 나의 찬사가 담긴 편지와 함께 배에 태워 나이우스 폼페이우스에게 보낼 거야. 필요하면 국고 앞을 지키고 있는 경비대를 쓰게. 통상적으로 수도 담당 법무관은 한 번에 열흘까지만 로마를 떠나 있을 수 있지만, 자네는 단 하루도 로마를 떠나서는 안 되네. 곡창들을 가득 채우고, 무상 곡물 분배를 계속하고, 로마 거리의 평화를 유지해야 해. 원로원을 설득해 주화 1억 세스테르티우스의 주조를 승인받은 다음 그러한 원로원의 지시를 가이우스 오피우스에게 전달하게. 나의 건설 사업도 계속

되어야 해—물론 내 돈으로 진행시키게. 나는 돌아왔을 때 번영중인, 잘 관리되고 있는 만족스러운 로마를 보고 싶네. 알겠나?"

"네, 카이사르." 레피두스가 대답했다.

"마르쿠스 크라수스." 카이사르가 더 상냥한 목소리로 말했다. 마르쿠스 크라수스는 카이사르가 아끼는 보좌관이자 카이사르의 벗이었던 크라수스와의 마지막 살아 있는 연결 고리이며, 갈리아에서는 충직한 부하이기도 했다. "마르쿠스 크라수스, 내 속주 이탈리아 갈리아를 자네에게 맡길 테니 잘 다스리게. 그리고 아직 완전 시민권이 없는 이탈리아 갈리아 주민 전원에 대한 인구조사를 시작하게. 시간이 나는 대로 모두에게 완전 시민권을 주기 위한 입법 활동에 착수할 거라네. 인구조사를 하면 입법 활동에 필요한 시간이 줄어들 거야."

"네, 카이사르." 마르쿠스 크라수스가 대답했다.

"가이우스 안토니우스." 카이사르의 목소리가 중립적으로 변했다. 카이사르가 보기에 마르쿠스는 임무를 구체적으로 설명해주고 실패할 경우 엄벌에 처하겠다고 경고하면 일을 잘해냈지만, 안토니우스 형제 중 둘째인 가이우스는 카이사르의 마음에 전혀 들지 않았다. 덩치는 마르쿠스만큼 컸지만 총명함은 턱없이 부족했던 것이다. 학식이 부족한 미련퉁이였다. 하지만 가문이 가문인지라 가이우스 안토니우스에게도 어느 정도 책임 있는 임무를 줘야만 할 터였다. 안타까운 일이었다. 뭐가 됐건 그에게 주어진 일은 제대로 되지 않을 것이기에.

"가이우스 안토니우스, 현지에서 모병한 병사들 2개 군단을 줄 테니 일리리쿰을 사수하게. 말 그대로 사수야. 순회재판을 하거나 총독의 일을 해서는 안 되네. 그런 일들은 이탈리아 갈리아에 있는 마르쿠스 크라수스가 처리할 걸세. 살로나에 주둔하되, 언제든 테르게스테에 연락할 수 있는 상태를 유지해야 하네. 폼페이우스를 자극하지 말게. 그자는 자네가 있을 곳과 상당히 가까이에 있으니까. 알겠나?"

"네, 카이사르."

이어 카이사르는 퀸투스 발레리우스 오르카에게 말했다. "오르카, 현지에서 모병한 1개 군단과 사르디니아로 가서 그곳을 사수하게. 솔직히 나는 그 섬이 통째로 지중해 바닥에 가라앉아도 상관없지만, 거기서 나는 곡물은 귀중하니까. 그곳을 지키게."

"네, 카이사르."

이제 카이사르군으로서는 비교적 의외의 인물인, 퀸투스 호르텐시우스의 아들 차례였다. 그는 아버지가 죽자 갈리아에 있던 카이사르에게 와서 보좌관이 되었고, 남아 있던 짧은 복무 기간 동안 유능한 일꾼임을 증명했다. 카이사르는 부족들을 정착시키는 데 그가 아주 큰 도움이 됨을 깨달았으며, 그를 좋아하게 되었고 그의 뛰어난 외교 수완을 알아차렸다. 이탈리아 갈리아에서 카이사르와 함께했던 그는 카이사르가 루비콘 강을 건널 때 카이사르를 뒤따르던 무리에 끼어 있었다. 그렇다, 그는 놀라운 존재였다. 아주 긍정적인 의미에서.

"퀸투스 호르텐시우스, 자네에게 티레니아 해를 맡기겠네. 선단을 마련하고 레기움에서 오스티아까지 서쪽의 모든 항구와 시칠리아를 잇는 바닷길을 사수하게."

"네, 카이사르."

이제 가장 중요한 독자 지휘권만 남았다. 모두의 시선이 가이우스 스크리보니우스 쿠리오의 주근깨 난 유쾌한 얼굴로 향했다.

"좋은 벗이며 믿음직한 조력자, 충직한 동맹이자 용맹한 친구인 쿠리오……. 자네는 아헤노바르부스가 코르피니움에서 데리고 있던 전

대대들에 추가로 충분히 모병을 해서 4개 군단을 만들게. 삼니움과 피케눔에서 징집하되 캄파니아는 안 돼. 시칠리아로 진군해서 포스투미우스와 카토, 파보니우스를 내쫓게. 자네도 알다시피 시칠리아 사수는 절대적으로 중요하네. 일단 시칠리아를 확보해서 제대로 수비한 후에 아프리카로 가서 그곳도 확보하게. 그러면 곡물은 완전히 우리 거야. 자네한테 부사령관으로 레빌루스에 덧붙여 폴리오까지 보내줄 생각이네."

"네, 카이사르."

"모든 지휘권에는 법무관 권한대행의 임페리움이 부여될 것이네."

들떠서 장난기가 발동한 쿠리오가 물었다. "제가 법무관 권한대행이면 릭토르 여섯 명을 갖게 되는군요. 그들의 파스케스를 월계수로 장식해도 되겠습니까?"

카이사르의 가면이 처음으로 벗겨졌다. "왜 안 되겠나? 쿠리오 자네는 나의 이탈리아 정복을 도왔으니 물론 그래도 되지." 이어서 그는 한껏 신랄하게 비꼬았다. "참 민망해! 이탈리아 정복이라니. 정복한 건 사실이지만, 이탈리아를 지키고 있던 사람은 아무도 없었지." 그는 무뚝뚝하게 고개를 끄덕했다. "이상이네. 해산하도록."

쿠리오는 환호성을 지르며 팔라티누스 언덕에 있는 집으로 돌아갔고, 풀비아를 번쩍 들어올려 빙그르르 돌리고 입맞춤을 했다. 쿠리오는 카이사르처럼 마르스 평원에만 있지 않고 닷새째 집에서 지내고 있었다.

"풀비아, 풀비아, 내가 지휘권을 갖게 되었소!" 그가 외쳤다.

"정말이에요?"

"4개 군단을 이끌고—4개 군단이라니, 상상해보시오!—시칠리아로 갔다가 아프리카까지 갈 거요! 나만의 전쟁이지! 난 법무관 권한대행이오, 풀비아. 내 파스케스들은 월계수로 장식할 거요! 내가 지휘관이라니! 릭토르도 여섯 명 거느리고! 내 부사령관은 갈리아에서 싸운 노련한 군인 카니니우스 레빌루스요! 내가 그의 상관이야! 폴리오도 내 부하가 될 거요! 대단하지 않소?"

아주 충실하고 전폭적인 지지자인 풀비아는 활짝 웃었다. 남편의 사랑스러운 주근깨투성이 얼굴에 입맞춤을 퍼붓고 그를 포옹하며 기뻐서 어쩔 줄 몰라 했다. "내 남편이 법무관 권한대행이라니." 그녀는 이렇게 말하고는 다시 그의 얼굴에 여러 차례 입을 맞추었다. "쿠리오, 너무 기뻐요!" 돌연 그녀의 표정이 변했다. "그러면 당장 떠나야 하나요? 임페리움은 언제 얻는 거예요?"

"솔직히 얻을 수 있을지도 확신 못하겠소." 쿠리오가 걱정하지 않는 표정으로 대답했다. "카이사르는 우리 모두에게 법무관 권한대행의 지위를 줬지만, 엄격히 말하자면 그에게는 그럴 권한이 없소. 아마도 우린 쿠리아법을 기다려야 할 거요."

풀비아가 긴장했다. "카이사르는 독재관이 되려는 거군요."

"그래요, 그렇소." 쿠리오가 얼굴을 찡그리며 진지해졌다. "지금까지 참석한 가장 놀라운 회의였소, 여보. 카이사르는 자리에 앉은 채 우리의 임무를 분배했는데, 숨 한 번 안 쉬는 것 같다니까. 명쾌하고 간결하고 아주 구체적이었소. 순식간에 일을 해치웠지. 카이사르는 비범한 인물이오! 그는 자신이 누구한테든 어떤 직책도 임무도 줄 권한이 없음을 아주 잘 알고 있소, 하지만—그가 얼마나 오랫동안 이 일에 관해 생각하고 있었겠소? 그는 완벽한 독재자요. 갈리아에서 10년 동안 만

물의 주인으로 살다보면 어떤 사람이든 바뀔 수밖에 없겠지. 하지만—
맙소사, 풀비아, 카이사르는 타고난 독재자요! 내가 그에게서 이해할
수 없는 측면이 있다면, 그는 늘 자신이 추구하는 것을 아주 오랫동안
잘 숨긴다는 점이오. 아, 그가 집정관이었을 때 나를 얼마나 짜증나게
했는지 기억나는군—그때 나는 그가 왕 같다고 생각했소! 하지만 사
실 그때는 폼페이우스가 카이사르를 배후에서 조종한다고 믿었소. 하
지만 이젠 알고 있소, 아무도 카이사르를 조종할 수 없다는 걸."

"카이사르가 클로디우스를 조종한 건 확실해요. 클로디우스는 내가
이렇게 말하는 걸 싫어하겠지만."

"클로디우스도 그걸 부정할 순 없을 거요, 풀비아. 그리고 카이사르
는 용케도 로마인의 피로 바다를 이루지 않고서도 자기 뜻대로 해낼
것이오. 오늘 내 앞에서 말한 사람은 완전 무장을 하고 제우스의 눈썹
에서 튀어나온 독재자였소."

"또 한 명의 술라죠."

쿠리오는 단호하게 고개를 저었다. "아, 아니오. 술라와는 전혀 달라.
카이사르에게는 술라의 약점들이 없소."

"당신은 로마를 독재자로서 다스릴 사람을 계속 섬길 수 있겠어요?"

"그럴 수 있을 것 같소. 한 가지 이유 때문이오. 그는 아주 탁월하게
유능하오. 하지만 아마도 나는 카이사르가 우리가 세상을 보는 방식을
바꾸지 않도록 해야겠지. 로마는 카이사르의 지배를 받을 필요가 있소.
하지만 그는 독보적이오. 따라서 아무도 그의 뒤를 이어서 통치하도록
허용해서는 안 되오."

"그렇다면 카이사르한테 아들이 없는 게 천만다행이군요." 풀비아가
말했다.

"아들뿐 아니라 그의 집안사람 중 누구도 그의 자리를 요구해서는 안 되오."

습하고 그늘진 포룸 로마눔 아래쪽에 최고신관의 관저가 있었다. 건축적 개성이나 형태미가 없는 크고 으스스한 건물이었다. 겨울이 시작되면 관저 안뜰은 너무 추워서 이용할 수 없었지만, 관저의 여주인은 화로 두 개로 따뜻하게 유지하는 아주 근사한 응접실을 갖고 있었기에 그곳에서 아늑하게 생활했다. 그 특별실의 주인은 최고신관의 모친인 아우렐리아였다. 아우렐리아가 살아 있을 때는 칸막이 선반과 책 들통, 장부 때문에 그곳의 벽이 보이지 않았지만 이제는 벽을 가리던 물건들이 모두 사라졌다. 응접실 벽은 다시 한번 진홍색과 자주색으로 은은히 빛났고, 금박을 입힌 붙임기둥과 쇠시리 들이 반짝거렸으며, 높은 천장은 보라색과 금색의 벌집 같았다. 꼭대기 층 응접실에서 지내던 칼푸르니아가 이곳으로 내려오기까지는 상당 기간의 설득 과정이 필요했다. 이제 칠십대에 접어든 집사 에우티코스가 하인들이 다들 늙어서 계단을 올라가기 힘들다는 암시를 주고 나서야 칼푸르니아는 납득했다. 옛 여주인의 응접실로 내려온 지도 5년이 다 되어가는 지금은, 칼푸르니아가 그곳에서 느끼는 아우렐리아의 부재도 예전보다 방이 좀더 따뜻해졌다는 느낌 정도에 그쳤다.

칼푸르니아의 무릎 위에는 아기고양이 세 마리가 있었다. 두 마리는 줄무늬였고 한 마리는 흑백 얼룩고양이였다. 그녀는 고양이들의 살찐 몸에 두 손을 가볍게 올려놓고 있었다. 고양이들은 잠들어 있었다.

"고양이들이 세상 다 버린 것처럼 자는 느낌이 참 좋아요." 칼푸르니아는 진지한 목소리로 손님들에게 말했다. "세상이 끝난다고 해도 고양이들은 계속 꿈을 꾸겠죠. 너무 사랑스러워요. 우리 인간들은 완벽한 잠이라는 선물을 잃어버렸는데."

"카이사르를 만났어요?" 마르키아가 물었다.

칼푸르니아가 고개를 들었다. 그녀의 커다란 갈색 눈이 슬퍼보였다. "아뇨. 그이가 너무 바쁜가봐요."

"남편을 만나보려고 애써보지 않았어요?" 포르키아가 물었다.

"안 그랬어요."

"해봐야 하는 거 아니에요?"

"그이는 내가 여기 있다는 걸 알아요, 포르키아." 쏘아붙이거나 화를 내는 것이 아니라 그저 사실을 얘기하는 어조였다.

카이사르의 아내가 카토의 아내, 카토의 딸과 담소를 나누다니. 그들은 모르는 사람이 보면 이상한 삼인조였다. 하지만 칼푸르니아와 마르키아는 마르키아가 퀸투스 호르텐시우스의 아내 자리로, 몸과 영혼의 추방지로 갔던 때부터 친하게 지내왔다. 그때 마르키아는 자신의 추방지가 가련한 칼푸르니아가 살고 있는 추방지와 별반 다르지 않다고 생각했다. 두 사람은 함께 있으면 무척 즐겁다는 걸 깨달았다. 둘 다 성격이 온화했으며, 지적인 추구를 그다지 즐기지 않았고, 여자들의 전통적인 일거리는 전혀 좋아하지 않았다. 전통적인 여자들의 일거리란 실잣기, 천짜기, 바느질, 자수부터 접시와 그릇과 꽃병과 병풍 색칠하기, 물건 사기, 남들 얘기하기 등이었다. 또한 두 사람 다 자식이 없었다.

시작은 율리아가 죽은 뒤의 의례적 방문이었다. 그로부터 한 달도 지나지 않아 아우렐리아가 죽었으므로 그런 방문이 한차례 더 있게 되었다. 마르키아는 생각했다. 여기 나만큼이나 외로운 사람이 있구나. 나를 동정하지 않을 사람, 내가 남편 말에 너무 고분고분 따른다고 비난하지 않을 사람. 사회적 지위와 관계없이, 로마 여자들이 모두 마르키아처럼 고분고분한 것은 아니었다. 마르키아와 칼푸르니아는 서로 가까워지면서, 그들 둘 다 자기네보다 신분이 낮은 여자들을 부러워한다는 걸 알게 되었다. 그런 여자들은 의사나 산파, 약제사 같은 직업을 가질 수 있었고 목공일을 하거나 조각가나 화가로 활동할 수도 있었다. 오직 상류층 여자들만이 신분적 제약 탓에 집안에서 하는 숙녀다운 일만 할 수 있었다.

고양이를 좋아하지 않았던 마르키아는 처음엔 칼푸르니아의 중요한 취미생활을 다소 견디기 힘들어했지만, 자꾸 보다보니 고양이들이 재미있는 생물임을 알게 되었다. 그래도 칼푸르니아의 간청대로 직접 고양이를 키우지는 않았다. 만약 카이사르가 부인에게 준 것이 작은 애완견이었더라면 지금 칼푸르니아는 강아지들에게 둘러싸여 있으리라고 마르키아는 눈치 빠르게 판단했다.

포르키아의 등장은 최근의 일이었다. 마르키아가 카토의 집으로 돌아온 뒤 그녀가 카이사르의 부인과 친하게 지낸다는 걸 알게 된 포르키아는 하고 싶은 말이 아주 많았다. 그러나 마르키아는 어떤 말에도 꿈쩍하지 않았다. 포르키아는 카토에게 불평했지만, 그 역시 아내를 비난하려고 하지 않았다.

"여자들의 세계는 남자들의 세계와 다르다, 포르키아." 카토는 평소와 같이 큰 소리로 외쳤다. "칼푸르니아는 존경받는 훌륭한 여인이야. 그녀의 아버지가 그녀를 카이사르와 결혼시킨 거다. 내가 너를 비불루스와 결혼시킨 것처럼."

그러나 브루투스가 킬리키아로 떠난 뒤 포르키아에게 변화가 찾아왔다. 여자들의 세계에 무관심했던 이 엄격한 스토아학파 추종자는 열의를 잃어버리고 남몰래 울었다. 마르키아는 포르키아가 절박하게 숨기려 애쓰느라고 말하지 않았던 사실을 충격과 함께 알아차렸다. 포르키아는 신붓감으로서 자신을 거절했던, 이젠 떠나버린 사람을 사랑하는 것이었다. 남편이 아닌 사람을. 어린 양아들을 품에서 떠나보낸 포르키아에겐 철학과 역사보다 따뜻한 자극이 필요했다. 그녀는 시들어가고 있었다. 때때로 마르키아는 포르키아가 세상에서 가장 조용하게 죽어가고 있다고 걱정했다. 포르키아를 중요하게 여기는 사람은 아무도 없었다.

그리하여 허락해달라고 조르고, 정치적인 대화나 아버지와 남편이 가장 증오하는 적에 대해 악랄한 말을 하지 않겠다고 엄숙히 맹세한 끝에 포르키아도 칼푸르니아의 집을 방문하기 시작했다. 놀랍게도 포르키아는 이 외출을 즐겼다. 두 사람 다 마음 착한 사람들이었기에, 포르키아는 칼푸르니아를 싫어할 수가 없음을 깨달았다. 선함은 선함을 알아보는 법이니까. 게다가 포르키아는 고양이를 좋아했다. 그녀는 이제까지 한 번도 고양이를 가까이서 본 적이 없었다. 밤새 살금살금 돌아다니고, 짝을 부르며 울고, 쥐를 잡아먹고, 부엌 근처를 서성이며 먹을 걸 달라고 애원하는 모습을. 그러나 칼푸르니아가 내민 뚱뚱하고 느긋한 오렌지색 펠릭스를, 부드럽고 껴안고 싶고 줄곧 골골 소리를 내는 그 짐승을 받아들였을 때 포르키아는 고양이를 좋아하게 되었다. 칼푸르니아와의 우정은 별도로 하고, 고양이 때문에라도 포르키아는 계속 관저로 가게 되었다. 포르키아는 아버지나 남편을 잘 알았는데, 그들은 개든 고양이든 물고기든 간에 동물과 함께 사는 것을 허락하지 않을 터였다.

포르키아는 자기만 외로운 게 아님을 알게 되었다. 보답 없는 사랑

역시 그녀 혼자만의 것이 아니었다. 이 두 가지와 관련하여 포르키아는 자신만큼이나 칼푸르니아를 가엾게 여겼다. 아무도 그녀의 삶을 충만하게 해주지 않았다. 아무도 그녀를 애정 어린 눈으로 봐주지 않았다. 그녀의 고양이들 외에는.

"그래도 편지를 써봐야 한다고 생각해요." 포르키아가 고집했다.

"당신 말이 맞을지도 모르죠." 칼푸르니아는 아기고양이 한 마리를 뒤집어 눕히며 말했다. "하지만, 포르키아, 그러면 방해가 될 거예요. 그이는 너무 바쁘거든요. 무슨 일로 바쁜지는 전혀 모르겠고 앞으로도 결코 알 수 없겠지만. 난 그저 그이가 무사하게 해달라고 제물을 바칠 뿐이에요."

"우리 모두가 집안 남자들을 위해 그렇게 하죠." 마르키아가 말했다.

늙은 에우티코스가 김이 모락모락 나는 뜨거운 포도주와 맛있는 음식이 담긴 접시를 들고 비틀거리며 들어왔다. 사랑하는 관저의 숙녀들 중 마지막 생존자의 식사 시중을 들 수 있는 건 오직 에우티코스뿐이었다.

아기고양이들은 쿠션이 덧대진 상자 속의 어미고양이에게 돌려보내졌다. 어미고양이는 초록색 눈을 크게 뜨고 원망스럽다는 듯이 칼푸르니아를 쳐다보았다.

"너무해요." 포르키아가 말했다. 그녀는 설탕과 향신료를 넣어 데운 포도주의 향기를 맡으며, 어째서 비불루스의 하인들은 춥고 안개 낀 요즘 같은 때 이런 걸 만들 생각을 하지 못하는지 궁금해했다. "불쌍한 엄마고양이가 오랜만에 편안하게 쉬고 있는데."

마지막 말이 메아리를 울리며 그들 사이에 떨어졌다.

칼푸르니아는 모양이 제일 예쁜 꿀과자를 조금 떼어내서 라레스와 페나테스의 제단으로 가져갔다.

"가정의 신들이시여," 그녀는 기도했다. "평화를 내려주소서."

"평화를 내려주소서." 마르키아가 기도했다.

"평화를 내려주소서." 포르키아도 기도했다.

서방,
이탈리아와 로마,
동방

기원전 49년 4월 6일부터
기원전 48년 9월 29일까지
6. Apr. 49 B.C. ~ 29. Sept. 48 B.C.

나이우스 폼페이우스 마그누스

겨울의 알프스는 눈이 많이 내렸으므로, 카이사르는 해안 도로를 따라 평상시의 속도로 프로빙키아로 행군했다. 4월의 다섯번째 날에 로마를 떠난 카이사르는 같은 달 19일에 마실리아 외곽에 도착했다. 그동안 구불구불 굽이친 길을 따라 이동한 거리는 800킬로미터보다는 1천 킬로미터에 더 가까웠다.

하지만 카이사르는 아주 기쁜 마음으로 행군했다. 집을 떠나 있던 세월이 너무 길어서인지 마침내 귀국했을 때는 무척 힘들었다. 한편으로, 강력한 독재자의 지배가 아주 절박하게 필요하다는 것을 깨달았다. 도시 로마는 그 어느 때보다도 태만하게 관리되고 있었다. 상업 부문이 충분한 인정과 존중을 받지 못하고 있었다. 곡물 공급부터 분배까지 모든 것에 개선책은 고사하고 보호책마저 실시되고 있지 않았다. 카이사르의 여러 개인적인 건설 사업이 없었다면 로마의 기술자들은 궁핍한 생활을 하고 있었을 것이다. 신전들은 초라했고 거리의 포장용 돌들은 들어올려져 있었다. 아무도 혼돈에 빠진 교통을 규제하지 않았고, 아벤티누스 언덕 아래쪽 절벽을 따라 늘어선 곡물 저장소들은 쥐들의 공격에 허물어지는 중이 아닌지 의심스러웠다. 공적 자금은 쓰이는 일 없이 쌓이기만 하고 있었다. 솔직히 말하면 카이사르로서도 그 모든 문제들을 바로잡는 일이 달갑지는 않았다. 고마워하는 사람도 없고, 장애물은 끝없이 나타났으며, 제대로 일하면 다른 정무관들의 직무에 참견하는 꼴이 되었기 때문이다. 그리고 로마라는 도시 관리의 문제는 제도로서나 국가, 제국으로서의 문제에 비하면 사소했다.

수 킬로미터를 이동하는 동안 카이사르는 자신이 기질상 도시에 갇혀 있을 사람이 아니라고 생각했다. 유능하고 강한 군대를 이끌고 이동하는 삶이 훨씬 마음에 들었다. 로마에서 낭비할 시간이 없다고, 두 히스파니아에 있는 폼페이우스의 군대를 하루빨리 봉쇄하고 무력화해야 한다고 스스로 확신할 수 있었던 게 얼마나 다행인지! 유능한 군대를 지휘하며 행군하는 것보다 멋진 삶은 없었다.

로마와 두 히스파니아 사이에 있는 제대로 된 도시는 단 한 곳, 로다누스 강의 삼각주와 늪지에서 동쪽으로 70여 킬로미터 떨어진 활기찬 항구 마실리아뿐이었다. 수세기 전 식민지들을 건설하며 지중해를 배회하던 그리스인들이 세운 도시인 마실리아는 그때부터 독립성과 그리스 문화를 유지해왔다. 로마와 동맹 조약을 맺고 있었지만 마실리아의 일들을 자체적으로 관리했다. 독자적인 해군과 육군이 있었고(조약에 따르면 순수한 방어군이었다) 상업용 채소 농원과 과수원의 농산물을 공급받을 배후지도 충분했다. 그러나 곡물은 마실리아를 둘러싸고 있는 로마 속주에서 구입했다. 마실리아 주민들은 사나운 태도로 자신들의 독립성을 수호했다. 그들이 예전의 그리스와 페니키아 세계에서 볼 때 벼락출세한 침입자인 로마를 화나게 할 입장이 못 된다는 사실에도 불구하고.

마실리아를 통치하는 15인 위원회는 서둘러 마실리아를 나가 (쓰지 않는 땅에 신중하게 터를 잡은) 카이사르의 진지로 가서, 장발의 갈리아를 정복하고 스스로 이탈리아의 주인이 된 그 남자에게 접견을 청했다.

카이사르는 성대한 의식을 열어 그들을 맞이했다. 집정관 권한대행의 정식 예복을 입고 시민관을 쓴 모습이었다. 그도 자신이 먼 갈리아에 있던 내내 마실리아에 가거나 그곳의 일에 참견한 적이 없다는 걸 알고 있었다. 15인의 위원들은 무척 나이가 많고 몹시 거만했다.

"당신이 여기 있는 건 불법이오." 위원장 필로데모스가 말했다. "마실리아가 맺은 조약은 진짜 로마 정부와 맺은 것이오. 당신이 나타나서 달아날 수밖에 없었던 나이우스 폼페이우스 마그누스와 그 밖의 사람들로 구성된 정부 말이오."

"필로데모스, 그들은 달아나면서 자신들의 권리를 포기한 거요." 카이사르가 태연하게 대꾸했다. "내가 진짜 로마 정부요."

"그렇지 않소."

"필로데모스, 로마의 적인 나이우스 폼페이우스와 그 추종자들에게 협력하겠단 말이오?"

"마실리아는 어느 쪽에도 협조하고 싶지 않소, 카이사르." 필로데모스는 득의양양한 웃음을 지었다. "에페이로스의 나이우스 폼페이우스에게 망명정부에 대한 마실리아의 충성심을 확인해줄 대표단을 보내기는 했지만."

"경솔할 뿐 아니라 무모한 행동을 했군요."

"그럴지도 모르나, 당신이 그에 관해 할 수 있는 일은 없는 것 같소만." 필로데모스는 젠체하며 말했다. "마실리아는 방어 태세가 삼엄해서 정복할 수 없을 거요."

"날 부추기지 마시오!" 카이사르가 웃음을 지으며 말했다.

"당신 일이나 신경쓰시오, 카이사르. 마실리아는 가만히 놔두시오."

"그러기 전에, 마실리아는 계속 중립을 지킬 거라는 확답을 듣고 싶소."

"우린 어느 쪽도 돕지 않을 거요."

"나이우스 폼페이우스에게 대표단을 보내놓고도?"

"그건 이념적인 지지였소, 실제로 뭘 어떻게 하겠다는 게 아니라. 실제로는 완벽하게 중립을 지킬 것이오."

"그래야 할 거요, 필로데모스. 안 그랬다가는 포위 공격을 받게 될 거니까."

"100만 명이 사는 도시를 포위할 수는 없소." 필로데모스가 자랑스럽다는 듯이 말했다. "마실리아는 욱셀로두눔이나 알레시아가 아니오."

"먹일 입이 많을수록 함락하기 쉽소, 필로데모스. 당신도 물론 들어봤을 거요. 히스파니아의 어느 소도시를 포위한 로마인 장군 이야기 말이오. 그 도시는 장군에게 자기들한테 10년 치 식량이 비축되어 있다는 편지와 음식을 선물로 보냈소. 장군은 주민들의 솔직함에 감사한다고, 11년 후에 함락하겠다고 답장을 썼소. 그러자 그 도시는 항복했소. 장군의 말이 진심이라는 걸 알았기 때문이오. 나 역시 당신에게 경고하겠소. 나의 적을 돕지 마시오."

이틀 후 루키우스 도미티우스 아헤노바르부스가 함대와 에트루리아 지원병 2개 군단을 이끌고 도착했다. 그의 배가 항구 가까이 멈춰 서자 마실리아인들은 입구를 막고 있던 거대한 쇠사슬을 치워 배를 들여보냈다.

"모든 것이 요새화되어 있소." 15인 위원회가 말했다.

카이사르는 한숨을 쉬며 마실리아를 포위하기로 했다. 마실리아가 확신했던 것만큼 재앙적인 지연이었다. 겨울이면 피레네 산맥은 카이사르만큼이나 폼페이우스의 군대도 넘기 어려워질 것이고, 맞바람 때문에 바닷길로 히스파니아를 떠나지도 못할 것이기 때문이었다.

가장 기쁜 일은 가이우스 트레보니우스와 데키무스 브루투스가 9, 10, 11군단을 이끌고 당도했다는 것이었다.

"이카우나 강변의 거대한 방벽 뒤에 5군단을 두고 떠났습니다." 트레보니우스는 거의 홀린 듯이 흠모하는 눈길로 카이사르를 응시하며 말했다. "아이두이족과 아르베르니족은 순순히 동조했고, 5군단 강화가 필요할 경우 동원 가능한 로마식 군대도 갖고 있습니다. 장군께서 이탈리아에서 승리했다는 소식만으로 모든 갈리아 부족들이 온순해졌습니다. 지금도 꿍얼거리는 벨로바키족까지도요. 그들은 장군님의 성품을 목도한 적이 있는데다 이탈리아는 그것을 확연히 보여줬으니까요. 장발의 갈리아는 올해 안에 저자세로 나올 겁니다."

"다행이군, 5군단 이외의 인원을 그곳에 수비대로 주둔시킬 여력은 없으니 말이네." 카이사르가 말하고 또다른 충직한 보좌관에게 시선을 돌렸다. "데키무스, 마실리아를 복종시키려면 괜찮은 함대가 하나 필요할 거네. 자네는 바다에서 유능하지. 내 육촌형님 루키우스 말이, 나르보는 조선업을 훌륭하게 발달시켰고 우리한테 갑판이 튼튼한 3단 노선 몇 척을 팔고 싶어서 안달이라더군. 나르보로 가서 적당한 배가 있는지 알아보게. 값은 후하게 쳐줘." 카이사르는 슬쩍 웃었다. "폼페이우스와 집정관들이 급하게 도망치느라 국고를 비우는 걸 잊었다면 믿겠나?"

트레보니우스와 데키무스 브루투스는 입을 딱 벌렸다.

"세상에!" 데키무스가 말했다. "전에도 장군님말고 다른 사람 편에서 싸운다는 건 상상도 못해봤지만, 카이사르, 그 말씀을 들으니 제가 장군님을 알아봤다는 걸 신들께 감사드려야겠군요! 그런 바보들이 있다니요!"

"동감이네. 하지만 그 일이 의미하는 건 놈들이 어떠한 전쟁도 할 수 없을 만큼 혼란스럽고 준비가 부족한 상태라는 거야. 놈들은 점잔빼고 허세 부리고 내 면전에 주먹을 흔들어대고 나를 모욕하고 위협했지만, 이젠 알겠어. 놈들은 단 한 순간도 내가 진군할 거라고 생각하지 못했던 거야. 놈들에겐 전략도 없고 향후 행보에 대한 확신도 없어. 뭔가를 할 돈마저 없지. 난 안토니우스에게 폼페이우스가 재산을 처분하는 걸 방해하지 말라고 지시했네. 그의 돈이 이탈리아 밖으로 나가는 것도 막지 말라고 했어."

"그러셔야 합니까?" 트레보니우스가 언제나처럼 근심 어린 얼굴로 물었다. "폼페이우스의 돈줄을 차단하면 피 흘리지도 않고 승리할 수 있을 텐데요."

"아니, 그런다면 일을 미루는 것일 뿐이야." 카이사르가 말했다. "폼페이우스와 다른 자들이 전쟁 자금에 쓰려고 판 재산은 놈들에게 다시 돌아갈 수 없어. 폼페이우스는 온 나라에서 세 손가락 안에 꼽히는 부자라네. 아헤노바르부스는 예닐곱 명 안에 들어갈 거고. 난 그들이 파산하기를 바라. 땡전 한푼 없는 위인은 영향력은 있을지 몰라도 권력은 없지."

"제 생각에," 데키무스 브루투스가 말했다. "장군께서는 전쟁이 끝난 후 놈들을 죽이실 생각이 없는 것 같습니다. 추방도 보내지 않고요."

"맞아, 데키무스. 나는 술라처럼 괴물이라고 불리지 않을 걸세. 우리

쪽에도 그쪽에도 반역자는 없어. 그저 서로 로마의 미래를 다르게 보고 있을 뿐이야. 난 내가 사면한 사람들이 로마에서 직책을 유지하면서 어느 정도는 내게 도전하길 바라. 술라는 틀렸어. 반대 없이 최고의 일을 해내는 사람이란 존재하지 않네. 난 정말이지 아첨꾼들한테 둘러싸이고 싶지 않거든! 난 제대로, 즉 끊임없이 분투하면서 로마의 일인자가 될 거라네."

"우리가 아첨꾼들이라고 생각하십니까?" 데키무스 브루투스가 물었다.

카이사르가 소리 내어 웃었다. "아니! 아첨꾼들은 군대를 잘 지휘하지 못한다네. 긴 의자에 누워 민망할 정도로 칭송을 늘어놓기나 하지. 내 보좌관들은 내가 잘못할 때 두려움 없이 지적해주잖나."

"그때의 일이 많이 힘들었습니까, 카이사르?" 트레보니우스가 물었다.

"자네한테 내가 할 거라고 경고했던 일 말인가? 루비콘 강을 건너는 것?"

"네. 우린 놀랐고 걱정했습니다."

"힘들었지, 하지만 그렇지 않기도 했네. 조국을 향해 진군한 사람으로 역사서에 기록되고 싶은 생각은 없었어. 하지만 다른 선택지가 없었지. 진군을 하거나, 아니면 영구 추방을 당해야 했어. 후자를 택했다면 갈리아는 3년 안에 폭동이 일어날 만큼 불안정해졌을 거고, 로마는 모든 속주의 통제권을 상실했을 걸세. 지금은 클라우디우스 일가와 코르넬리우스 일가 및 그 친족들이 속주를 강탈하는 걸 법으로 막을 적기라네. 아, 징세청부업자들도 마찬가지고. 브루투스처럼 원로원 의원이라는 벽 뒤에서 몰래 상업 활동을 하는 사람들도 있어. 난 절실히 필요한 개혁 조치들을 실시해야 해. 그런 다음 파르티아 왕국으로 진군할 걸세. 엑바타나에 로마의 독수리 기 일곱 개가 있네. 대신 복수해줘야 할, 오해받고 있는 위대한 로마인 한 사람도 있지. 게다가 우린 이 전쟁의 비용을 물어야 해. 얼마나 긴 전쟁이 될지는 모르겠네. 내 이성은 몇 달 만에 끝날 거라고 하지만, 본능은 그보다 훨씬 더 길어질 거라고 말하고 있어. 난 나와 같은 로마인들과 싸우고 있네. 고집 세고 끈덕지고 완강한 자들 말이야. 그들은 갈리아인들 만큼이나 쉽사리 굴복하지 않을 거야. 하지만 되도록 피를 보지 않고 싶네."

"그 부분에 있어서는 지금까지 대단한 인내심을 보여주고 계십니다." 가이우스 트레보니우스가 말했다.

"앞으로도 쭉 그러고 싶네―그러면서도 나 또한 굴복하는 일 없이."

"국고를 손에 넣으셨잖습니까." 데키무스 브루투스였다. "왜 전쟁 비용을 걱정하십니까?"

"국고는 로마 인민의 것이지 원로원의 것이 아냐. 이 전쟁은 원로원 파벌 간의 전쟁이라, 요청을 받고 싸우는 인민을 제외하면 인민과는 거의 무관한 전쟁이네. 나는 국고에서 대출을 받은 것이지 국고를 소유한 것이 아냐. 내 병사들이 약탈을 해서는 안 돼. 전리품이 없다는 뜻이야. 그러니 내 개인 자금으로 병사들에게 보상을 해야 해. 막대한 자금이 필요하지. 거기다 국고에 빌린 돈까지 갚아야 해. 어떻게? 물론 폼페이우스는 동방을 바짝 쥐어짜서 필요한 자금을 얻으려고 바쁘니까, 동방에선 내가 건질 게 없을 거네. 히스파니아는 금속말고는 아무것도 없는데, 금속에서 얻은 수익은 폼페이우스에게 갈 거야, 로마가 아니라 말이지. 반면 파르티아 왕국은 엄청나게 부유해. 우리가 한 번도 진출하지 않은 곳이지. 나는 반드시 파르티아로 갈 거네."

"저도 함께 가겠습니다." 트레보니우스가 재빨리 말했다.

"저도요." 데키무스 브루투스였다.

카이사르는 흐뭇한 기분으로 말했다. "하지만 당분간은 마실리아와 히스파니아를 처리해야 해."

"폼페이우스도요." 트레보니우스였다.

"우선순위를 지키세." 카이사르가 말했다. "난 폼페이우스를 서방에서 완전히 내쫓고 싶네. 그러려면 폼페이우스한테서 돈을 빼앗아야 해."

요새화와 방어시설이—특히 아헤노바르부스가 도착하여 현지의 해군과 육군 자원을 강화했기에—아주 잘되어 있는 마실리아는 카이사르의 육상 봉쇄에 잘 버텼다. 마실리아는 여전히 바다를 통제하고 있었기 때문이다. 마실리아의 곡창들은 가득찼고, 상하기 쉬운 식료품은 물길로 들여왔다. 프로빙키아 주변의 다른 그리스 식민지들은 카이사르가 이길 수 없다고 확신했고, 마실리아에 앞다퉈 물자를 공급했다.

"어째서 누구도 내가 폼페이우스처럼 늙고 지친 영감을 이길 수 없다고 생각하는 거지?" 카이사르는 5월의 마지막날 트레보니우스에게 물었다.

"그리스인들은 장군들을 올바르게 판단한 적이 한 번도 없습니다." 트레보니우스는 대답했다. "그들은 장군님을 모릅니다. 반면 폼페이우스는 해적 소탕 작전 때문에 아주 유명하지요. 이 주변 연안 도시들은 모두 그때 폼페이우스의 활약과 재능을 목도했습니다."

"내가 장발의 갈리아를 정복한 것도 그리 오래되지 않았는데."

"네, 카이사르, 하지만 저들은 그리스인입니다! 그리스인들은 야만족과 전쟁을 해본 적이 없지요. 늘 해안 도시에 모여 살면서 내륙의 야만인들을 피했으니까요. 흑해와 지중해의 그리스 식민지들도 마찬가지입니다."

"뭐, 자기들이 줄을 잘못 섰다는 걸 곧 알게 될 테지." 카이사르가 성이 나서 말했다. "난 새벽에 나르보로 떠나네. 데키무스가 선단을 이끌고 돌아오는 중일 거야. 데키무스는 바다의 책임자이고, 자네는 전반적인 지휘를 맡는 거네. 놈들을 한껏 압박하고 좀처럼 여지를 주지 말게, 트레보니우스. 마실리아는 겸손해져야 해."

"군단은 몇 개입니까?"

"12군단과 13군단을 자네한테 남겨두고 가겠네. 마무라 말이, 이탈리아 갈리아에서 새로 모병한 6군단이 있다는군. 마무라에게 그 군단을 자네한테 보내라고 지시해두었어. 6군단을 훈련시키고, 가능하다면 피맛을 보여주게. 로마인들보다는 그리스인들을 상대로 그러는 게 훨씬 나아. 사실 그게 이번 전쟁에서 내게 아주 유리한 점이긴 하지."

"네?" 트레보니우스가 어리둥절하여 물었다.

"내 병사들은 이탈리아 갈리아 사람들이고, 그들 대다수는 파두스 강 이북에서 왔어. 폼페이우스의 군인들은 15군단을 제외하면 정식 이탈리아인들이고. 내가 보기에 이탈리아인들은 이탈리아 갈리아인들을 깔보지만, 이탈리아 갈리아인들은 이탈리아인들을 극도로 혐오해. 형제애 따위는 존재하지 않지."

"생각해보니 그렇군요. 좋은 지적입니다."

루키우스 카이사르는 현지인들처럼 생활했고 나르보를 자신의 고향처럼 여겼다. 4개 군단―9군단, 총애받는 10군단, 8군단, 11군단―을 이끌고 도착한 루키우스의 육촌 가이우스는 속주 총독 루키우스가 어찌나 자리를 잘 잡았던지 정부 세 명과 요리사 두 명을 두었으며 온 나르보의 사랑을 받고 있단 걸 알아차렸다.

"제 기병대는 도착했습니까?" 카이사르가 평소와 달리 맛있게 식사하며 물었다. "아, 나르보의 땅꾼 숭어가 얼마나 담백하고 맛있는지―얼마나 소화가 잘되는지―잊고 있었군요!"

루키우스 카이사르가 자부심에 찬 목소리로 말했다. "갈리아식으로 요리해서 그런 거네. 기름이 아니라 버터에 튀겼거든. 기름은 너무 강해. 버터는 베네티 지역 산이야."

"시바리스 사람이 다 되셨군요."

"그래도 몸매는 유지하고 있어."

"그건 가문 내력 같은데요. 기병대는요?"

"네가 직접 지명한 3천 병사가 여기 있어, 가이우스. 그들을 나르보 남부, 루스키노 강어귀 근처에 풀어놓기로 결정했지. 그러니까, 네가 가는 길 위에."

"파비우스는 일레르다에 있겠군요."

"맞아, 7군단과 14군단을 데리고 있지. 나르보 민병대 수천 명을 그에게 딸려보냈어, 피레네 산맥을 통과하라고 말이야. 하지만 그를 만나면 그 군사를 돌려보내라고 전해주면 고맙겠어. 그들은 착하고 충직하지만 시민은 아니니까."

"아프라니우스와 페트레이우스는 아직도 그에게 맞서고 있습니까?"

"시코리스 강 건너편에서. 5개 군단이 함께 있지. 다른 2개 군단은 아직 바로와 함께 먼 히스파니아에 있어." 루키우스 카이사르는 싱긋 웃었다. "바로도 다른 사람들처럼 널 이길 수는 없다고 확신하고 있어. 그래서 굳이 무리하려 들지 않지. 그들은 코르두바에서 편안하게 겨울을 보내고 있어."

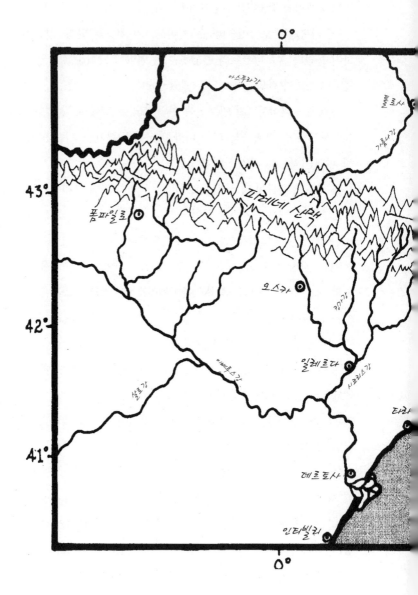

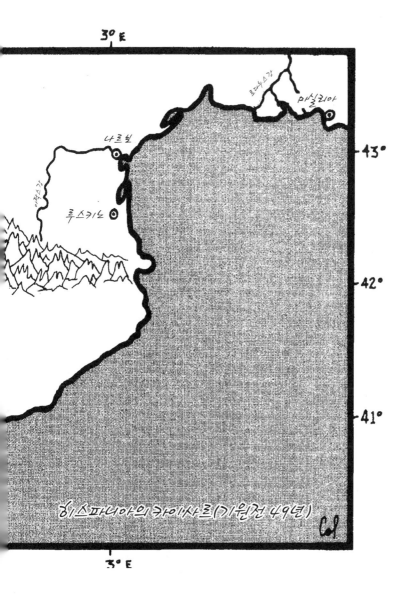

히스파니아의 카이사르(기원전 49년)

"일레르다로 오려면 한참 걸리죠."

"그래. 네가 걱정해야 할 건 아프라니우스와 페트레이우스가 데리고 있는 5개 군단뿐이야. 굴 좀 먹어봐."

"괜찮아요. 땅꾼 숭어가 더 좋아요. 형님의 요리사는 가시를 참 잘 발라내는군요."

"가시를 바르기 쉬운 생선이잖아. 아주 납작하니까. 네가 모를 수도 있는 건 폼페이우스가 에페이로스에서 사람을 보내 자신의 히스파니아 군대 사람들한테서 큰돈을 빌렸다는 거야. 그들은 갖고 있던 모든 걸 폼페이우스에게 내주고, 널 무찌를 때까지 갚지 않아도 된다고 했어."

"아! 폼페이우스는 위기감을 느끼고 있군요."

"그럴 만도 하지. 국고를 비우는 걸 잊었으니."

카이사르가 어깨를 떨며 소리 없이 웃었다. "폼페이우스는 그 실수를 결코 잊지 못할 겁니다, 루키우스."

"내 아들이 폼페이우스를 선택했다고 들었네."

"유감스럽게도 그렇습니다."

"그앤 똑똑하게 군 적이 별로 없었지."

"똑똑함 얘기가 나와서 말입니다만, 포르미아이에서 아주 놀라운 집안사람을 만났습니다." 카이사르가 이젠 치즈에 관심을 보이며 말했다. "고작 열세 살밖에 안 됐지만요."

"누군데?"

"아티아와 가이우스 옥타비우스의 아들입니다."

"또 한 명의 가이우스 율리우스 카이사르가 자라고 있는 건가?"

"그애 말로는 아니라더군요. 자기한텐 군사적인 재능이 없대요. 아주 냉정하지만 굉장히 똑똑한 아이입니다."

"필리푸스의 생활방식을 지지하는 기색은 없고?"

"그런 기미는 보이지 않았습니다. 대단한 야심과 명민함만 보였어요."

"옥타비우스 분가에서는 집정관이 나온 적이 없는데."

"그애가 그 분가의 첫 집정관이 될 겁니다." 카이사르가 확신하며 말했다.

카이사르는 6월 말경에 가이우스 파비우스의 군대를 6개 군단으로 강화했다. 나르보 민병대는 감사 인사를 받고 고향으로 돌아갔다.

"폼페이우스가 이 군대의 저금에서 돈을 빌렸다는 걸 루키우스 카이사르께 들으셨습니까?" 가이우스 파비우스가 물었다.

"그래. 그 말은 곧 그들이 반드시 이겨야 한다는 뜻이지, 그렇지 않나?"

"그들은 자기네가 이길 거라고 생각합니다. 아프라니우스와 페트레이우스도 돈을 뜯겼죠."

"그럼 우린 그들을 극빈자로 전락시켜야 하겠군."

그러나 전설적인 카이사르의 운은 다한 것처럼 보였다. 추위가 일찍 풀리면서 피레네 산맥 고지에까지 폭우가 이어졌고 시코리스 강이 범람하여 그곳의 모든 다리들이 파괴되었다. 카이사르에게는 골칫거리였는데, 그 다리들을 통해 보급품을 받았기 때문이다. 폭은 좁지만 홍수가 나지 않을 때도 물살이 세찬 시코리스 강은 새 보급품 도착을 계속 불가능하게 했다. 마침내 강의 수위가 낮아졌지만, 강 건너편에 있는 아프라니우스와 페트레이우스 때문에 다시 다리들을 만들 수도 없었다. 비는 계속 내렸고 진지는 진흙탕이었으며 식량도 얼마 남지 않았다.

"좋아, 제군들." 카이사르는 부하들을 모아놓고 말했다. "앞으로 고생을 좀 해야겠네."

그 고생이란 2개 군단을 데리고 상류로 30킬로미터 넘게 발목까지 빠지는 진창을 걸어가 폼페이우스군 몰래 다리를 급조하는 것이었다. 이 일을 마치자 식량은 들여올 수 있었지만 진지는 여전히 진흙탕이었다.

카이사르는 파비우스에게 말했다. "이것이 카이사르의 행운의 실체로군—고생 말이네. 이제 우린 비를 맞으며 앉아서 날씨가 좋아지기를 기다려야 해."

물론 전령들은 로마와 카이사르의 진지를, 마실리아와 카이사르의 진지를 전속력으로 오갔다. 카이사르는 소식을 전해 듣는 데 보름 이상 걸리는 걸 매우 싫어했기 때문이다. 로마에서 온 편지 여러 통 중에 아주 신속하게 배달된 마르쿠스 안토니우스의 편지가 있었다.

꼼짝 못하게 되셨다는 소문이 로마에 돌고 있습니다, 카이사르. 시코리스 강의 다리들이 모두 떠내려가고 식량도 없다고요. 몇몇 원로원 의원들은 그 소식을 듣고 아벤티누스 언덕 위의 아프라니우스 저택 밖에서 흥겨운 잔치를 벌였습니다. 지켜보면 재미있을 것 같아서 레피두스와 제가 가봤죠—아니요, 신성경계선은 넘을 필요가 없었습니다! 그들은 가수와 춤꾼, 곡예사 들과 무시무시한 기형 인간 두세 명을 불렀고 바이아이의 새우와 굴을 잔뜩 차려놓았더군요. 레피두스와 제가 보기에는 조금 성급한 행보였습니다. 저희 생각에는 지금쯤 장군께서 보급 문제를 해결하고 폼페이우스군을 처리하고 있을 것 같으니까요.

장군께서 심각한 문제에 직면했다는 소식이 낳은 다른 결과는 원로원과 관련이 있습니다. 앞서 말한 잔치가 끝난 뒤, 고민하던 사람들 모두가—40명쯤 됩니다—마케도니아 동부의 폼페이우스에게로 떠난 겁니다. 그 '옳은 편에 서고 싶어 안달인' 의원 놈들은 그곳에 가면 전장의 고생이라는 걸 전혀 모르고 지내리라고 생각됩니다. 폼페이우스는 테살로니카의 총독 관저에서 지내고 있는데, 거기 있는 놈들과 함께 호화로운 생활을 하고 있거든요.

레피두스도 저도 의원들의 집단 탈출을 막지 않았습니다. 저희가 옳은 일을 한 것이기를 바랍니다. 저희는 그 인간들이 이탈리아에 없는 게 장군께 더 나으리라고 생각합니다. 폼페이우스나 그놈들과 즐겁게 지내라지요. 그건 그렇고, 저는 키케로도 떠나게 내버려두었습니다. 그는 한결같이 반대를 부르짖고 있었던데다 저의 통치 방식도 마음에 들어하지 않았습니다. 저는 사자 네 마리가 끄는 멋진 전차를 구해서 키케로의 동네를 지날 일이 있을 때마다 뽐내듯이 몰았지요. 솔직히 말하면, 카이사르, 그 전차는 골칫거리였습니다. 검은 갈기가 달린 거대하고 위풍당당한 수사자 네 마리였는데, 일하는 걸 싫어하더라고요. 게을러요! 두 발짝만 가면 털썩 주저앉아 잠을 자지 뭡니까. 그래서 암컷들로 바꿨는데, 그래도 마찬가지였습니다. 전차 끄는 동물로 사자는 아닌 것 같습니다. 이제 저는 디오니소스의 전차를 표범들이 끌었다는 이야기를 믿기가 힘듭니다.

키케로는 6월의 노나이 즈음에 카이에타를 떠났지만 동생 퀸투스는 대동하지 않았습니다. 잘 아시다시피 퀸투스의 아들은 장군님 편에 서기로 마음을 먹고 있습니다. 제 생각엔 퀸투스가 자기 아버지 말을 듣고 그러는 것 같습니다. 동생 퀸투스와 조카 퀸투스 모두 이탈리아에 남기로 했습니다. 얼마나 머물지는 알 수 없지만요. 키케로는 가족애를 이용하고 있습니다. 출발 직전까지 우는소리를 하더군요. 5월 초에 제가 본 키케로의 눈은 어찌나 엉망이던지 충격적일 정도였습니다. 장군께서 키케로를 계속 로마에 잡아두길 원하시는 건 알지만, 그는 떠나는 게 낫습니다. 너무나 무능력한 작자라 폼페이우스의 승률(저는 아주 낮게 봅니다)을 변화시키지도 못할 것이고, 장군님의 의견을 받아들이는 일도 결코 없을 겁니다. 키케로의 목소리 같은 목소리는 들리지 않게 멀리 치워버리는 게 상책입니다. 그의 아들 마르쿠스도 함께 떠났습니다.

그나저나 툴리아는 5월에 칠삭둥이를 낳았습니다. 아들이었죠. 하지만 늙은 페르페르나가 죽은 6월의 그날에 죽었습니다. 대단하죠! 선임 원로원 의원이자 전직 수석 집정관이던 사람 말입니다. 그래도 전 아흔여덟 살까지 살고 싶군요.

카이사르는 그 편지가 만족스럽기도 하고 불만스럽기도 했다. 안토니우스를 분별 있는 사람으로 만들 방법은 이 세상에 없는 건가? 안토니우스에게 사리분별의 싹이 있기는 한 건가? 사자라니! 원로원 의원들의 탈출에 대해서는 안토니우스와 레피두스가 옳았다. 그런 놈들은 없는 게 낫다. 있어봐야 레피두스가 몹시 필요한 법안들을 통과시키는 걸 어렵게 만들 뿐이니까. 하지만 키케로의 경우 얘기가 다르다. 키케로가 이탈리아를 떠나게 돼서는 안 되는 거였다.

마실리아에서 온 소식은 고무적이었다. 데키무스 브루투스가 바다에서 보여준 불가해하도록 천부적인 재능은 큰 도움이 되었다. 브루투스가 마실리아의 항구를 봉쇄하자 마실리아는 심각한 타격을 입기 시작했고, 아헤노바르부스는 전투를 하겠다며 마실리아 선단을 이끌고 나갔지만 병사들을 수없이 잃고 패했다. 데키무스 브루투스의 봉쇄는 흔들림 없이 실시되었으며, 마실리아 사람들은 예전만큼 잘 먹지 못했고 아헤노바르부스를 싫어하게 된 것 같다고 했다.

"놀라운 일도 아니지요." 파비우스가 말했다.

"마실리아는 편을 잘못 골랐어." 카이사르가 대꾸했다. 그는 입술을 앙다물었다가 말을 이었다. "어째서 마실리아와 다른 여러 도시들은 내가 질 거라고 생각하는지 모르겠군. 내가 질 수 없는 상황인데도."

"폼페이우스의 전승 경력이 훨씬 더 많기 때문입니다, 카이사르. 하지만 그들도 앞으로 교훈을 얻게 될 겁니다."

"아프라니우스와 페트레이우스가 곧 얻게 될 것처럼 말이지."

7월 중순에 아프라니우스와 페트레이우스는 고민이 많아졌다. 적군과 큰 교전은 벌어지지 않았지만, 카이사르의 갈리아 기병 3천 명이 보급선을 따라 폼페이우스군을 강타하고 있었다. 기병이 매우 부족했던 폼페이우스의 오랜 두 부하는 큰 이베루스 강의 남쪽을 지나 카이사르가 모르는 시골로 가기로 결정했다. 폼페이우스에게 절대적으로 충성하는 동시에 카이사르에게 식량을 주지 않을 시골로. 폼페이우스군의 고민을 더욱 악화시키는 건, 이베루스 강 북쪽의 히스파니아 대도시들이 카이사르의 승률이 높다고 생각하기 시작했다는 사실이었다. 그 도시들은 세르토리우스의 옛 수도인 오스카의 주도하에 카이사르에 대한 지지를 표명했다. 카이사르는 가이우스 마리우스의 인척이니 세르토리우스의 인척이기도 하다는 평계를 대면서.

이베루스 강 이남에서는 그렇게 변절하는 곳이 없었다. 그쪽으로 철수해야 할 때임이 분명했다. 페트레이우스는 공병대와 인부들을 시켜 강에 배다리를 놓았고, 그동안 아프라니우스는 카이사르에 맞서 체면 치레를 했다. 그러나 폼페이우스군에게는 불행하게도, 카이사르의 정보원들은 매우 유능했다. 카이사르는 정확히 무슨 일이 벌어지고 있는지 다 알고 있었다. 아프라니우스가 슬금슬금 빠져나가던 바로 그때 카이사르는 군대를 이끌고 슬금슬금 강 상류로 향했다.

땅은 다 말랐고 지형도 적당했다. 카이사르는 평소 속도대로 진군하여 오후쯤 아프라니우스의 후위대를 따라잡았고, 계속 진군하여 아프라니우스의 병사들 속으로 곧장 들어갔다. 아프라니우스의 종대 앞쪽 더 험한 시골에 폼페이우스 군대의 목적지인 협곡이 있었지만, 8킬로미터를 남겨놓은 상황에서 카이사르의 무자비한 공격 때문에 아프라니우스는 가던 길을 멈추고 삼엄한 요새진지를 구축할 수밖에 없었다. 그는 페트레이우스의 정신적인 지지도 없이 길고 괴로운 밤을 보냈다. 몰래 빠져나가고 싶어서 죽을 지경이었지만, 카이사르가 야간 공격을 즐겨한다는 것을 알기에 그럴 수도 없었다. 가장 큰 걱정은 군대의 사기였다. 내전에서 이반은 언제든 가능한데, 불평불만이 들려오고 있었다. 하지만 그가 간과한 것은 그 자신의 심적 상태였다.

아프라니우스가 필사적으로 작전을 실시한 건 수년만이었다―그런 적이 있긴 했다면 말이지만. 카이사르는 새벽에 훨씬 빨리 진지를 걷고 그 협곡에 먼저 도착했다. 아프라니우스로서는 협곡 입구에서 노영하는 수밖에 없었다. 이베루스 강에서 돌아온 페트레이우스는 멍하고 침울해진 채 반드시 해야 하는 일조차 생각해내지 못하는 아프라니우스를 보았다. 그는 식수 확보조차 하지 않고 있었다. 페트레이우스는 화가 나서 강까지 요새선을 구축하기 시작했다.

하지만 페트레이우스와 공병대와 다른 몇몇 사람들이 바쁘게 움직이는 동안 폼페이우스군의 대다수는 빈둥대고 있었다. 카이사르의 진지가 어찌나 가까이에 있었던지 카이사르 보초병들의 말소리가 들릴 정도였다. 폼페이우스의 병사들은 카이사르의 병사들과 대화하기 시작했는데, 후자는 전자에게 항복을 종용했다.

"카이사르를 이길 수는 없소." 이 말은 끊임없이 반복되는 후렴구와도 같았다. "아직 목숨이 붙어 있을 때 항복하시오. 카이사르는 같은 로마인들과 싸우기를 원하지 않지만, 병사들 대부분은 제대로 된 전투에 목말라하고 있소—그래서 카이사르께 그런 전투를 하게 해달라고 졸라대고 있단 말이오! 되도록 빨리 항복하는 게 최선이오."

선임 백인대장과 참모군관 들로 구성된 폼페이우스군 대표단이 카이사르를 만나러 갔다. 그중에는 아프라니우스의 아들도 있었는데, 그는 카이사르에게 자기 아버지를 사면해달라고 간청했다. 실제로 규율이 너무 느슨한 탓에 폼페이우스군 대표단이 카이사르와 교섭하는 동안 카이사르군 병사들 몇 명이 걸어서 폼페이우스군 진지로 갔다. 그들을 발견한 아프라니우스와 페트레이우스는 아군의 선임 군관들이—아프라니우스의 아들을 포함한!—적과 협의중이라는 사실을 알고 대경실색했다. 아프라니우스는 카이사르군 병사들을 돌려보내고 싶어했지만, 페트레이우스는 들은 척도 하지 않고 히스파니아인 호위병을 시켜 그들을 현장에서 죽였다. 새로운 카이사르답게 관대한 조치가 이루어졌다. 정중한 말과 자기 군대에서 복무해달라는 요청과 함께, 그는 폼페이우스군 병사들을 진지로 돌려보냈다. 카이사르의 행동과 그 정반대인 페트레이우스의 행동은 곧 소문이 났고, 아프라니우스와 페트레이우스가 이베루스 강을 건너지 않고 일레르다로 가기로 결정하는 동안 폼페이우스군 병사들 사이에 이반이 빠르게 확산되었다.

일레르다로의 후퇴는 광란의 허둥거림이었다. 카이사르의 기병대는 폼페이우스군 후위대를 하루종일 괴롭혔다. 그날 밤 폼페이우스군이 야영을 하자 카이사르는 서둘러 요새 시설을 만들어 폼페이우스군한테서 물을 차단해버렸다.

아프라니우스와 페트레이우스는 화평을 청했다.

"좋소." 카이사르가 말했다. "단, 양군을 모두 집합시킨 상태에서 협상을 진행해야 하오."

카이사르의 조건은 합리적이고 받아들일 만했다. 폼페이우스군 병사들은—아프라니우스와 페트레이우스도—사면되었다. 카이사르에게 충성 맹세를 한다면 카이사르군에 합류할 수 있으나 강요하지는 않겠다고 했다. 억지로 모병된 사람들은 이반의 씨앗이 될 것이기 때문이었다. 히스파니아에 살던 폼페이우스군 병사들은 무기를 버리고 고향으로 돌아갈 수도 있었다. 로마인 병사들은 속주와 리구리아의 경계인 바루스 강까지 되돌아가 해산하기로 했다.

히스파니아에서의 전쟁은 끝났다. 이번에도 사실상 무혈 전쟁이었다. 퀸투스 카시우스와 2개 군단은 남쪽의 히스파니아 속주로 진군했다. 그곳에 있는 마르쿠스 테렌티우스 바로는 가데스에 틀어박히기로 결심한 것 외에 전쟁 준비라고는 한 것이 없었다. 그러나 바로가 결심을 실행에 옮기기도 전에, 먼 히스파니아 주민과 2개 군단까지 싸워보지도 않고 카이사르에게 넘어갔다. 바로는 코르두바에서 퀸투스 카시우스를 만나 항복했다.

카이사르가 저지른 단 하나의 실수는 퀸투스 카시우스를 먼 히스파니아의 총독으로 임명한 것이었다. 귀만큼이나 예민하게 은 냄새를 맡는 카시우스의 콧구멍은 그 속주에서 여전히 풍부하게 생산되는 금과 은의 냄새를 맡을 때마다 사냥개의 콧구멍처럼 벌름거렸다. 퀸투스 카시우스는 카이사르에게 신나게 손을 흔들며 작별을 고한 뒤 자신의 새로운 임무를 악용해 무자비하게 약탈 행위를 저지르기 시작했다.

9월 중순께 카이사르는 마실리아로 돌아갔고 마실리아의 항복을 받았다. 혼쭐이 나고 환상에서 깨어난 15인 위원회는, 아헤노바르부스가 그들에게 데키무스 브루투스의 봉쇄에 저항할 병력도 남겨두지 않고 뱃길로 달아났음을 인정해야만 했다. 마실리아가 굶주리게 놔둔 채로 달아난 것이다. 카이사르는 마실리아의 독립적 지위 유지를 허락했지만, 그곳을 방어할 어떤 군대나 전함도 금지했다. 그리고 마실리아의 배후지는 거의 없다시피 축소되었다. 카이사르는 일을 확실히 하기 위해 폼페이우스군에서 이반한 2개 군단을 주둔군으로 남겨두었다. 쾌적한 곳에서의 쾌적한 임무이니 그들은 계속 충성할 터였다. 14군단은 데키무스 브루투스의 지휘하에 장발의 갈리아로 되돌려보내질 터였다. 브루투스는 카이사르가 없는 동안 새 속주를 통치할 것이다. 트레보니우스, 파비우스, 술피키우스와 그 밖의 사람들은 카이사르와 함께 로마와 이탈리아로 진군한 뒤 대다수는 법무관으로서 그곳에 머무르게 될 것이었다.

로마는 그리 어렵지 않게 안정되었다. 쿠리오가 6월 말에 시칠리아를 확보했다는 소식이 당도하자 모두가 안도의 숨을 내쉬었다. 오르카가 사르디니아를, 쿠리오가 시칠리아를 잡고 있다면 풍년인 이상 충분한 곡물이 들어올 터였다. 쿠리오가 아프리카 확보에 성공한다면 기근을 대비한 보험이 될 것이었다.

현재 아프리카는 폼페이우스군이 꽉 잡고 있었다. 유능한 보좌관 퀸투스 아티우스 바루스는 코르피니움에서 시칠리아를 거쳐 아프리카 속주로 갔다. 그는 아일리우스 투베로한테서 통치권을 빼앗고 내쫓은 다음 누미디아의 유바 왕과 동맹을 맺었다. 1개에 불과했던 아프리카 군단은 이제 규모가 커졌는데, 아프리카에 정착해 살던 로마인 퇴역군인들과 그 아들들, 그리고 유바 왕의 대규모 보병대를 확보했기 때문이다. 게다가 유바 왕에게는 저 유명한 누미디아 기병대가 있었다. 그 기병들은 안장도 없이 말을 탔고 무장도 하지 않았으며, 가까이에서 베고 찌르는 대신에 창으로 싸웠다.

원로원 의원들이 두번째로 로마를 집단 탈출한 후 레피두스의 일은 훨씬 쉬워졌다. 레피두스는 카이사르의 여러 지시사항을 시행하기 시작했다. 제일 먼저 원로원 정족수를 축소했다. 카이사르의 사람들과 몇 몇 중립파로 구성된 원로원 회의에서 결의를 얻기가 쉬워졌고, 트리부스회에서 법을 통과시키지 못할 이유도 사라졌다. 이제 원로원 정족수는 60명이었다.

레피두스는 마르쿠스 안토니우스와 계속 연락을 주고받았지만 간섭하지는 않았다. 안토니우스는 이탈리아에서 인기 많은 총독이 되어 있었다. 수많은 정부와 난쟁이, 무희와 곡예사와 악사, 그리고 저 유명한 사자가 끄는 전차에 둘러싸인 안토니우스를 이탈리아 시골과 도시 사람들은 근사하다고 생각했다. 안토니우스는 늘 쾌활하고 상냥하며 말 붙이기 쉬운 사람인데다, 언제든 물 타지 않은 포도주를 한 통이나 죽 들이킬 준비가 되어 있으면서도 할 일은 다 해냈다. 자기 병사들이나 항구 수비대를 시찰할 때 우스꽝스러운 변장을 하고 나타나는 실수도 하지 않았다. 캄파니아(그가 가장 좋아하는 장소였다) 곳곳에 핀 이국적인 장미들, 떠들썩함과 권위가 뒤섞인 취한 듯한 생활이었다. 안토니우스는 아주 즐겁게 지냈다.

아프리카에서는 계속 좋은 소식이 들려왔다. 쿠리오는 어렵지 않게 우티카에 자리를 잡았고 여러 차례의 소규모 접전에서 아티우스 바루스와 유바 왕을 솜씨 좋게 처리했다.

그러다가 8월에 일리리쿰과 아프리카의 상황이 악화되었다. 마르쿠스 안토니우스의 동생 가이우스가 15개 대대와 함께 자리잡은 아드리아 해 최상단의 쿠릭타 섬에서 폼페이우스군 제독인 마르쿠스 옥타비우스와 루키우스 리보에게 기습당한 것이다. 일부 부하들의 용맹한 대처에도 불구하고, 가이우스 안토니우스는 자신이 심각한 상황에 처했음을 깨달았다. 그는 아드리아 해에 있던 카이사르군 제독 돌라벨라에게 도움을 청했다. 돌라벨라는 40척의 불완전 무장한 느린 배들을 이끌고 왔다. 해전이 벌어졌고, 돌라벨라는 바다 밖으로 밀려났다. 그의 함대와 가이우스 안토니우스까지 잃었다. 가이우스 안토니우스는 자기 군대와 함께 포로로 잡혔다. 승리 때문에 지나치게 기세등등해진 마르쿠스 옥타비우스는 살로나의 달마티아 해안을 공격했지만 살로나는 성문을 굳게 닫고 저항했다. 결국 옥타비우스는 작전을 중지하고 에페이로스로 돌아가야 했다. 포로 가이우스 안토니우스와 15개 대대를 데리고서였다. 돌라벨라는 달아났다.

마르쿠스 안토니우스로서는 불쾌한 소식이었다. 그는 동생의 멍청함에 실컷 욕을 퍼부은 다음 동생을 탈출시킬 방법을 궁리하기 시작했다. 하지만 비난의 화살은 돌라벨라에게 돌렸다. 돌라벨라는 어떻게 전투도 지고 배까지 다 잃을 수가 있지? 가련한 돌라벨라가 이끌던 배들보다 폼페이우스군 배들의 성능이 월등히 뛰어나다는 더 객관적인 사람들의 말조차 마르쿠스 안토니우스의 귀에는 들어오지 않았다.

풀비아는 쿠리오 없는 생활에 적응했다. 기분좋게는 아니었지만 그럭저럭 적당하게. 푸블리우스 클로디우스와 낳은 네 아이들은 아기 쿠리오보다 나이가 많았다. 푸블리우스 2세는 이제 열여섯 살이었고 12월 유벤타스 축제 때 성인이 될 터였다. 클로디아는 열네 살이었고 미래의 남편에 대한 꿈으로 머릿속이 꽉 차 있었다. 여덟 살인 클로딜라는 아기 쿠리오를 아주 예뻐했다. 곧 한 살이 되는 아기 쿠리오는 걷고 말도 했다.

풀비아는 여전히 클로디우스의 누이 둘과 연락하고 지냈다. 클로디아는 죽은 메텔루스 켈레르의 아내였고, 클로딜라는 죽은 루키우스 루쿨루스와 이혼한 뒤 혼자 지냈다. 두 사람은 재혼을 거부했고 그들이 즐기는 자유를 선호했다. 부자인데다 남자 보호자도 없었기 때문이다. 하지만 요즘 풀비아의 관심은 클로디우스의 누이들한테서 약간 벗어나 있었다. 풀비아는 자식들을 좋아했고 자신이 결혼한 여자라는 사실도 좋았다. 외도도 시도하지 않았다.

풀비아와 가장 친한 친구는 여자가 아니었다.

"적어도 해부학적 관점에서는 말이죠." 풀비아가 말했다.

"내가 왜 널 참아주는지 모르겠구나, 풀비아." 티투스 폼포니우스 아티쿠스가 싱긋 웃으며 말했다. "난 결혼생활도 행복하고 귀여운 딸도 있다고."

"당신에겐 그 많은 돈을 물려줄 상속자가 필요해요, 아티쿠스."

"그럴지도." 그는 한숨을 쉬었다. "전쟁에 미친 장군들이 지긋지긋해! 예전처럼 마음대로 에페이로스에 여행도 못 가고, 아테네엔 감히 코빼기도 못 비치겠어. 고귀한 태생의 폼페이우스 군인들이 꼴사납게 활개치고 다니니까."

"하지만 당신은 양 진영 모두와 좋은 관계를 유지하고 있잖아요."

"그건 사실이지, 우리 사랑스러운 숙녀. 하지만 부자라면 폼페이우스보다는 카이사르 추종자들과 친하게 지내는 게 더 신중한 행동이야. 폼페이우스는 돈에 굶주려 있어. 자기가 보기에 조금이라도 돈이 있는 사람에겐 모두 돈을 빌려달라고 하지. 그리고 솔직히 말하면 난 카이사르가 이길 것 같아. 그러니 폼페이우스나 그의 추종자들한테 꾀여 돈을 빌려주는 건 바다에 뛰어드는 거나 마찬가지야. 그래서 아테네에 안 가는 거고."

"예쁘장한 소년들도 없으니까요."

"난 그들 없이도 살 수 있어."

"알아요. 그저 당신이 억지로 그래야 한다는 게 유감인 거죠."

"그 소년들한테도 유감이지." 아티쿠스가 건조하게 대꾸했다. "난 후한 애인이니까."

"애인 얘기가 나왔으니 말인데, 남편이 보고 싶어 죽겠어요."

"이상하군."

"뭐가요?"

"남자와 여자는 보통 늘 같은 유형의 사람과 사랑에 빠지지. 하지만 넌 달랐어. 푸블리우스 클로디우스와 쿠리오는 외모는 물론 천성도 아주 다른데."

"아티쿠스, 바로 그렇기 때문에 결혼은 모험인 거예요. 클로디우스가 죽은 뒤 난 늘 결혼생활이 그리웠고, 쿠리오는 언제나 주위에 있었죠. 난 한 번도 그를 남자로 본 적이 없었어요. 하지만 그를 보면 볼수록 그와 클로디우스의 차이들이 흥미로워지더군요. 그 주근깨와 수수함. 마음대로 뻗치는 더벅머리. 빠진 이. 빨강머리 아기를 낳는다는 생각."

"아기들이 갖고 태어나는 모습은 아비와 아무런 관계가 없어." 아티쿠스가 생각에 잠겨 말했다. "내 생각엔 엄마들이 자기가 원하는 대로 태아가 세상에 나오게 만드는 것 같아."

"말도 안 돼요!" 풀비아가 킥킥거렸다.

"아니, 정말이야. 만약 아기가 실망스러운 외모로 태어난다면 엄마가 임신중에 아기의 외모를 지정할 만큼 신경을 쓰지 않은 거지. 내 아내 필리아가 아티카를 임신했을 때 아내는 귀가 작은 딸을 낳기로 결정했어. 아내는 성별과 귀말고는 아무것도 신경쓰지 않았지. 나와 아내의 집안사람들 모두 귀가 큰데도. 그런데 아티카는 정말로 귀가 작아. 그리고 딸이지."

서로에게 최고의 친구인 두 사람의 화제는 이런 것들이었다. 풀비아는 여자의 관심사들에 대한 남자의 시각을 들을 수 있었고, 아티쿠스는 진정한 자신이 될 수 있는 드문 기회를 얻을 수 있었다. 두 사람은 서로 비밀이 없었으며 상대에게 매력적으로 보이고 싶은 바람도 전혀 없었다.

아티쿠스의 특별한 방문이 주는 기쁨과 뜻밖의 즐거움은 마르쿠스 안토니우스가 등장하면서 사라졌다. 신성경계선 안에 나타난 안토니우스의 모습은 그 자체만으로도 너무나 심란했기에 풀비아는 몸을 떨기 시작했다.

안토니우스는 아주 우울하면서도 이상하게 하릴없어 보였다. 그는 앉지도 말하지도 못했고, 풀비아만 빼고 다른 모든 것을 쳐다보았다.

풀비아가 한 손으로 아티쿠스를 잡고서 말했다. "안토니우스, 어서 말해요!"

"쿠리오 일이오!" 그가 불쑥 말했다. "아, 풀비아, 쿠리오가 죽었소!"

풀비아는 머릿속이 양털로 가득찬 기분이었다. 입술이 벌어졌고 짙푸른 눈에서 표정이 사라졌다. 그녀는 자리에서 일어났지만 곧바로 무릎이 꺾여 주저앉았다. 일종의 외부 반사 작용이었다. 내부에서는 방금 들은 말을 소화하지 못했다. 믿을 수가 없었다.

안토니우스와 아티쿠스는 풀비아를 일으켜 등받이가 높은 의자에 앉힌 다음 그녀의 감각 없는 손을 비벼서 따뜻하게 했다.

풀비아의 마음—그것은 어디로 가고 있는가? 휘청거리고 비틀거리고 꿍음을 내며 돌진하면서 죽어가고 있는 마음. 하지만 아직 고통은 없었다. 그것은 나중에 올 터였다. 비명을 지를 언어도, 숨결도 없었다.

달려나갈 힘도 없었다. 클로디우스 때와 똑같았다.

안토니우스와 아티쿠스는 풀비아의 머리 위에서 시선을 교환했다.

"무슨 일이 있었나?" 아티쿠스가 떨리는 목소리로 물었다.

"유바 왕과 바루스가 쿠리오를 덫으로 몰았습니다. 쿠리오는 잘해나
가고 있었는데, 그건 단지 그들이 쿠리오가 그러기를 바랐기 때문이었
죠. 쿠리오는 타고난 군인은 아니었습니다. 그들은 쿠리오의 군대를 박
살내버렸습니다. 생존자가 거의 없었죠. 쿠리오도 전장에서 싸우다가
죽었습니다."

"그는 우리가 잃어서는 안 될 인재인데."

안토니우스는 풀비아를 바라보았다. 그녀의 눈썹 위로 내려온 머리
카락을 쓸어넘기고, 커다란 손으로 그녀의 턱을 받쳤다. "풀비아, 내 말
듣고 있소?"

"듣고 싶지 않아요." 그녀가 성마르게 말했다.

"알고 있소. 하지만 들어야만 하오."

"마르쿠스, 난 그이를 정말 사랑했어요!"

아, 그는 왜 여기 있는가? 오직 한 가지 이유, 와야 했기 때문이었다.
임페리움이 있건 없건 간에. 쿠리오의 전사 소식은 같은 전령이 안토니
우스와 레피두스 둘 다에게 전해주었다. 레피두스는 말을 달려 마르스
평원의 폼페이우스 빌라로 갔다. 안토니우스가 카이사르의 전례를 따
라 가까운 로마 밖에서 머무르는 곳이었다. 청소년기부터 쿠리오의 절
친한 벗이던 안토니우스는 그의 죽음에 충격을 받았고, 지난 세월과 앞
으로 쿠리오가 카이사르 정부에서 해냈을 몫을 생각하며 울었다. 파스
케스를 월계수로 장식하겠다던 바보! 그렇게 기분좋게 떠났던 녀석이.

레피두스로서는 미래의 경쟁자가 한 명 사라진 것에 지나지 않았다.

야망은 레피두스를 눈멀게 하진 않았지만 그의 원동력이었다. 그러니 쿠리오가 죽은 것은 뜻밖의 행운이었다. 불행히도 레피두스에게는 자신의 만족감을 안토니우스에게 숨길 정도의 눈치가 없었다. 안토니우스는 그답게도, 레피두스가 도착하자마자 눈물을 말끔히 닦아내고 아티우스 바루스와 유바 왕에게 복수하겠다고 맹세했던 것이다. 레피두스는 안토니우스의 그런 재빠른 기분 변화가 쿠리오에 대한 애정이 부족해서라고 해석하여 자기 기분을 말해버렸다.

"누가 나한테 묻는다면 잘된 일이라고 하겠네." 레피두스는 만족스럽다는 듯이 말했다.

"왜 그런 결론을 내리게 됐소?" 안토니우스가 조용히 물었다.

레피두스는 어깨를 으쓱하고 얼굴을 찡그렸다. "쿠리오는 매수된 사람이니 신뢰할 수 없었을 거야."

"당신 형제 파울루스도 매수된 사람이오. 그럼 파울루스도 신뢰할 수 없겠군요?"

"두 사람은 상황이 매우 달랐어." 레피두스가 딱딱한 목소리로 대꾸했다.

"그래, 당신 말이 맞소. 쿠리오는 카이사르의 돈값을 했소. 파울루스는 돈만 삼키고 감사 인사도 품값음도 하지 않았고."

"난 싸우러 온 게 아니네, 안토니우스."

"나도 싸울 생각 없소. 체급상 당신은 나한테 상대도 안 되니까, 레피두스."

"원로원을 소집해서 소식을 전하겠네."

"신성경계선 밖에서 해주시오. 그리고 소식은 내가 전하겠소."

"마음대로 하게. 그렇다면 그 지독한 풀비아한테 얘기하는 임무는 내가 맡게 되겠군." 레피두스는 웃음을 지었다. "뭐, 상관없어. 이런 소식을 누군가한테 전하는 것도 경험이 될 테니까. 더군다나 내가 싫어하는 사람에게는. 난 전혀 슬프지 않을 걸세."

안토니우스가 일어서더니 말했다. "풀비아한테는 내가 말할 거요."

"안 돼!" 레피두스가 입을 딱 벌렸다. "자넨 로마로 들어갈 수 없다고!"

"난 내가 원하는 건 뭐든 할 수 있소!" 안토니우스가 내면의 사자를 풀어놓으며 포효했다. "풀비아한테 소식을 전하는 일을 당신처럼 냉정한 사람한테 맡기라고? 차라리 죽어버리겠소! 풀비아는 훌륭한 여성이오!"

"나로선 막을 수밖에 없네, 안토니우스. 자네의 임페리움을 생각해봐!"

안토니우스는 씩 웃었다. "무슨 임페리움 말이오, 레피두스? 카이사르가 아무런 권한 없이, 언젠가 진짜 권한을 줄 수 있게 되리라는 자신감만 가지고 나한테 준 임페리움이오. 카이사르가 실제로 자기 생각대로 될 때까지—내가 나의 쿠리아법을 받을 때까지—난 내가 가고 싶은 데는 다 갈 거요!"

안토니우스는 언제나 풀비아를 좋아했다. 늘 그녀가 클로디우스 세계의 마무리 같은 존재라고 생각했다. 포룸 로마눔에서의 대단한 폭동 뒤에 늙은 가이우스 마리우스의 조각상 밑에 앉아 있던, 긴 의자에 누워 클로디우스의 권모술수에 미력을 보태던, 클로디우스의 광기를 자극하고 영리하게 조종했던, 애정의 대상을 쿠리오로 바꿨다기보다는 다시 살고 사랑하겠다고 결심했던, 그리고 그 매력 넘치는 몸속에 부정한 뼈가 없는 유일한 로마 여인. 그녀를 '지독하다'고 하다니, 레피두스

이 뻔뻔한 놈! 세르빌리아의 딸과 결혼한 주제에!

"마르쿠스, 난 그이를 정말 사랑했어요!" 풀비아가 다시 말했다.

"알고 있소. 쿠리오는 운종은 남자였소."

눈물이 흐르기 시작했다. 풀비아의 몸이 흔들렸다. 그녀가 가여워서 마음이 찢어질 듯했던 아티쿠스는 의자를 그녀 가까이로 당겨 그녀의 머리를 자기 가슴에 기대게 했다. 아티쿠스의 시선이 안토니우스의 시선과 마주쳤다. 안토니우스는 잡고 있던 풀비아의 손과 위로하는 역할을 아티쿠스에게 넘기고 그곳을 떠났다.

3년 사이에 남편을 두 번 잃었다. 그 많은 유산과 힘에도 불구하고, 가이우스 그라쿠스의 손녀는 갑자기 목적이 사라진 삶을 직시할 수가 없었다. 82년 전 야니쿨룸 언덕 밑의 루키나 숲에서 가이우스 그라쿠스가 느꼈던 감정이 이랬을까? 계획은 좌초되고, 추종자들은 죽고, 적들은 그의 피를 달라고 울부짖었다. 적들은 원하는 걸 얻지 못했다. 가이우스 그라쿠스는 스스로 목숨을 끊었기 때문이다. 적들은 그의 머리를 자르고 그의 매장을 거부하여 만족감을 얻을 수밖에 없었다.

"내가 죽게 도와줘요, 아티쿠스!" 풀비아가 신음했다.

"그래서 네 자식들을 고아로 만들라고? 클로디우스를 생각하는 마음이 그것밖에 안 되니? 쿠리오를 생각하는 마음이? 아기 쿠리오는 또 어떡하고?"

"죽고 싶다고요!" 풀비아가 흐느꼈다. "제발 죽게 해줘요!"

"그럴 순 없어, 풀비아. 죽음은 모든 것의 끝이야. 넌 자식들을 위해 더 살아야 해."

카이사르의 추종자들(그리고 필리푸스, 루키우스 피소, 코타 같은 신중한 중립자들)만으로 구성된 원로원에 이제 카이사르의 바람에 반대할 능력이란 없었다. 자신만만하고 설득력 있는 레피두스는 카이사르의 명령을 실행에 옮기러 갔다.

"저는 잊는 것이 최선인 그 시기를 언급하고 싶지 않습니다." 그는 현재 상황을 이해하고 있는 소규모의 원로원에서 말했다. "다만 콜리나 성문 전투 이후 로마는 철저하게 기력이 다하고 통치 능력이 완전히 사라졌다는 사실만 말씀드리지요. 루키우스 코르넬리우스 술라가 독재관으로 임명되었던 것은 단 한 가지 이유 때문이었습니다. 그가 로마를 회복시킬 유일한 기회였기 때문입니다. 토론하는 분위기 속에서는, 해야 할 일에 대해 여러 이견이 존재하는 분위기 속에서는 해낼 수 없는 일들을 해야만 했기 때문입니다. 공화국의 역사에서는 때때로 이 도시와 제국의 안녕을 오직 한 사람, 독재관의 손에 넘겨줘야 할 때가 있습니다. 로마의 이익을 최우선으로 생각하는 강력한 인물에게 말입니다. 우리가 가장 최근에 겪은 독재관이 술라라는 사실이 유감스러울 뿐이지요. 술라는 규정인 6개월이 지난 후에도 자리에서 내려오지 않았으며, 가장 영향력 있는 시민들의 목숨과 재산을 존중하지도 않았습니다. 공권박탈까지 실시했습니다."

의원들은 침울한 기분으로 레피두스의 말을 들으면서, 어째서 저자가 원로원에서 구하려는 게 분명한 결의를 평민회나 트리부스회에서 비준시킬 수 있으리라고 생각하는지 의아해했다. 트리부스 회의체 구성원들이 카이사르의 사람들이기는 했다. 그들한테는 선택권이 없었다. 하지만 평민회나 트리부스회를 지배하는 것은 술라가 공권박탈의 희생양으로 삼았던 기사들이었다.

레피두스는 추호도 의심하지 않는 말투로 말했다. "카이사르는 술라가 아닙니다. 카이사르의 목표는 단 하나, 유능한 정부를 세우고 저 창피한 로마 탈출로 인한, 나이우스 폼페이우스와 그의 유순한 원로원 의원들이 달아나면서 생긴 상처들을 치유하는 것뿐입니다. 로마의 상업은 약화되었고, 경제 부문은 엉망이며, 채무자와 채권자 모두 고통을 겪고 있습니다. 그간 가이우스 카이사르의 업적을 떠올려보십시오. 그러면 그가 편협한 바보도, 편파적인 사람도 아니라는 걸 아실 겁니다. 카이사르는 해야 하는 일을 해낼 것입니다. 가능한 방법은 오직 하나, 그를 독재관으로 임명하는 것뿐입니다. 저 같은 일개 법무관이 이 결의를 요청하는 것이 전례 없는 일은 아닙니다. 여러분도 잘 아실 겁니다. 하지만 우리에겐 선거가 필요하고, 안정이 필요하고, 강력한 손이 필요합니다. 제 손은 아닙니다, 의원 여러분! 저는 그렇게 주제넘은 사람이 아닙니다. 우리는 가이우스 율리우스 카이사르를 로마 독재관으로 임명해야 합니다."

레피두스는 어렵지 않게 원로원 결의를 얻어낸 후 트리부스회로 갔다. 전 인민이 파트리키와 평민의 구별 없이 트리부스별로 모이는 민회였다. 그는 어쩌면 인민이 백인조별로 모이는 백인조회로 갔어야 했겠지만, 백인조회는 기사계급에 지나치게 힘이 실린 회의체였다. 기사들은 독재관 임명을 가장 격렬하게 반대할 터였다.

아주 신중하게 선택된 시기였다. 9월 초 로마는 경기대회를 구경하러 지방에서 온 방문자들로 가득했다. 경기대회를 관장하는 고등 조영관 두 명 모두 폼페이우스에게 달아난 상황이었다. 레피두스는 망설임 없이 로마의 임시 통치자로서 원로원 의원 두 명에게 경기대회 준비를 맡기고 카이사르의 개인 자금으로 비용을 댔다. 그러면서 부재중인 고등 조영관들이 유피테르 옵티무스 막시무스를 기리는 그들의 임무를 저버렸으며, 카이사르가 그들의 공백을 대신 채우고 있다고 틈만 나면 목청을 높였다.

로마에 지방 사람들이 많으면 1계급 유권자들이 트리부스회를 좌지우지하지 못했다. 지방 유권자들은 재산이 상당함에도 불구하고 그들이 이름을 아는 사람을 원하는 경향이 있었다. 그리고 서른한 개 지방 트리부스들은 트리부스회의 절대다수를 구성했다. 그들이 보기에 폼페이우스는 자신에게 하등 도움이 되지 않을, 이탈리아 전역에 공권박탈을 실시하겠다는 말을 대놓고 한 반면 카이사르는 지방 사람들에게 관대하고 애정 어린 모습을 보여주었다. 그들은 카이사르를 좋아했고 카이사르를 믿었다. 그래서 그들은 트리부스회에서 카이사르를 로마 독재관으로 임명하는 데 찬성표를 던졌다.

"겁먹지들 말게." 아티쿠스는 동료 금권가들에게 말했다. "카이사르는 보수적인 사람이야, 급진적이지 않다고. 그는 부채 탕감도 공권박탈도 하지 않을 걸세. 두고보게나."

10월 말, 카이사르는 자신이 독재관이 되었음을 아는 상태로 군대와 함께 플라켄티아에 도착했다. 이탈리아 갈리아의 총독 마르쿠스 크라수스 2세가 카이사르를 맞이했다.

"전반적으로 좋은 상황입니다. 가이우스 안토니우스가 일리리쿰에서 큰 실수를 한 것만 빼면요." 크라수스는 그렇게 말하고 한숨을 쉬었다. "특수한 상황에서의 불운이었다고 말할 수 있다면 좋겠지만 그럴 수가 없습니다. 도대체 그자가 왜 섬을 기지로 삼았는지 모르겠습니다. 그곳 주민들도 아주 협조적이었다고요! 그들은 당신을 좋아했고, 그래서 당신의 보좌관이라면 누구든 가치 있는 사람일 거라고 생각했습니다. 주민 한 무리가 뗏목을 만들어서 옥타비우스의 선단을 물리치는 걸 도우려 했다면 믿으시겠습니까? 그 사람들한테는 창과 돌밖에 없었습니다. 발리스타도 카타풀타도 없었지요. 낮 내내 그들은 옥타비우스가 쏘는 걸 맞았고, 밤이 되자 적의 수중에 떨어지지 않으려고 스스로 목숨을 끊었습니다."

카이사르와 보좌관들은 침통하게 듣고 있었다.

카이사르가 사납게 말했다. "우리 로마인들이 그 집안을 그렇게 존중하지 않아야 하는데! 가이우스 안토니우스는 내가 무슨 명령을 내리든 망쳐버릴 것임을 알고 있었어! 애석하게도, 내가 그를 어디로 보냈든 똑같은 일이 벌어졌을 것이네. 그런 놈을 잃는 건 괜찮아. 쿠리오를 잃은 게 비극이지."

"아프리카는 물론 잃은 거겠죠." 트레보니우스가 말했다.

"폼페이우스를 이길 때까지는 아프리카 없이 가야만 할 거네."

"놈의 해군이 골칫거리가 될 것 같습니다." 파비우스가 말했다.

"그래." 카이사르가 대답하고는 입술을 굳게 다물었다. "이제 로마도 최고의 배들이 지중해 동쪽 끝에서 만들어진다는 걸 인정해야 해. 폼페이우스는 거기서 배를 구하고 있고, 우린 이탈리아와 히스파니아 사람들의 자비에 좌우되고 있지. 나는 아헤노바르부스가 마실리아에 남겨둔 배들 전부를 손에 넣었지만 마실리아의 배는 나르보와 게누아, 피사이의 조선소 배보다 훨씬 못하다네. 새 카르타고의 배보다도 못하지."

"일리리쿰의 리부르니족이 쓸 만한 소형 갤리선을 만듭니다." 크라수스가 말했다. "아주 빨라요."

"알고 있네. 하지만 안타까운 건 그들이 그 배를 과거에 해적한테 팔려고 만들었다는 거야. 리부르니족의 조선업은 잘 조직된 산업이 아니네." 카이사르는 어깨를 으쓱했다. "뭐, 두고보자고. 적어도 우린 우리의 약점을 알고 있으니까." 그는 마르쿠스 크라수스를 탐색하듯 쳐다보았다. "이탈리아 갈리아의 주민 모두에게 완전한 시민권을 주기 위한 준비는 어떻게 되어가고 있나?"

"곧 마무리될 겁니다, 카이사르. 루키우스 루브리우스를 보내주셔서 감사합니다. 인구조사를 기가 막히게 해내더군요."

"내가 다음번에 로마에 가면 관련 입법 작업을 할 수 있겠나?"

"한 달만 더 주시면 가능합니다."

"아주 좋아, 크라수스. '나의' 루키우스 로스키우스를 로마 끝자락에 보내놨으니 올해 안에는 할 일을 모두 끝낼 수 있을거야. 이탈리아 갈리아는 이탈리아 전쟁 때부터 시민권을 기다려왔고, 내가 그들에게 시민권을 주겠다고 약속한 지도 20년이 넘었어. 그래, 지금이 적기야."

8개 군단이 플라켄티아 인근에서 야영중이었다. 신규 편성된 6군단과, 7군단부터 13군단까지였다. 이들은 카이사르의 갈리아인 군대에서 대다수를 차지했다. 7군단부터 10군단까지는 올해로 군 생활 10년째였고 전투 능력이 정점에 달해 있었다. 스물일곱에서 스물여덟 살로 이탈리아 갈리아에서 모병된 병사들이었다. 11군단과 12군단은 그들보다 나이가 좀 적었고, 스물한 살밖에 안 되는 13군단 병사들은 상대적으로 초짜라고 할 수 있었다. 올해 초 모병되어 아직 피맛을 못 본 6군단은 애송이 군단으로, 진짜 전투를 경험하기를 고대하고 있었다. 카이사르가 가이우스 트레보니우스에게 말한 것처럼, 그의 군대는 이탈리아 갈리아인들로 채워져 있었고 대다수는 파두스 강 이북 출신이었다. 한마디로, 일부 원로원 바보들이 더는 비시민권자라며 무시해선 안 될 사람들이었다.

파두스 강 이북 이탈리아 갈리아가 완전한 시민권을 얻기 위한 40년간의 싸움이 끝났음을 인식하면서 입대자들이 몰려들었다. 카이사르는 그들의 영웅이었다. 카이사르는 동쪽으로 데려가 폼페이우스와 싸울 12개 군단을 원했다. 마무라와 벤티디우스, 그리고 그들 수하의 사람들이 카이사르의 바람을 이루기 위해 열심히 노력한 끝에, 그가 군대와 함께 브룬디시움으로 배를 타고 갈 준비가 끝날 즈음에는 정말로 15, 16, 17, 18군단이 생길 거라고 플라켄티아에 도착한 카이사르에게 보고할 수 있었다.

카이사르는 노련병들이 완전하게 자기 사람임을 알았기에 편안한 마음으로 총독 업무에 착수했다. 그가 노붐 코뭄에 만든 거류지를 특별 방문했는데, 마르쿠스 마르켈루스가 2년 전 한 시민에게 태형을 명한 곳이었다. 카이사르는 소도시의 장터에서 공회를 열어 그 시민에게 개인적으로 보상금을 지불했다. 그후 카이사르는 과거에 마리우스가 만든 에포레디아의 거류지 사람들을 찾아갔고, 번성중인 대도시 크레모나의 상황이 어떤지 보러 들렀으며, 임박한 시민권 부여 소식을 전하러 알프스의 구릉지를 따라서 동쪽으로 더 가보는 건 어떨지 고려해보았다. 그것은 아주 통쾌한 성과였는데, 이탈리아 갈리아에서 여전히 비시민권자인 수많은 사람들이 시민이 된 후 그의 피호민이 된다는 뜻이었기 때문이다.

플라켄티아의 가이우스 트레보니우스로부터 전령이 와서 카이사르에게 즉시 돌아가야 한다고 전했다.

"문제가 생겼습니다." 카이사르가 도착하자 트레보니우스는 무뚝뚝하게 말했다.

"무슨 문제?"

"9군단이 이반했습니다."

"대체 왜?"

"그들에게 직접 들으셨으면 합니다. 오후에 대표단이 이리로 올 겁니다."

대표단의 구성원은 9군단의 선임 백인대장들이었다. 단장은 7대대의 수석 백인대장인 퀸투스 카르풀레누스로, 이탈리아 갈리아인이 아니라 피케눔 사람이었다. 어쩌면 카르풀레누스는 폼페이우스의 피호민일지도 몰라, 카이사르는 딱딱하게 굳은 얼굴로 이렇게 생각했다. 그렇다 해도 지금껏 전혀 티를 내지 않았는데.

총사령관 카이사르는 완전 무장을 하고 고관 의자에 앉아 총 열 명인 대표단을 맞이했다. 떡갈잎관을 쓰고 있었는데, 그도 최전선에서 싸우는 훌륭한 군인임을 그들에게 상기시키기 위해서였다─그런데 9군단은 어떻게 이 사실을 잊을 수가 있었을까?

"문제가 뭔가?" 카이사르가 물었다.

"우리는 질려버렸습니다." 카르풀레누스가 대답했다.

카이사르는 카르풀레누스가 아닌 그의 최고참 백인대장 섹스투스 클로아티우스와 그의 선임 백인대장 루키우스 아포니우스를 쳐다보았다. 선량한 두 사람의 심기가 불편해 보였다. 카르풀레누스는 산전수전 다 겪은 마흔 살의 남자로, 두 사람보다 열 살 연상이었다. 처음으로 예상치 못한 문제에 맞닥뜨리고 보니 기분이 좋지 않군, 하고 카이사르는 생각했다. 보좌관들에게 군단 백인대장들의 서열을 점검하라고 명령했어야 하는데. 클로아티우스와 아포니우스보다 연상이지만 그들보다 열한 계급 낮은 카르풀레누스가, 술피키우스 루푸스가 지휘하는 소속 군단에서 지배적인 영향력을 갖고 있다는 말인가.

눈썹 하나 까딱하지 않고 무표정한 카이사르의 차가운 눈 뒤에서 혼돈이 끓어올랐다. 슬픔과 격심한 분노와 불신의 혼돈이었다. 자신에게 이런 일이 벌어질 거라고는 한 번도 생각해본 적이 없었다. 단 한 번도 사랑하는 병사들 중 누군가가 자신을 사랑하기를 멈출 거고, 자신을 무너뜨릴 모의를 할 거라고 생각해본 적이 없었다. 그의 자신감이 잘못

된 것이었음을 깨닫는 일은 겸손을 배우는 경험이 아니었다. 환멸이 가장 컸고, 그다음은 일을 되돌리겠다는, 9군단을 다시 자기 것으로 만들겠다는 강철 같은 결심이 뒤따랐다. 카르풀레누스와 누구든 그에게 동조한 자들은 흙먼지로 만들어버릴 것이다. 말 그대로 흙먼지로. 죽여버릴 것이다.

"무엇에 질렸나, 카르풀레누스?" 카이사르가 물었다.

"이 전쟁, 아니, 더 정확하게 말해 이 비(非)전쟁에 질렸습니다. 전투가 없어서 1데나리우스도 벌지 못하고 있잖습니까. 그러니까, 군사작전에서 제일 중요한 게 그거 아닙니까. 전투, 약탈 말입니다. 하지만 지금까지 우리가 한 일이라곤 줄곧 땀이 나도록 행군만 하다가 축축한 막사에서 추위와 배고픔에 시달리는 것뿐이었습니다."

"자네들은 장발의 갈리아에서도 수년 동안 똑같은 일을 했네."

"바로 그겁니다, 장군님. 우린 장발의 갈리아에서도 몇 년을 그러고 있었습니다. 그 전쟁은 그렇게 끝이 났지요. 끝난 지 2년이 다 되어갑니다. 하지만 개선식이 있었습니까? 우린 언제 장군님의 개선식에서 행진을 하게 됩니까? 언제쯤이면 제대하고 기름진 땅 한 뙈기와 전리품을 분배받고 군인 저금을 찾을 수 있는 겁니까?"

"내 개선식에서 행진하게 되리라는 내 약속을 의심하는 것인가?"

카르풀레누스는 숨을 들이쉬었다. 그는 반항적이고 경계하는 태도였지만 스스로에 대한 확신은 부족했다. "네, 장군님. 우리는 의심스럽습니다."

"무엇이 자네들을 그런 결론으로 이끌었지?"

"우리는 장군께서 고의적으로 일을 미루고 있다고 생각합니다. 우리 몫을 주지 않으려고 교묘하게 처리하셨다고 생각합니다. 낯선 세상의 끝으로 우리를 데려가서 그곳에 우리를 버리고 갈 것 같습니다. 이 내전은 광대극입니다. 우리는 이게 진짜 전쟁 같지가 않습니다."

카이사르는 두 다리를 앞으로 뻗고 무표정한 얼굴로 발을 쳐다보았다. 그러고는 사람을 불안하게 만드는 눈을 들어 카르풀레누스의 눈을 응시했다. 카르풀레누스는 불편한 듯 움직거렸다. 이어 카이사르의 시선은 비통한 표정의 클로아티우스에게 머물렀다가, 자신이 이곳에 없기를 바라는 표정이 역력한 아포니우스에게로 옮겨갔다. 그리고 나머지 일곱 사람들도 한 명 한 명 천천히, 무섭게 쳐다보았다.

"자네들은 며칠 후에 브룬디시움으로 진군할 거라고 내가 말한다면 어떻게 할 건가?"

"간단합니다." 자신감을 회복한 카르풀레누스가 대답했다. "우린 브룬디시움으로 가지 않을 겁니다. 9군단은 단 한 발짝도 움직이지 않겠습니다. 우리는 돈을 받고 이곳 플라켄티아에서 해산하고 싶습니다. 베로나 근처의 토지도 받고요. 참고로 저는 피케눔의 땅을 받고 싶습니다."

"시간 내줘서 고맙네. 카르풀레누스, 클로아티누스, 아포니우스, 무나티우스, 콘시디우스, 아피키우스, 스캅티우스, 베티우스, 미니키우스, 푸시오." 카이사르는 그렇게 말하며 자신이 대표단 전원의 이름을 알고 있다는 것을 증명했다. 그는 일어서지 않고 고개만 까딱했다. "이제 가보게."

이 진귀한 면담을 목격한 트레보니우스와 술피키우스는 한마디 말도 없이 서 있었다. 무시무시한 먹구름이 생성되고 있음을 느꼈지만 그것이 어떤 형태를 취할지는 추측할 수 없었다. 참으로 이상했다. 그토록 스스로를 통제하고 무감정한데도 임박한 파멸의 기운을 발산할 수 있다니. 카이사르는 화가 났다. 그건 분명했다. 하지만 충격을 받기도 했다. 이런 일은 지금껏 카이사르에게 없었다. 그는 이번 일을 어떻게 처리할 것인가? 무슨 짓을 할 것인가?

"트레보니우스, 내일 새벽에 9군단을 연병장에 집합시키게. 나머지 군단의 1대대도 모두 집합시켜. 전원이 구경꾼으로라도 이번 일에 참여하길 바라네." 카이사르가 이렇게 말한 후 술피키우스를 쳐다보았다. "루푸스, 최고위 백인대장 두 명이 후임에게 지배당하는 군단은 아주 잘못된 거야. 사병들이 좋아하는 참모군관들을 데려가서 9군단 백인대장들 중에 최고참 백인대장과 선임 백인대장의 역할을 제대로 수행할 용기와 타고난 위엄을 가진 자가 있는지 알아보게. 클로아티우스와 아포니우스는 무가치한 놈들이야."

다시 트레보니우스 차례였다. "가이우스, 내 다른 군단들을 지휘하는 보좌관들도 동일한 조사에 착수해야만 할 걸세. 말썽꾼들을 찾아. 자기 선임들을 지배하는 백인대장들을 찾아내. 나는 군대를 머리부터 발끝까지 뒤엎고 싶네."

새벽에 9군단의 5천 명 남짓한 군인들과 나머지 7개 군단의 1대대 소속 600명이 연병장에 집합했다. 따라서 구경꾼들은 4천200명이었다. 총 1만 명의 사람들에게 연설하는 일이 불가능하진 않았다. 특히 카이사르에게는. 그는 13년 전 먼 히스파니아에서 법무관급 총독으로 군사작전을 하는 동안 나름의 기술을 만들어냈던 것이다. 특별히 선택된 목소리 큰 서기들이 집합한 군인들 사이에 간격을 두고 배치되었다. 카이사르의 말이 들릴 만큼 가까이 있는 서기들은 카이사르의 말을 세 마디 후에 반복했다. 다음 사람들이 들은 것을 반복했고, 그렇게 군중 끝에 닿을 때까지 이어졌다. 이것이 가능한 연사는 거의 없었다. 연쇄

적으로 외치는 소리들이 형성하는 어마어마한 메아리들 때문에 연설을 이어가기가 극히 어렵기 때문이었다. 카이사르는 마음속으로 그 메아리들을 무시할 수 있었기에 이렇게 연설할 수 있었다.

9군단은 불안해하면서도 단호했다. 카이사르는 완전무장을 하고 단상에 올라가 그들의 면면을 훑어보았다. 가깝지 않은 거리였지만 잘 보였다. 신들에게 감사하게도 그의 눈은 여전히 가까운 곳과 먼 곳 모두 잘 보았다. 카이사르의 머릿속에 군단의 불만과는 아무런 관계가 없는 생각이 불쑥 떠올랐다. 요즘 폼페이우스의 시력은 어떨까? 술라의 시력은 지극히 나빠져서 그의 성미를 까다롭게 만들었다. 중년에는 눈에 문제가 생기기 마련이다―키케로가 좋은 예였다.

카이사르는 집합시 우는 일이 종종 있었지만 오늘은 눈물을 보이지 않았다. 최고사령관은 두 발을 벌리고 양손을 옆구리에 댄 채 서 있었다. 머리에는 시민관을 썼고, 높은 지위를 나타내는 심홍색 망토는 그의 아름다운 은 판갑 양어깨에 붙어 있었다. 투구는 없었다. 보좌관들은 단상 위에서 카이사르의 양옆에 서 있었고 참모군관들은 두 무리로 나뉘어 단상의 양쪽 아래에 서 있었다.

"나는 오늘 불명예를 바로잡고자 한다." 카이사르는 잘 들리는 높은 어조로 소리쳤다. 그는 그런 목소리가 타고난 낮은 어조보다 멀리까지 들린다는 걸 이미 알고 있었다. "내 군단 1개가 반란을 일으켰다. 나머지 군단들의 대표인 여러분도 이 자리에서 그들 전부가 보일 것이다. 9군단 말이다."

놀라서 수군거리는 소리는 전혀 들리지 않았다. 병사들은 각기 다른 야영지에서 지냈지만 이미 소문이 퍼진 것이다.

"9군단! 모든 장발의 갈리아 전투에 참전한 노련병들로 이루어진 군단, 용맹함을 기리는 훈장들의 무게로 깃대가 휘어지려고 하는 군단, 은독수리 기를 열 번도 넘게 월계수로 장식한 군단, 내가 늘 내 사람들이라고 부르는 병사들이 있는 군단이다. 그런 9군단이 반란을 일으켰다. 이제 9군단 병사들은 내 사람들이 아니다. 백인대장의 탈을 쓴 선동가들에게 흔들려 내게 등을 돌린 오합지졸이다. 백인대장들! 저기 있는 훌륭한 백인대장 티투스 풀로와 루키우스 보레누스는 자기들 대신 9군단을 이끈 이 비루한 자들을 뭐라고 부르겠는가?" 카이사르가 오른손을 들어 가까운 곳을 가리켰다. "9군단 병사들아, 저들이 보이느냐? 티투스 풀로와 루키우스 보레누스가 보이느냔 말이다! 다른 백인대장들을 훈련시키는 명예로운 임무를 맡아 플라켄티아로 떠났으나 오늘 너희들의 불명예 때문에 이리로 돌아와 울고 있는 그들의 눈물이 보이는가? 저들은 너희를 위해 울고 있다. 하지만 나는 그럴 수가 없다. 내 마음은 분노로 가득차 불타고 있다. 9군단 때문에 나의 완벽한 기록이 깨졌기 때문이다. 이제 나는 카이사르의 군인들은 단 한 명도 반란을 일으킨 적이 없다고 말할 수 없다."

카이사르는 두 손을 옆구리에 댄 채 미동도 없이 서 있었다.

"내가 다른 군단들의 대표인 여러분을 부른 것은, 지금부터 9군단에게 내릴 처분을 보게 하기 위해서다. 9군단은 내게 플라켄티아를 떠나지 않겠다고 통보했다. 9년간의 전쟁 전리품을 포함하여 돈 문제를 정리한 뒤 이곳에서 해산하기를 바란다고 말했다. 9군단은 제대를 하더라도 명예제대는 못할 것이다! 그들의 전리품은 나의 충직한 병사들에게 나누어줄 것이다. 9군단은 토지를 조금도 받지 못할 것이며, 마지막 한 사람까지 시민권을 박탈당할 것이다! 나는 로마 독재관이다. 내 임페리움은 집정관이나 총독의 임페리움보다 강력하다. 그러나 나는 술라가 아니다. 나는 독재관의 권력을 남용하지 않을 것이다. 내가 지금 여기서 하는 일은 권력의 남용이 아니다. 부하들이 반란을 일으킨 최고사령관의 정당하고 이성적인 결정이다.

나는 관대하다. 나의 병사가 향수 냄새를 풍기고 서로 엉덩이에 올라타도 상관없다. 살쾡이처럼 싸우며 언제까지고 내게 완벽하게 충성하기만 한다면! 하지만 9군단 병사들은 불충하다. 그들은 내가 속임수를 써서 고의로 그들의 권리를 빼앗았다고 나를 비난했다. 나를 비난했다! 가이우스 율리우스 카이사르를! 10년이라는 긴 세월 동안 그들을 이끈 최고사령관을! 9군단에게 나의 약속은 충분하지 않았다! 그들은 반란을 일으켰다!"

카이사르의 목소리가 커졌다. 그는 고함을 질렀다. 평소 군 집회에서 그가 절대 하지 않던 행동이었다. "나는 절대로 반란을 허용하지 않을 것이다! 알아들었나? 나는 절대로 반란을 허용하지 않겠다! 반란은 군인이 저지를 수 있는 최악의 범죄다! 반란은 대반역죄다! 따라서 나는 9군단의 반란을 대반역죄로서 다스릴 것이다! 나는 그들의 모든 권리를, 자격을, 시민권을 박탈할 것이다! 그리고 십분형을 내릴 것이다!"

그는 메아리치는 목소리들이 완전히 사라질 때까지 기다렸다. 아무도 입도 벙긋하지 않았다. 들리는 건 풀로와 보레누스의 울음소리뿐이었다. 모두의 시선이 카이사르에게 붙박여 있었다.

"어떻게 그럴 수가 있나?" 그는 이제 9군단을 향해 소리쳤다. "아, 퀸투스 키케로가 오늘 이 자리에 없다는 걸 내가 우리의 모든 신들께 얼마나 감사했는지 너희들은 모를 거다! 하지만 이것은 그의 군단이 아니다. 이자들이 네르비족 5만 명을 30일 넘게 막아낸, 다들 상처를 얻고 쇠약해진, 자기 식량과 짐이 연기로 사라지는 것을 지켜본, 고난에 지지 않고 버텨낸 그 사람들일 수는 없다! 절대 그럴 수 없다! 이자들은 무기력하고 탐욕스럽고 비천하고 가치 없다! 난 이런 자들을 내 사람이라고 부르지 않을 것이다! 난 이자들을 원하지 않는다!"

그는 두 손을 앞으로 뻗었다. "어떻게 그럴 수가 있나? 어떻게 너희에게 속삭인 자들의 말을 믿을 수 있는가? 내가 이런 일을 당할 짓을 한 적이 있나? 너희가 굶주릴 때 나는 잘 먹었는가? 너희가 추울 때 나는 따뜻한 곳에서 잤는가? 내가 너희에게 한 약속을 깬 적이 있는가? 내가 무슨 짓을 했나? 도대체 내가 무슨 짓을 했느냐 말이다!" 그의 꽉 쥔 두 손이 부들부들 떨렸다. "너희가 나보다도 신뢰한 자들이 누구냐? 그들의 이마에는 내가 쓴 적 없는 종류의 월계관이 있더냐? 그들이 마르스의 전사냐? 나보다 위대하더냐? 나보다 너희를 잘 섬겼느냐? 나보다 너희를 부유하게 해줬느냐? 그래, 너희는 아직 개선식 전리품을 받지 못했다—내 군대의 다른 병사들과 마찬가지로! 하지만 그럼에도 불구하고 너희는 내게서 많이 받았다—내 사재로 현금 상여금을 주지 않았더냐! 난 너희의 급료를 배로 올렸다! 너희한테 못 받은 급료가 있느냐? 아니, 그렇지 않다! 내전에는 전리품이 없기에, 내가 너희에게 다른 보상을 하지 않았느냐? 내가 무슨 짓을 했느냐?"

카이사르는 손을 내렸다. "9군단, 나는 반란을 당할 만한 짓은 무엇도 한 적이 없다. 설사 반란이 허용된 특권이라 할지라도 말이다. 하지만 반란은 허용된 특권이 아니다. 반란은 대반역죄다. 설사 내가 로마 역사상 가장 인색하고 잔인한 최고사령관이라 해도! 너희는 내게 침을 뱉었다. 나도 같이 침을 뱉어서 너희를 고귀하게 하는 일은 없을 것이다. 그저 너희는 내 사람이 될 가치가 없다고 말하겠다!"

한 사람, 섹스투스 클로아티우스의 목소리가 울려퍼졌다. 그의 얼굴에 눈물이 줄줄 흘러내리고 있었다. "카이사르, 카이사르, 안 됩니다!" 그는 통곡하며 대열에서 빠져나와 단상 위로 올라갔다. "해산은 참을 수 있습니다, 돈을 잃는 것도 참을 수 있습니다. 십분형을 당해도 참을 수 있습니다. 하지만 카이사르의 사람이 되지 못하는 것은 참을 수 없습니다!"

9군단의 대표단 열 명이 모두 앞으로 나왔다. 그들은 울며 용서를 간청했고, 카이사르가 자기들을 내 사람들이라 부르고 예전처럼 신망해주다면 목숨도 내놓겠다고 했다. 슬픔이 퍼져나갔다. 사병들도 울면서 신음했다. 순수하고 진심 어린 눈물이었다.

그야말로 어린애들이군! 카이사르는 울음소리를 들으며 생각했다. 구린 입에서 나온 달콤한 말에 휘둘리고 협잡꾼들과 손잡은 아풀리아인들 같은 어린애들. 용감하고 거칠고 때로는 잔인하나, 진정한 의미에서 남자라고 할 순 없는 어린애들이다.

카이사르는 그들이 울게 내버려두었다.

"좋다." 잠시 후 그는 말했다. "너희를 해산하지 않겠다. 너희 모두를 대반역죄 범인들로 보지도 않겠다. 그러나 조건이 있다. 이번 반란의 주모자 120명을 원한다. 그들은 전원 해산되고 시민권을 박탈당할 것이다. 또한 십분형에 처하여 그중 열두 명은 전통대로 죽을 것이다. 지금 그들을 내놓아라."

주모자 120명 가운데 80명은 7대대의 제1백인대인 카르풀레누스의 백인대 전원이었다. 나머지 40명에는 카르풀레누스의 동료 백인대장들과 클로아티우스, 아포니우스가 포함되어 있었다.

죽게 될 열두 명을 고를 제비가 급히 준비되었다. 술피키우스 루푸스는 이미 진짜 주모자들에 대해 자체적으로 조사해놓았다. 주모자인 백인대장 마르쿠스 푸시오는 9군단이 지목한 120명 중에 없었다.

"이중에 혹시 결백한 자가 있나?" 카이사르가 물었다.

"네!" 9군단 깊숙이에서 누군가 외쳤다. "백인대장 마르쿠스 푸시오가 지목한 사람입니다. 정작 죄인은 푸시오 본인입니다!"

"해당 병사는 앞으로 나와라." 카이사르가 말했다.

결백한 남자가 앞으로 나왔다.

"푸시오, 이자가 있던 자리로 가서 서라."

카르풀레누스와 푸시오, 아피키우스, 스캅티우스는 죽음의 제비를 뽑았다. 나머지 여덟 명은 모두 사병이었지만 깊이 연루된 자들이었다. 형은 즉시 집행되었다. 지목된 사람들은 열 명씩 나뉘었다. 생존 제비를 뽑은 아홉 명은 몽둥이와 함께, 죽음의 제비를 가진 자들을 곤죽이 되도록 때려서 죽이라는 명령을 받았다.

"좋아." 십분형이 끝나자 카이사르가 말했다. 사실은 좋지 않았다. 이제 다시는 자기 군인들이 반란을 일으킨 적 없다고 말할 수가 없었기 때문이다. "루푸스, 내가 지시한 새 백인대장 연공서열 목록을 갖고 있나?"

"네, 카이사르."

"그럼 목록대로 자네 군단을 재편성하게. 난 오늘 9군단 백인대장을 스무 명 넘게 잃었어."

"9군단 전체를 잃지 않아서 기쁩니다." 가이우스 파비우스가 한숨을 쉬고 말했다. "정말 끔찍한 일이에요!"

"진짜 나쁜 놈 하나," 트레보니우스의 침울한 얼굴이 더 침울해져 있었다. "카르풀레누스만 없었다면 이런 일은 일어나지 않았을 겁니다."

"그럴지도." 카이사르가 딱딱한 목소리로 말했다. "하지만 일은 벌어졌네. 난 9군단을 결코 용서하지 않을 거야."

"카이사르, 그들이 전부 나쁜 건 아닙니다!" 파비우스가 당황하여 말했다.

"그래, 그들은 그냥 어린애일 뿐이지. 하지만 다들 왜 어린애는 용서받아야 한다고 생각할까? 어린애는 짐승이 아니야, 어린애도 인간이라고. 그러니 스스로 생각할 줄 알았어야 해. 난 절대 9군단을 용서하지 않을 걸세. 그들은 내전이 끝나고 제대할 때 그 사실을 깨닫게 될 거야. 그들은 이탈리아나 이탈리아 갈리아의 토지를 받지 못할 거고, 나르보 근처의 거류지로 가게 될 거네." 카이사르는 못마땅한 듯 고갯짓을 했다.

파비우스와 트레보니우스는 아무 말 없이 그들의 처소로 함께 걸어가기 시작했다.

마침내 파비우스가 입을 열었다. "트레보니우스, 내 상상인가, 아니면 카이사르가 변하고 있는 건가?"

"비정해지는 것 말인가?"

"그게 맞는 표현인지 잘 모르겠네. 어쩌면……. 그래, 자신의 특별함을 더 의식한다고 말하는 게 정확해. 이해하겠나?"

"물론."

"어째선가?"

"아, 지금까지의 사건들," 트레보니우스가 대답했다. "지금껏 있었던 모든 일들을 겪은 사람이 부족한 남자였다면 무너져버렸을 거야. 카이사르가 버틸 수 있는 건 한 번도 자기 자신을 의심한 적이 없었기 때문이지. 하지만 9군단이 반란을 일으키면서 그의 내부 무언가에 균열이 생겼어. 카이사르는 이런 일을 단 한 번도, 꿈에도 생각해본 적이 없었네. 이런 일이 절대, 절대 자신에게 일어날 거라고 생각한 적이 없단 말이네. 난 이번 일이 여러 면에서 그 시시한 강보다 그에게 더 나쁜 루비콘인 것 같아."

"카이사르는 여전히 자기 자신을 믿고 있어."

"카이사르는 죽어갈 때조차 자신을 믿을 거야." 가이우스 트레보니우스가 말했다. "다만 오늘 일은 자기 자신에 대한 카이사르의 생각에 손상을 입힌 거네. 카이사르는 완벽을 원해. 그를 손상시키는 것은 아무것도 존재해서는 안 되는 거야."

"그는 점점 더 자주 묻고 있어. 왜 아무도 자기가 이번 전쟁에서 승리할 것을 믿지 않느냐고." 파비우스가 얼굴을 찌푸리며 말했다.

"카이사르는 다른 사람들의 어리석음에 점점 더 화가 나는 거야. 상상해보게, 파비우스, 자신과 동류인 사람이 아무도 없음을 안다는 게 어떤 일일지 말이야! 카이사르는 알아. 그는 무엇이든 할 수 있어! 그 점을 숱하게 입증했기에 증거를 늘어놓을 필요도 없지. 그가 정말로 원하는 일은 오직 그가 어떤 사람인지 인정받는 거야. 하지만 그런 일은 없었지. 인정은커녕 반대를 당하고 있어. 이건 다른 사람들에게 자네와 나, 그리고 카이사르가 이미 알고 있는 사실을 입증하기 위한 전쟁이네. 그는 쉰 살이 되었는데도, 여전히 그가 생각하기엔 그에게 응당 주어져야 하는 것을 얻어내려 싸우고 있어. 난 그가 점점 더 자주 화를 내는 것이 그다지 놀랍지 않다고 생각해."

11월이 되었다. 플라켄티아에 모인 8개 군단은 브룬디시움으로 행군하기 시작했다. 약 두 달간 900킬로미터를 걷는 여정이었다. 아드리아해에 도착하면 로마 근처를 피해 가기 위해 아펜니누스 산맥을 가로지르는 일 없이 세로로 쭉 내려갈 예정이었다. 행군 거리는 하루에 약 30킬로미터로 정해졌다. 이틀이나 사흘에 한 번은 휴식을 취한다는 의미였다. 카이사르의 군단병들에게 반갑기 그지없는 휴일이었다. 요즘 같은 가을철에는 더욱 그러했다.

아리미눔에서 카이사르는 연초와 마찬가지로 주민들의 열렬한 환영을 받은 뒤 방향을 틀어 플라미니우스 가도를 타고 로마로 향했다. 조국의 사랑스러운 산들을 오르고 넘었다. 절벽 꼭대기에 자리잡은 작은 요새 도시들, 영양가 많은 풀들이 자란 진노랑색 초지, 산꼭대기까지 뻗은 전나무, 낙엽송, 리기다소나무, 넓은 소나무 숲, 다가올 수세기 동안 충분할 건축용 목재. 순수한 아름다움을 미덕으로 삼는 세심한 관리, 모든 이탈리아인들이 시각적 조화를 추구하며 갖고 있는 듯한 자연 친화성. 평소의 저돌적인 속도보다 천천히 가는 이번 여정은 카이사르에게 있어 일종의 치유였다. 그는 크고 작은 모든 도시들에 들러서 요즘 상황은 어떤지, 필요한 게 무엇인지, 로마의 관리가 소홀한 분야는 무엇인지 물었다. 가장 작은 자치도시의 두움비리와도, 마치 그들이 로마 원로원만큼이나 중요하다는 듯이 대화를 나눴다. 실제로 카이사르는 그런 사람들이 더 중요하다고 생각했다. 모든 위대한 도시들처럼 로마 역시 어느 정도는 부자연스러운 종양과 같았다. 로마를 먹여 살린다는 저주받은 운명을 지닌, 그보다 인구가 적고 힘없는 곳들의 희생으로 이상 성장을 하며 주변의 활력을 빨아들이는 일이 많았기 때문이다. 이탈리아라는 둥지 속의 뻐꾸기. 인구 덕에 로마는 영향력을 보유했다. 수적인 우세 덕에 이탈리아의 정치인들은 로마를 선호했다. 같은 이유로, 로마는 다른 모든 곳들에 그늘을 드리웠다.

로마는 실제로 그랬다. 카이사르는 북쪽에서 로마로 접근하면서 인정할 수밖에 없었다. 4월 초의 로마 방문은 어둡고 악몽 같은 경험이었다. 로마를 알아보지 못할 정도였다. 하지만 지금은 달랐다. 카이사르의 눈에는 주황색 타일 지붕들로 덮인 일곱 언덕들이, 도금한 신전 처마들의 황금색 번쩍임이, 키 큰 사이프러스나무들이, 산형송들이, 아치형 수도교들이, 양쪽에 풀로 덮인 마르스 평원과 바티카누스 평원을 끼고 힘차게 흐르는 짙푸른 티베리스 강이 보였다.

수없이 많은 사람들이 카이사르를 마중하러 나왔다. 다들 환하게 웃는 얼굴로 꽃들을 던져서, 길은 발부리가 밟고 가는 호화로운 양탄자처럼 변했다—물론 카이사르는 발부리를 타고 로마에 입성했다. 사람들은 카이사르에게 환호하고, 입맞춤을 날리고, 아기들을 높이 들어올려 카이사르가 미소 짓게 했으며, 애정과 격려의 말을 외쳤다. 제일 좋은 은 갑옷을 입고 떡갈나무 잎 시민관을 쓴 카이사르는 말을 타고 천천히 지나갔다. 그의 뒤에는 독재관의 릭토르단이 진홍색 옷을 입고 도끼를 끼운 파스케스를 들고 걸었다. 카이사르는 웃음을 짓고, 손을 흔들고, 마침내 명예를 회복했다. 울어라, 폼페이우스! 울어라, 카토! 울어라, 비불루스! 너희 중에 그 누구도 이런 황홀경을 느껴보지 못했지. 원로원이 다 무엇이냐, 상급 기사들이 다 무엇이냐? 이 사람들이 로마다. 이 사람들은 여전히 나를 사랑한다. 세상의 모든 등불을 다 모아도 별이 더 많듯이, 이 사람들이 너희보다 훨씬 더 많다. 그리고 이 사람들은 다른 누구의 편이 아닌 나의 편이다.

카이사르는 카피톨리누스 언덕의 아륵스를 따라 폰티날리스 성문을 통과하여 로마로 들어갔다. 은행가 언덕을 따라 화재로 검게 그을린 포르키우스 회당과 원로원 의사당, 원로원 사무소들을 지나갔다. 파울루스가 거액의 뇌물을 집정관 직보다 더 효과적으로 활용해 아이밀리우스 회당을 마무리한 것을 보니 다행이었다. 포룸 로마눔 낮은 구역의 반대편, 원래 오피미우스 회당과 셈프로니우스 회당이 있던 자리에 있는 카이사르 본인의 율리우스 회당은 무에서 탄생하는 중이었다. 율리우스 회당은 아이밀리우스 회당을 무색하게 할 것이다. 카이사르가 건축가들을 만나고 공사를 개시하기만 하면, 원로원의 새 보금자리인 율리우스 회의소 역시 그럴 터였다. 그래, 저 신전의 박공벽을 관저에 붙여 사크라 가도에서 본 모습을 더 매력적으로 하고 대리석으로 전면을 두를 것이다.

그러나 그가 가장 먼저 방문한 곳은 최고신관의 소신전인 레기아였다. 카이사르는 그곳에 혼자 들어가서 그 신성한 장소가 깨끗하고 해충이 없음을, 제단에 흠이 없음을, 쌍둥이 월계수들이 잘 자라고 있음을 만족스럽게 확인했다. 그는 옵스에게 짧은 기도를 하고 밖으로 나가 그의 집인 관저로 건너갔다. 공식 행사가 아니었기에 그의 전용 입구로 들어간 뒤, 한숨을 내쉬면서도 충분히 만족한 군중을 뒤로하고 문을 닫았다.

카이사르는 독재관이므로 신성경계선 안에서 무장할 수 있었고 도끼를 든 릭토르단을 대동할 수 있었다. 카이사르가 관저 안으로 사라지자 릭토르단은 사람들에게 상냥하게 고개를 끄덕여 인사를 한 다음 오르비우스 언덕길 구석에 있는 여관 뒤의 그들 숙소로 걸어갔다.

그러나 4월의 황급한 방문시에는 관저에 발을 들이지 않았던 카이사르의 의식은 아직 끝나지 않았다. 이제 그는 최고신관으로서 베스타 신녀들에게 인사를 해야 했다. 신녀들은 그 둘로 나뉜 저택의 양쪽이 공유하는 대신전에서 그를 기다리고 있었다. 아, 세월이 어디로 가버린 것인가? 지금의 수석 신녀는 카이사르가 갈리아로 떠날 때 어린아이에 불과했었다—어머니는 그 소녀의 식탐을 얼마나 욕했던가! 이제 퀸틸리아는 스물두 살의 수석 신녀였다. 안도한 그의 시선은, 살집은 그대로지만 둥글고 못생긴 얼굴에 분별력과 실용적인 기질이 반짝이는 쾌활한 아가씨에게 머물렀다. 퀸틸리아 옆에 있는 유니아는 그녀보다 많이 어리진 않았고 예쁘장했다. 그리고 카이사르의 검은 새 코르넬리아가 있었다. 키가 크고 예쁜 열여덟 살 아가씨였다. 그들 뒤로 어린 소녀 세 명이 있었다. 다들 카이사르가 이곳을 떠난 후 새로 온 아이들이었다. 성인 베스타 신녀 세 명은 정복 차림이었다. 흰옷에, 의무적인 소시지 일곱 개 모양의 양모 관 위에 흰 베일을 덮고, 가슴에는 불라 메달을 드리우고 있었다. 아이들은 흰옷은 입었지만 베일 대신에 화관을 썼다.

"환영합니다, 카이사르." 퀸틸리아가 웃으며 말했다.

"집에 돌아오니 아주 기쁘군!" 카이사르는 그렇게 말했다. 퀸틸리아를 안아주고 싶은 마음이 굴뚝같았지만 그럴 수 없음을 알고 있었다. "유니아와 코르넬리아, 몰라보게 컸는데!"

그들은 웃음을 지으며 고개를 끄덕였다.

"이 애들은 누군가?"

"리키니아 테렌티아, 마르쿠스 바로 루쿨루스의 딸입니다."

그래, 닮았다. 긴 얼굴, 회색 눈동자, 갈색 머리카락.

"클라우디아, 감찰관의 장남의 딸입니다."

거무스름하고 예쁘군, 전형적인 클라우디우스 집안사람이야.

"카이킬리아 메텔라, 메텔루스 카프라리우스 집안사람입니다."

난폭한 소녀군, 사납고 거만한.

"파비아, 아룬티아, 포필리아, 모두 떠났군!" 카이사르는 놀랐다. "내가 너무 오래 떠나 있었어."

"우리는 계속 베스타의 화로가 불타게 하고 있었습니다." 큉틸리아가 말했다.

"그런 자네들 덕분에 로마가 무탈한 거라네."

카이사르는 웃음을 지은 채 신녀들을 해산시킨 다음 그 큰 관저에서 그에게 속한 절반으로 들어갔다. 아우렐리아가 없으니 괴로운 일이었다.

진정 눈물로 가득한 재회였지만, 반드시 흘려야 할 눈물이었다. 수부라에서의 세월에 속한 모든 사람들이 카이사르를 맞이하러 나왔다. 에우티코스, 카르딕사와 부르군두스. 그들은 어찌나 늙었는지! 70대? 80대? 아무렴 어떠랴? 그들은 카이사르를 보고 기쁨에 겨워했다! 아, 카르딕사와 부르군두스의 많기도 한 아들들! 개중 몇몇은 머리카락이 희끗희끗했다! 하지만 부르군두스 외에는 아무도 카이사르의 심홍색 망토와 판갑, 프테루게스 치마를 벗기도록 허락받지 못했다. 카이사르는 임페리움 장식띠를 직접 벗기 위해 실랑이를 벌여야 했다.

마침내 풀려난 카이사르는 아내를 찾아나섰다. 그녀는 남편을 맞이하러 나오지 않았다. 기다리는 것이 그녀의 천성이었다. 자신의 수의를 짜는 페넬로페처럼 인내심 강한 아내. 그는 아우렐리아의 옛 응접실에서―하지만 이제 그곳에 어머니의 흔적은 없었다―아내를 찾아냈다. 맨발인 카이사르는 아내의 고양이처럼 조용히 움직였기에 그녀는 남편을 보지 못했다. 의자에 앉은 아내의 무릎 위에 뚱보 고양이 펠릭스가 있었다. 아내가 사랑스럽다고 생각한 적이 있었던가? 이만큼 떨어져서 봤을 때 그랬던 적은 없었던 것 같다. 거무스름한 머리카락, 길고 우아한 목, 멋진 광대뼈, 아름다운 젖가슴.

"칼푸르니아." 카이사르가 말했다.

그녀는 곧바로 돌아보았다. 거무스름한 눈을 크게 뜨고. "주인어른."
그녀가 말했다.

"카이사르요, 주인어른이 아니라." 그는 몸을 굽혀 아내에게 키스했
다. 겨우 몇 달을 함께 보낸 뒤 수년간 떨어져 지낸 아내를 위한 최적의
인사였다. 애정 어리고 감사가 담긴, 더 많은 것을 약속하는 인사. 그는
아내 가까이 있는 의자에 앉아 그녀의 얼굴을 바라보았다. 웃음을 지으
며 아내의 이마에 내려온 머리카락을 쓸어올렸다. 졸던 고양이가 낯선
존재를 감지하고 노란 눈을 하나 뜨더니 몸을 굴려 네 다리를 허공에
들고 배를 보이며 누웠다.

"당신을 좋아하네요." 칼푸르니아가 놀란 목소리로 말했다.

"그래야지. 수장당하기 직전에 내가 구해줬는걸."

"그런 얘기는 안 했잖아요."

"그랬나? 어떤 사람이 요 녀석을 티베리스 강에 던지려 하고 있었
소."

"그렇다면 펠릭스와 내가 고마워해야겠네요, 카이사르."

그날 밤 카이사르는 아내의 젖가슴에 편안하게 머리를 기댄 채 한숨
을 쉬며 몸을 쭉 폈다. "정말이지 다행이오, 부인." 카이사르가 말했다.
"폼페이우스가 성질 사나운 자기 딸을 나한테 시집보내지 않겠다고 해
준 게. 난 쉰한 살이오. 공직생활에서는 물론 집안에서도 짜증과 힘겨
루기를 감당하기엔 너무 늙었어. 당신이 내게 어울리는 짝이오."

어쩌면 그녀 마음속 아주 깊은 곳에서는 그 말에 상처를 입었을 수
도 있겠지만, 칼푸르니아는 그 말의 진의와 악의 없음을 이해했다. 결
혼은 거래였다. 억세고 호전적인 폼페이아 마그나의 경우든 칼푸르니
아 자신의 경우든 마찬가지였다. 여러 상황이 공모하여 칼푸르니아가

계속 카이사르의 아내로 남았고 폼페이아 마그나는 등장하지 않게 되었다. 당시에 칼푸르니아는 기뻐했다. 카이사르가 그녀와 이혼하고 폼페이우스의 딸과 결혼하려 한다고 아버지가 알려줬을 때부터 폼페이우스가 카이사르의 제안을 거절했다는 소식을 들을 때까지 그녀는 매일 걱정과 끔찍한 불안에 시달렸다. 아버지 루키우스 칼푸르니우스 피소의 눈에는 카이사르가 칼푸르니아에게서 벗어나기 위해 기꺼이 내주려 한 막대한 위자료밖에 보이지 않았다. 칼푸르니아에게 보인 것은 아버지가―물론―주선할 또다른 결혼이었다. 설사 카이사르에 대한 칼푸르니아의 감정에 사랑이 없었더라도 그녀는 재혼을 싫어했을 것이다. 이사를 하고 고양이들을 빼앗기고 완전히 다른 생활에 또 적응해야 할 터였다. 수도원 같은 관저 생활은 그녀에게 잘 맞았다. 관저에도 나름의 자유가 있었기 때문이다. 그리고 가끔씩 집에 오는 카이사르는 그의 출현을 기쁜 일로 만드는 법을, 편안하게 사랑을 나누는 법을 완벽하게 알고 있는 신과 같은 존재였다. 그녀의 남편은 로마의 일인자였다.

푸블리우스 세르빌리우스 바티아 이사우리쿠스는 조용한 사람이었다. 충직함은 그의 집안에 대물림되는 특징이었다. 위대한 평민 귀족이었던 그의 부친은 술라의 편에 가담한 후 까다롭고 완고한 술라가 죽을 때까지 가장 확고한 지지자 중 하나로 남았다. 하지만 또한 조용한 사람이기도 했던 부친은 술라 이후 로마에서의 삶에 우아하고 기품 있게 적응했으며, 유서 깊은 이름과 막대한 재산에 따라오는 막강한 영향력을 잃지도 않았다. 카이사르한테서 술라의 면모를 보았기 때문인지 부친은 죽기 전에 카이사르를 좋아하게 되었고, 아들은 그런 아버지의 뜻을 저항 없이 이어가기로 했다. 이사우리쿠스는 감찰관 아피우스 클라우디우스와 아헤노바르부스의 집정기에 법무관을 지냈으며, 카이사르의 보좌관 한 명을 기소하여 보니파의 두려움을 경감시킨 바 있었다. 처형은 탈선이 아니라 고의적인 계책이었다. 처형당한 가이우스 메시우스는 카이사르에게 중요한 사람이 아니었다.

원로원 의원들이 대립할 때마다 카이사르의 편에 선 지 수년이 지나자 이사우리쿠스 역시 위협할 수 없는 인물이 되었다. 따라서 폼페이우스와 의원 대다수가 달아났을 때 바티아 이사우리쿠스가 로마에 남은 것은 놀라운 일이 아니었다. 그는 세르빌리아의 장녀 유니아와 결혼하면서 맺어진 동맹보다 카이사르를 더 중요하게 여기는 것이 분명했다. 로마에서 키케로가 어떤 막된 건달의 짐 속에 유니아의 초상화가 있었다고 여기저기 떠들고 다닐 때도 바티아 이사우리쿠스는 아내와 이혼하지 않았다. 모든 면에서 충직한 남자였다.

카이사르가 로마에 도착한 다음날, 마르쿠스 안토니우스는 마르스 평원의 폼페이우스 빌라에서 기다리고 있다는 전갈을 보냈고, 카이사르가 독재관이 되게 해준 마르쿠스 아이밀리우스 레피두스는 관저에서 카이사르를 면담하기 위해 기다리고 있었다. 하지만 카이사르가 가장 먼저 찾아간 사람은 바티아 이사우리쿠스였다.

"오래 머물 수는 없네." 카이사르가 말했다.

"알고 있습니다. 춘추분 전후의 돌풍이 불기 전에 독재관님의 군대를 아드리아 해 건너편으로 보내셔야 하니까요."

"게다가 내가 직접 데리고 가야 하지. 퀸투스 푸피우스 칼레누스를 어떻게 생각하나?"

"보좌관으로 데리고 있지 않으셨습니까. 아실 것 같은데요?"

"보좌관으로서는 유능했지. 하지만 이번 대(對)폼페이우스 작전 때문에 상급 사령부를 재정비해야 해. 트레보니우스나 파비우스, 데키무스 브루투스, 마르쿠스 크라수스와 함께할 수는 없겠지만 어느 때보다도 많은 병력을 이끌게 됐지. 1개 군단이 아니라 상급 사령부의 일원으로서 칼레누스가 어떨지 자네 의견을 듣고 싶네."

"밀로와 클로디우스의 유감스러운 사건에서 그의 역할을 고려하지 않더라도, 그는 독재관님의 목표에 이상적인 사람이라고 생각합니다. 게다가 공정하게 말하자면 그는 밀로가 무슨 계획을 꾸미고 있는지 전혀 모르면서 밀로와의 마차 동행을 승낙했습니다. 밀로가 그를 선택했다는 것은 오히려 그가 괜찮은 인물임을 보여주죠. 칼레누스라면 흠잡을 데 없을 겁니다."

"아!" 카이사르는 의자 깊숙이 기대앉아 바티아 이사우리쿠스를 응시하며 물었다. "내가 없는 동안 로마를 통치할 생각이 있나?"

바티아 이사우리쿠스는 눈을 깜박였다. "독재관님의 기병대장이 되어달란 말씀입니까?"

"아니, 아닐세! 난 독재관을 계속 지닐 생각이 없네, 바티아."

"그렇습니까? 그럼 왜 레피두스가 당신을 독재관이 되게 한 거죠?"

"로마가 다시 움직이기 시작할 때까지 충분한 기간 동안 내게 독재관의 영향력을 주기 위해서. 정말이지, 나와 내가 선택한 사람이 내년 집정관으로 선출될 때까지만 독재관을 지닐 거라네. 그 사람이 자네였으면 좋겠어."

그야말로 희소식이었다. 바티아가 활짝 웃으며 말했다. "카이사르, 영광입니다!" 이어서 그는 걱정하는 것이 아니라 생각을 하느라 얼굴을 찌푸리고 물었다. "술라가 했던 것처럼 집정관 후보를 두 명만 세우실 겁니까?"

"그럴 리가! 우리말고 몇 명이 후보로 나서든 상관없네."

"원로원의 반대는 없겠지만, 18개 상급 백인조 기사들이 독재관께서 향후 경제 부문을 어떻게 할 것인지에 대해 겁을 잔뜩 집어먹고 있습니다. 선거 결과가 독재관께서 원하시는 것과 다를 수도 있을 겁니다."

카이사르가 소리 내 웃었다. "안심하게, 바티아. 상급 기사들은 앞을 다퉈 우리한테 표를 던질 거니까. 나는 선거 전에 트리부스회에서 경제 부문을 규제할 위임법을 상정할 생각이네. 그 법은 내가 전면적인 부채 탕감이나 기타 무책임한 행위를 용인하리라는 두려움을 해소할 걸세. 로마에 필요한 건 업계의 신뢰를 회복하고 채권자와 채무자 모두 대처할 수 있게 하는 제대로 된 법이야. 내 위임법은 가장 합리적이고 온건한 방식으로 이를 가능하게 할 걸세. 물론 내가 로마 통치를 위해 남겨두고 갈 사람 역시 합리적이고 온건한 사람이어야 하지. 그래서 자네를 내 동료로 원하는 거고. 자네와 함께라면 로마는 안전할 거라고 생각해."

"저를 믿어주신 걸 후회하시지 않게 하겠습니다, 카이사르."

다음으로 카이사르가 만난 사람은 이사우리쿠스와는 아주 다른 레피두스였다.

"레피두스, 자네는 2년 뒤에 집정관이 될 거야." 카이사르가 레피두스의 잘생기고 살짝 불온한 얼굴에 시선을 고정한 채 유쾌하게 말했다. 아주 거만하고 약점이 많은 남자였다.

레피두스의 얼굴이 실망감에 비틀렸다. "2년이나 기다려야 합니까, 카이사르?"

"정무직 연한법에 따라 그전에는 될 수 없네. 꼭 필요한 경우가 아니면 로마의 모스 마이오룸을 고수할 생각이야. 내가 비록 술라의 전철을 밟고는 있지만 술라는 아니라네."

"늘 그렇게 말씀하시지요." 레피두스가 씁쓸하게 말했다.

"자네한테는 유서 깊은 파트리키 가문의 이름과 그것을 공고히 할 큰 야심이 있네." 카이사르가 서늘하게 말했다. "자네는 편을 잘 골랐으니 앞으로 잘될 걸세, 내가 약속하지. 하지만, 친애하는 레피두스, 인내는 정말이지 미덕이라네. 인내를 연습하게."

"인내하는 건 누구 못지않게 자신있습니다, 카이사르."

"앞으로 자네가 다스릴 로마가 걱정되게 만드는 발언이로군. 하지만 난 자네와 거래를 할 거라네."

"어떤 거래죠?" 레피두스가 조심스럽게 물었다.

"모든 것에 대한 정보를 계속 내게 보내주게. 그러면 발부스가 자네의 허기진 지갑에 정기적으로 뭔가를 넣어줄 거야."

"얼마나요?"

"그건 자네 정보의 정확성에 달렸네, 레피두스. 신중하게! 돈을 위해 왜곡된 정보를 받아볼 생각은 없으니까. 난 정확하게 기록된 사실을 원하네. 내 정보통이 자네만 있는 것도 아니야, 난 바보가 아니니까."

조금쯤은 만족하면서도 실망스러운 상태로 레피두스는 돌아갔다.

마지막은 마르쿠스 안토니우스였다.

"제가 기병대장입니까?" 안토니우스의 열정적인 첫 질문이었다.

"난 곧 독재관에서 물러날 거니까 기병대장은 필요 없네, 안토니우스."

"아, 안타깝군요! 전 정말 훌륭한 기병대장이 됐을 텐데요."

"그럴 거라고 확신하네. 지난 몇 달간 이탈리아에서의 자네 처신으로 판단하자면 말이지. 물론 사자와 가마, 정부, 광대 들은 전혀 마음에 들지 않지만. 다행히 내년에 자네가 부활한 디오니소스처럼 살 기회는 전혀 없을 걸세."

안토니우스는 부루퉁한 표정으로 고개를 떨궜다. "어째서요?"

"왜냐하면, 안토니우스, 자넨 나와 함께 갈 거니까. 이탈리아에는 외인 담당 법무관 마르쿠스 카일리우스가 있을 것이니 자네가 없어도 이탈리아는 평온할 거야. 자네는 내 상급 사령부의 일원이 되어야 해."

안토니우스의 적갈색 눈이 반짝거렸다. "훨씬 낫군요!"

겨우 한 사람은 기쁘게 했군. 카이사르는 생각했다. 레피두스 같은 자들이 더 까다롭다는 건 유감이었다.

카이사르의 위임법은 곧바로 상급 18개 백인조 기사들의 호감을 샀다. 더불어 그들보다 수적으로 훨씬 더 많은 그 아래 계급의 상업 종사자들도 아주 좋아했다. 그 법은 로마에 국한되지 않고 이탈리아에까지 적용되었다. 부동산과 채권, 채무를 규제하는 일련의 조항들은 채권자와 채무자 어느 쪽에도 우호적이지 않았다. 자기네 돈을 돌려받을 가망이 없다고 생각하는 채권자들은 합의금 조로 토지를 취득했다. 토지의 가치는 수도 담당 법무관이 감독하는 중립적인 중재인들이 평가했다. 이자를 조기에 갚으면 2년에 12퍼센트 이율로 대출 원금을 삭감받았다. 아무도 6만 세스테르티우스를 초과하는 현금을 보유할 수 없으며, 신규 대출의 경우 이자는 단리 10퍼센트 이하여야 했다. 사람들을 가장 안심시킨 것은 카이사르의 위임법에 주인을 밀고한 노예는 엄벌에 처한다는 조항이 있었다는 점이었다. 술라는 노예 밀고자들에게 후한 보상금과 해방을 선물했기에, 그 조항은 로마의 사업가들에게 카이사르는 술라와 다르다는 사실을 확인시켜주었다. 공권박탈은 없을 터였다.

하룻밤 만에 경제 부문이 정상화하기 시작했다. 채권자들만큼이나 채무자들도 카이사르의 법을 활용했고, 양측 모두 그 법이 훌륭하다고 단언했기 때문이다. 합리적이고 온건한 법이라고 했다. 루비콘 강에서의 일 이후 늘 카이사르가 급진파가 아니라고 말하고 다녔던 아티쿠스는, "그러게 내가 뭐랬나!"라고 모두에게 자랑스레 말하며 자신의 혜안에 대한 찬사를 덤덤한 척 즐길 수 있었다.

그러니 당연하게도 모든 정무관 직 선거—백인조회의 고등 정무관 선거와 트리부스회의 재무관 및 군무관 선거, 평민회의 호민관 및 평민 조영관 선거—가 실시되었을 때, 카이사르가 신중하게 골라서 내세운 후보들은 전원 당선되었다. 집정관 선거에는 카이사르와 바티아 이사우리쿠스 외에도 여러 후보가 나섰지만 카이사르가 수석 집정관으로, 바티아가 차석 집정관으로 당선되었다. 상급 기사들이 감사 표시를 확실하게 한 것이다.

신관단의 공석도 채워졌고 라티움 축제도 뒤늦게나마 알바누스 산에서 열렸다. 일들이 진행되고 있었다. 사람들은 곧 기억해냈다. 그래, 카이사르가 정부에 있을 때면 늘 일들이 진행되지 않았던가? 더욱이 이번에는 카이사르를 방해할 비불루스도 없었다.

새해 첫날까지 집정관 일을 시작할 생각이 없었던 카이사르는 독재관 직을 유지했고, 이탈리아 갈리아의 모든 주민들에게 완전한 시민권을 주는 법을 통과시켰다. 오랫동안 원한을 낳은 병폐는 이제 사라졌다.

카이사르는 술라에게 공권박탈을 당한 자들의 아들과 손자에게 공직 출마권을 회복시켰고, 이어서 그가 보기에 부당하게 추방된 사람들을 본국으로 송환했다. 그 결과 아울루스 가비니우스는 다시금 명망 있는 로마 시민이 되었다. 반면 티투스 안니우스 밀로와 가이우스 베레스는 그러지 못했다.

또한 카이사르는 인민에 대한 감사의 표시로 모든 남성 로마 시민에게 추가 무상 곡물을 분배했고 그 비용은 옵스 신전에 보관된 특별한 보물로 충당했다. 국고는 여전히 가득차 있었지만, 카이사르는 마케도니아에서 폼페이우스와 싸우기 위해 국고에서 또다시 거액을 빌려야만 할 터였다.

카이사르는 이번 로마 체류의 열흘째 날에야 원로원 본회의를 열 짬이 생겼다. 이틀 전에 급히 통보한 회의라 의원들은 적잖이 당황했다. 카이사르가 서두를 때면 어떤 식인지 대다수 의원들은 잊고 있었던 것이다.

"저는 내일 떠납니다." 카이사르는 폼페이우스 회의소에 있는 고관용 단상에서 말했다. 의도적인 장소 선택이었다. 더는 로마의 일인자가 아닌 그 거만한 폼페이우스의 조각상 밑에 서 있는 것이 카이사르는 기분좋았다. 그 조각상을 철거하자고 주장한 사람들도 있었지만, 카이사르는 그 폼페이우스 마그누스가 독재관 카이사르가 하는 일을 목격해야 한다고 말하며 단호히 거절했다.

"제가 아드리아 해를 건너길 기다리고 있는 사람들의 시민권을 박탈하는 법을 입안하지 않았음을 여러분도 알게 될 겁니다. 그들이 제가 집정관 직을 차지하는 것에 반대하기로 했다는 이유로, 또는 제 존엄을 파괴하려 했다는 이유로 그들을 반역자로 여기진 않습니다. 제가 해야 하는 일은 그들이 잘못되었음을, 호도되고 로마의 안녕에 무관심했음을 그들에게 보여주는 것입니다. 진정으로 바라건대, 되도록 피를 보지 않으면서 말입니다. 동료 시민이 피를 흘리게 하는 데는 어떤 이점도 없습니다. 이는 의견 차이에 대처하는 저의 지난 행적에서 분명히 드러났지요. 제가 용서하기 힘든 건 그들이 혼돈 상태의 조국을 버렸다는 것, 지속될 수 없는 조국의 상황을 내버려두고 떠났다는 것입니다. 현재 로마의 상황은 제가 힘쓴 덕에 안정적입니다. 따라서 그들은 죗값을 치러야 합니다. 제가 아니라 로마에 말입니다.

제가 인민의 적으로 선포한 것은 단 한 사람, 가이우스 스크리보니우스 쿠리오를 악랄하게 살해한 누미디아의 유바 왕뿐입니다. 마우레타니아의 보쿠스 왕과 보구드 왕에게는 우호동맹의 자격을 부여했습니다.

제가 로마를 얼마나 오래 떠나 있을지는 모르지만, 저는 로마와 이탈리아, 그리고 서방 속주들이 자격 있고 합리적인 정부 아래 번영할 것임을 확신하며 떠납니다. 또한 저는 로마와 이탈리아에게 동방 속주들을 돌려주기 위해 떠나는 것입니다. 지중해는 반드시 하나가 되어야 합니다."

이날은 사태 관망자들도 참석해 있었다. 카이사르의 외삼촌 루키우스 아우렐리우스 코타, 장인 루키우스 칼푸르니우스 피소, 조카사위 루키우스 마르키우스 필리푸스까지. 아주 엄숙하고 내전 같은 것은 초월했다는 듯한 표정으로. 두 번의 뇌졸중으로 아직도 절뚝거리는 코타와 천성적으로 어떤 일에서든 편을 잘 못 정하는 필리푸스야 그러려니 할 수 있었다. 하지만 어찌나 키가 크고 거무스름하고 사나워 보이는지 한때 키케로가 야만인이라고 놀려댔던 루키우스 피소는 카이사르의 화를 돋우었다. 그토록 착한 딸을 둘 자격이 없는 극도의 이기주의자.

루키우스 피소가 헛기침을 했다.

"발언하고 싶습니까?" 카이사르가 물었다.

"그렇습니다."

"발언하십시오."

피소가 자리에서 일어났다. "우리가 전쟁을 겪게 하기 전에, 가이우스 카이사르, 나이우스 폼페이우스에게 접근하여 평화협정을 맺자고 요청하는 것이 신중한 처사이지 않겠습니까?"

바티아 이사우리쿠스가 신랄한 목소리로 끼어들었다. "아, 루키우스 피소!" 그는 입술로 무례한 소리를 내면서 말했다. "그러기엔 좀 늦었다고 생각하지 않습니까? 폼페이우스는 몇 달째 테살로니카의 궁전에서 호화롭게 지내고 있습니다. 평화조약을 맺을 거였다면 시간은 충분했단 말입니다. 하지만 그는 평화조약을 원하지 않았습니다. 설사 그가 원한다고 해도 카토와 비불루스가 받아들이지 않을 겁니다. 앉아서 입 닫고 계세요!"

"어찌나 통쾌하던지!" 그날 오후 필리푸스는 식사 자리에서 킬킬거렸다. "'앉아서 입 닫고 계세요!' 맛깔나게도 쏘아붙였지!"

카이사르가 싱긋 웃으며 대꾸했다. "바티아가 이제는 한마디 할 때라고 생각한 것 같아. 반면 난봉꾼 자네는 프톨레마이오스 필로파토르의 바지선처럼 고요하게 항해를 계속하더군."

"멋진 비유군. 그 바지선을 직접 보고 싶은걸."

"세계에서 가장 큰 배지."

"노 하나에 60명이 달라붙는다고 하더군."

"헛소리!" 카이사르가 코웃음을 쳤다. "노 하나에 그렇게 사람이 많이 붙으면 배가 발리스타의 돌처럼 날아가겠지."

어린 가이우스 옥타비우스는 회색 눈을 크게 뜨고 앉아 열중하며 듣고 있었다.

"넌 어떻게 생각하니, 어린 옥타비우스?" 카이사르가 물었다.

"그렇게 큰 배를 만들어 금박을 입힐 수 있다면 아주, 아주 부유한 나라겠군요."

"물론 그렇지." 카이사르는 소년을 냉정하게 평가하며 말했다. 이제 열네 살. 사춘기에 따라오는 몇몇 변화가 보였지만 외모의 아름다움은 사라지지 않았다. 알렉산드로스 대왕을 닮아가기 시작했고, 숱 많고 구불거리는 금발은 튀어나온 귀를 덮을 만큼 길게 자라 있었다. 이 문제에 민감한 카이사르를 걱정스럽게 만드는 것은 어떤 부족, 엄밀히 말해 여성스럽다곤 할 수 없지만 사춘기 사내아이다운 남성성이 부족하다는 느낌이었다. 카이사르는 놀라면서 자신이 이 아이의 미래를 걱정하고 있음을, 그애가 공직생활이 고통스러울 만큼 힘들어지는 방향으로 발을 내딛지 않기를 바라고 있음을 깨달았다. 지금은 어린 가이우스 옥타비우스와 개인적인 대화를 나눌 시간이 없었지만 꽉 찬 일정 가운데 어떻게든 반드시 그럴 짬을 낼 터였다.

카이사르가 로마에서 마지막으로 방문한 사람은 세르빌리아였다. 그녀는 혼자 응접실에 있었다.

"흰색 머리끈이 예쁘군." 카이사르는 그렇게 말하고 그녀의 입술에 우정의 입맞춤을 한 뒤 의자에 편안히 앉았다.

"당신을 좀더 일찍 보고 싶었어요." 세르빌리아가 말했다.

"세르빌리아, 시간은 나의 적이오. 하지만 확실히 시간이 당신의 적은 아닌 것 같군. 당신은 단 하루도 나이가 든 것 같지 않소."

"대접을 잘 받으면서 사니까요."

"그렇다고 들었소. 루키우스 폰티우스 아퀼라의 극진한 대접을 받고 있다고."

놀란 그녀의 몸이 굳었다. "그걸 어떻게 알았어요?"

"나한테는 바다를 메울 만큼 많은 정보원들이 있소."

"그렇겠네요. 그러니 그런 사소한 일까지 캐내죠!"

"그자가 그립겠소? 그는 폼페이우스를 도우러 떠났으니까."

"대체할 사람은 늘 있어요."

"그렇겠지. 브루투스도 폼페이우스를 도우러 떠났다고 들었소."

세르빌리아의 작고 비밀스러운 입 양끝이 아래로 내려갔다. "하! 그 앤 도대체 왜 그러는지 모르겠어요. 폼페이우스는 자기 아버지를 죽인 놈인데."

"아주 오래전 일이잖소. 먼 과거의 일보다는 외삼촌 카토가 더 중요할 수도 있고."

"당신 때문이에요! 당신이 그애랑 율리아를 파혼시키지만 않았어도 그앤 지금 당신 진영에 있을 거라고요."

"당신의 사위 셋 중 둘인 레피두스와 바티아 이사우리쿠스처럼 말이지. 하지만 가이우스 카시우스와 브루투스는 반대편에 있으니, 어느 쪽이 이기든 당신은 승자가 되겠소?"

세르빌리아는 어깨를 으쓱했다. 이런 냉랭한 대화가 싫었다. 카이사르는 그녀와 다시 내밀한 관계를 가질 생각이 없을 것이다. 그의 모든 표정과 몸짓이 그렇게 말하고 있었다. 그녀는 거의 10년 만에 처음으로 그를 보면서, 그녀가 다시 그의 힘에 눌려 꼼짝하지 못하고 있음을 깨달았다. 그렇다, 힘이었다. 그것이 언제나 그의 가장 큰 매력이었다. 카이사르 이후로 다른 모든 남자들은 싱겁기만 했다. 폰티우스 아퀼라조차도 가려운 데를 긁어주는 존재에 지나지 않았다. 몹시 늙은 것 같으면서도 단 하루도 늙지 않은 것 같은 사람이 카이사르였다. 그동안의 행동, 척박한 땅에서의 생활, 극복해낸 장애물들을 보여주는 주름이 새겨져 있었다. 그의 몸은 언제나처럼 건강한 일꾼 같았다. 지금 그녀의 눈에 보이지 않는 그의 신체 부위는 앞으로도 영영 보지 못하리라.

"갈리아에서 나한테 편지를 보낸 멍청한 여자는 어떻게 됐어요?" 세르빌리아가 날카로운 목소리로 물었다.

그의 얼굴이 굳었다. "죽었소."

"그 여자 아들은요?"

"실종됐소."

"당신은 여자와 관련해서는 운이 별로 없군요, 안 그래요?"

"난 다른 더 중요한 부분들에서 아주 운이 좋기 때문에, 세르빌리아, 당신 말이 맞더라도 놀랍지 않소. 포르투나 여신은 아주 질투가 많지. 난 그녀의 비위를 맞춰야 하오."

"언젠가는 포르투나가 당신을 버릴 거예요."

"아니. 그럴 일은 없소."

"당신한텐 적이 많아요. 그들이 당신을 죽일지도 몰라요."

카이사르는 자리에서 일어서며 말했다. "난 죽을 준비가 되었을 때 죽을 거요."

카이사르가 서방을 정복하는 동안 위대한 폼페이우스는 에페이로스와 씨름했다. 에페이로스는 질척거리고 바위가 많은 산지로, 북쪽의 마케도니아 서부와 남쪽의 그리스 서부 사이에 낀 작은 땅이었다. 폼페이우스가 곧 깨달은 것처럼, 병사를 집결시켜 훈련하기에 용이한 곳은 아니었다. 폼페이우스는 활기찬 항구도시 디라키온 근처의 비교적 편평한 땅에 자리를 잡았다. 당분간은 카이사르를 볼 일이 없을 거라고 확신했기 때문이다. 카이사르는 일단 히스파니아 군대를 제압하려고 할 터였다. 노련병 군대들 간에 살벌한 싸움이 벌어지겠지만 교전 장소는 폼페이우스군의 나라에 있는 폼페이우스군의 지역일 것이었다. 게다가 카이사르는 9개 군단을 전부 이끌고 올 수도 없었다. 이탈리아와 일리리쿰, 장발의 갈리아를 수비해야 할 것이고, 진짜 정부의 곡식이 나는 속주들을 빼앗기 위해 누군가에게 병력을 충분히 줘야 할 것이기 때문이었다. 코르피니움 이후 얼마나 많은 군인들을 자기편으로 끌여들였는지와 무관하게, 그는 운이 좋아야 아프라니우스와 페트레이우스의 5개 군단을 대적할 수 있을 터였다.

서방의 결과에 대한 이러한 낙관적 전망은 아직 몇 달은 더 지속될 터였고, 폼페이우스가 동방 전역에서 받은 열렬한 반응 때문에 강화되었다. 아무도, 갈라티아의 데이오타로스 왕과 카파도키아의 아리오바르자네스 왕부터 아시아의 그리스인 동맹시민들까지, 위대한 폼페이우스의 패전은 상상할 수 없었다. 카이사르라는 자는 누구인가? 그는 어떻게 갈리아인들같이 형편없는 적에 대한 변변찮은 승리 몇 번을 미트리다테스와 티그라네스를 격파한 폼페이우스 마그누스의 영광스런 업적과 동일시할 수가 있는가? 국왕 폐위자이자 국왕 옹립자, 자기 자신을 제외한 모든 것의 주인인 마그누스인데. 마그누스에게 약간—아주 약간—의 돈과 함께 군대를 주겠다는 약속이 쇄도했다.

국고를 내버려두고 떠나 카이사르가 국고를 탈취하게 만든 렌툴루스 크루스에게 예의를 지키기 위해서는 엄청난 자제력이 필요했다. 가이우스 카시우스가 캄파니아와 아풀리아, 칼라브리아에서 겨우 짜낸 2천 탈렌툼이 없었다면 폼페이우스는 어떻게 되었을까? 하지만 상황은 나아지지 않았다. 디라키온은 가을 풍작을 비롯해 다양한 방식으로 기회를 잘 활용하고 있었다. 뭐가 되었든 간에 그 가치의 열 배 가격으로 거래되었다. 밀 1메딤노스는 물론 베이컨 조각, 콩이며 완두콩, 돼지며 닭 한 마리까지.

가이우스 카시우스가 에페이로스 전역의 신전들, 특히 도도나 성역에 건질 것이 없는지 확인하러 떠난 사이 폼페이우스는 자신의 '정부'를 소환했다.

"혹시 우리가 이번 전쟁에서 승리하리란 것을 의심하는 사람 있소?" 폼페이우스는 매우 공격적으로 물었다.

저항의 웅얼거림과 말투가 마음에 들지 않는다는 웅얼거림이 들려오더니 마침내 렌툴루스 크루스가 말했다. "물론 없습니다!"

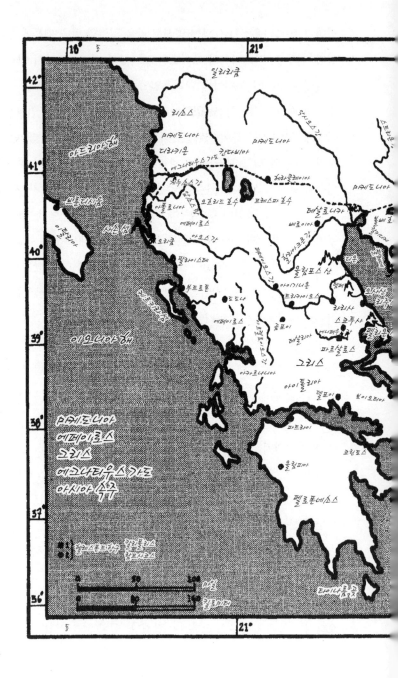

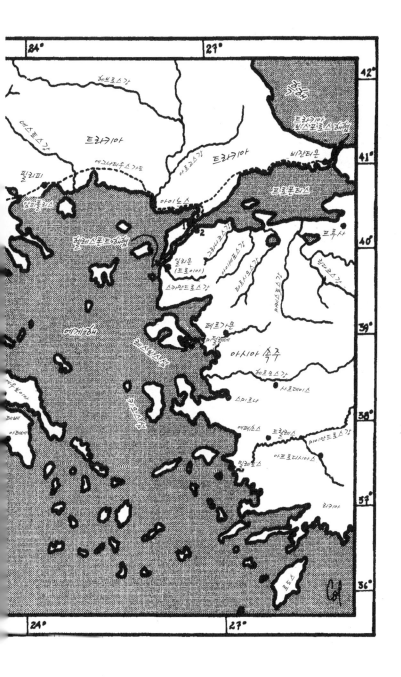

"좋소! 왜냐하면 원로원 의원 여러분, 당신들이 우리의 전투용 전차에 돈을 좀 얹어줘야 할 거니까 말이오."

놀람의 웅얼거림, 원로원 회의에서 부적절한 비유를 쓴다는 수군거림. 마침내 마르쿠스 마르켈루스가 말했다. "무슨 뜻입니까, 폼페이우스?"

"의원 여러분이 로마에 사람을 보내 은행에서 융통해주는 만큼 돈을 가져오고, 그걸로도 부족하면 토지와 사업체를 팔기 시작해야 할 거라는 뜻이오."

공포의 웅얼거림, 용납할 수 없이 뻔뻔하다는 속삭임. 마침내 그의 사돈인 루키우스 스크리보니우스 리보가 말했다. "내 땅을 팔 순 없습니다! 그랬다가는 원로원 의원의 재산 요건을 충족하지 못합니다!"

폼페이우스는 잇새로 내뱉었다. "리보, 현재 당신의 원로원 재산 요건은 술병 속의 방귀만큼도 가치가 없소! 내 말대로 하시오. 한 사람도 빠짐없이 목구멍에 손가락을 넣어 이 전쟁을 계속할 자금을 토해내야 할 것이오!"

분노의 웅얼거림, 저놈의 말투 좀 보라는 속삭임. 마침내 렌툴루스 크루스가 말했다. "말도 안 됩니다! 내 돈은 내 마음대로 할 겁니다!"

폼페이우스는 평정을 잃고 그 특유의 모욕 공격을 다양하게 변주하기 시작했다. 그는 포효했다. "우리가 지금 돈이 하나도 없는 건 자네 때문이네, 크루스! 이 배은망덕한 거머리, 유피테르 옵티무스 막시무스의 이마에 난 종기 같은 작자야! 자네는 겁에 질려 오줌을 지리면서 발리스타의 돌처럼 순식간에 로마를 빠져나왔지, 국고는 돌아보지도 않고 말이야! 그리고 내가 자네한테 로마로 돌아가 자네의 잘못, 그 역겨운 집정관 직무 유기를 바로잡으라고 했을 때 자넨 내가 피케눔으로 진군해 카이사르를 만나고 그가 자네의 살찐 거세 수탉 시체 같은 몸뚱이를 건드리지 못하게 해야만 그러겠다고 겁도 없이 대꾸했지! 그런 자네가 감히 내 말이 헛소리라고 해? 이 전쟁의 비용을 같이 내지 않겠다고? 자지에 똥을 갈겨줄 테다, 렌툴루스! 그 추한 얼굴에 오줌을 갈길 거라고, 렌툴루스! 그 오만한 콧구멍에 대고 방귀를 뀌어주겠어, 렌툴루스! 몸을 아주 잘 사려야 할 거야, 렌툴루스, 안 그러면 자네 배를 갈라 창자를 꺼내버릴 거니까!"

아무런 웅얼거림도 속삭임도 들리지 않았다. 의원들은 돌처럼 굳어서, 군복무 시절 지휘관에게 들어본 적이 있었다면 모를까 극히 드물게 듣는 신랄한 말에 귀가 울리며―그들은 그만큼 안온하고 응석받이였다―서 있었다. 입을 딱 벌리고 겁에 질려 내장이 흐물거리는 채로.

"지금 여기 있는 여러분 중 라비에누스를 제외하고는 베개 싸움도 못할 위인들이오! 당신들 모두 전쟁에 수반되는 게 뭔지 막연하게조차 몰라! 따라서," 폼페이우스는 이렇게 말하고 천천히 깊이 숨을 들이쉬었다. "이제는 여러분도 알 때가 되었소. 전쟁에 가장 필요한 건 돈이오. 크라수스가 자주 했던 말을 기억하시오? 군단 하나를 모집하고 유지할 수 없는 사람은 감히 스스로 부자라고 해서는 안 된다는 말. 크라수스가 죽었을 때 그의 재산은 7천 탈렌툼이었소. 그리고 그건 우리가 절대 못 찾을 곳에 그가 재산의 반을 묻어버리고 남은 액수일 거요! 돈! 우린 돈이 필요하오! 난 이미 루카니아와 피케눔의 내 자산을 매각하기 시작했소. 여기 있는 모두가 나같이 하기를 바라오! 장밋빛 미래를 위한 투자라고 해두지." 그는 친근한 어조로 말했다. 이제 제대로 된 여느 지휘관처럼 그들을 발아래에 두게 되자 훨씬 기분이 좋아진 것이었다. "카이사르가 지고 로마가 우리 것이 되었을 때, 우린 지금 우리가 심은 것의 천 배를 거둬들일 것이오. 그러니 돈주머니의 끈을 푸시오, 여러분 모두. 그리고 그 내용물을 탈탈 털어 우리 공동의 전쟁 궤짝에 넣으시오. 알겠소?"

찬성의 웅얼거림, 그들이 몰랐다는, 조금 더 깊이 생각했어야 했다는 속삭임. 마침내 렌툴루스 스핀테르가 말했다. "나이우스 폼페이우스가 옳습니다, 의원 여러분. 로마가 우리 것이 되면 지금 심은 것의 천 배를 거둬들일 겁니다."

"함께 문제를 해결하니 기쁘오." 폼페이우스가 유쾌하게 말했다. "이제 직무 분담 차례요. 메텔루스 스키피오는 이미 시리아로 가고 있소. 그는 시리아에서 최대한 돈과 병사를 모을 것이오. 가이우스 카시우스는 에페이로스와 그리스의 신전 보물들에서 뭘 얻을 수 있는지 보고 돌아오면 스키피오를 따라 시리아로 가서 함대를 모집할 것이오. 내 아들 나이우스, 너는 이집트로 가서 여왕에게 함대와 운송수단, 곡물을 징발해라. 비티니아에 있는 아울루스 플라우티우스에겐 약간의 재촉이 필요할 것이오—그 막대기를 찌르는 것은 당신의 임무요, 피소 프루기. 렌툴루스 크루스, 아시아 속주로 가서 돈과 군사와 함대를 마련하시오. 선단에 관련해서는 라일리우스와 발레리우스 트리아리우스가 도움을 줄 수 있소. 마르쿠스 옥타비우스, 그리스에서 배들을 징발하시오. 리부르니아에서도 배들을 징발하시오—멋진 소형 갤리선들 말이오. 나는 빠른 배들, 포를 실을 만큼 크고 갑판 있는 배들을 원하지만 크고 흉물스러운 건 안 되오—3단 노선이 제일 좋고, 2단 노선은 나쁘지 않고, 4단 노선과 5단 노선은 늘씬하고 방향 조종이 쉽다면 괜찮소."

"지휘 분담은 어떻게 됩니까?" 렌툴루스 스핀테르가 물었다.

"그건 두고봐야 하오. 일단은 양떼를 모으시오. 양치기들 걱정은 그

다음이오." 폼페이우스가 고개를 끄덕였다. "다들 이제 가도 좋소."

티투스 라비에누스는 남았다. "참 잘하셨습니다." 그가 말했다

"하!" 폼페이우스가 경멸하듯 말했다. "저들보다 무능하고 썩은 무리는 본 적이 없어! 어떻게 렌툴루스 스핀테르는 킬리키아의 총독이면서 자기가 군대를 이끌고 이집트로 갈 수 있다고 생각한 거지?"

"트레보니우스, 파비우스, 데키무스 브루투스 같은 인재가 없다는 건 확실하죠." 라비에누스는 목을 가다듬었다. "우린 겨울이 되어 칸다비아를 통과할 수 없게 되기 전에 디라키온을 떠나야 합니다, 마그누스. 테살로니카 근처의 평원으로 가는 것이 좋겠습니다."

"동의하네. 지금은 3월 말이야. 난 카이사르가 서쪽으로 가는지 보면서 4월까지 기다릴 거네. 그런 다음 에페이로스처럼 비만 줄창 내리는 곳보다 날씨가 화창한 지역으로 이동해야지." 폼페이우스는 침울해 보였다. "게다가 내가 여기서 미적거렸다간 잘나신 분들이 나타날 수도 있으니까."

라비에누스의 입꼬리가 올라갔다. "키케로와 카토, 파보니우스 말씀입니까?"

폼페이우스는 눈을 감고 몸을 떨었다. "아, 라비에누스, 그런 일이 없게 해달라고 모든 신들께 기도하게! 키케로는 이탈리아에, 카토와 파보니우스는 시칠리아에 머무르게 해달라고 말이야. 아니면 아프리카든, 히페르보레오이의 땅이든. 어디든 상관없으니까!"

기도는 응답받지 못했다. 4월 중순에 카토와 파보니우스가 루키우스 포스투미우스를 데리고 디라키온에 도착해서, 쿠리오가 자기들을 시칠리아에서 쫓아냈다고 말했다.

"왜 아프리카로 가지 않았나?" 폼페이우스가 물었다.

"장군께 합류하는 게 나을 것 같아서요." 카토가 대답했다.

"기뻐서 어쩔 줄 모르겠군." 최고사령관은 카토가 반어법을 이해하지 못할 것임을 확신하며 말했다.

그러나 이틀 후 더 유용한 사람이 정말로 나타났다. 마르쿠스 칼푸르니우스 비불루스였다. 그는 사태가 어느 정도 진전된 후 행보를 결정하려고, 시리아 통치가 끝난 후 고향으로 가던 길에 에페소스에서 늑장을 부렸다. 그가 카토보다 공손하다거나 지각 있는 사람인 건 아니었다. 그저 카이사르를 반대하겠다는 그의 결심은 무용하게 비판적이기보다도 순수하게 도움이 되고자 하는 강력한 열망과 접해 있었기 때문이다.

"당신이 와서 정말 기쁘오!" 폼페이우스는 그의 손을 꽉 움켜잡으며 열광적으로 말했다. "여기서 라비에누스와 나말고는 이 전쟁을 어떻게 해나가야 하는지 생각이 있는 사람이 아무도 없소."

"그런 것 같소." 비불루스가 서늘하게 대꾸했다. "친애하는 나의 장인 카토를 포함해서 말이오. 그의 손에 검을 쥐어 주면 잘할 거요. 하지만 지도자 감은 아니오." 비불루스는 폼페이우스가 자신의 준비 작업을 요약해 들려주는 동안 찬동하듯 고개를 끄덕이며 들었다. "렌툴루스 크루스를 제거하는 건 정말 좋은 생각이오. 그런데 장군의 전략은 뭐요?"

"내 군대가 군대처럼 생각하게 훈련시키는 것. 겨울과 봄, 어쩌면 초여름까지 테살로니카 인근에서 지내는 것. 소아시아에 가까우니, 거기서 모은 병사들에게는 더 짧은 행군이지. 카이사르도 내 히스파니아 군대를 처리하려 들기 전까지는 나를 처리하지 않을 거요. 히스파니아에서 패한 다음 재정비해서 나를 쫓아오겠지—분명 그럴 거요. 그러지 않으면 항복해야 하는데, 그는 전멸하지 않는 이상 항복할 리가 없거든. 나는 꼭 바다를, 모든 바다를 통제해야 하오. 아헤노바르부스는 마실리아를 인수하게 되었소. 마실리아가 우리 정부와의 관계를 중시한다는 뜻이지. 그러니 카이사르는 속도를 늦추고 병력을 지금보다도 더 잘게 쪼개야 할 거요. 난 그가 오래되고 익숙한 로마인의 두통거리—이탈리아의 곡물 부족을 경험하길 바라오. 우리는 반드시 아프리카와 시칠리아, 사르디니아 사이의 바다와 이탈리아 해안을 지배해야 하오. 또한 카이사르가 아드리아 해를 통과하는 걸 막아야 하오. 언제든 그가 동쪽으로 가기로 결정할 그때에 말이오."

"좋소," 비불루스가 가르릉거렸다. "그를 가두고 로마를 굶기시오. 훌륭하오, 훌륭해!"

"당신이 내 전체 함대의 해군 총사령관이 되면 어떨까 하는데."

그 말은 놀라움으로 다가왔다. 비불루스는 몹시 기뻐하며 폼페이우스의 오른손을 특별히 따뜻하게 꼭 쥐었다. "친애하는 폼페이우스, 영광이오. 후회하지 않게 하겠소. 제대로 해내겠다고 약속하오. 내게 배는 낯설지만, 배우겠소. 열심히 배우겠소."

"그럴 거라고 생각하오, 비불루스." 폼페이우스는 말했고, 이 결정이 옳은 것이라고 믿기 시작했다.

카토는 그다지 확신이 들지 않았다. "제 사위를 아껴주시는 것은 좋은 일입니다." 그는 여느 때처럼 위협하는 것 같은 말투로 폼페이우스에게 말했다. "그러나 그는 배에 관해선 아무것도 모릅니다."

"배가 아니라 함선이네." 폼페이우스가 말했다.

"어쨌거나 물에 띄워서 노를 젓는 거죠. 그의 천성은 마리우스가 아니라 파비우스예요. 훼방 놓고, 지체시키고, 연기하고, 붙잡지만 결코 교전 체질은 아닙니다. 장군께는 더 공격적인 해군 총사령관이 필요합니다."

"자네처럼?" 폼페이우스는 기만적인 온화함으로 물었다.

카토는 겁에 질려 물러섰다. "아니요! 아닙니다! 사실은 파보니우스와 포스투미우스를 생각하고 있었습니다."

"유능한 사람들이야, 동의해. 하지만 그들은 전직 집정관이 아니네. 해군 총사령관은 반드시 전직 집정관이어야 하는데."

"그렇죠, 그게 모스 마이오룸에 부합하니까요."

"내가 렌툴루스 스핀테르, 마르켈루스 삼 형제 중 한 명, 또는 아헤노바르부스를 소환하기를 바라나?"

"아니요! 아닙니다!" 카토가 한숨을 쉬었다. "좋습니다, 비불루스밖에 없겠네요. 그와 충분히 대화를 나눠 공격성을 고쳐시켜놓고 가겠습니다. 렌툴루스 스핀테르와 마르켈루스 형제들과도 얘기를 해야겠어요. 라비에누스와도. 맙소사, 그자는 더럽고 단정치 못합니다!"

"더 좋은 생각이 있네." 폼페이우스가 조바심 내며 말했다.

"뭐요?"

"아시아 속주 남부로 떠나게. 원로원을 시켜 자네에게 법무관 권한 대행의 임페리움을 주겠네. 나를 위해 함대를 구해. 렌툴루스 크루스, 라일리우스, 트리아리우스는 북쪽에서 할 일이 충분히 많을 거네. 로도스, 리키아, 팜필리아로 가게나."

"하지만—그러면 저는 핵심적인 역할을 못하게 될 텐데요, 폼페이우스. 저는 핵심적인 역할을 해야 합니다! 다들 너무나 난잡하니까요! 장군께선 여기에 제가 필요합니다. 모두를 단정하게 만들어야 하니까요." 카토가 실망하여 말했다.

"그래, 하지만 문제는 자네가 로도스 같은 곳들에서 너무나 유명하다는 거야. 현명하고 부패와는 담쌓은, 존경받는 카토가 아니면 누가 로도스 사람들이 다시 우리 편이 되도록 설득할 수 있겠나?" 폼페이우스는 카토의 손을 톡톡 두드렸다. "이렇게 하지. 파보니우스를 여기 두고 가게. 그를 잘 교육시켜서 자네처럼 일할 수 있게 만들고 가라고."

"괜찮은 생각 같습니다." 카토가 밝아진 표정으로 말했다.

"물론이지!" 폼페이우스가 진심으로 말했다. "떠나게! 빠를수록 좋아."

"카토를 제거한 건 아주 잘됐지만, 그 바보 같은 파보니우스한테 계속 시달리시겠군요." 라비에누스가 실망하여 말했다.

"그 원숭이는 자기 주인만한 자가 못되네. 원숭이를 부추겨서, 좀 움직이게 만들어야 하는 놈들한테 덤벼들게 할 거야." 폼페이우스는 함박 웃음을 지으며 말했다. "내가 개인적으로 혐오하는 놈들한테 말이야."

카이사르가 마실리아 앞에 머물고 있으며, 아헤노바르부스는 그가 더 전진하지 못할 것으로 믿는다는 소식을 들은 폼페이우스는 진지를 철거한 뒤 동쪽으로 진군하기로 결심했다. 겨울이 왔지만, 그의 정찰대는 여전히 칸다비아를 통과하는 가장 높은 고개들을 넘을 수 있다고 장담했다.

그때 마르쿠스 유니우스 브루투스가 킬리키아에서 돌아왔다.

그 순하고 침울하며 호전성이라곤 없는 얼굴을 본 폼페이우스는 그를 얼싸안고 그의 지나치게 긴 검은 곱슬머리에 코를 박고서 소리 내 울었다. 왜 그랬는지는 그후로도 영영 모를 터였다. 다만 이 불가피한 내전은 시작할 때부터 재앙과도 같은 실수 연발과 충돌하는 주장들, 부당한 비판, 불복종, 의심으로 점철되어 있었다. 그런 상황에서 호전성과는 거리가 멀고 온화한 브루투스가 걸어들어온 것이다. 브루투스는 신경을 긁지도, 트집을 잡지도, 권한을 침해하려 들지도 않을 사람이었다.

"킬리키아가 우리 것이 되었나?" 폼페이우스는 감정을 추스른 다음 물었다. 그는 물 탄 포도주를 따르고 브루투스를 제일 좋은 의자에 앉혔다.

"유감스럽게도, 아닙니다." 브루투스가 슬픈 목소리로 대답했다. "푸블리우스 세스티우스는 카이사르를 적극 지지하진 않을 거라고 했습니다. 하지만 그를 거스르는 일도 하지 않을 거라더군요. 타르소스의 도움은 얻지 못하실 겁니다."

"아, 유피테르시여!" 폼페이우스는 두 주먹을 불끈 쥐고 소리쳤다. "킬리키아 군단이 필요한데!"

"그것만큼은 얻게 되실 겁니다, 폼페이우스. 장군께서 이탈리아를 떠났다는 소식을 들었을 때 저는 카파도키아에서 그 군단을 데리고 있었습니다—아리오바르자네스 왕은 갚지 못한 빚 때문에 큰 곤란을 겪고 있었습니다. 그래서 저는 그 군단을 타르소스로 돌려보내지 않았습니다. 갈라티아와 비티니아를 거쳐 헬레스폰트 해협으로 보냈지요. 그들은 월동 숙영지에서 장군님과 합류할 겁니다."

"브루투스, 자네가 최고야!" 폼페이우스의 술잔 속 포도주가 쭉 내려갔다. 폼페이우스는 입술을 핥으며 흡족한 표정으로 의자 깊숙이 기대앉아 격의 없이 말했다. "그렇다면 더 중요한 주제로 넘어가야겠군. 자네는 로마 제일의 부자고, 난 이번 전쟁을 수행할 자금이 부족하다네. 난 이탈리아는 물론 다른 지역의 자산들까지 매각하는 중이야. 아, 로

마의 자네 집을 팔라거나 지방의 부동산을 전부 다 팔아달라는 말은
아니네. 하지만 4천 탈렌툼은 꼭 빌려줬으면 해. 이 전쟁에서 우리가
이기면 로마와 이탈리아를 함께 나눌 테니까. 자네가 돈을 잃을 일은
없어."

브루투스는 폼페이우스의 눈을 똑바로 쳐다보았다. 지극히 정직하
고 다정한 그의 눈에 눈물이 고였다. "폼페이우스, 저는 감히 그럴 수가
없습니다!" 브루투스는 숨을 헐떡였다.

"감히 그럴 수가 없다니?"

"정말이지, 그럴 수가 없습니다! 제 어머니! 어머니가 저를 죽일 겁
니다!"

폼페이우스는 너무 놀라 입을 딱 벌리고 브루투스를 쳐다보았다.
"브루투스, 자넨 서른넷이나 먹은 성인 남자네! 자네 재산은 자네 거야,
세르빌리아의 것이 아니라!"

"장군께서 제 어머니한테 그렇게 말씀하십시오." 브루투스는 몸을
부르르 떨며 말했다.

"하지만, 하지만, 브루투스, 자넨 할 수 있어! 그냥 해버리면 돼!"

"못합니다, 폼페이우스. 어머니가 절 죽일 거예요."

브루투스는 끝내 마음을 바꾸지 않았다. 그는 눈물이 그렁그렁한 채
폼페이우스의 안락한 저택에서 머뭇머뭇 걸어나가다가 라비에누스와
부딪쳤다.

"저 사람은 왜 저럽니까?"

폼페이우스는 헉하고 숨을 내쉬었다. "도무지 믿을 수가 없네! 말도
안 되는 일이야! 라비에누스, 저 무골충 같은 놈이 방금 우리한테 단 1
세스테르티우스도 빌려줄 수 없다고 했네! 이탈리아 최고의 부자 놈

이! 감히 그럴 수가 없다는군! 엄마가 자길 죽일 거라나!"

라비에누스의 웃음소리가 방안을 가득 채웠다. "아, 브루투스가 해냈군요!" 말을 할 수 있을 정도로 웃음이 잦아든 뒤 그는 눈물을 닦으며 말했다. "마그누스, 전문가한테 한 방 먹으셨군요. 그야말로 완벽한 평계 아닙니까! 브루투스한테서 돈을 얻을 수 있는 사람은 이 세상에 아무도 없을 겁니다."

6월 초 폼페이우스는 마케도니아의 수도 테살로니카에서 60킬로미터쯤 떨어진 베로이아 근처의 진지에 군인들을 배치한 뒤 그 거대한 요새 도시의 총독 관저로—전직 집정관과 원로원 의원들로 구성된 추종자들과 함께—이동했다.

상황은 나아지고 있었다. 이제 폼페이우스에게는 브룬디시움에서 직접 데려온 5개 군단 외에도 크레타와 마케도니아에 정착한 로마 노련병 1개 군단과 (정원 미달인) 킬리키아 군단, 그리고 혼쭐이 난 렌툴루스 크루스가 소아시아에서 힘들게 모은 2개 군단이 있었다. 갈라티아의 데이오타로스 왕도 조금씩 병력을, 보병 약간과 기병 수천을 보태기 시작했다. 빚에 허덕이는 카파도키아의 아리오바르자네스 왕은(그는 브루투스보다 폼페이우스에게 더 큰 빚을 지고 있었다) 보병 1개 군단과 기병 1천 명을 보내주었다. 소왕국 콤마게네와 소페네, 오스로에네, 고르디에네는 경무장 병력을 보냈다. 비티니아·폰토스의 총독 아울루스 플라우티우스는 자원병 수천 명을 찾아냈으며, 여러 사분왕과 동맹 또한 군인들을 보내고 있었다. 심지어 돈도 충분히 들어오기 시작해서 폼페이우스는 로마인 보병 3만 8천과 비로마인 보병 1만 5천, 궁수 3천, 투석병 1천, 기병 7천으로 구성될 것으로 예상되는 군대를 먹일 수 있겠다고 확신했다. 메텔루스 스키피오는 편지에서 놀랍도록 유능한 2개 군단을 이동시킬 준비를 마쳤다고 했다. 다만 수송 선박이 부족해 육로로 행군시켜야 한다고 했다.

이어 7월에 놀랍고 기쁜 소식이 들어왔다. 비불루스의 제독들인 마르쿠스 옥타비우스와 스크리보니우스 리보가 쿠릭타 섬에서 15개 대대를—그들의 지휘관 가이우스 안토니우스와 함께—포로로 잡았다는 것이었다. 잡은 군인들은 모두 기꺼이 폼페이우스에게 충성을 맹세했기에, 폼페이우스의 군대는 더욱 규모가 커졌다. 옥타비우스와 리보가 돌라벨라의 배 40척을 격파한 그 해전을 시작으로 폼페이우스의 해군은 빠르게 연거푸 승전 기록을 경신했다. 해전 경험이 없던 비불루스는 해군 총사령관 직을 훌륭하게 수행했다. 그는 아주 열심히 배우며 능력을 갈고닦았다.

비불루스는 해군을 5개의 대규모 소함대로 나눴다. 9월이 되자 1개 함대만 빼고 실제 편성이 이루어졌다. 라일리우스와 발레리우스 트리아리우스가 지휘하는 소함대 1개는 아시아 속주에서 징발한 100척의 좋은 배들로 이루어져 있었다. 가이우스 카시우스는 시리아에서 배 70척을 이끌고 돌아와 그 배들의 지휘권을 물려받았다. 마르쿠스 옥타비우스와 리보는 그리스와 리부르니아에서 마련한 50척을 지휘했다. 큰 가이우스 마르켈루스와 가이우스 코포니우스는 로도스가 괴로울 정도로 끈덕진 카토에게 기부한 훌륭한 3단 노선 20척의 지휘를 맡았다. 카토는 그 배들을 얻기 전엔 절대로 로도스를 떠나려 하지 않았다. 저놈만 떼낼 수 있다면 뭐든지! 하고 로도스 사람들은 결국 외치고 말았던 것이다.

제5소함대는 젊은 나이우스 폼페이우스가 이집트에서 징발할 배들로 구성될 예정이었다.

아버지가 맡긴 막중한 임무에 골몰한 젊은 나이우스 폼페이우스는 알렉산드리아로 가는 항해를 시작하며 반드시 두각을 나타내겠다고 결심했다. 스물아홉인 그는 카이사르가 방해하지만 않는다면 내년에 재무관으로 원로원에 입성할 터였다. 그는 걱정하지 않았다. 젊은 폼페이우스는 그 건방진 율리우스 딱정벌레를 으깨버릴 능력과 힘이 아버지에게 없다고 의심한 적이 단 한 순간도 없었다.

안타깝게도 젊은 폼페이우스는 아버지가 동방에서 작전을 수행하던 시기엔 어려서 군 생활을 시작할 수 없었다. 그는 히스파니아에서 수습 군관이 되었는데, 그때는 실망스럽도록 평화로운 시기였다. 물론 제대한 뒤 그리스와 아시아 속주를 의무적으로 여행했지만 시리아나 이집트에는 가보지 못했다. 젊은 폼페이우스는 메텔루스 스키피오를 계모 코르넬리아 메텔라 못지않게 싫어했기에 육로로 시리아를 통과하지 않고 아프리카 해안을 따라 뱃길로 이집트로 가기로 결심했다. 젊은 폼페이우스는 그들이 견디기 힘든 속물 한 쌍이라고 생각했다. 다행히 그보다 열세 살 어린 동생 섹스투스는 계모와 아주 잘 지냈지만, 위대한 폼페이우스의 세 자녀 모두와 마찬가지로 율리아의 죽음을 매우 안타까워했다. 율리아는 가족 모두를 아주 행복하게 만드는 사람이었다. 반면 코르넬리아 메텔라는, 젊은 폼페이우스가 생각하기엔, 본인의 지위에 민감한 아버지를 행복하게 해주지도 못했다.

그는 자신이 왜 무시무시한 카타바트모스 사막이 스쳐지나가는 배의 선미루 난간에서 그런 생각을 하고 있는지 알 수 없었다. 다만 시간은 느릿느릿 흘러가고 생각은 자신만의 하늘길을 날아갔을 뿐이었다. 그는 젊은 아내 스크리보니아가 그리웠다. 밤은 물론 낮에도 그녀를 생각했다. 클라우딜라와의 결혼은 정말이지 끔찍했다! 하지만 아버지는 언제나처럼 본인에 대한 불안감 때문에 집안사람 모두의 배우자를 최대한 지체 높은 집안에서 데려오기로 작정했던 것이다. 결혼하기엔 너무 어렸던 충충하고 굼뜬 소녀 클라우딜라는 젊은 폼페이우스가 원했던 종류의 자극을 전혀 줄 수 없었다. 리보의 딸을 발견한 그가 클라우딜라와 이혼하고 그의 몸과 마음이 갈망하는, 윤기 나는 깃털과 오동통한 윤곽을 뽐내는 저 아름다운 라티움 자고새와 결혼하겠다고 했을 때 어찌나 큰 소동이 벌어졌던지! 폼페이우스는 그 어느 때보다도 길길이 날뛰었지만 소용이 없었다. 그의 장남은 폼페이우스 집안사람답게 집요하게 고집을 부려 뜻을 이뤘다. 그 결과 감찰관 아피우스 클라우디우스는 추방중인 정부를 위해 그리스를 통치하는 한직을 받게 되었던 것이다. 만약 소문이 사실이라면, 그곳에서 더욱 이상해진 그는 탑문의 기하학을 연구하고 역장(力場)과 보이지 않는 힘의 손가락들 등등 헛소리를 중얼거리며 지내고 있었다.

알렉산드리아는 아프로디테가 세상에 나타나듯 갑자기 젊은 폼페이우스의 시야에 나타났다. 안티오케이아나 로마보다도 많은 300만 주민들의 도시 알렉산드리아는, 논쟁의 여지는 있지만 알렉산드로스 대왕이 후세에 남긴 가장 완벽한 선물이었다. 그의 제국은 한 세대도 못 가 사라졌지만 알렉산드리아는 영원히 남았다. 일대가 워낙 평지다보니 개중 가장 높은 지대인 멋진 파나이움 정원도 높이 60미터에 불과한 인공 산이었지만, 현혹된 젊은 폼페이우스의 눈에는 서투른 필멸의 존재인 사람이 아니라 신들이 만든 것처럼 보였다. 눈부신 흰색과 다채로운 색들이 섞인, 늘씬하거나 둥글다는 이유로 신중하게 선택된 나무들이 이슬처럼 여기저기 달린, 지중해의 가장 먼 기슭에 자리잡은 알렉산드리아는 참으로 아름다웠다.

그리고 파로스 섬의 거대한 파로스 등대! 젊은 폼페이우스가 그때까지 본 어떤 건축물보다도 높은 3단 육각형으로, 희미하게 빛나는 흰색 대리석 표면의 파로스 등대는 세계의 불가사의였다. 등대 주변의 바다 밑바닥은 모래였고 바닷물은 청록색 수정처럼 맑았다. 알렉산드리아의 대하수도는 도시의 서쪽으로 흘러나가 오수를 멀리 보냈기 때문이었다. 공기는 또 어떻고! 훈훈하게 어루만지는 듯한 공기였다. 파로스 섬과 본토를 잇는 헵타스타디온은 1.5킬로미터나 뻗어 있는 위풍당당한 흰색 제방이었다! 그 중앙을 두 개의 아치가 관통했는데, 각각의 아치는 큰 배가 에우노스토스 항과 대항구 사이로 지나갈 수 있을 만큼 컸다.

그의 바로 앞에 너르디너른 왕궁 영역이 보였다. 그곳의 먼 끝은 바다 밑에서부터 솟은 바위산과 연결되었는데, 그 바위는 예전에는 요새였지만 지금은 그 우묵한 곳에 조개처럼 생긴 원형 극장을 품고 있었다. 이게 진짜 궁전이구나, 하고 젊은 폼페이우스는 생각했다. 세상에서 단 하나밖에 없는 진짜 궁전. 궁은 어찌나 넓은지 페르가몬의 고지대도 빛을 잃고 평범하게 보일 정도였다. 궁의 수많은 기둥들은 처음

봤을 땐 엄격한 도리아 양식 같았다. 다만 그것들은 굵기가 더 육중했고 훨씬 더 높으며 층층의 그림들로 생생하게 채색되어 있었다. 각 그림은 기둥의 북 모양 석재와 같은 높이였다. 하지만 제대로 된 삼각 박공벽이 제대로 된 소간벽과 함께 그것들 위에 있었고, 모든 것이 중요한 건축물이라면 응당 그래야 할 만큼 진정한 그리스식이었다. 그리스인들은 건축물을 땅 위에 짓는다는 사실만 제외하면. 알렉산드리아 사람들은 로마인들처럼 30계단 위의 암석 고원을 궁터로 잡았다. 아, 그리고 야자나무들! 우아한 부채꼴도 있었고, 땅딸막한 뿔 모양도 있었으며, 깃털처럼 가늘게 갈라진 잎들이 달린 것들도 있었다.

나이우스 폼페이우스는 황홀하여 멍한 상태로 그가 탄 배가 왕실 부두에 묶이는 모습을 지켜보고, 다른 배들의 배치를 감독하고, 법무관 권한대행의 임페리움 덕분에 입을 수 있는 자주색 단을 댄 토가를 입고, 파스케스에 도끼를 끼워넣은 진홍색 옷을 입은 릭토르단을 앞세우고 출발했다. 궁 안에 거처를 얻고 이집트의 일곱번째 클레오파트라 여왕을 접견하기 위해서였다.

열일곱 살에 왕위에 오른 그녀는 곧 스무 살이 될 터였다.

2년간의 통치 기간은 성공과 위기로 가득했다. 우선 금실로 수놓은 자주색 돛이 달린 거대한 금박 바지선을 타고 나일 강을 항해한 영광의 순간이 있었다. 이집트 토착민들은 그녀의 아홉 살짜리 동생이자 남편과 나란히(그러나 동생보다 한 단 높은 곳에) 선 그녀 앞에 몸을 낮추었다. 부키스 소의 흠 없는 길고 검은 털이 잘못된 방향으로 자라서 방문하게 된 소 사육지 헤르몬티스에서, 그녀의 배는 갑판에 꽃을 뿌린 수많은 바지선들 가운데에 떠 있었다. 그녀는 파라오의 근엄한 정복을 입고 상(上)이집트의 희고 높은 왕관만 쓴 채였다. 불어나는 강물로 범람의 최종 수위를 예측하는 날, 최초이자 가장 중요한 나일 수위계를 확인하러 황폐한 테베를 지나서 제1폭포와 엘레판티네 섬으로 행차하기도 했다.

매년 여름이 시작될 때쯤 나일 강은 알 수 없는 이유로 불어나 강둑을 무너뜨렸고, 길이는 1천100킬로미터가 넘지만 폭은 타셰 계곡의 지류와 모이리스 호수, 삼각주 지역을 제외하면 7, 8킬로미터밖에 되지 않는 이 이상한 왕국의 들판을 영양분 풍부한 검은 진흙으로 한 겹 뒤덮었다. 범람의 종류는 세 가지였는데 이른바 과다 수위와 풍요 수위, 그리고 죽음 수위였다. 수위는 그 강대한 강의 한쪽 편에 땅을 파고 눈금을 새긴 우물 같은 일련의 구덩이들인 나일 수위계들에서 측정되었다. 제1폭포에서 삼각주까지 모두 범람하려면 한 달이 걸렸고, 그래서 엘레판티네 섬의 나일 수위계 측정치가 매우 중요했다. 그 수치가 왕국의 나머지 지역들에서 그해 여름의 범람이 어떤 종류일지 경고해주었기 때문이다. 가을이 되면 나일 강 수위는 다시 강둑 아래로 내려갔으며 토양은 축축하고 기름지게 되었다.

그녀가 왕위에 오른 첫해에 엘레판티네의 측정치는 풍요 수위였고, 이는 새 군주에게 상서로운 징조였다. 10미터를 넘으면 과다 수위로 재앙적인 홍수를 의미했다. 5~9.6미터는 풍요 수위로 양호한 범람을 의미했는데, 이상적인 범람 수준은 8미터였다. 5미터 미만은 죽음 수위로, 나일 강이 강둑을 침범할 만큼 상승하지 않아 반드시 기근이 찾아온다는 의미였다…….

그 첫해에 진짜 이집트—삼각주가 아닌 강쪽의 이집트—는 새 여왕 치하에서 되살아나는 것처럼 보였다. 그녀는 그녀의 아버지 프톨레마이오스 아울레테스가 결코 되지 못한 파라오―지상의 신―이기도 했다. 이집트 토착민들로 막강한 권력을 지닌 일단의 사제들은 알렉산드로스 대왕의 사령관이었던 프톨레마이오스 1세의 후손들인 이집트의 프톨레마이오스 혈통 군주들의 운명을 좌지우지했다. 왕과 여왕은 진정한 종교적 기준을 충족시키고 그 사제들의 축복을 받아야만 파라오가 될 수 있었다. 왕과 여왕의 직위는 마케도니아의 것이었지만, 파라오의 직위는 이집트 자체라는 경이로운 불멸에 속한 것이었다. 파라오의 앙크 십자가는 종교적 인가 이상의 중요한 것으로, 멤피스의 어마어마한 지하 보물 보관소 열쇠이기도 했다. 그 보물은 사제들이 관리했고, 왕과 여왕이 마케도니아적인 삶을 영위하는 알렉산드리아와는 아무런 관련이 없었다.

그러나 클레오파트라 7세는 사제들의 사람이었다. 그녀는 세 살 때 멤피스로 보내져 그들의 보호하에 자랐고, 정식 이집트어와 민중 이집트어를 모두 구사했으며, 파라오로서 왕좌에 올랐다. 그녀는 프톨레마이오스 왕조에서 최초로 이집트어를 쓸 줄 아는 사람이었다. 파라오라는 것은 그녀에게 이집트 끝에서 끝까지 미치는 완벽하고 신과 같은 권한이 있다는 뜻이었다. 또한 그녀는 필요할 경우 멤피스의 보물 보관소를 이용할 수 있었다. 반면 이집트적이지 않은 알렉산드리아에서 파라오라는 것은 그녀의 지위를 강화할 수 없었다. 이집트와 알렉산드리아의 경제가 그 보물 보관소의 내용물에 의지하는 것도 아니었다. 군왕의 공적인 수입은 연간 6천 탈렌툼이고 사적인 수입도 그만큼 되었다. 이집트에는 사유재산이라는 것이 없었다. 모든 것은 군왕과 사제들의 소유였다.

따라서 첫 두 해 동안 클레오파트라의 성공은 삼각주의 서쪽 끝 줄

기인 카노포스 지류 서쪽에 고립되어 있는 알렉산드리아보다도 이집트와 관련이 있었다. 삼각주의 동부 '오니아스의 땅'에 사는 수수께끼의 소수 민족과 관련이 있기도 했다. 오니아스의 땅은 그 자체로 온전하며 마케도니아나 이집트와는 종교적으로 아무 관계도 맺지 않았다. 오니아스의 땅은 종파 분립 대사제를 인정하기를 거부한 후 헬레니즘 문화권 유다이아에서 탈출한 유대인들의 거주지였고 아직까지도 유대 문화를 열성적으로 고수했다. 이집트 병사들의 대다수를 제공하고 지중해 연안의 또다른 이집트 주요 항구인 펠루시온을 지배하는 곳이기도 했다. 히브리어에 아람어까지 유창하게 구사하는 클레오파트라는 오니아스의 땅의 총아였다.

그녀가 잘 처리한 첫번째 위기는 비불루스의 두 아들 살해 사건이었다. 그러나 현재의 위기는 훨씬 더 심각했다. 그녀의 통치기 두번째 범람은 죽음 수위였다. 나일 강이 강둑을 무너뜨리지 못해 흙탕물이 들판으로 흘러가지 못하니 농작물은 바짝 마른 땅 위로 연둣빛 새싹을 밀어올리지 못했다. 태양은 이집트 왕국에 사시사철 강렬하게 내리쬐었다. 나일 강의 선물은 하늘이 아니라 생명을 주는 물이었고, 파라오는 신격화된 강의 화신이었다.

나이우스 폼페이우스가 알렉산드리아의 왕실 항구로 들어섰을 때 도시는 불길하게 요동치고 있었다. 강변에 사는 토착 이집트인들은 기근이 연이어 두세 차례는 와야 식량이 다 떨어졌지만, 관료와 사업가와 노예 외엔 거의 아무것도 나지 않는 알렉산드리아는 사정이 달랐다. 알렉산드리아는 전형적인 중개 도시, 식량 자급자족은 못하면서도 막대한 돈을 벌어들이는 곳이었다. 알렉산드리아는 다색의 얇은 유리섬유로 만든 놀라운 유리제품과 같은 세공품을 제작했다. 세계 최고의 학자들을 배출했으며 세상의 종이를 지배했다. 하지만 주민들이 먹을 식량은 생산하지 못했고, 그 일은 나일 강 쪽 이집트가 해주기를 기대했다.

알렉산드리아 주민들은 다양했다. 귀족은 순수한 마케도니아 혈통 사람들로 관료제의 높은 자리를 지키는 데 온 힘을 쏟았다. 상인과 제조업자 등 상업 종사자들은 마케도니아인과 이집트인 혼혈이었다. 삼각주 구역인 도시 동쪽의 대규모 소수민족 거주지에 사는 유대인들은 대부분 장인이나 공예가, 숙련 노동자나 학자였다. 마케도니아인이 아닌 그리스인들은 관료제의 하층 계급을 구성하는 필경사와 서기였으며 석공과 조각가, 교사와 가정교사로도 일했다―물론 군함과 상선의 노를 열심히 젓는 이들도 있었다. 몇몇 로마인 기사들도 있었다. 언어는 그리스어였고 시민권은 이집트가 아닌 알렉산드리아 고유의 것이었는데, 고작 30만 명가량의 마케도니아인 귀족들만 완전한 알렉산드리아 시민권을 보유했고, 이에 다른 주민들은 불만과 원한을 품었다. 물론 그런 열등한 시민권에 콧방귀를 뀌는 로마인들은 예외였다. 로마인이라는 것은 알렉산드리아를 포함해 세상 어느 곳의 시민인 것보다도 나았기 때문이다.

식량은 아직 풍족했다. 여왕은 키프로스와 시리아, 유다이아에서 곡물 등을 사들이고 있었다. 불길한 요동을 촉발한 것은 물가 상승이었다. 불행하게도, 평온하고 내향적인 유대인들을 제외하면 알렉산드리아인들은 모두 계층을 불문하고 공격적인데다 극도로 독립적이었으며 군왕을 전혀 겁내지 않았다. 오랜 세월 동안 그들은 반복적으로 한 프톨레마이오스를 왕좌에서 끌어내리고 다른 프톨레마이오스를 그 자리에 앉혔으며, 그런 후에도 번영이 위태롭거나 생활 물가가 치솟으면 같은 일을 또 반복했다.

나이우스 폼페이우스 접견 준비를 하는 클레오파트라 여왕은 그런 사정을 모두 잘 알고 있었다.

그녀의 동생이자 남편이 곧 열두 살이 되어 더는 어린애라고 무시해버릴 수 없다는 사실은 상황을 더 어렵게 했다. 아직은 큰 변동 없이 사춘기 초기의 신체 변화만 있었지만, 프톨레마이오스 13세는 갈수록 통제하기 어려워지고 있었다. 대부분은 그의 인생을 지배하는 두 남자, 가정교사인 테오도토스와 대시종장 포테이노스가 미치는 악영향 때문이었다.

여왕이 성큼성큼 걸어들어왔을 때 그들은 이미 알현실에서 기다리고 있었다. 여왕은 실제로 성큼성큼 걸었다. 그렇게 하면 실제의 야윈 체구 이상으로 당당하고 권위 있는 모습을 연출할 수 있다는 걸 스스로 터득했기 때문이다. 어린 왕은 왕좌에 앉아 있었다. 흑단과 금으로 된 여왕의 큰 의자보다 한 계단 낮은 곳에 놓인 더 작은 의자였다. 누이이자 아내를 수태시켜 사내다움을 증명하기 전에는 절대로 더 높은 곳에 앉을 수 없을 터였다. 자주색 튜닉과 마케도니아 왕들의 망토를 입은 그는 매우 마케도니아인답게 매력적인 소년으로, 금발에 푸른색 눈등 그리스인보다는 트라키아인 같은 외모였다. 그의 어머니는 그의 아버지의 한쪽 부모가 다른 누이였고 외조모는 아라비아 나바테아의 공주였다. 그러나 셈족의 특징이 프톨레마이오스 13세에게는 보이지 않은 반면 이복누이 클레오파트라에게선 잘 드러났다. 여왕의 어머니는 폰토스의 경이로운 미트리다테스 왕의 딸로, 미트리다테스 가문 사람답게 짙은 황색 머리카락과 눈동자에 체격도 키도 컸다. 따라서 이복누나보다 프톨레마이오스 13세의 몸에 셈족의 피가 더 많이 흘렀지만,

클레오파트라가 더 셈족 같아 보였다.

알렉산드리아와 이집트의 여왕은 금실과 진주로 수를 놓은 티로스 자주색 쿠션을 이용해 그 지나치게 큰 의자에 앉아서 발을 딛고 있었다. 쿠션이 없으면 발이 자주색 대리석 단상에 닿지 않았다.

"나이우스 폼페이우스는 오고 있소?" 여왕은 물었다.

포테이노스가 대답했다. "네, 전하."

클레오파트라는 늘 포테이노스와 테오도토스 둘 중 누가 더 싫은지 알 수 없었다. 대시종장은 풍채가 더 좋았고, 모든 환관이 키 작고 통통하고 여자 같지는 않음을 증명하고 있었다. 그의 고환은 열네 살 때—아마도 조금 늦은 나이일 터다—제거되었다. 마케도니아인 귀족으로 아주 똑똑한 아들 때문에 큰 야심을 품었던 그의 아버지가 지시한 일이었다. 대시종장은 궁에서 가장 높은 직위였고 환관만 지닐 수 있었는데, 이는 이집트와 마케도니아의 문화가 만난 특이한 결과였다. 고대 이집트의 전통에 따라 순수한 마케도니아 혈통만 그 직책을 차지할 수 있었다. 대시종장 포테이노스는 미묘하고 잔인하며 아주 위험한 남자였다. 쥐색 곱슬머리와 가느다란 회색 눈, 잘생긴 외모. 물론 그는 클레오파트라를 왕좌에서 몰아내고 그녀의 이복자매이자 프톨레마이오스 13세의 친누나인 아르시노에를 그 자리에 앉힐 음모를 꾸미고 있었다.

고환이 멀쩡한 테오도토스가 오히려 더 여자 같았다. 그는 가냘프고 창백하고 믿을 수 없을 만큼 지쳐 보였다. 괜찮은 학자도 진짜 선생도 아닌 그는 클레오파트라의 선친 아울레테스와 매우 가까운 사이였기에 요행히 지금의 자리를 꿰찬 것이었다. 그가 프톨레마이오스 13세에게 가르친 것이 뭔지는 몰라도 역사나 지리학, 수사학, 수학과는 아무런 관계가 없었다. 테오도토스는 남자아이들을 좋아했고, 클레오파트

라가 가장 짜증스러워하는 사실 한 가지는 남동생이 그녀와 합방할 나
이가 되기 훨씬 전에 테오도토스에 의해 성적으로 눈을 떴다는 사실이
었다. 그녀는 생각했다. 난 테오도토스가 남긴 걸 가져야만 하는 거지.
그것조차 그때까지 내가 살아 있을 때의 얘기지만. 테오도토스도 내 자
리에 아르시노에를 앉히고 싶어해. 그와 포테이노스는 날 조종할 수 없
다는 걸 알고 있어. 바보 천치들! 아르시노에도 나만큼이나 고분고분
하지 않다는 걸 모르나? 그래, 이집트를 차지하기 위한 전쟁이 시작되
었다. 놈들이 나를 죽일까, 내가 놈들을 죽일까? 하지만 난 이것만은 맹
세했지. 포테이노스와 테오도토스가 죽는 날, 남동생도 죽을 거라고 말
이야. 저 독사 새끼!

이 알현실이 왕의 공식 알현실은 아니었다. 이집트 왕궁이라는 거대
한 건물 복합체에는 각종 기능과 관원을 위한 방은 물론 궁전 안의 궁
전들까지 있었다. 이집트 왕의 공식 알현실을 보면 크라수스 집안사람
조차도 깜짝 놀랄 터였다. 그러나 나이우스 폼페이우스를 놀라게 하는
데는 이 알현실로도 충분했다. 복합단지의 건축은 내장과 외장 모두 그
리스식이었으나 이집트적 요소도 있었다. 멤피스의 예술가 사제들이
장식을 맡았기 때문이다. 그 결과 이 알현실의 벽들은 일부는 금박으로
덮여 있었고 일부는 벽화였는데, 로마 특사의 눈에는 생경한 벽화였다.
납작하고 부자연스러운 이차원의 사람들과 동물들, 야자나무와 연꽃
이 그려져 있었다. 조각상은 없었고, 단상 위의 옥좌 두 개 외에는 가구
도 없었다.

단상 양옆에는 몸집이 거대한 남자가 한 명씩 서 있었다. 나이우스
폼페이우스가 얘기로만 들어본 괴상한 사람들이었다. 어린 시절 서커

스의 여흥에서 비슷한 여자를 본 적은 있었지만 그녀는 매우 아름다웠고 이 두 사내들과는 비교가 안 되었다. 두 사내는 금색 샌들을 신고 표범 가죽으로 만든 짧은 킬트 차림에 보석 박힌 금색 허리띠를 차고 있었으며, 목에 두른 금목걸이에도 보석들이 번쩍거렸다. 두 사람 모두 긴 금 막대기에 달린 커다란 부채를 살살 부치고 있었다. 막대기 아래쪽에도 보석들이 박혀 있었고, 바람을 일으키는 부분은 알록달록 염색한 최고급 깃털로 만들어져 있었는데 아주 크고 보송보송했다. 그러나 단연 가장 아름다운 것은 사내들의 검은 피부였다. 갈색이 아니라 완전히 검은색이었다. 흑포도 같군, 하고 나이우스 폼페이우스는 생각했다. 매끄러우면서도 자두즙을 흩뿌린 것 같아. 티로스 자줏빛 피부라니! 사내들의 얼굴은 소형 조각상들을 통해 본 적이 있었다. 유능한 그리스인이나 이탈리아인 조각가가 운좋게도 그런 사람을 보게 되면 즉시 그 놀라운 형상을 만들었기 때문이다. 호르텐시우스는 소년 조각상을, 루쿨루스는 성인 남자의 청동 흉상을 갖고 있었다. 하지만 그것들은 이 실제로 살아 있는 얼굴들에 비하면 그림자에 불과했다. 높은 광대뼈, 매부리코, 두툼하면서도 윤곽이 이국적인 입술, 특이하게 번들거리는 검은 눈동자. 바싹 깎은 머리카락은 어찌나 억센 곱슬머리인지, 파르티아의 왕들이 너무나 좋아해서 자기들만 쓸 수 있게 만든 박트리아의 새끼 염소 모피 같았다.

"나이우스 폼페이우스 마그누스!" 포테이노스가 얼른 앞으로 나오며 외쳤다. 그는 자주색 튜닉과 클라미스 망토를 두르고 높은 신분을 나타내는 사슬을 양어깨에 걸치고 있었다. "환영합니다, 환영합니다!"

"마그누스가 아니오!" 나이우스 폼페이우스가 성난 목소리로 내뱉었다. "나는 그냥 나이우스 폼페이우스요! 당신은 누구요, 왕세자요?"

더 크고 높은 옥좌에 앉은 여자가 기운차고 선율적인 목소리로 말했다. "그자는 이집트의 대시종장 포테이노스고 나는 알렉산드리아와 이집트의 여왕 클레오파트라입니다. 알렉산드리아와 이집트를 대신해 당신을 환영합니다. 포테이노스, 계속 여기 있고 싶으면 물러서서 내 지시 없이는 말하지 마라."

아하! 나이우스 폼페이우스는 생각했다. 여왕은 저자를 싫어하는군. 저자도 여왕한테서 명령받는 걸 조금도 좋아하지 않아.

"고맙소, 여왕." 나이우스 폼페이우스가 말했다. 그의 양옆에 릭토르가 세 명씩 서 있었다. "그럼 이쪽이 프톨레마이오스 왕이겠군요?"

"그렇습니다." 여왕이 무뚝뚝하게 대답했다.

나이우스 폼페이우스가 보기에 여왕은 몸무게가 물에 적신 행주 정도밖에 되지 않을 것 같았다. 키는 일어서도 155센티미터도 안 될 것 같았고 팔은 가늘고 짧았으며 목도 비쩍 마르고 가늘었다. 고운 피부는 거무스름한 올리브빛이었지만 혈관이 푸르스름하게 비칠 정도로 투명했다. 밝은 갈색 머리카락은 특이하게 매만졌는데, 2.5센티미터 정도로 가닥가닥 나누어 뒤로 넘기고 목덜미 쪽에서 트레머리를 했다. 그걸 보고 폼페이우스가 떠올릴 수 있는 건 수박 껍질의 줄무늬뿐이었다. 여왕의 디아데마는 흰색 리본으로, 이마가 아니라 머리털이 난 위로 두르고 있었다. 옷차림은 그리스식이었으나 최상급 티로스 자주로 염색되어 있었다. 몸에 걸친 것 중 값비싼 물건은 샌들밖에 없었다. 절대로 신고 걸을 수 있도록 만들어진 것 같지 않은 약하디약한 금 샌들이었다.

벽의 높은 곳에 뚫려 있는 구멍들에서 쏟아져들어오는 빛 때문에 폼페이우스는 여왕의 얼굴을 똑똑히 볼 수 있었다. 오직 젊음이 주는 매력만이 그나마 인상을 부드럽게 만드는, 딱할 정도로 못생긴 얼굴이었다. 그의 마음에 든 큰 눈은 녹금색 혹은 녹갈색이었다. 키스하기 좋은 입이었지만 단호하게 다물어져 있었다. 코는 카토의 코만큼이나 큰데 다 유대인의 코처럼 강한 매부리코였다. 마케도니아인의 특징이라고 는 찾아보기 힘든 아가씨였다. 전형적인 동방인의 외모였다.

"이렇게 만나게 되어 큰 영광입니다, 나이우스 폼페이우스." 여왕은 강력하고도 감미로운 목소리로 말을 이었다. 완벽한 아티케식 그리스 어였다. "라틴어를 하지 못해 미안합니다. 배울 기회가 전혀 없었거든 요. 무슨 일로 여기까지 왔습니까?"

"지중해의 머나먼 이곳에도 로마가 내전을 겪고 있다는 소식은 전해 졌으리라 생각하오. 마그누스라고 불리는 내 아버지는 로마의 적법한 정부와 함께 이탈리아를 빠져나가야만 했소. 현재 그분은 테살로니카 에서 반역자 율리우스 카이사르를 처단할 준비를 하고 있소."

"우리도 알고 있습니다, 나이우스 폼페이우스. 위로의 말씀을 전합 니다."

"좋은 시작이오." 나이우스 폼페이우스는 그의 아버지처럼 굳이 예 의를 갖추지 않은 쾌활한 태도로 말했다. "하지만 그걸로는 부족하오. 내가 이곳에 온 것은 위로의 말이 아니라 물질적인 도움을 청하기 위 해서요."

"알겠습니다. 알렉산드리아는 위로의 말을 들으러 오기에는 너무 먼 곳이죠. 물질적인 도움을 구하러 오셨다고 했는데, 어떤 도움을 말하는 겁니까?"

"최소 열 척의 훌륭한 전함과 수송선 60척으로 구성된 선단을 원하 오. 충분한 수의 선원과 노잡이도 필요하고, 수송선은 모두 밀과 다른 식량으로 가득찬 상태여야 하오." 나이우스 폼페이우스가 줄줄 읊었다.

어린 왕이 왕좌에서 움직이더니 고개를 돌려—그도 흰색 디아데마를 두르고 있었다—대시종장과 그 옆의 호리호리하고 여성스러운 남자를 쳐다보았다. 그의 아내이기도 한 누나는—동방의 왕조들은 어찌나 퇴폐적으로 뒤얽혀 있는지!—곧바로 로마인 누나처럼 대응했다. 그녀는 금과 상아로 만든 홀을 들고 있었는데, 그걸로 동생의 손가락 관절을 아주 세게 후려쳤다. 왕은 아파서 비명을 지르며 예쁘장하고 부루퉁한 얼굴을 다시 앞쪽으로 돌리고 옅은 파란색 눈을 깜박여 눈물을 참았다.

"물질적인 도움을 청해주시니 기쁘군요, 나이우스 폼페이우스. 요구한 배를 모두 드리겠습니다. 키보토스 항구의 보관소에 훌륭한 5단 노선 열 척이 있어요. 모두 포를 충분히 실을 수 있고, 최고의 떡갈나무 충각도 달려 있으며, 방향 조종도 매우 용이한 배들입니다. 선원들도 잘 훈련되었고요. 우리 배들 가운데서 크고 튼튼한 화물선 60척도 준비하겠습니다. 이집트의 모든 배는 알렉산드리아의 일부 상선을 제외하면 종류를 막론하고 모두 우리 소유입니다."

여왕은 잠시 말을 멈추고 아주 단호한—그리고 아주 추한—표정을 지었다. "하지만 나이우스 폼페이우스, 밀과 식량은 줄 수 없습니다. 이집트는 지금 기근을 겪고 있어요. 이집트 백성들, 특히 알렉산드리아의 백성들을 먹일 식량도 부족한 상황입니다."

아버지만큼 숱이 많지만 아버지보다 좀더 짙은 금발머리 외에는 아버지의 외모를 빼다박은 나이우스 폼페이우스는 입맛을 다시며 고개를 저었다. "안 될 말이오!" 그가 외쳤다. "나는 곡식과 식량을 원하오! 거절은 용납하지 않겠소!"

"우리한테는 곡식이 없습니다, 나이우스 폼페이우스. 식량도 없습니다. 방금 설명했듯이, 지금 우리는 당신을 도울 형편이 못 됩니다."

폼페이우스는 격의 없는 말투로 대꾸했다. "솔직히 당신한텐 선택권이 없소. 당신 백성들이 굶주리고 있다니 유감이지만 그건 내 알 바 아니오. 총독 퀸투스 카이킬리우스 메텔루스 피우스 스키피오 나시카는 아직 시리아에 있고, 남쪽으로 행군해서 이집트를 풍뎅이처럼 밟아 으깨고도 남을 유능한 로마인 군대를 보유하고 있소. 당신은 아울루스 가비니우스가 이곳에 왔을 때 무슨 일이 벌어졌는지 기억할 만큼 나이를 먹은 것 같소만. 내가 시리아에 사람만 보내면 당신은 공격을 받게 될 거요. 비불루스의 아들들한테 한 짓을 나한테 할 생각은 하지 마시오! 나는 마그누스의 아들이오. 나나 내 사람 중 누구라도 죽였다가는 당신들 모두 끔찍한 죽음을 맞게 될 테니까. 이집트 병합은 여러모로 내 아버지와 망명정부에게 득이 될 거요. 이집트는 로마의 속주가 되어 이집트가 소유한 모든 것은 로마, 그러니까 내 아버지한테로 갈 거고. 다시 생각해보시오, 클레오파트라 여왕. 내일 다시 오겠소."

릭토르단은 뒤돌아 무표정한 얼굴로 걸어나갔다. 나이우스 폼페이우스가 그 뒤를 따랐다.

"저 오만함!" 테오도토스가 두 손을 펄럭거리며 기함했다. "아, 어쩌면 저렇게 오만할 수가!"

"닥쳐, 가정교사!" 여왕이 딱딱거렸다.

"이제 가도 돼요?" 어린 왕이 눈물을 흘리며 물었다.

"그래, 가, 징그러운 녀석아! 테오도토스도 데려가!"

두 사람이 나갔다. 테오도토스는 소년의 떨리는 어깨가 마치 자기 것인 양 두 팔로 감싸고 걸었다.

"나이우스 폼페이우스가 시키는 대로 해야 할 겁니다." 포테이노스가 가르랑거렸다.

"나도 안다, 이 잘난 척하는 벌레 같은 놈아!"

"기도하십시오, 강대하신 파라오, 지상의 이시스, 라의 따님이시여. 이번 여름에는 나일 강이 풍요 수위로 불어나기를 말입니다."

"그럴 거야. 물론 네놈과 테오도토스, 그리고 네 수하이자 내 군대의 최고사령관 아킬라스는 나일 강 수위가 또 죽음 수위이기를 내가 기도하는 것만큼이나 열심히 세라피스에게 기도하겠지! 최악의 범람이 두 번 연달아 오면 타셰와 모에리스 호수가 말라버릴 테고, 이집트의 그 누구도 먹지 못하게 될 테니까. 내 수입은 줄고 줄어서 곡식을 사들일 돈조차 남지 않을 테지. 그것도 사올 곡식이 있을 때 얘기지만. 마케도니아와 그리스부터 시리아와 이집트까지 가뭄에 시달리고 있으니까. 식품 물가는 나일 강이 상승할 때까지 계속 상승할 거야. 결국 너와 네 친구 둘이 알렉산드리아 주민들의 봉기를 부추기겠지."

포테이노스는 유들유들하게 말했다. "여왕 전하께서는 파라오이시니 멤피스의 보물을 가져오실 수 있잖습니까."

여왕은 냉소적인 표정으로 말했다. "당연하지, 대시종장! 하지만 네놈도 알다시피 그곳 사제들은 내가 이집트의 보물을 써서 알렉산드리아를 기근에서 구하도록 허락하지 않을 거야. 왜 허락하겠어? 이집트 토착민들은 알렉산드리아 시민권 획득은 고사하고 거기서 살지도 못하는데. 물론 그런 상황은 나도 바꿀 생각이 전혀 없어. 나의 선량하고 충성스러운 백성들이 알렉산드리아라는 병에 걸려 건방져지는 건 싫으니까."

"그러면 전하의 앞날이 상서롭지 못할 겁니다."

"넌 나를 연약한 여자로만 보지, 포테이노스. 큰 실수를 하는 거다.

나를 이집트로 생각하는 게 좋을 거야."

클레오파트라의 하인은 수없이 많았지만 그녀가 소중하게 생각하는
건 단 두 명, 카르미온과 이라스뿐이었다. 카르미온과 이라스는 마케도
니아 귀족 가문의 여식들로, 세 사람 모두 세 살일 때 클레오파트라의
말벗으로 입궁했다. 클레오파트라는 프톨레마이오스 아울레테스 왕과,
폰토스의 미트리다테스 왕이 왕후한테서 낳은 딸인 클레오파트라 트
리파이나 왕비의 둘째 딸이었다. 클레오파트라와 동갑인 카르미온과
이라스는 그때부터 험난한 세월을 함께 헤쳐왔다. 프톨레마이오스 아
울레테스와 클레오파트라 트리파이나의 이혼, 계모의 등장, 아울레테
스의 망명, 첫째 공주 베레니케가 어머니 클레오파트라 트리파이나와
3년 동안 집권하는 동안 멤피스에서의 유배 생활, 클레오파트라 트리
파이나가 죽은 이후 베레니케가 알렉산드리아가 인정할 남편감을 미
친듯이 찾아 헤매던 끔찍한 시기, 프톨레마이오스 아울레테스의 귀국
과 재집권, 아울레테스가 친딸 베레니케를 처형한 날, 그리고 클레오파
트라의 통치 기간 2년. 기나긴 나날이었다!

카르미온과 이라스는 클레오파트라가 유일하게 믿는 친구들이었기
에, 그녀는 두 사람에게 나이우스 폼페이우스와의 만남에 대해 거침없
이 털어놓았다.

"포테이노스는 갈수록 못 견디게 건방지게 굴어." 클레오파트라가
말했다.

거무스름하고 무척 예쁜 카르미온이 말했다. "그자가 곧 전하를 축
출하려고 움직일 거라는 뜻이군요."

"그렇겠지. 난 멤피스로 가서 진정한 신들께 진정한 방식으로 제물

을 바쳐야 해." 클레오파트라가 초조하게 말했다. "하지만 그럴 수가 없어. 알렉산드리아를 떠나는 건 치명적인 실수일 테니까."

"히르카노스 왕의 궁에 있는 안티파트로스에게 서신을 보내는 건 어떨까요?"

"소용없을 거야. 그는 로마인들에게 아주 우호적이니까."

"나이우스 폼페이우스는 어떻게 생겼어요?" 언제나 정치가 아니라 개인을 생각하는 이라스가 물었다. 그녀는 하얗고 아주 예뻤다.

"알렉산드로스 대왕과 비슷하게 생겼어. 마케도니아인의 외모야."

"그자가 마음에 들었어요?" 이라스가 한 걸음 더 나갔다. 푸른 눈동자가 사랑스럽게 촉촉했다.

클레오파트라는 못마땅하다는 표정을 지었다. "솔직히 말하면, 이라스, 그자가 정말 싫었어! 왜 그런 바보 같은 질문을 하는 거야? 난 파라오야. 내 처녀막은 혈통과 신성이 나와 대등한 자의 것이야. 나이우스 폼페이우스가 마음에 들면 가서 그 사람이랑 자. 넌 젊은 여자니까 결혼할 권리가 있지. 하지만 나는 지상의 신 파라오야. 내가 짝을 찾는다면 이집트를 위해서지, 개인적인 즐거움을 위해서가 아니라고." 그녀는 얼굴을 찌푸렸다. "정말이야, 이집트를 위해서가 아니라면 내 순결한 몸을 저 독사 새끼한테 주는 걸 절대 견딜 수 없을 거라고!"

위대한 폼페이우스는 12월 초에 엄청난 안도감을 느끼며 에그나티우스 가도를 따라 서쪽으로 디라키온까지 행군할 수 있었다. 테살로니카의 궁전을 로마 원로원 의원들 절반 이상과 함께 쓰는 것은 악몽이었음이 드러났다. 당연하게도 카토부터 폼페이우스의 사랑하는 장남까지 모두가 돌아왔기 때문이다. 장남 폼페이우스는 5단 노선 열 척과 수송선 60척으로 이루어진 훌륭한 선단과 함께 알렉산드리아에서 돌아왔는데, 수송선들은 삐걱거릴 정도로 화물을 싣고 있었다. 화물은 밀과 보리, 콩과 병아리콩이어야 했지만 열고 보니 대부분 대추야자였다. 미식가들한테는 달고 맛난 간식이겠지만 군인들의 식사로는 형편없었다.

그 망할 암늑대 년! 젊은 폼페이우스는 그중 고작 열 척만 밀을 싣고 있음을 발견한 후 으르렁거렸다. 그가 직접 확인했을 때 밀로 가득 차 있었던 나머지 50척의 단지들에는 대추야자가 들어 있었다. "날 속였어!"

카토와 키케로 때문에 지칠 대로 지친 아버지 폼페이우스는 일의 우스운 면에 집중하기로 했고, 다른 일로는 결코 흘리지 않는 눈물이 흐

를 때까지 크게 웃었다. "잊어버려라." 그는 성난 아들을 달랬다. "카이
사르를 무찌른 다음 곧장 이집트로 가서 클레오파트라의 보물을 우리
의 전쟁비용으로 쓰자꾸나."

"그 여자를 내가 직접 고문한다면 아주 즐거울 겁니다!"

"쯧, 쯧!" 폼페이우스는 혀를 찼다. "그 여자가 정부라도 되는 것처럼
말하지 말거라, 나이우스! 네가 그 여자를 먹었다는 소문이 돌고 있다."

"구워서 대추야자로 속을 채운 게 아니라면 제가 그 여자를 먹을 일
은 없을 겁니다!"

그 말에 아버지 폼페이우스는 또다시 박장대소했다.

카토는 젊은 폼페이우스가 돌아오기 직전에 돌아왔다. 그는 로도스
에서의 임무를 성공적으로 완수해서 매우 유쾌한 기분으로, 루쿨루스
가 죽기 전에 이혼한 이부누이 세르빌릴라와 그녀의 아들 마르쿠스 리
키니우스 루쿨루스에 대한 이야기를 잔뜩 늘어놓았다.

"전 세르빌리아만큼이나 세르빌릴라도 이해할 수가 없습니다." 카토
는 찡그린 표정으로 말했다. "아테네에서 만났을 때 누님은―계속 이
탈리아에 있다간 공권박탈 대상이 될 거라고 생각한 듯했죠―다시는
나를 떠나지 않겠다고 맹세했습니다. 그래서 나와 함께 에게 해를 건너
로도스로 갔고, 아테노도로스 코르딜리온과 스타틸로스와 다투기 시
작했죠. 하지만 로도스를 떠날 때가 오자 누님은 계속 거기 있겠다고
말했습니다."

폼페이우스는 말했다. "여자들은 희한한 물고기들이라네, 카토. 이제
물러가게!"

"제가 갈라티아와 카파도키아 기병대의 기강을 바로 세우도록 허락

해주신다면 그러겠습니다. 그들은 수치스럽게 행동하고 있어요."

"그들은 우리가 카이사르를 무찌르는 걸 도와주러 온 사람들이네, 카토. 거기다 우린 그들의 유지비도 주지 않고 있지. 나로서는 그들이 마케도니아의 모든 여자들을 겁탈하고 모든 남자들을 두들겨 패도 아무 상관없네. 그만 물러가게!"

다음에 도착한 건 키케로와 키케로의 아들이었다. 기진맥진하고 비참한 키케로는 동생과 조카인 퀸투스들부터 아티쿠스까지 모두에 대해 험담을 늘어놓았다. 아티쿠스는 카이사르에 대한 반대의 목소리를 높이길 거부하고 로마에서 카이사르를 위해 분주하다고 했다.

"온통 반역자들 천지였네!" 키케로는 분통을 터뜨렸다. 딱하도록 진물이 스며나오는 그의 눈은 벌겋고 딱딱했다. "탈출 방법을 마련하는데 몇 달이나 걸렸는데 티로 없이 떠나야 했지."

"그래, 그래." 폼페이우스가 지친 목소리로 말했다. "키케로, 라리사성문 밖에 솜씨 좋은 주술사가 있다네. 가서 그 눈 좀 어떻게 해봐. 당장! 부탁이네!"

10월에는 루키우스 아프라니우스와 마르쿠스 페트레이우스가 히스파니아에서 돌아왔다. 파멸의 선발대였다. 그들이 데려온 보병대대 몇 개는 폼페이우스에게 위안이 되지 못했다. 그는 자신의 히스파니아 군대가 이제 없으며, 카이사르가 또 한번 무혈에 가까운 승리를 거뒀다는 소식에 충격을 받았다. 설상가상으로, 아프라니우스와 페트레이우스의 귀환에 아시아 속주에서 돌아온 렌툴루스 크루스 같은 사람들은 미칠 듯이 화를 냈다.

"그들은 반역자입니다!" 렌툴루스 크루스는 폼페이우스의 귀에 대고 소리를 질렀다. "우리 원로원이 그들을 심문하고 규탄해야 한다고 생각합니다!"

"아, 닥치십시오, 크루스!" 티투스 라비에누스가 말했다. "적어도 아프라니우스와 페트레이우스는 여기 있는 여러분 가운데 누구보다도 전장에서 싸우는 법을 잘 알고 있습니다."

"마그누스, 이 천한 벌레는 누굽니까?" 렌툴루스 크루스는 화가 나서 입을 딱 벌렸다. "왜 우리가 이자를 견뎌야 합니까? 어째서 파트리키 코르넬리우스 집안사람인 내가 내 장화를 닦을 주제도 못 되는 인간들한테 모욕을 당해야 합니까? 그에게 꺼지라고 하십시오!"

"자네나 꺼져, 렌툴루스!" 눈물이 터지기 직전인 폼페이우스가 대꾸했다.

그 눈물은 밤에 자려고 누웠을 때 마침내 흘러내렸다. 루키우스 도미티우스 아헤노바르부스가 배를 타고 와서, 마실리아가 카이사르에게 항복했으며 카이사르는 이탈리아 서부까지 모든 땅을 완벽하게 통제하고 있다는 소식을 알려준 뒤였다.

아헤노바르부스는 말했다. "하지만 제게는 유능한 소함대가 하나 있습니다. 그걸 활용할 생각입니다."

비불루스는 12월 말에 폼페이우스와 마주쳤다. 그의 거대한 군대가 칸다비아의 높은 고개들을 힘겹게 통과하고 있을 때였다.

"당신 여기 있어도 되오?" 폼페이우스가 초조한 목소리로 물었다.

"진정하시오, 마그누스! 당분간 카이사르가 에페이로스나 마케도니아에 상륙할 일은 없을 거요." 비불루스는 편안한 목소리로 대답했다. "무엇보다도 브룬디시움에는 카이사르가 병사들을 태워 아드리아 해를 건널 배들이 턱없이 부족하오. 거기다 내게는 아드리아 해에 있는 장군의 아드님 함대는 물론 옥타비우스와 리보가 이끄는 내 함대 2개까지 있소. 아헤노바르부스도 이오니아 해의 해상경비를 맡고 있고."

"물론 당신도 카이사르가 독재관으로 임명되었고 이탈리아 전체가 그를 지지하고 있다는 걸 알지요? 그는 공권박탈을 시행할 의도가 없다는 것도?"

"알고 있소. 하지만 기운 내시오, 마그누스, 상황이 나쁘기만 한 것은 아니니까. 난 가이우스 카시우스와 날렵한 시리아 배들 70척을 티레니아 해로 보내 메사나와 비보 사이를 경비하고 시칠리아의 모든 곡물 수송선을 막으라고 지시했소. 가이우스 카시우스 때문에 카이사르는 서쪽 해안에서 에페이로스로 자기 병사들을 전혀 보낼 수 없을 거요."

"아, 그건 좋은 소식이군!" 폼페이우스가 외쳤다.

"나도 그렇게 생각하오." 비불루스는 정말로 만족스러워하는 특유의 차분한 미소를 지었다. "카이사르를 브룬디시움에 가둘 수 있다면, 겨울 동안 자그마치 12개 군단을 시골에서 먹여 살려야 하는 이탈리아의 민심이 어떻게 되겠소? 가이우스 카시우스가 곡물 공급 차단 임무를 완수하고 나면, 카이사르는 시민들을 먹이느라 충분히 골치가 썩을 거요. 거기다 우린 아프리카를 쥐고 있다는 걸 잊지 마시오."

"그건 사실이오." 폼페이우스가 다시 침울해졌다. "하지만 비불루스, 내가 테살로니카를 떠나기 전에 메텔루스 스키피오한테서 그 2개 시리아 군단을 받았더라면 훨씬 더 기분이 좋았을 거요. 카이사르가 건너오는 데 성공할 경우 난 그 군단이 필요하게 될 거요. 카이사르는 완벽한 노련병 군단을 8개나 갖고 있소."

"시리아 군단이 왜 장군께 오지 못한 거요?"

"스키피오의 최근 편지에 따르면, 그는 아마노스 산맥을 통과하는 데 어려움을 겪고 있소. 스케니테스 아라비아인들이 그곳 고개들에서 살고 있는데, 끝까지 물러서지 않고 계속 스키피오가 교전을 하게 만들고 있다더군. 당신은 거기서 작전 수행을 해봤으니 아마노스 산맥을 알겠군요."

비불루스는 얼굴을 찌푸렸다. "그렇다면 그는 아나톨리아 전체만큼을 더 행군해야 헬레스폰트 해협에 도착하겠군요. 장군께서는 봄이 되기 전에 스키피오를 보기 힘들겠소."

"그러니 비불루스, 그때까지 우리가 카이사르도 보지 않게 되기를 바랍시다."

헛된 바람이었다. 폼페이우스가 아직 칸다비아에서 오크리스 호수 북쪽 고원지대를 빠져나가고 있던 1월 초에 루키우스 비불리우스 루푸스가 그의 소재를 파악했다.

"자네가 여기서 뭘 하고 있나?" 폼페이우스가 깜짝 놀라 물었다. "가까운 히스파니아에 있다고 생각했는데!"

"저는 카이사르에게 사면받고―코르피니움 이후에―달아나서 다시 그에게 반대하면 어떤 꼴을 당하는지 보여주는 첫번째 증거입니다. 카이사르는 일레르다 이후 저를 포로로 잡았고 그때부터 계속 저를 데리고 있었습니다."

폼페이우스는 핏기가 가시는 느낌이 들었다. "그 말은……?"

"네, 카이사르가 4개 군단을 그가 찾을 수 있는 모든 수송선에 태워노나이 전날에 브룬디시움을 떠났다는 뜻입니다." 비불리우스는 우울한 웃음을 지었다. "그는 항해중 단 한 척의 군함도 보지 못했고 안전하게 팔라이스타이 해안에 내렸습니다."

"팔라이스타이?"

"오리쿰과 케르키라 사이에 있는 곳입니다. 그가 가장 먼저 한 일은 저를 보내 케르키라의 비불루스를 만나게 한 겁니다. 그에게 기회를 놓쳤음을 알려주라고요. 그리고 장군님이 계신 곳을 물으라고요. 장군님 눈앞에 있는 저는 독재관 카이사르의 특사입니다."

"맙소사, 뻔뻔하군! 4개 군단이라고? 그게 단가?"

"그렇습니다."

"그가 전하라고 한 말이 뭔가?"

"로마인의 피가 충분히 흘려졌다. 이제 화해 조건을 논의할 때다. 양측이 대등하나 구속되지 않는 화해 말이다."

"양측이 대등하다고," 폼페이우스가 천천히 말했다. "4개 군단!"

"그건 그의 말입니다, 마그누스."

"그럼 그의 조건은?"

"장군님과 그가 로마 원로원과 인민에게 조건을 정하도록 위임하는 것입니다. 장군님과 그가 군대를 해산시킨 후에요. 그는 내가 사흘 안에 그에게 돌아오기를 원합니다."

"로마 원로원과 인민이라. 그의 원로원, 그의 인민이겠지." 폼페이우스는 악문 잇새로 말했다. "그는 수석 집정관으로 선출됐으니 더는 독재관이 아니야. 로마와 이탈리아의 모두가 그를 불가사의로 여기지. 분명 술라처럼 여기진 않고!"

"네, 카이사르는 부정한 수단이 아니라 감언으로 통치합니다. 아, 그는 똑똑해요! 로마와 이탈리아의 모든 바보들은 거기에 속아넘어가고요."

"비불리우스, 그는 시대의 영웅이야. 10년 전에는 내가 시대의 영웅

이었지. 나라의 영웅에도 유행이 있어. 10년 전에는 피케눔 신동. 현재
는 파트리키 왕자." 폼페이우스의 태도가 변했다. "말해보게, 그는 브룬
디시움을 누구한테 맡기고 떠났나?"

"마르쿠스 안토니우스와 퀸투스 푸피우스 칼레누스요."

"그럼 카이사르는 에페이로스에 기병대를 데리고 있진 않겠군."

"거의 없습니다. 갈리아인 2, 3개 대대만 있어요."

"그는 디라키온으로 올 거야."

"물론입니다."

"그럼 내 보좌관들을 소집해서 이 군대를 구보로 이동시키기 시작해
야겠군. 내가 먼저 디라키온에 도착해야 해. 안 그러면 그는 내 진지와
디라키온 접근 경로를 탈취할 거야."

비불리우스는 그 말을 거절로 이해하고 자리에서 일어섰다. "카이사
르에게 뭐라고 전할까요?"

"놈은 바람이나 맞으라지!" 폼페이우스가 말했다. "돌아가지 말고 여
기서 할 일을 찾게."

폼페이우스는 카이사르보다 먼저 디라키온에 도착했지만 간발의 차
이였을 뿐이었다.

그리스와 에페이로스, 마케도니아를 아우르는 광활한 땅 서쪽 해안
의 국경은 모호했다. 에페이로스의 남쪽 경계는 일반적으로 코린토스
만의 북쪽 해안이라고 여겨졌지만 그리스 아카르나니아이기도 했고,
에페이로스의 북쪽 경계는 대체로 말하는 사람 마음대로였다. 로마 장
군이 생각하기에 헬레스폰트 해협에서 트라키아와 마케도니아를 거쳐
아드리아 해까지 1천100킬로미터쯤 이어지는 에그나티우스 가도는 분

명 마케도니아였다. 그 서쪽 해안에서 25킬로미터 지점에서 가도는 남북으로 갈라졌는데, 북쪽으로 뻗은 길은 디라키온에서, 남쪽 길은 아폴로니아에서 끝났다. 따라서 대부분의 로마인 장군들은 디라키온과 아폴로니아를 에페이로스가 아닌 마케도니아로 분류했다.

허겁지겁 무질서한 상태로 디라키온에 도착한 폼페이우스는 에페이로스 전역, 그리고 에그나티우스 가도의 남쪽 종착지인 아폴로니아까지 카이사르에 대한 지지를 표명했음을 알고 충격에 빠졌다. 압소스 강 이남의 모든 것은 이제 사실상 카이사르의 차지였다. 카이사르는 유혈사태 없이 극히 간단하게 오리쿰에서 토르콰투스를, 아폴로니아에서 스타베리우스를 축출했다. 현지 주민들이 카이사르를 열렬히 지지하는 바람에 수비대 주둔이 극히 어려워졌던 것이다. 카이사르가 상륙한 팔라이스타이에서 디라키온으로 가는 현지 도로는 측량과 건설이 불량한데다 160킬로미터가 넘었지만, 그는 로마의 에그나티우스 가도를 따라 행군한 폼페이우스와 거의 동시에 디라키온에 도착했다.

폼페이우스에게는 더욱 암울하게도, 디라키온마저 카이사르를 지지하기로 결정했다. 폼페이우스가 현지에서 모병한 병사들과 주민들은 로마 망명정부에 협력하기를 거부하고 불온한 움직임을 보이기 시작했다. 7천 필의 말과 8천 마리에 육박하는 노새를 먹여야 하는 폼페이우스는 그에게 적대적인 지역에 머물 여유가 없었다.

"이곳 사람들은 제가 처리하겠습니다." 티투스 라비에누스가 말했다. 그의 사납고 검은 눈을 카이사르가—또는 트레보니우스, 파비우스, 데키무스가—봤다면 즉시 그 속에 든 것을 알아차렸을 터였다. 야만에 대한 굶주림을.

라비에누스의 야만적인 기질이 어느 정도인지 모르는 폼페이우스는 순진하게 물었다. "자네는 어떻게 남들이 못하는 방식으로 저들을 처리하겠다는 건가?"

라비에누스의 크고 누런 이빨이 드러났다. "트레베리족이 두려워하게 된 것을 여기 사람들에게 맛보여줄 겁니다."

폼페이우스는 어깨를 으쓱하며 말했다. "좋아, 그렇게 하게."

끔찍하게 불구가 된 시신이 수백 구 쌓인 후, 디라키온과 주변 시골 지역은 마침내 폼페이우스를 계속 지지하는 것이 더 신중한 행보라고 결정하게 되었다. 폼페이우스는 자신의 거대한 진지에 쫙 퍼진 잔혹한 소문을 듣고도 아무 말도, 아무 조치도 하지 않았다.

카이사르가 압소스 강의 남쪽 강변으로 후퇴하자 폼페이우스와 그의 군대는 곧바로 반대편 북쪽 강변에 진지를 세웠다. 큰 강 압소스의 이 여울 근처는 남쪽으로 분기한 에그나티우스 가도가 아폴로니아로 이어지는 교차지점이었다.

폼페이우스와 카이사르 사이에 물줄기 하나밖에 없는 상황······. 로마인 병사 6개 군단, 기병 7천, 외국인 보조군 1만, 궁수 2천과 투석병 1천 명. 상대는 갈리아 노련병 4개 군단인 7, 9, 10, 12군단. 폼페이우스의 군대가 수적으로 훨씬 우세했다! 확실하게, 압도적으로! 그런 대군이 로마 보병 4개 군단과의 전투에서 어떻게 질 수 있는가? 그럴 수는 없었다. 절대 그럴 리 없었다. 그는 분명히 이길 터였다!

그러나 폼페이우스는 압소스 강의 북쪽 강변에 머물러 있었다. 카이사르의 요새진지와 어찌나 가까운지 돌멩이를 던지면 10군단 병사의 투구에 맞을 것처럼 가까운 거리였다. 그 상태로 그는 가만히 있었다.

폼페이우스는 과거 히스파니아에서 대적했던 퀸투스 세르토리우스를 떠올리고 있었다. 세르토리우스는 정찰대를 모두 따돌리고 어디선가 군대를 이끌고 나타나 수적으로 우세한 군대를 격파한 뒤 다시 어디론가 사라질 수 있었다. 폼페이우스는 라우로의 성벽 밑으로 돌아가 있었다. 오스카를 응시하던 때로 돌아가 있었다. 다리 사이에 꼬리를 말아넣고 이베루스 강을 건너 후퇴하던 대로 돌아가 있었다. 월계관을 받는 메텔루스 피우스를 쳐다보던 때로 돌아가 있었다.

평소대로라면 폼페이우스를 다그쳤을 루키우스 아프라니우스와 마르쿠스 페트레이우스 역시 가까운 히스파니아에서 세르토리우스와 대치할 때를 떠올리고 있었다. 그들은 또한 카이사르가 불과 6개월 전 가까운 히스파니아에서 그들을 얼마나 우습도록 수월하게 이겼는지 기억하고 있었다. 언제나 카이사르를 조롱하며 폼페이우스의 떨어지는 사기를 북돋아주던 라비에누스도 없는 상황이었다. 라비에누스는 디라키온을 수비하고 주민들의 충성을 유지하기 위해 그곳에 남았기 때문이다. 앉아서 불평만 하는 카토와 키케로, 렌툴루스 크루스, 렌툴루스 스핀테르와 마르쿠스 파보니우스와 함께. 폼페이우스가 있는 진지에는 의구심에 휩싸인 폼페이우스를 다룰 만한 통찰력이나 강인함을 지닌 인물이 사실상 아무도 없었다.

"아니," 장이 여러 번 설 기간 동안 아무것도 하지 않은 폼페이우스는 아프라니우스와 페트레이우스에게 말했다. "난 스키피오와 시리아 군단들이 도착한 후에 전투를 할 거야. 그동안은 계속 여기 있으면서 놈을 봉쇄할 거네."

"좋은 전략입니다." 아프라니우스가 안도하여 말했다. "그자는 아주 제대로 고생을 하고 있습니다, 마그누스. 비불루스가 카이사르의 해상 보급선을 거의 다 막아서, 그자는 그리스와 에페이로스 남부에서 오는 육상 보급선에 의존해야 하는 상황입니다."

"좋아. 겨울이 되면 놈은 뱃가죽이 등에 달라붙을 거다. 이번 겨울은 일찍, 빨리 오고 있어."

그러나 겨울은 충분히 일찍, 빨리 오지 않았다. 카이사르의 곁에는 푸블리우스 바티니우스가 있었다. 양측 진지의 가까운 거리 때문에 여울을 사이에 두고 보초병들 간에 어느 정도의 대화가 오고갔다. 이는 여유시간이 많은 군단병들 사이로까지 번졌고, 카이사르에게 유리한 상황이었다. 갈리아 전쟁에서 보여준 용기와 불굴의 의지로 크게 찬양과 감탄을 받는 카이사르의 군인들은 호기심에 찬 폼페이우스의 군인들한테서 이런저런 질문을 받았다. 그와 같은, 대체로 무의식적인 존경심을 목격한 카이사르는 적군과 가장 가까운 요새탑으로 푸블리우스 바티니우스를 보내 폼페이우스 군인들에게 연설하게 했다. 어째서 로마인의 피를 흘려야 하는가? 어째서 절대로 지지 않는 카이사르를 패배시킬 꿈을 꾸고 있는가? 패배를 두려워하는 것이 아니라면 폼페이우스는 어째서 전투를 개시하지 않는가? 그렇다면 대관절 왜 너희들은 그곳에 있는 것인가?

이런 상황을 전해 들은 폼페이우스는 그의 문제 해결 전문가 라비에누스가 있는 디라키온으로 전령을 보냈고, 반박 연설이 필요한 경우를 대비해 키케로와 함께 와달라고 요청했다. 그러자 다른 불평꾼들도 모두 오기로 했다(그들은 너무 지루했던 것이다!). 그중에는 당시 카이사르가 보낸 조카 발부스한테서 뇌물 제공의 형태로 모호한 설득의 말을 줄기차게 듣고 있던 렌툴루스 크루스도 끼어 있었다. 조카 발부스는 폼페이우스의 진지에 있는 사람들 가운데 아무도 자신을 알아보지 않기를 기도하며 어쩔 수 없이 따라왔다.

테렌티우스 바로 집안사람을 단장으로 한 폼페이우스 병사들 대표단과 카이사르 사이에 교섭이 시작되기로 한 바로 그날 라비에누스가 도착했다. 협상은 결렬되었다. 라비에누스가 나타나서 바티니우스보다 더 큰 목소리로 고함을 친 다음 강 건너편으로 창들을 마구 던졌기 때문이다. 라비에누스 때문에 겁을 먹은 폼페이우스 쪽 병사들은 사방팔방 달아나버렸고 다시는 교섭 시도를 하지 않았다.

"바보짓 마라, 라비에누스!" 바티니우스는 소리를 질렀다. "협상해! 무고한 희생을 막아라, 희생을 막아!"

"내가 여기 있는 동안 반역자들과 흥정은 없을 거다!" 라비에누스가 고함쳤다. "카이사르의 머리를 나한테 준다면 다시 생각해보겠지만!"

"변한 게 없군, 라비에누스!"

"앞으로도 그럴 거다!"

이런 일이 벌어지는 동안 키케로는 폼페이우스의 사령관 숙소에 편안하게 앉아서 오랜만에 방해꾼들 없이 포도주와 대화를 즐기고 있었다.

"자넨 아주 기운차고 쾌활해 보이는군." 폼페이우스가 침울한 목소리로 말했다.

"그럴 만한 이유가 있지." 키케로는 낭보에 너무 기쁜 나머지―그리고 소통하고자 하는 문장가의 충동에 휘둘린 나머지―입조심에 실패했다. "아주 짭짤한 금액을 상속받았거든."

"지금 갖고 있나?" 폼페이우스가 눈을 가늘게 뜨면서 물었다.

"그래, 마그누스, 마침 시기도 딱 좋아!" 키케로는 임박한 재앙을 꿈도 꾸지 못한 채 대답했다. "툴리아의 지참금 두번째 분할 불입일이 다가오는데다―20만이야!―돌라벨라한테도 6만을 첫 불입금으로 줘야 하거든. 돌라벨라가 그 일로 하루에 한 통씩 편지를 보내고 있다네." 키케로는 매력적으로 킥킥거렸다. "돌라벨라는 배 없는 제독이 되어서 이제 편지 쓸 시간이 넘쳐나나봐."

"얼마나 받았나?"

"100만 정도 되네."

"딱 내가 필요한 금액이군!" 폼페이우스가 말했다. "키케로, 자네의 최고사령관이자 친구로서 말하겠네. 그 돈을 내게 빌려주게. 군대에 드는 비용 때문에 지금 난 어찌할 바를 모르겠어―그러니까, 난 나의 군인들 모두에게 빚이 있어. 사령관으로서는 상상도 못할 곤경이야! 내 병사들이 내 채권자라니. 방금 스키피오가 겨울이 끝날 때까지 페르가몬에 처박혀 있을 거란 소식을 들었네. 시리아 군대의 돈으로 끓는 기름에서 빠져나올 수 있기를 바라고 있었는데 말이야……." 폼페이우스는 어깨를 으쓱했다. "그러니 자네의 백만은 정말 큰 도움이 될 거라네."

입이 바짝 마르고 목구멍이 괄약근만큼 쪼그라든 키케로는 한참 할 말을 잃고 앉아 있었다. 그의 숙적이 부어올랐지만 아름다운 푸른 눈으로 그를 응시하고 있었다.

"내가 자네를 테살로니카의 여자 주술사한테 보냈지 않나, 그렇지? 그 여자가 자네 눈을 낫게 해줬고, 그렇지?"

키케로는 고통스럽게 침을 삼키고 고개를 끄덕였다. "그래, 마그누스, 물론이야. 자네한테 백만을 줄게." 키케로는 의자에 앉은 채 움찔대다가 물 탄 포도주를 조금 마셔 목구멍을 축였다. "어……. 내가 돌라벨라한테 갚을 만큼의 돈도 가지면 안 되는 거겠지?"

"돌라벨라는," 폼페이우스는 보란듯이 분개하여 자리를 박차고 일어섰다. "카이사르의 수하야! 놈에게 돈을 갚는다면 자네의 충성심을 의심할 거네, 키케로."

"자네한테 백만을 다 주겠네." 키케로가 입술을 떨며 반복했다. "아, 친구, 테렌티아한테는 뭐라고 하지?"

"그녀가 이미 알고 있는 것 외에는 아무것도 말하지 말게." 폼페이우스가 싱긋 웃으며 대답했다.

"불쌍한 툴리아한테는?"

"툴리아한테는, 돌라벨라에게 돈은 카이사르한테 부탁하라고 말하라고 해."

케르키라 섬에 안착한 비불루스는 소심한 폼페이우스보다 훨씬 더 솜씨좋게 카이사르를 상대하고 있었다. 카이사르가 그의 봉쇄를 뚫는 데 성공한 것은 쓰라린 상처가 되었다. 포로로 잡은 폼페이우스의 보좌관을 폼페이우스에게 전령으로 보내다니, 참으로 카이사르답지 않은가? 하하하, 혼 좀 나봐라, 비불루스! 조롱하는 태도만큼 비불루스가 스스로를 채찍질하도록 자극하는 것은 없었다. 비불루스는 늘 열심히 일했지만, 비불리우스가 방문한 후부터 더 자신과 보좌관들을 무자비하게 몰아댔다.

비불루스는 손에 들어오는 모든 배를 아드리아 해 경비선으로 보냈다. 카이사르는 자신의 나머지 군대를 보기 전에 썩어문드러질 터였다! 첫 싸움은 무혈로 끝났지만 그래서 더 달콤했다. 비불루스는 망망대해에서 혼자, 카이사르가 건너가기 위해 이용한 수송선 30척을 가로막고 붙잡아 불태워버렸다. 어떠냐! 안토니우스와 칼레누스가 쓸 배가 30척 줄어들었다.

비불루스의 두 가지 목표 중 하나는 브룬디시움에 있는 안토니우스와 푸피우스 칼레누스가 8개 군단과 게르만족 기병 1천 명을 에페이로스로 실어나를 충분한 배를 얻지 못하게 하는 것이었다. 이를 위해 이탈리아 쪽 브룬디시움 북부의 아드리아 해를 경비하라고 마르쿠스 옥타비우스를 보냈고, 브룬디시움 연안의 경비 구역 수비를 위해서는 스크리보니우스 리보를 보냈으며, 그리스 쪽 접근을 막기 위해서 젊은 폼페이우스를 보냈다. 안토니우스와 칼레누스는 아드리아 해 북부의 항구들에서 배를 얻으려고 하든, 그리스나 서부 이탈리아의 항구에서 얻으려 하든 성공하지 못할 터였다!

비불루스의 두번째 목표는 카이사르의 해상 보급선을 모두 빼앗는 것이었다. 거기에는 코린토스 만을 통해 그리스에서 오는 것과 펠로폰네소스 해협 아래쪽에서 오는 것이 포함되어 있었다.

비불루스는 놀라운 이야기를 들었다. 카이사르가 자신의 고립 상태가 심화되는 것에 위기를 느껴 부속선을 타고 사손 섬 앞바다의 거센 폭풍우를 헤치며 브룬디시움으로 돌아가려고 했다는 얘기였다. 부하들이 놀라지 않도록 변장을 했던 카이사르는, 회항한다는 결정이 내려지자 선장에게 신원을 밝히며 자신과 자신의 행운을 태우고 있으니 항해를 계속하라고 설득했다는 것이었다. 두번째 시도에도 불구하고 결국 그 작은 배는 에페이로스로 돌아갈 수밖에 없었고, 카이사르와 그의 수하들을 무사히 내려놓았다. 정말일까? 비불루스는 알 수 없었다. 다만 선장에게 그렇게 주장한 자만심은 카이사르다웠다! 하지만 카이사르는 왜 굳이 그러려고 했을까? 어째서 놈의 유능한—비불루스도 인정할 수밖에 없는 사실이었다—두 보좌관이 하지 못하는 일을 자기가 브룬디시움에 가서 할 수 있다고 생각한 것일까?

그럼에도 불구하고 그런 전설 같은 이야기는 비불루스로 하여금 자신을 더욱 세게 밀어붙이게 만들었다. 춘추분 전후의 돌풍이 브룬디시움에서의 탈출을 불가능하게 만들었을 때, 그는 휴식을 취해도 되었지만 그러지 않았다. 케르키라와 사손 섬 사이의 에페이로스 해안을 지킬 수 있는 사람은 해군 총사령관밖에 없었다. 그래서 비불루스는 그곳을 경비했다. 단 한 번도 따뜻하거나 건조하지 않은 날씨에 시달리며, 이따금씩 자는 것 외에는 한 번도 쉬지 않으면서.

3월에 비불루스는 감기에 걸렸지만 결정권이 다른 사람에게 넘어갈 때까지 케르키라로 돌아가지 않으려 했다. 이마는 델 듯이 뜨거웠고 손발은 얼음처럼 차가워진 채, 그는 숨쉬기도 고통스러워하며 기함의 자기 위치에서 쓰러졌다. 비불루스의 부관 루크레티우스 베스필로는 함대에게 기지로 돌아가라고 명령했고, 그곳에서 비불루스는 침상에 눕혀졌다.

차도가 없자 루크레티우스 베스필로는 다시 한번 결정을 내렸다. 디라키온으로 사람을 보내 카토를 부른 것이다. 카토는 카이사르의 전설에 등장한 것과 흡사한 부속선을 타고 왔다. 오는 동안 그는 또다시 사랑하는 사람이 죽기 전에 손을 잡아주지 못하리라는 공포에 떨었다.

카토는 비불루스의 방에 들어가기 전에 그가 아직 살아 있다는 말을 들었다. 케르키라의 작은 만에 위치한 안락한 작은 돌집 전체가 비불루스의 숨소리로 진동하고 있었다.

이렇게 작은 몸이었다니! 나는 어째서 잊고 있었나? 몸에 비해 지나치게 큰 침대에 파묻힌 비불루스의 은색 머리카락과 눈썹은 비바람에 노출되어 은빛 비늘처럼 변해버린 피부 때문에 잘 보이지 않았다. 오직 은회색 눈만이, 홀쭉해진 얼굴에서 커다래 보이는 눈만이 살아 있는 듯했다. 그 눈은 방을 가로질러 카토의 눈을 보더니 눈물로 가득찼다. 비불루스가 손을 내밀었다.

카토는 침대 언저리에 앉아 비불루스의 손을 자신의 튼튼한 두 손으로 감싸쥐었고, 몸을 숙여 비불루스의 이마에 입을 맞췄다. 카토는 놀라서 펄쩍 뛸 뻔했다. 비불루스의 살갗이 얼마나 뜨거운지, 눈 가장자리에서 관자놀이로 천천히 눈물이 흘러내리는 동안 김이 나고 쉬익 하는 소리가 날 것만 같았다. 불타고 있다! 불이 붙었다. 가슴은 풀무처럼 메마르고 귀에 거슬리는 소리가 커다랗게 났다. 아, 그 고통! 눈물 흘리는 눈 속에서 단순하고 가없는 사랑이 반짝이고 있었다. 카토를 향한 사랑이었다. 다시 혼자가 될 카토를 향한.

"자네가 왔으니 이제 됐네." 비불루스가 말했다.

"원하시는 만큼 여기 있겠습니다, 비불루스."

"지나치게 애를 썼어. 카이사르가 이기게 놔둘 수 없어서."

"우린 절대 카이사르가 이기게 놔두지 않을 겁니다, 죽는 한이 있더라도요."

"공화국이 파괴돼. 저지해야만 해."

"저도 알고 있습니다."

"나머지 놈들은 별로 신경 안 써. 아헤노바르부스 빼고는."

"늙다리 삼인방 말이죠."

"폼페이우스는 괴로워하는 허풍선이야."

"라비에누스는 괴물이고요. 압니다. 그런 생각은 그만하십시오."

"포르키아를 돌봐주게. 작은 루키우스도. 이제 내 유일한 아들이야."

"그렇게 하겠습니다. 하지만 카이사르가 먼저예요."

"그렇지. 카이사르가 먼저지. 놈은 목숨이 백 개야."

"기억나십니까, 비불루스, 당신이 집정관일 때 자택에 칩거하면서 하늘을 관찰한 일을요? 놈이 그걸 얼마나 싫어했습니까! 우린 놈의 집정기를 망쳤습니다. 놈이 불법 행위를 하도록 내몰았고요. 이 전쟁이 끝나면 놈이 답해야 할 반역 혐의 세 개를 이끌어냈습니다……."

그 천성적으로 크고 거슬리고 듣기 괴로운 목소리는 한 시간이나 극히 부드럽게, 극히 다정하게, 극히 상냥하게, 심지어 행복하게 말을 이으며 자장가와 같은 리듬으로 비불루스를 그의 마지막 잠의 요람에 살며시 내려놓았다. 그 말들은 듣고 있는 두 귀에 달콤하게 떨어졌고, 세상에서 가장 멋진 이야기를 듣는 아이가 지을 법한 황홀하고 사라질 줄 모르는 미소를 촉발했다. 그렇게 계속 미소를 지으며, 계속 카토의 얼굴을 쳐다보며 비불루스는 슬며시 세상을 떠났다.

그의 마지막 말은 "우리는 카이사르를 막을 거야"였다.

이번은 카이피오 때와 달랐다. 슬픔이 마구 분출되지도, 당도한 죽음을 거부하려는 광란의 몸부림도 없었다. 마지막 꾸르륵 소리가 허공으로 흩어진 후 카토는 침대에서 일어나 비불루스의 두 손을 가슴팍에 포개고 한 손으로 비불루스의 눈꺼풀을 쓸어내려주었다. 카토는 물론 디라키온에서 서신을 받자마자 알고 있었고, 그래서 허리띠에 데나리우스 금화를 끼우고 있었다. 카토는 마지막 숨을 쉬느라 열린 채 굳어진 비불루스의 입에 금화를 밀어넣은 다음 턱을 밀어올리고 입술을 매만져 옅은 미소를 띠게 했다.

"안녕히 가십시오, 마르쿠스 칼푸르니우스 비불루스." 카토는 말했다. "우리가 카이사르를 파멸시킬 수 있을진 모르겠지만, 그자가 우리를 파멸시키는 일은 결코 없을 겁니다."

루키우스 스크리보니우스 리보는 베스필로와 토르콰투스를 비롯한 몇몇 사람들과 함께 방 밖에서 기다리고 있었다.

"비불루스가 죽었소." 카토는 소리쳐 선언했다.

리보는 한숨을 쉬었다. "우리의 일이 더 힘들어지겠군요." 그는 카토에게 공손한 몸짓을 했다. "포도주 좀 드릴까요?"

"고맙소, 잔뜩 마셔야겠소. 물 타지 않은 걸로."

카토는 술을 죽 들이켰지만 음식은 사양했다. "이 폭풍우 속에 화장용 장작 더미를 쌓을 곳이 있겠소?"

"이미 만들고 있습니다."

"리보, 비불루스는 카이사르에게 교섭을 하러 오리쿰에 오라는 거짓 요청을 하여 그자를 속이려 했다고 들었소. 그리고 카이사르가 왔다고도 말이오."

"네, 사실입니다. 하지만 비불루스는 카이사르를 직접 보진 않으려고 했습니다. 나더러 이르시길, 카이사르한테는 자기가 평정을 잃을까봐 같은 방에 있지 못한다고 전하라셨지요. 우리가 바랐던 건 그 비열한 자가 해안 경비를 느슨하게 하는 것이었습니다. 그자는 우리가 육로로 온 식료품을 배에 싣는 걸 어렵게 만들고 있으니까요."

"하지만 그 계획은 먹히지 않았군." 카토가 술잔을 다시 채우며 말했다.

리보는 얼굴을 찌푸리며 두 손을 펼쳤다. "카토, 때때로 나는 카이사르가 필멸의 인간이 아닌 것만 같습니다. 그는 나를 비웃더니 걸어나가 버렸죠."

"카이사르는 필멸의 인간이오." 카토가 말했다. "언젠가는 그자도 죽을 거요."

리보는 자신의 술잔을 들어올리더니 포도주를 바닥에 조금 부었다. "신들께 바치는 겁니다, 카토. 내가 살아서 그날을 볼 수 있게 해달라고 빌었어요."

하지만 카토는 웃음을 지으며 고개를 저었다. "난 그렇게 하지 않겠소. 내 직감에 그자보다 내가 먼저 죽을 것 같거든."

아폴로니아에서 아드리아 해를 건너 브룬디시움까지 거리는 약 130킬로미터였다. 4월의 두번째 날 동틀 무렵 아폴로니아의 카이사르는 브리타니아 원정중에 매우 애착을 갖게 된 것—부속선—과 비슷한 배의 선장에게 편지 한 통을 맡겼다. 바다는 잠잠해지고 있었고 남쪽에서 불어오는 바람은 산들바람에 지나지 않았으며, 언덕 꼭대기에서 본 수평선에는 폼페이우스의 함대는 고사하고 평범한 배 한 척도 나타날 기미가 없었다.

해 질 무렵 브룬디시움의 마르쿠스 안토니우스는 신속하고 무탈한 항해를 마친 그 편지를 받았다. 카이사르가 직접 쓴 편지였기에 유독 읽기 쉬웠다. 카이사르의 서체는 독특하면서도 완벽했으며 단어의 첫 글자마다 위에 점이 찍혀 있었다.

안토니우스, 춘추분 전후의 돌풍은 이제 물러갔네. 겨울이 왔어. 우리 쪽 날씨를 보아하니 늘 그렇듯 일시적 소강상태가 올 것 같아. 다음번 폭풍이 휘몰아치기 전에 보름 정도는 고요한 바다를 즐길 수 있기를 바라자고.

자네가 그 튼실한 엉덩이를 떼고 일어나 나머지 군사를 내게 데려와준다면 무척 고맙겠네. 지금 당장 말이야. 수송선을 최대한 확보하되, 태우지 못하는 병사들은 두고 오게. 노련병과 기병이 제일 먼저고 신병은 마지막이야.

시작하게, 안토니우스. 기다리는 데 신물이 났어.

"성미 급한 영감 같으니." 안토니우스는 퀸투스 푸피우스 칼레누스에게 말했다. "나팔을 부십시오! 여드레 후 출발입니다."

"노련병과 기병을 태울 수송선은 충분하네. 14군단도 갈리아에서 도착해 있고. 장군께서는 9개 군단을 갖게 되실 거야."

"그분은 병사 수가 적을수록 잘 싸우시죠." 안토니우스가 말했다. "우리한테 필요한 건 브룬디시움 밖에서 리보를 막을 제대로 된 함대입니다."

1천 필이 넘는 말과 노새 4천 마리를 배에 태우는 일이 가장 어려웠다. 이레 낮과 횃불을 켠 밤에 걸쳐 계획을 잘 짠 고된 노동이 필요했다. 브룬디시움은 비바람으로부터 안전한 만(灣) 같은 분기점이 여럿 있는 큰 항구도시였기에 각 배를 부두에서 선적한 다음 밀어내고 정박시킨 채 기다리는 것이 가능했다. 동물 수송용 배들이 한 척 한 척 채워진 뒤 대기하는 동안 말들 사이로 마부, 마구간지기, 마구 관리인, 게르만 기병 들이 빽빽하게 실렸다. 군단용 수레와 포는 오래전에 선적이 끝난 상태였다. 보병들은 상대적으로 신속하고 쉽게 배에 태울 수 있었다.

함대는 4월의 열번째 날 동트기 한참 전에 출항한 후 남서쪽으로 급하게 방향을 틀었다. 이제 돛을 올리고 노잡이들을 배치해야 한다는 뜻이었다.

"너무 빨리 떠내려가서 리보를 못 만나겠는데요!" 안토니우스가 껄껄 웃었다.

"대열을 유지할 수 있기를 바라세." 칼레누스가 시무룩하게 말했다.

그러나 카이사르의 행운이 그곳까지 뻗어나와 그들을 보호했다— 적어도 6, 8, 11, 13, 14군단 병사들은 그렇게 생각했다. 바람이 돛을 부풀려 배들이 뒤파도를 타고 아드리아 해를 빠르게 나아갔던 것이다. 리보의 함대는 나타날 기미가 없었고, 먹구름이 어스레한 하늘을 컴컴하게 만들지도 않았다.

사손 섬 앞바다에서 또다른 폼페이우스측 함대가 그들을 발견하고, 안토니우스의 함대를 가고자 하는 방향으로 꾸준히 밀어주던 바로 그 바람의 도움을 받아 쫓아오기 시작했다.

"맙소사, 우린 테르게스테까지 떠내려갈 것 같군!" 안토니우스는 디라키온 너머의 곳을 빠르게 스쳐지나갈 때 외쳤다. 하지만 그 말이 채 끝나기도 전에—마치 신들이 그 말을 기다렸다는 듯이—바람이 서서히 잦아들었다.

"가능할 때 육지 쪽으로 배를 돌리게." 그는 선미루에 서 있는 선장에게 퉁명스럽게 명령했다. 선장은 방향타 역할을 하는 큰 노를 담당한 키잡이 두 명에게 고갯짓을 했고, 키잡이들은 마치 바위를 밀듯이 키의 손잡이에 몸을 기댔다.

"코포니우스의 함대야." 칼레누스가 말했다. "우리를 따라잡을 걸세."

"그전에 우리가 해변에 도착할 겁니다, 그래야만 한다면요."

디라키온에서 북쪽으로 55킬로미터 떨어진 곳은 리소스였는데, 여기서 안토니우스는 함선들의 뱃머리를 눈앞에 보이는 더 작은 목표물들로 돌리고 코포니우스의 전투용 갤리선들의 충각을 향해 방향을 틀었다. 갤리선들은 안토니우스의 낙오선들로부터 1.5킬로미터도 떨어져 있지 않았으며 이미 전속력으로 항해중이었다.

갑자기 바람의 방향이 바뀌었다. 북쪽에서 약한 돌풍이 불어왔다. 안토니우스 함대에 탄 사람들은 모두 열광적으로 환호성을 지르며, 바람의 방해를 받은 폼페이우스군이 점점 멀어지다가 수평선 너머로 사라지는 모습을 바라보았다.

리소스 주민들은 모두 카이사르의 군대를 환영하러 나왔고—그 지역 해안의 다른 모든 정착지들도 카이사르를 환영하는 입장이었다— 브룬디시움에 비해 선창이 턱없이 모자란 리소스에 수천 마리 동물들을 내리는 일을 열성적으로 도왔다.

무척 기분이 좋아진 안토니우스는 부하들이 땅 위를 걷는 능력을 회복할 시간만큼만 지체했다. 한차례의 취침과 식사 뒤 군관과 백인대장과 기병 지휘관 들은 병사들을 닦달하여 행진 준비를 마치고 카이사르를 만나러 남쪽으로 출발했다.

"혹은 폼페이우스를 만나겠지." 칼레누스가 말했다.

안토니우스는 흥분하여 눈을 굴리며 튼튼한 허벅지를 손으로 탁 쳤다. "칼레누스, 그렇게 사태 파악이 안 됩니까? 폼페이우스 같은 민달팽이가 정말로 우리한테 먼저 올 거라고 믿는 거예요?"

압소스 강변의 진지 근처에서 가장 높은 언덕에 올라 지켜보고 있던 카이사르는 멀리서 그의 함대를 발견하고 안도의 숨을 내쉬었다. 하지만 다음 순간 그 함대가 바람에 밀려 북쪽으로 사라지는 걸 속수무책으로 쳐다봐야 했다.

"진지를 철거하고 행군한다."

"폼페이우스도 행군할 준비를 하고 있습니다." 바티니우스가 말했다. "그가 먼저 거기 도착할 겁니다."

"폼페이우스는 판에 박힌 지휘관이야, 바티니우스. 그는 전장을 선택하고 싶어할 것이고, 따라서 그가 지세를 잘 모르는 디라키온 북쪽으로는 가지 않을 것이네. 난 그가 디라키온에서 한참 남쪽인 아스파라기온 근처의 게누소스 강변에서 잠적할 거라고 생각해—하지만 에그나티우스 가도로. 폼페이우스는 험한 길로 행군하는 걸 싫어해. 그리고 내가 안토니우스와 합류하는 걸 막아야만 하지. 그러니 내 나머지 군대가 사용해야만 할 거라고 그가 아는—혹은 안다고 생각하는—지점에서 매복하지 않겠나?"

"장군께서는 어떻게 하실 겁니까?" 바티니우스가 눈을 빛내며 물었다.

"물론 그를 피해 가야지. 우리가 정찰한 시골길에서 15킬로미터 내륙으로 들어가 게누소스 강의 얕은 곳을 걸어서 건널 거네."

"아!" 바티니우스가 외쳤다. "폼페이우스는 안토니우스가 총사령관님보다 먼저 아스파라기온에 도착할 거라고 생각합니다!"

"안토니우스가 내 방식대로 행군하는 건 사실이야. 갈리아에서 빨리 이동하도록 그를 잘 훈련시켰지. 하지만 안토니우스는 바보가 아니야. 또는 이렇게 말할 수도 있겠군—그는 저급한 간계만 부리는 사람은 아니다, 라고."

정확한 평가였다. 디라키온에서 서쪽으로 몇 킬로미터 떨어져 있는 좁은 길로 행군중인 안토니우스는 실제로 신속하게 이동했다. 그렇다고 맹목적으로 돌진하는 것도 아니었다. 그의 정찰대는 주도면밀했다. 6월의 열한번째 날 일몰 즈음 정찰대는 현지 주민 몇 명이 게누소스 강 북쪽에서 매복중인 폼페이우스를 발견했다고 알려주었다. 안토니우스는 즉시 행군을 멈추고 진을 치고 카이사르를 기다렸다.

6월의 열두번째 날 두 카이사르군은 합류했다. 노련병들로서는 즐거운 재회였다.

안토니우스도 기뻐서 이리저리 껑충껑충 뛰어다녔다. "깜짝 놀라실 선물이 있습니다!" 그는 카이사르를 만나자마자 그렇게 말했다.

"볼썽사나운 것이 아니길 바라네."

안토니우스는 그가 너무나 좋아한 나머지 캄파니아를 통과하는 요란한 행렬에 포함시켰던 마술사들처럼, 두 손으로 벽처럼 늘어선 그의 보좌관들을 가리켰다. 보좌관들이 비켜서자 40대 중반에 키가 크고 잘생긴 모래색 머리카락과 회색 눈을 한 남자가 나타났다.

"나이우스 도미티우스 칼비누스!" 카이사르가 소리쳤다. "이거 정말 놀랍군!" 그는 걸어가 칼비누스의 손을 꼭 잡았다. "저런 평판 나쁜 무리에서 뭘 하고 있소? 폼페이우스랑 있을 줄로만 알았는데."

"아닙니다." 칼비누스가 단호하게 말했다. "제가 수년 동안 충직한 보니파였다는 건 사실입니다—그러니까, 작년 3월까지는요." 그의 눈빛이 차가워졌다. "하지만 카이사르, 저는 조국을 버린 그 한심한 겁쟁이들의 무리를 더는 지지할 수 없습니다. 폼페이우스와 그 측근이 이탈리아를 떠났을 때 제 마음은 갈기갈기 찢어져버렸습니다. 이제 저는 죽을 때까지 당신의 사람입니다. 당신은 로마와 이탈리아의 일을 합리적으로 처리했습니다. 합리적인 법과 합리적인 정부로요."

"이쪽으로 오지 않았더라도 당신을 좋아했을 거요."

"아닙니다! 저는 군인으로서 쓸모있는 사람이고, 폼페이우스 일당이 항복하는 걸 직접 보고 싶습니다. 그들은 꼭 그렇게 할 거니까요.

반드시!"

빵과 기름과 치즈로 간단하게 저녁을 먹은 뒤 카이사르는 만반의 준비를 시작했다. 참석자는 바티니우스, 칼비누스, 안토니우스, 칼레누스, 루키우스 카시우스(가이우스와 퀸투스의 사촌), 루키우스 무나티우스 플랑쿠스, 가이우스 칼비시우스 사비누스였다.

"이제 내게는 9개의 완전편성 군단과 게르만 기병 1천 명이 있소." 총사령관은 순무를 씹으며 말했다. "이곳 에페이로스에서, 특히나 겨울을 나면서 먹이기에는 너무 많은 숫자지. 폼페이우스는 이런 시골에서도, 이런 날씨에도 교전하지 않을 거요. 그는 봄에 서방의 마케도니아나 테살리아로 이동할 거요. 전투가 벌어진다면 거기서 벌어질 거고. 나는 그리스를 내 편으로 끌어들여야 하오. 지지는 물론 보급품이 필요하게 될 거요. 그러므로 내 군대를 쪼갤 생각이오. 루키우스 카시우스와 사비누스, 자네들은 7군단과 함께 그리스 서부를 맡게―암필로키아와 아카르나니아, 아이톨리아 말이야. 아주 점잖게 처신하도록. 칼레누스, 14군단의 노련병 5개 대대와 내 기병대의 절반을 데리고 보이오티아로 가서 카이사르의 편에 서는 게 옳은 일임을 설득하시오. 성공하면 나는 그리스 중부도 얻게 되오. 아테네는 피하시오, 노력할 가치가 없소. 테베에 집중하시오, 칼레누스."

"그러면 장군님께서는 폼페이우스의 병력에 비해 수적인 열세가 심해집니다, 카이사르." 플랑쿠스가 얼굴을 찌푸리고 말했다.

"2개 군단으로 폼페이우스를 속일 수 있을 것 같아." 카이사르가 침착하게 말했다. "그는 메텔루스 스키피오가 시리아 군단 2개를 데려올 때까지 전투를 하지 않을 거네."

"하지만 터무니없는 생각입니다!" 칼레누스였다. "그가 전군을 동원

해 장군을 공격하면 지실 겁니다."

"잘 알고 있소. 하지만 그는 그러지 않을 거요, 칼레누스."

"장군의 생각이 맞기를 바랍니다!"

"칼비누스, 특별 임무를 주겠소." 카이사르가 말했다.

"제가 할 수 있는 일이라면 뭐든 하겠습니다."

"좋소. 11군단과 12군단을 데려가서 메텔루스 스키피오와 시리아 군단 2개가 폼페이우스에 합류하기 전에 그들을 찾아보시오."

"테살리아와 마케도니아로 가라는 말씀이군요."

"그렇소. 내 갈리아 기병 1개 대대를 데려가시오. 정찰대로 쓰시오."

"그럼 장군께는 갈리아 기병 나머지 1개 대대와 게르만족 500명이 남게 됩니다." 칼비누스가 말했다. "폼페이우스한테는 수천이 있습니다."

"그자의 식량을 야금야금 먹어치우는 존재들이지, 맞소." 카이사르는 안토니우스에게로 고개를 돌렸다. "브룬디시움에 남기고 온 3개 군단으로는 뭘 했나, 안토니우스?"

"이탈리아 갈리아로 보냈습니다." 안토니우스가 기름에 적신 빵이 꽉 찬 입으로 우물거렸다. "장군님께서 그들 가운데 일부를 일리리쿰에서 필요로 하실 것 같아서 15군단과 16군단을 아퀼레이아로 보냈습니다. 다른 군단은 플라켄티아로 갈 겁니다."

"친애하는 안토니우스, 자넨 값을 매길 수 없는 진주야! 아주 잘했어. 바티니우스, 일리리쿰을 자네한테 맡기겠네. 여기서 육로로 가게, 그게 더 빨라." 옅은 색 눈동자가 안토니우스를 다정하게 바라보았다. "자네 동생은 걱정 마, 안토니우스. 괜찮은 처우를 받고 있다고 들었어."

"다행이군요." 안토니우스가 무뚝뚝하게 말했다. "그놈이 좀 멍청한 건 사실이지만, 어쨌거나 동생이니까요."

칼비누스가 말했다. "갈리아 시절의 훌륭한 보좌관들 대다수가 올해 로마에 머무르도록 허락하신 것이 안타깝습니다."

"그들은 그럴 자격이 있소." 카이사르가 차분하게 말했다. "그들은 여기 오겠다고 했지만 해야 할 일이 많소. 그들 모두 법무관을 지내고 나야 집정관이 될 수 있소." 카이사르는 한숨을 쉬었다. "물론 난 아울루스 히르티우스가 그립다오. 그만큼 통신부를 잘 운영하는 사람이 없으니까."

식사가 끝난 후 바티니우스와 칼비누스만 남았다. 카이사르가 로마와 이탈리아 소식을 듣고 싶어했기 때문이다.

"카일리우스는 대체 왜 그러는 거요?" 카이사르는 칼비누스에게 물었다.

"빚 때문이죠." 칼비누스가 불쑥 말했다. "카일리우스는 장군께서 전면적인 부채 탕감책을 실시하는 데 모든 걸 걸었는데, 예상이 빗나가자 결딴이 나버린 거죠. 나름 전도유망한 사람이었는데—키케로가 그를 아주 애지중지했죠. 조영관 시절에도 아주 잘했어요. 상수도 업자들을 꼼짝 못하게 만들고 절실한 개혁을 실시했었죠."

"난 조영관 직이 아주 싫소." 카이사르가 말했다. "조영관을 지내는 사람들은—예전에 그 자리를 거친 날 포함해서!—멋진 경기대회를 열기 위해 감당 못할 정도로 돈을 쓰지. 그리고 결코 그 빚에서 벗어나지 못해."

"장군님께서는 벗어나셨지요." 바티니우스가 웃음을 지으며 말했다.

"그건 내가 카이사르니까 그런 거지. 계속 말해보시오, 칼비누스. 바닷길을 자유롭게 항해하지 못하니 소식을 잘 못 듣고 지냈다오. 더 애기해주시오."

"외인 담당 법무관으로서 카일리우스는 상당 부분 자기가 원하는 대로 할 권한이 있다고 생각한 것 같습니다. 그는 트리부스회를 통해 자기 빚을 탕감하려고 시도했습니다."

"그러자 트레보니우스가 그를 저지하려 했다고 들었소."

"저지는 실패했습니다. 회의 분위기가 아주 살벌했거든요. 전면적 부채 탕감이 필요하지 않은 사람, 그리고 카일리우스의 제안을 통과시키겠다고 결심하지 않은 사람은 그곳에 한 명도 없었으니까요."

"그래서 트레보니우스는 바티아 이사우리쿠스한테 갔겠구려." 카이사르가 말했다.

"장군께서는 그 사람들을 잘 아시니 저보다 잘 추측하시는군요. 바티아는 즉시 원로원 최종 결의를 통과시켰습니다. 호민관 두 명이 거부권을 행사하려고 하자 그는 결의에 따라 둘을 쫓아버렸죠. 그는 아주 잘해냈습니다, 카이사르."

"그래서 카일리우스는 로마를 떠나 캄파니아로 갔군. 카푸아 근처에서 지지와 군사를 얻기 위해서. 그게 내가 마지막으로 들은 이야기요."

칼비누스가 음흉하게 말했다. "장군께서 너무나 근심하신 나머지 갑판도 없는 배를 타고 브룬디시움으로 돌아가려고 하셨다고 들었습니다만."

"제기랄, 그 이야기가 정말로 떠돌아다니는구먼!" 카이사르가 씩 웃으며 말했다.

"장군님의 조카 퀸투스 페디우스는 법무관으로 파견되어 14군단을 브룬디시움으로 진군시켰는데, 추방지 마실리아를 몰래 빠져나온 밀로를 카일리우스가 만난 바로 그때 우연히 캄파니아에 가게 되었습니다."

"아아!" 카이사르가 길게 탄식했다. "그래서 밀로는 자기만의 개혁을 시작했다고 생각했구먼? 바티아와 트레보니우스 하의 원로원은 그의 귀국을 허락할 정도로 바보는 아니었을 거요."

"그렇습니다, 밀로는 불법으로 수렌툼에 간 겁니다. 밀로와 카일리우스는 서로의 어깨에 기대고 힘을 합치기로 했습니다. 카일리우스는 빚에 시달리는 폼페이우스의 노련병 3개 대대 정도를 그러모으는 데 성공했죠―다들 포도주와 원대한 이상에 중독된 자들이었어요. 밀로는 군사를 조금 더 모으도록 돕겠다고 자원했습니다."

칼비누스는 한숨을 쉬고 자세를 바꿨다. "바티아와 트레보니우스는 퀸투스 페디우스에게 원로원 최종 결의에 따라 캄파니아의 상황을 처리하라는 서신을 보냈습니다."

"다시 말해, 내 조카에게 전쟁을 할 권한을 줬다는 거구려."

"네. 페디우스는 군단을 급선회시켰고, 놀라로부터 멀지 않은 곳에서 그들을 마주쳤습니다. 전투 비슷한 게 벌어졌고 밀로가 죽었습니다. 카일리우스는 겨우 도주에 성공했지만 퀸투스 페디우스가 끝까지 쫓아가서 그를 죽였습니다. 그렇게 상황이 종료되었습니다."

"유능한 친구요, 내 조카는. 아주 믿음직해."

이번에는 바티니우스가 한숨을 쉬었다. "카이사르, 그것이 올해 이탈리아의 마지막 골칫거리였다면 좋겠군요."

"나도 정말로 그러길 바라네. 하지만 칼비누스, 적어도 당신은 내가 왜 충직한 보좌관들을 그렇게 많이 로마에 남겨뒀는지 알 거요. 그들은 행동하는 사람들이오, 안절부절 못하는 노파들이 아니라."

폼페이우스는 아스파라기온의 게누소스 강가에서 오랫동안 지내기로 결심했다. 자신이 여전히 카이사르의 주 진지 북쪽에 있으며, 디라키온이 무사하다는 사실을 잘 알고 있었기 때문이다. 이에 카이사르는 압소스 강 때를 연상시키며 날마다 남쪽 게누소스 강변에 나타나 병사들을 전투 대열로 집합시켰다. 폼페이우스는 무척 당황스러웠다. 카이사르가 자기 기병대 반을 남에게 넘기고 최소 3개 군단을 쪼개 그리스에 식량 징발을 보냈다고 알고 있었기 때문이다. 폼페이우스는 칼비누스가 메텔루스 스키피오를 막기 위해 테살리아로 가고 있다는 것은 몰랐지만, 칼비누스가 이제 공공연하게 카이사르를 지지한다는 것은 여러 서신을 받아서 알고 있었다.

"전투를 할 순 없어!" 카이사르는 폼페이우스가 이렇게 말했다고 보고받았다. "너무 습하고 진눈깨비가 내리는데다 추워서 내 병사들이 잘 싸우기를 기대할 수 없네. 스키피오가 도착하면 싸울 거야."

"그렇다면," 카이사르는 안토니우스에게 말했다. "폼페이우스군의 몸을 좀 덥혀주자고."

카이사르는 언제나처럼 놀랄 만치 빠르게 군영을 걷고 종적을 감췄다. 처음에 폼페이우스는 카이사르가 식량이 부족해 남쪽으로 철수했다고 생각했다. 그러나 그의 정찰대는 카이사르가 게누소스 강을 건너 몇 킬로미터 내륙으로 들어가 디라키온으로 가는 산속 고갯길로 향하고 있다고 보고했다. 폼페이우스는 겁에 질려, 자칫하면 자신이 기지와 막대한 보급품으로부터 차단될 것임을 깨달았다. 그러나 이번에도 폼페이우스가 에그나티우스 가도로 행군하는 반면 카이사르는 정찰대가 오솔길이라고 표현한 곳에서 힘들게 진군하고 있었다. 그렇다, 그는 카이사르를 쉽게 앞지를 터였다!

카이사르는 그 오솔길에서 행렬의 선두에 있었다. 반백이지만 팔팔

한 10군단의 노련병들이 그를 둘러싸고 있었다.

"아, 바로 이겁니다, 카이사르!" 반백의 노련병 한 명이 힘겹게 바위와 돌이 가득한 길을 가면서 말했다. "이게 진짜 진군이죠!"

"55킬로미터쯤 된다고 들었네." 카이사르가 싱긋 웃으며 말했다. "해질 무렵까지 다 가야 해. 폼페이우스가 에그나티우스 가도를 슬렁슬렁 걸을 때, 그 잡놈의 들창코 앞에 우리의 엉덩이를 대주고 싶거든. 그는 자기한테 로마군이 있다고 생각하지만 내 생각은 달라. 진짜 로마군은 나한테 있지."

10군단 백인대장들 중 한 명인 카시우스 스카이바가 말했다. "진정한 로마 군인들은 진정한 로마 장군님의 곁에 있기 때문입니다. 진정한 로마 장군으로는 카이사르를 제칠 사람이 없고요."

"그건 더 두고봐야 알겠지만, 스카이바, 찬사에 감사하네. 제군들, 지금부터는 말을 아끼도록. 해가 지기 전에 힘을 써야 할 테니까."

그날이 끝날 무렵 카이사르군은 에그나티우스 가도의 동쪽, 디라키온에서 3킬로미터 정도 떨어진 고지를 점령했다. 말뚝을 단단히 박으라는 명령이 내려졌다. 방어시설이 철저한 대형 진지라는 뜻이었다.

"어째서 저쪽의 더 높은 고지대를 택하지 않았습니까, 현지인들이 페트라라고 부르는 저곳 말예요?" 안토니우스가 남쪽을 가리키며 물었다.

"아, 거긴 폼페이우스가 차지하라고 놔둔 거야."

"하지만 저쪽 입지가 더 좋은데요!"

"저긴 바다에서 너무 가까워, 안토니우스. 우린 지금까지 대부분의 시간을 폼페이우스의 함대들을 막는 데 썼어. 페트라는 폼페이우스나 가지라고 해."

다음날 아침 폼페이우스는 에그나티우스 가도를 따라오다 카이사르가 자신과 디라키온 사이에 자리잡은 것을 발견하고, 페트라 고지를 점령하고서 마찬가지로 난공불락인 진지를 구축했다.

"카이사르는 내가 이곳을 차지하지 못하게 해야 했어." 폼페이우스는 라비에누스에게 말했다. "이곳이 지리적으로 더 높은데다 바닷가라서 난 디라키온과 단절되지 않아." 그는 아끼는 보좌관 중 하나인 사위 파우스투스 술라를 쳐다보았다. "파우스투스, 내 함대의 제독들에게 앞으로는 보급품을 이곳에 내리라는 서신을 보내게. 디라키온의 보급물자를 이곳으로 실어나르라고도 전하고." 폼페이우스의 입꼬리가 올라갔다. "이제 메추라기와 액젓이 없어서 자기 요리사들이 제대로 솜씨를 발휘하지 못한다고 징징대는 렌툴루스 크루스의 입을 막아버릴 수 있겠군."

"교착 상태입니다." 라비에누스가 얼굴을 찌푸리고 말했다. "카이사르의 의도는 오직 자기가 우리보다 훨씬 낫다는 걸 보여주는 것뿐이에요."

기이하게도 예언 같은 말이었다. 며칠 후 페트라의 폼페이우스측 상급 사령부는 카이사르가 그의 진지 방벽에서 시작해 사정없이 남쪽으로 이동하며 에그나티우스 가도로부터 2.5킬로미터가량 내륙 쪽의 언덕들을 요새화하고 있음을 알아차렸다. 이어서 참호와 토루 들이 요새들 사이로 쑥쑥 올라와 요새들을 서로 연결시켰다.

라비에누스는 치를 떨며 내뱉었다. "저 잡놈! 방벽 두르기를 하려는 겁니다. 바다와 우리 사이에 담을 둘러 아군의 말과 노새를 먹일 수 있는 목초지 면적을 줄이려는 거예요."

카이사르는 자신의 군대를 집합시켰다.

"제군들, 우리는 지금 장발의 갈리아의 옛 전장에서 1천600킬로미터나 떨어진 곳에 있다!" 그렇게 외치는 그는 득의양양하고—사실 그가 그렇지 않을 때가 있던가?—자신만만한 표정이었다. "지난 한 해는 제군들에게 낯설었을 것이다. 땅파기보다 행군을 더 많이 했으니까! 굶주린 날도 그리 많지 않고! 얼듯이 추운 밤도 많지 않았다! 때때로 건초 속에서 뒹굴며 놀기도 했고! 군대 은행에 돈도 듬뿍 입금되었다! 상쾌한 항해로 콧구멍에 바람도 넣었다!"

"저런, 저런," 카이사르는 온화하게 말을 이었다. "이러다가는 제군들이 물렁물렁해지고 말 것이다! 그럴 수는 없지 않나, 제군들?"

"그렇습니다!" 군인들이 한껏 즐거워하며 우렁차게 대답했다.

"내 생각도 그렇다. 이제 내 군대의 잡놈들이 최고로 잘하는 일을 다시 시작할 때다! 제군들이 제일 잘하는 게 뭐지?"

"땅파깁니다!" 병사들이 대답하고는 웃기 시작했다.

"역시 내 우등생들답군! 그렇다, 땅파기다! 폼페이우스는 이제 몇 년 만에 용기를 짜내 전투를 할 것 같은데, 우린 그전에 흙 바구니를 수없이 퍼날라야 하지 않겠나?"

"그렇습니다!" 병사들은 흥에 겨워 고함을 질렀다.

"내 생각도 그렇다. 따라서 우리는 우리가 제일 잘하는 일을 할 것이다, 제군들! 땅을 파고, 파고, 또 팔 것이다! 그런 다음 또 더 팔 것이다. 알레시아 시절이 휴가처럼 보이도록 하고 싶다. 폼페이우스군을 바다쪽으로 가둬버리고 싶다. 나와 함께하겠나, 제군들? 카이사르와 함께 땅을 파겠는가?"

"네!" 병사들은 머리쓰개를 공중으로 던져올리며 포효했다.

"방벽 두르기." 나중에 안토니우스는 생각에 잠겨 말했다.

"안토니우스! 그 말을 기억하고 있었군!"

"그 누가 알레시아를 잊을 수 있겠습니까? 하지만 어째서죠, 카이사르?"

"폼페이우스가 나를 조금 더 존중하게 만들기 위해서야." 카이사르가 대답했다. 농담으로 하는 말인지 아닌지 도저히 알 수 없는 태도였다. "그는 말 7천 필과 노새 9천 마리 이상을 먹여야 해. 겨울에 눈보다 비가 자주 내리는 여기서는 크게 어려운 일이 아니지. 풀이 말라죽지 않고 계속 자라니까. 하지만 그가 짐승들을 목초지로 내보내지 못하게 되면 얘기가 달라져. 내가 그를 벽으로 둘러막으면 그는 곤경에 빠지게 돼. 방벽 두르기는 그의 기병대도 힘을 못 쓰게 만들 거야. 방향 전환에 필요한 공간이 부족하게 되니까."

"저를 설득하셨습니다."

"아, 이유는 더 있어." 카이사르가 말했다. "폼페이우스가 굴욕당하는 모습을 그의 피호국 왕과 동맹에게 보여주고 싶어. 데이오타로스와 아리오바르자네스 같은 자들이 폼페이우스가 도대체 전투를 할 용기를 내기는 할 건지 궁금해하고 걱정하며 손톱을 잘근잘근 씹게 만들고 싶어. 폼페이우스는 내가 상륙한 이래로 죽 나보다 병력이 두 배나 많아. 그런데도 싸우려고 하진 않지. 이 상태가 오래 지속된다면, 안토니우스, 그의 외국 왕과 동맹 일부는 지지를 철회하고 징집군을 데리고 자기 나라로 돌아갈 수도 있어. 어차피 비용도 그들이 대는데, 돈을 대는 자들은 일반적으로 실적을 내려고 하니까."

"설득당했습니다, 전 완전히 설득당했어요!" 안토니우스가 항복한다는 듯이 두 손바닥을 들어 보이며 외쳤다.

"폼페이우스에게 내 군대 같은 5개 반의 군단이 무엇을 할 수 있는지 보여줄 필요도 있어." 카이사르는 안토니우스가 끼어들어 외친 말을 못 들었다는 듯이 계속했다. "그는 이 사람들이 내 갈리아 노련병이라는 것을, 그들이 지난 한 해 동안 3천 킬로미터 넘게 행군했다는 걸 잘 알고 있다네. 이제 난 내 군인들에게 몇 킬로미터든 필요한 만큼 정신없이 땅을 파라고 지시할 거야. 아마도 내가 발이 묶였고 식량이 부족하다는 걸 알고 있겠지. 폼페이우스는 계속해서 함대들이 해상 경비를 하게 만들 거네. 비불루스가 죽은 후에도 내가 보기에 저들의 역량은 전혀 저하되지 않았어."

"그거 이상하군요."

"비불루스는 적당히 해야 한다는 걸 결코 알지 못하는 사람이었어, 안토니우스." 카이사르는 한숨을 쉬었다. "하지만 솔직히 말해 난 그가 그리워. 그는 내 오랜 적들 중 처음으로 세상을 뜬 사람이야. 원로원도 이제 달라지겠지."

"그럼 훨씬 잘된 것 아닙니까!"

"편안함이라는 측면에서는 그렇지. 하지만 사람이라면 누구나 맞서 싸워야 할 종류의 반대라는 측면에서는 그렇지 않아. 내가 한 가지 두려워하는 게 있다면, 안토니우스, 그건 이 염병할 전쟁이 끝난 뒤 내 적들이 아무도 남지 않는 상황이야. 그건 내게 좋지 않아."

안토니우스는 입술을 오므려 코끝에 닿게 하고는 말했다. "때때로 장군님을 이해할 수가 없습니다, 카이사르. 비불루스 때문에 겪었던 그런 고난을 바라시는 건 아니시겠죠! 요즘 장군님은 필요하다면 무슨 일이든 하실 수 있습니다. 장군님의 해법이 옳은 해법입니다. 비불루스와 카토 같은 자들은 장군님이 로마의 작동 방식을 개선하지 못하게 만들었지요. 장군님 입장에서는 통치를 포기하고 천체 관측이나 하는 식의 반대를 겪지 않는 게 낫습니다. 놈들은 이중잣대를 들이대요. 자기들의 처신 규칙과 장군님의 처신 규칙을 다르게 만들죠. 죄송하지만 난 비불루스의 죽음이 카토의 죽음이 그럴 것만큼이나 잘된 일이라고 생각합니다. 한 명은 죽었고, 나머지 한 명도 곧 죽을 겁니다!"

"그렇다면 자넨 나의 온전함에 대해 가끔 내가 가지는 것보다 더 많은 믿음을 갖고 있는 거야. 독재는 방심할 수 없는 거라네. 아마 세상의 그 누구도, 심지어 나조차, 반대가 없을 때 독재에 저항할 힘을 갖고 태어나진 않았을걸." 카이사르는 진지하게 말하고 어깨를 으쓱했다. "뭐, 어찌되었든 비불루스가 살아 돌아올 수는 없지."

"폼페이우스의 아들은 그 훌륭한 이집트 5단 노선 때문에 더 위험한 존재가 될지 모릅니다. 놈은 오리쿰에 있는 장군님의 해군 기지를 파괴하고 리소스에 있던 내 수송선 30척을 불태웠어요."

"하!" 카이사르가 조롱하듯 외쳤다. "그들은 아무것도 아니야. 내가 군대를 이끌고 브룬디시움으로 돌아갈 때, 안토니우스, 내 군대는 폼페이우스의 수송선들에 탈 거라네. 그리고 오리쿰이 대수인가? 난 그 전함들이 없어도 괜찮을 거야. 폼페이우스가 아직도 이해하지 못하는 건 그가 내게서 결코 벗어날 수 없다는 거지. 놈이 어디로 가든 내가 따라가서 놈의 인생을 비참하게 만들 거야."

쉬지 않고 내리는 5월의 빗속에서 기이한 경주가 시작되었다. 양 진영 모두 미친듯이 땅을 팠다. 카이사르는 폼페이우스를 앞질러 폼페이우스가 쓸 수 있는 땅을 줄이려고, 폼페이우스는 카이사르를 앞질러 그 땅을 넓히려고 했다. 카이사르의 작업을 어렵게 만드는 것은 떼 지어

날아오는 화살과 발리스타와 카타풀타의 돌이었지만, 폼페이우스의 작업을 방해하는 건 내부의 문제였다. 그의 부하들은 땅 파는 일을 싫어했고 마지못해서 했다. 그저 라비에누스가 무서워서 하는 것일 뿐이었다. 라비에누스는 카이사르를, 그리고 극한의 상황에서 열심히 일하는 그의 부하들을 잘 알고 있었다. 카이사르보다 병사들이 두 배 더 많은 폼페이우스는 절박하게 필요한 우위를 겨우 유지했지만, 동쪽으로 많이 치고 들어갈 만큼의 속도는 결코 내지 못했다.

이따금씩 작은 접전이 벌어졌는데, 대개는 폼페이우스에게 불리하게 끝났다. 즉각적인 공격이 가능한 숫자의 병사들을 카이사르에게 노출시키기를 두려워한 것이 그에게 몹시 불리하게 작용했다. 더군다나 처음에 그는 여러 개의 작은 강들이 모두 서쪽으로 흘러가는 곳에서 서쪽에 있다는 것의 단점을 제대로 이해하지도 못했다. 카이사르는 강들의 수원을 모두 장악하여 폼페이우스 쪽으로 흘러가는 물의 공급을 통제했다.

폼페이우스에게 크게 위안이 된 사실은 카이사르에게 보급선이 없다는 것이었다. 모든 것을 서쪽의 그리스에서 육로를 통해 받아야 했는데, 기복이 심한 진흙탕 길이었다. 더 수월한 바닷길은 폼페이우스의 함대 때문에 차단된 상태였다.

그러나 얼마 후 라비에누스는 벽돌 모양의 찐득찐득한 섬유질 덩어리들을 폼페이우스 앞에 가져왔다.

"이게 뭔가?" 폼페이우스가 어리둥절하여 물었다.

"카이사르의 주식입니다, 폼페이우스. 카이사르와 그의 병사들은 이걸로 연명하고 있습니다. 현지 식물의 뿌리를 짓이겨 우유를 섞고 구운 거죠. 놈들은 이걸 '빵'이라 부릅니다."

폼페이우스는 눈이 휘둥그레져서 그 벽돌 덩어리 하나를 들어올렸고 한참 애쓴 뒤에야 모서리를 조금 뜯어냈다. 이어서 뜯어낸 조각을 입에 넣었다가 캑캑대며 뱉어버렸다.

"놈들이 이걸 먹는다는 건 말도 안 돼, 라비에누스! 이런 걸 먹을 순 없다고!"

"먹을 수 있고, 실제로 먹고 있습니다."

"가져가게, 가져가!" 폼페이우스는 몸서리를 치며 소리를 질렀다. "가져가서 다 태워버리게! 우리 병사들, 그리고 보좌관들한테도 이것에 관해서는 입도 뻥긋하지 말게! 카이사르의 군인들이 나를 가둬놓기 위해 이런 걸 기꺼이 먹고 있다는 걸 알면—아, 우리 군은 절망해서 자포자기해버릴 거야!"

"걱정 마십시오. 제가 다 태워버리고 아무 말도 하지 않겠습니다. 그건 그렇고 이게 어디서 났냐 하면, 카이사르가 안부를 묻는 편지와 함께 저한테 보낸 겁니다. 놈은 아무리 곤란을 겪어도 변함없이 건방지군요."

5월 말에 폼페이우스의 영역 내 방목 여건은 점점 위태로워지고 있었다. 그는 수송선단을 불러서 수천 마리의 동물들을 태워 디라키온 북쪽의 좋은 목초지로 보냈다. 소도시 디라키온은 항구에서 동쪽으로 1.5킬로미터 지점에서 대륙과 거의 맞닿아 있는 작은 반도 끝에 있었는데, 에그나티우스 가도와 연결된 다리가 그 좁은 간격을 이어주었다. 디라키온 주민들은 폼페이우스의 동물들이 들어오는 광경을 보며 속이 상했다. 그들이 써야 하는 소중한 초원은 이제 그들의 것이 아니었다. 주민들이 입을 다물고 보복 행위에 나서지도 않은 것은 오직 라비에누스가 무서워서였다.

6월에도 양 진영의 둘러막기 경주는 계속되었다. 폼페이우스의 진지를 아직 떠나지 못한 말과 노새 들은 갈수록 여위고 약해져서, 습한 진흙투성이 땅에서 피할 수 없는 이런저런 질병에 갈수록 취약해졌다. 6월 말이 되자 짐승들이 너무 많이 죽어서, 여전히 미친듯이 땅을 파고 있던 폼페이우스는 사체들을 처리할 인력이 부족할 정도였다. 살이 썩는 악취가 곳곳에서 진동했다.

불평을 시작한 사람은 렌툴루스 크루스였다. "폼페이우스, 우리가 이런 곳에서 살 거라고 기대하면 안 됩니다—이 역겨운 악취 속에서요!"

"냄새를 피할 방법이 아무것도 없어요." 렌툴루스 스핀테르가 손수건으로 코를 틀어막고 말했다.

폼페이우스는 천사처럼 웃으며 대꾸했다. "그럼 짐을 싸서 로마로 가면 되오."

폼페이우스로서는 실망스럽게도, 렌툴루스 집안사람 두 명은 떠나지 않고 계속 불평하는 쪽을 택했다.

그런 건 폼페이우스에게 중요하지 않았다. 카이사르가 모든 작은 강의 흐름을 둑으로 막아 폼페이우스 진영 쪽의 물 공급을 차단하고 있었기 때문이다.

폼페이우스의 전선이 24킬로미터에 달했을 때—그리고 카이사르의 전선은 27킬로미터에 달했을 때—그는 방벽에 둘러싸여 더는 진전할 수가 없었다. 절망적인 궁지였다.

폼페이우스는 라비에누스의 도움을 받아 한 무리의 디라키온 주민들을 설득하여, 카이사르에게 가서 도시를 점령해달라고 제의하게 만들었다. 봄이 와도 날씨는 별로 좋아지지 않았고, 카이사르군은 그 '빵'

만 먹으면서 쇠약해가고 있었다. 그래, 카이사르는 생각했다, 폼페이우스의 보급선에 접근해볼 가치가 있다.

7월의 여덟번째 날에 카이사르는 디라키온을 공격했다. 카이사르가 공격에 집중하고 있을 때, 폼페이우스가 급습했다. 그는 카이사르 전선의 중심부 쪽 요새들을 세 갈래로 공격했다. 정면 공격을 당한 요새 두 개를 지키고 있던 건 루키우스 미누키우스 바실루스와 가이우스 볼카티우스 툴루스가 지휘하는 10군단 소속의 4개 대대였다. 그들은 아주 유능하게 방어하며 폼페이우스군의 5개 군단을 막아냈고, 푸블리우스 술라는 그들을 카이사르의 주 진영에서 빼내는 데 성공했다. 그런 다음 푸블리우스 술라는 5개 군단이 자신들의 전선으로 돌아가지 못하게 막았다. 양측 방벽 사이의 무인지대에 갇힌 폼페이우스군은 옹송그린 채 닷새 동안 공격을 받았다. 폼페이우스가 가까스로 그들을 빼내왔을 때 그들의 숫자는 2천이나 줄어 있었다.

카이사르로서는 대단치 않은 승리였으며, 속아넘어간 것에 마음이 쓰라리기도 했다. 그는 10군단의 4개 대대를 전군 앞에 열병시키고 그들의 군기를 더 많은 훈장으로 장식하게 해주었다. 120개의 화살이 박혀 성게처럼 된 백인대장 카시우스 스카이바의 방패를 본 카이사르는 그에게 20만 세스테르티우스를 하사하고 그를 최고참 백인대장으로 승급시켰다.

디라키온의 사정은 별로 좋지 않았다. 카이사르는 충분한 병력을 보내 그 도시 주위에 방벽을 쌓았다. 그리고 폼페이우스가 방목하는 말과 노새 들을 디라키온과 그곳 주민들이 더는 접근할 수 없는 들판 사이의 좁은 회랑 지대로 몰았다. 대안이 없던 디라키온 사람들은 폼페이우스의 보급식량을 먹기 시작할 수밖에 없었고, 노새와 말 들을 폼페이우스에게 돌려보냈다.

7월의 열세번째 날에 카이사르는 쉰두 살이 되었다. 그리고 이틀 후 폼페이우스는 탈출하지 않으면 물도 없고 동물의 사체들이 썩어가는 곳에서 죽어야 한다는 사실을 마침내 받아들였다. 하지만 어떻게 탈출하지? 대체 어떻게? 아무리 머리를 짜내도 그는 전투를 하지 않고서 탈출할 수 있는 방법을 떠올릴 수가 없었다.

그러다가 카이사르의 아이두이족 기병대대 지휘관 두 명 때문에 우연히 답을 얻게 되었다. 카이사르가 그의 방벽 안에서 서신이나 공문 교환을 주로 맡기는 자들이었다. 그 지휘관들은 자기 대대의 자금을 횡령하고 있었다. 그 아이두이족 기병대는 로마인이 아니었지만 로마의 군 회계 방식을 따라 저축 기금과 장례 기금, 급여 기금을 운용하고 있었다. 하지만 로마인 군대와 별도로 자체적으로 기금을 관리했으며, 이를 위해 뽑힌 사람이 그 지휘관들이었던 것이다. 로마인 군단은 그 업무를 정식 서기관들에게 맡겼고 정기적으로 매우 엄격한 감사가 행해졌다. 아이두이족 지휘관들은 갈리아를 떠난 후 계속 자기 대대의 기금을 유용했다. 발각될까 걱정한 그들은 폼페이우스한테로 달아나 보호를 요청하기로 했다.

두 사람은 폼페이우스에게 카이사르군의 배치를 정확하게 알려주었다. 그리고 가장 약한 지점이 어디인지도 정확하게 말해주었다.

폼페이우스는 7월의 열일곱번째 날 새벽에 공격했다. 카이사르 진영의 최대 약점은 그의 전선 남쪽 끝, 서쪽으로 방향을 틀며 바다로 이어지는 곳이었다. 주요 방벽의 외곽에 두번째 방벽을 쌓는 마무리 작업이 아직까지 진행되고 있는 곳이었다. 그 바깥 방벽에는 방어시설이 없었고 바다 쪽으로는 어떤 방벽도 수비할 수 없는 상황이었다.

그곳의 수비는 카이사르의 9군단이 맡고 있었다. 폼페이우스의 로마인 6개 군단 전원이 정면공격을 시작했고, 투석병과 궁수와 카파도키아인 경무장 보병들이 방어시설 없는 방벽 뒤로 몰래 돌아가서 침투하여 카이사르의 9군단을 뒤쪽에서 기습했다. 렌툴루스 마르켈리누스가 가장 가까운 요새에서 데려온 소규모 병력은 도움이 되지 않았다. 9군단은 참패했다.

카이사르와 안토니우스가 충분한 수의 증원군을 이끌고 도착하자 상황은 달라졌지만 폼페이우스는 이미 시간을 잘 활용했다. 그는 6개 군단 중 5개를 카이사르의 방벽에서 멀리 떨어진 새 진지로 데리고 들어갔고 나머지 1개 군단은 근처의 쓰지 않는 작은 진지로 보냈다. 카이사르는 보복으로 33개 대대를 보내 그 1개 군단을 쫓아냈지만, 가는 길을 막고 있는 얽히고설킨 요새 때문에 끝까지 따라갈 수는 없었다. 승리의 기운을 감지한 폼페이우스는 보낼 수 있는 모든 기병대를 카이사르에게 보냈다. 카이사르가 어찌나 빨리 퇴각했던지 폼페이우스는 결국 기회를 놓치고 숨을 헐떡일 수밖에 없었다. 그래도 기병대에게 사라진 카이사르를 계속 쫓아가라고 명령하지는 않고 기분좋게 휴식을 취했다.

"놈은 정말 바보군!" 카이사르는 주 진영의 방벽 안으로 전군을 이끌고 안전하게 복귀한 후 안토니우스에게 말했다. "폼페이우스가 기병대로 계속 우리 뒤를 쫓았다면 이번 전쟁은 그 자리에서 끝났을 거야. 하지만 놈은 그렇게 하지 않았어, 안토니우스. 카이사르의 행운의 실체는 싸우는 상대가 바보라는 거야."

"계속 버팁니까?" 안토니우스가 물었다.

"아니. 디라키온은 이제 쓸모없어. 군영을 철거하고 야반도주할 거야."

폼페이우스는 그야말로 눈이 멀었다. 기쁨에 겨워 페트라로 돌아온 그는 더 높은 지대에 있으면서도 카이사르가 행군 준비중임을 보지 못했다.

새벽에 카이사르군의 요새선이 조용하고 연기가 나지 않는다는 것이 진실을 알려주었다. 카이사르는 사라져버렸다.

폼페이우스는 가까스로 평정을 유지하고 일부 기병대를 남쪽의 게누소스 강으로 보내 카이사르의 도하를 막으려고 했지만 카이사르가 먼저 강에 도착했다. 어제의 승리에 지나치게 도취한 기병대는 강의 얕은 곳을 걸어서 건너갔다가 이제껏 겪어보지 못한 카이사르의 전투 부대—게르만족 기병대와 맞닥뜨렸다. 게르만족 기병들은 보병 대대 몇 개의 도움을 받아, 폼페이우스의 기병대에 큰 타격을 입히며 그들을 물리쳤다.

에그나티우스 가도로 간 지 얼마 되지 않아 그들은 카이사르군을 뒤쫓기로 한 폼페이우스와 마주쳤다. 그날 밤 양 진영은 게누소스 강을 사이에 두고 반대편에서 야영했다.

다음날 정오에 카이사르는 남쪽으로 향했다. 폼페이우스는 따라가지 않았다. 카이사르를 따라잡아야 한다는 폼페이우스의 절박한 필요를 깨닫지 못한 그의 일부 군인들은 명령을 따르지 않고 다양한 무기를 가지러 페트라로 돌아갔다. 언제나 수적 우세를 유지하려고 전전긍긍하는 폼페이우스는 그들을 기다렸고, 결국 카이사르를 따라잡지 못하게 되었다. 카이사르는 마치 지하세계에서 온 유령이 지상에서 사라지듯 아폴로니아 남쪽으로 가버렸다.

7월의 스물두번째 날에 폼페이우스군은 페트라로 돌아와 대승을 자축했으며, 서둘러 아드리아 해 너머 이탈리아와 로마로 소식을 퍼뜨렸다. 이제 카이사르는 없다! 패배자 카이사르는 황급히 도주했다. 군사천 명만 잃은 채 모든 병사들을 이끌고 황급히 도주한 카이사르가 정말로 패배자일지 궁금해한 사람이 있었는지는 모르지만, 실제로 그런 궁금증을 입 밖에 낸 사람은 아무도 없었다.

폼페이우스의 병사들 역시 잔치 분위기였지만, 티투스 라비에누스보다 기뻐한 사람은 아무도 없었다. 그는 전투중에 잡은 9군단 포로 수백 명을 열병시켰다. 폼페이우스와 카토, 키케로, 렌툴루스 스핀테르와 렌툴루스 크루스, 파우스투스 술라, 마르쿠스 파보니우스 등의 앞에서 라비에누스는 자신의 잔인함을 여과 없이 증명했다. 카이사르의 9군단 포로들은 조롱당하고 모욕당하고 손찌검을 당했다. 그후 라비에누스는 벌겋게 달군 쇠와 작은 칼과 집게와 가시 돋친 채찍을 쓰기 시작했다. 모든 포로가 눈이 멀고 혀와 성기를 잃고 곤죽이 되도록 채찍질당한 후에야 라비에누스는 그들의 목을 베게 했다.

폼페이우스는 무력하게 보고만 있었다. 너무나 질겁하고 소름이 끼친 나머지 라비에누스에게 그만하라고 명령할 권한을 갖고 있음을 떠올리지 못하는 것처럼 보였다. 그는 그 자리에서는 물론 나중에 멍하니 페트라를 돌아다니면서도 아무것도, 아무 말도 하지 못했다.

카토가 폼페이우스를 쫓아와 말했다. "그자는 괴물입니다! 어째서 그가 그런 짓을 하게 내버려두는 겁니까, 폼페이우스? 대체 왜 그러는 겁니까? 우린 방금 카이사르를 물리쳤는데, 당신은 가만히 서서 자기 보좌관도 통제하지 못한다는 걸 보여주다니요!"

"젠장!" 폼페이우스는 눈에 눈물이 잔뜩 고인 채 소리쳤다. "나한테 원하는 게 뭔가, 카토? 나한테 뭘 기대하는 건가? 난 진정한 최고사령관이 아니야, 온갖 사람들이 이리 당기고 저리 당기는 꼭두각시라고! 라비에누스를 통제하라고? 그러는 자네는 왜 그때 나서지 않았지? 지진을 어떻게 통제하나, 카토? 화산을 어떻게 통제하지? 게르만족을 혼이 나갈 만큼 겁에 질리게 만든 사람을 어떻게 통제한단 말이야?"

"더는 못하겠습니다." 자신의 원칙을 고수하는 카토가 말했다. "티투스 라비에누스 같은 치들이 통솔하는 군대를 더는 지지하지 않겠습니다! 당신이 그자를 쫓아낼 수 없다면, 폼페이우스, 이제 당신과 함께하지 않겠어요!"

"잘됐군! 날 괴롭히는 골칫거리가 하나 줄겠어! 가버려!" 폼페이우스는 뭔가를 생각해내고 카토의 등뒤에 대고 소리쳤다. "천치 같으니, 카토! 아직도 모르겠나? 당신들 중 싸울 줄 아는 사람은 아무도 없어! 군대를 지휘할 줄 아는 사람이 한 명도 없다고! 하지만 라비에누스는 달라!"

처소로 돌아온 폼페이우스를 렌툴루스 크루스가 기다리고 있었다. 아, 진저리나는 놈!

"이 무슨 수라장입니까." 크루스는 경멸하듯 내뱉었다. "친애하는 폼페이우스, 라비에누스 같은 짐승들을 계속 데리고 있어야 합니까? 좀 제대로 할 수 없습니까? 라비에누스도 없애버리지 못하면서 카이사르한테 대승을 거뒀다고 주장하는 겁니까? 카이사르는 달아났습니다! 왜 아직 여기 계시는 겁니까?"

"나도 달아날 수 있으면 좋겠군." 폼페이우스가 악문 잇새로 말했다. "건설적인 제안을 할 게 아니라면, 크루스, 온돌을 설치한 자네 처소로 돌아가 금접시와 루비 외알 안경이나 챙기게! 곧 진군할 거니까."

7월의 스물네번째 날에 폼페이우스는 진군했다. 그는 디라키온에서 부상병 15개 대대를 카토의 관리하에 남겨두었다.

"마그누스, 괜찮다면 나도 여기 남겠네." 키케로가 걱정스러운 목소리로 말했다. "미안하지만 난 전쟁터에서 별로 쓸모가 없어. 하지만 이곳 디라키온에서는 다를지도 몰라. 아, 내 동생 퀸투스가 꼭 자네와 합류하기를 바라! 동생은 전쟁터에서 쓸모 있는 사람이니까."

"그렇게 하게." 폼페이우스가 지친 목소리로 말했다. "이제 자네가 위험에 처하는 일은 없을 거야, 키케로. 카이사르는 그리스로 갈 거니까."

"그걸 어떻게 아나? 카이사르가 오리쿰에 자리를 잡고 자네가 이탈리아로 돌아오는 걸 막기로 하면 어떡하고?"

"그럴 리 없어! 놈은 거머리야, 키케로. 성가시게 들러붙는 가시라고."

"아프라니우스는 자네가 이 동방 작전을 버리고 카이사르를 앞질러 지금 이탈리아로 돌아가기를 간절히 바라고 있어."

"알아, 안다고! 그런 다음 곧장 서쪽으로 가 히스파니아들을 수복하기를 바라지. 키케로, 그건 기분좋은 꿈에 지나지 않아. 카이사르를 그리스나 마케도니아에 내버려두는 건 우리 대의의 자살 행위라고. 그러면 난 모든 동방의 징발군과 피호민 왕들의 지지를 잃게 될 거야." 폼페이우스는 키케로의 어깨를 가볍게 두드렸다. "내 걱정은 말게. 난 앞으로 어떻게 해야 하는지 알고 있으니까. 신중하게 생각한 결과, 나는 카이사르에게 계속 파비우스식 전술을 써야 해. 절대로 정면 대결을 해서는 안 되는데, 아무도 그걸 몰라. 이제 난 그걸 확실히 알아. 설사 지금과 같은 속도를 유지한다고 해도 카이사르는 앞으로 갈 길이 멀어. 놈은 나보다 며칠은 뒤처질 거야. 난 내 말과 노새 들을 교대할 시간이 있을 거야—다키족과 다르다니족한테서 탈짐승을 사뒀어. 그들이 헤라클레이아에서 날 기다릴 거네. 대단치는 않겠지만 없는 것보다는 나을 거야." 그는 웃음을 지었다. "스키피오는 지금쯤 시리아인 군대와 함께 라리사에 있을 거고."

키케로는 아무 말도 하지 않았다. 그는 이탈리아로 얼른 돌아오라는 돌라벨라의 편지를 받은 후였고, 마음 같아서는 정말이지 그렇게 하고 싶었다. 적어도 디라키온에 남으면 그는 사랑하는 고국과 아드리아 해만큼만 떨어져 있을 터였다.

"자네가 부러워, 키케로." 폼페이우스의 마지막 일침이었다. "이제 이곳엔 이따금씩 해가 날 거고 미풍이 불 거야. 자네가 견뎌야 하는 건 카토뿐이지. 카토는 나를 '깨끗하게' 유지시키기 위해 파보니우스를 보낼 거라고 통보해왔어. 내 말이 아니라 카토의 표현이야. 이제 나한테 남은 건 라비에누스 같은 망나니들과 렌툴루스 크루스 같은 방탕자들과 렌툴루스 스핀테르 같은 비난꾼들, 그리고 걱정해야 할 아내와 아들이야. 나한테 카이사르의 행운이 손톱만큼만 있다면 살아남을지도 모르지."

키케로는 멈춰서서 뒤돌아보았다. "아내와 아들?"

"그래. 코르넬리아 메텔라는 로마가 장인과 나한테서 너무 멀다고 결론을 내렸어. 섹스투스가 메텔라를 계속 부추기고 있고. 그 녀석은 내 수습군관이 되기를 열렬히 바라고 있다네. 두 사람은 테살로니카에서 나와 합류할 예정이야."

"테살로니카? 그렇게 멀리까지 가려고?"

"아니. 아내에게 섹스투스를 데리고 미틸레네로 가라는 서신을 이미 보내놨네. 둘은 레스보스 섬에 있으면 안전할 거야." 폼페이우스가 두 손을 앞으로 내밀었다. 기묘하게 애처로운 몸짓이었다. "부디 이해해주게, 키케로! 난 서쪽으로 갈 수 없어! 그러면 내 장인과 훌륭한 2개 군단을 카이사르의 그 유명한 관대함에 내맡기는 거라네. 그는 동방을 관리할 거고 내 아내와 아들은 그의 보호를 받게 될 거야. 테살리아에서 결론이 날 걸세."

그리하여 키케로는 가만히 서서 폼페이우스가 등을 돌리고 걸어가는 모습을 지켜보았다. 키케로의 눈앞이 뿌예졌다. 그는 눈을 깜박여 눈물을 참았다. 불쌍한 마그누스! 갑자기 왜 저렇게 늙어 보이는 건지.

에그나티우스 가도가 알렉산드로스 대왕의 고향 펠라 근처의 완만한 지대로 내려가기 시작하는 헤라클레이아에서, 다른 임무가 없는 사람들이 폼페이우스의 군대에 다시 합류했다. 테살로니카처럼 먼 곳들까지 기꺼이 빠르게 이동하며 보탬이 되려고 애쓴 브루투스 같은 사람들, 그리고 자기 함대를 두고 서둘러 따라온 루키우스 도미티우스 아헤노바르부스도 그중 일부였다.

헤라클레이아에서 폼페이우스는 수천 필의 좋은 말과 노새를 배달받았다. 그가 잃은 짐승들을 대체하기에 충분한 숫자였다. 말과 노새를 데려온 다키족 마부들은 다키족의 왕 비레비스타스도 함께 데려왔다. 왕은 디라키온에서 가이우스 카이사르가 패했다는 소식을 들었던 것이다. 비레비스타스 왕이 몸소 이 세계사적 사건에 참여중인 거대한 군대와, 카이사르와 미트리다테스와 티그라네스 왕은 물론 머나먼 서방의 별난 유물 퀸투스 세르토리우스를 제패한 사람과 협약을 맺으러 왔다는 것보다 좋은 소식은 없었다. 비레비스타스 왕은 또한 신하들에게 전설적인 위대한 폼페이우스, 진정으로 위대한 폼페이우스와 포도주를 함께 마셨다고 자랑하고 싶어했다.

비레비스타스 왕의 방문과 같은 일들은 폼페이우스를 기운 나게 했다. 찾기 힘든 메텔루스 스키피오와 그의 시리아인 군대가 베로이아에서 야영중이며, 폼페이우스의 지시가 있으면 즉시 남쪽의 라리사로 행군할 거라는 소식도 마찬가지였다.

폼페이우스가 몰랐던 사실은 카이사르의 11군단과 12군단을 지휘하는 나이우스 도미티우스 칼비누스가 카이사르를 찾아서 헤라클레이아로 오고 있다는 것이었다. 칼비누스는 스키피오와 시리아 군대를 할리아크몬 강에서 맞닥뜨렸고, 스키피오와 전투를 하려고 할 수 있는 모든 일을 했다. 스키피오와 그곳 시골이 비협조적임이 드러나자 칼비누스는 에그나티우스 가도로 가기로 결정했다. 카이사르가 그쪽으로 올 것이며 폼페이우스보다 먼저 올 거라고 확신했기 때문이다. 디라키온에서 폼페이우스가 대승을 거뒀다는 소식은 그리스와 마케도니아 전역에 퍼졌기에, 칼비누스는 카이사르가 그 격노하고 승리감에 도취된 전승자 앞에서 후퇴하고 있을 거라고 추측했다. 쓰라리도록 실망스러운 소식이었지만 칼비누스가 편을 바꾸도록 설득할 수 있는 소식은 아니었다. 설사 그의 병사들이 편을 바꾸자고 하더라도 그러지 않을 터였다. 병사들은 오히려 그 소식을 믿으려 하지 않았고 최대한 빨리 카이사르에게 합류해야 한다고 부르짖었다. 그들은 카이사르에게 필요한 건 오직 그의 갈리아 노련병들 전체라고 말했다. 그들이 카이사르에게 합류만 하면 그는 폼페이우스와 전 세계를 제패할 거라고 했다.

칼비누스는 카이사르의 아이두이족 기병대대 60명도 데리고 있었다. 그는 그들을 정찰대로 썼다. 아이두이족 기병 두 명과 함께 선두에서 말을 타고 있던 그는 헤라클레이아까지 네 시간 남짓 남았음을 알았고, 카이사르가 가까이에 있다는 징조를 계속 찾고 있었다. 칼비누스는 전방의 언덕을 느린 구보로 넘어오는 아이두이족 기병 두 명을 보고 그 징조를 찾았다고 생각했다. 칼비누스와 함께 있던 아이두이족 두 명은 빨강과 파랑 줄무늬가 있는 숄을 보더니 말의 옆구리를 차며 눈앞의 손님들을 만나러 달려갔다.

열광적인 재회가 이루어지는 동안 칼비누스는 그의 말머리를 숙여 봄에 난 풀을 뜯게 했다. 빠른 아이두이어로 잠시 동안 대화가 이어졌다. 마침내 칼비누스의 아이두이족 기병 두 명이 돌아왔고, 다른 두 명은 헤라클레이아 쪽으로 달려가버렸다.

"카이사르께 가려면 얼마나 더 가야 하나?" 칼비누스는 라틴어를 할 줄 아는 카라그두스에게 물었다.

"카이사르께서는 마케도니아에 안 계십니다." 카라그두스가 얼굴을 찡그리며 대답했다. "상상이 되십니까, 사령관님? 아까 그 두 잡놈들은 자기 대대의 돈을 갖고 몰래 도망쳐 폼페이우스한테 간다고 합니다! 웃기게도 놈들은 그걸 우리한테 말하고 싶어 안달이 났더군요. 베레도릭스와 저는 아무 말도 하지 않고 우리가 할 수 있는 일을 찾아보기로 했습니다. 그편이 낫습니다."

"신들께서 이상하게 변하고 계시는군." 칼비누스가 천천히 말했다. "그들은 뭘 알고 있던가?"

"디라키온에서 전투가 있었고, 폼페이우스가 이긴 것은 사실이라고 합니다. 하지만 대승은 아니라고 합니다, 사령관님. 그 바보놈들은 카이사르가 군대와 함께 무사히 달아나도록 내버려뒀다는군요. 아군 1천 명 정도를 잃기는 했습니다. 생포된 아군은 라비에누스가 고문하고 처형했다고 합니다." 아이두이족은 몸을 떨었다. "카이사르께서는 남쪽으로 가셨습니다. 아까 그 두 명은 총사령관께서 곰포이로 가시는 중일 거랍니다. 그게 어딘지는 모르지만요."

"테살리아 남부라네." 칼비누스가 자동적으로 대꾸했다.

"그렇군요. 어쨌거나 헤라클레이아에 있는 군대는 폼페이우스군이 랍니다. 그는 다키족의 비레비스타스 왕을 접견하고 있다고 합니다. 하지만 우린 얼른 달아나는 편이 낫겠습니다, 사령관님. 그 잡놈 둘이 카이사르의 배치를 모두 적군에게 누설했답니다. 베레도릭스와 저는 놈들을 죽여버리려다가 곧 놈들을 내버려두는 편이 낫다고 판단했습니다."

"놈들에게 우리가 누구라고 말했나?"

"식량 징발대의 선두 정찰대라고 했습니다. 2개 대대 정도밖에 안 된다고요." 카라그두스가 대답했다.

"잘했네!" 칼비누스가 말머리를 홱 끌어올렸다. "가세. 카이사르를 찾아 남쪽으로 빠져나가자고."

카이사르는 서쪽의 그리스와 마케도니아의 중추인 빈약한 산맥을 횡단하지 않았다. 아폴로니아 밑에는 아오스 강이 흘렀는데, 산맥에서 내려오는 큰 강들 중 하나였다. 이어 상태가 매우 나쁜 도로가 팀페 산맥으로 향했는데, 샛길을 통해 피네이오스 강의 원류에서 테살리아로 이어져 있었다. 카이사르는 250킬로미터 더 행군하지 않고 에페이로스의 좋은 도로를 벗어나, 여느 때처럼 하루에 50킬로미터에서 55킬로미터를 걸었다. 매일 밤 기본적인 진지만 구축해야 했다는 뜻이었다. 카이사르군은 양치기들과 양떼말고는 아무도 못 본 채 테살리아로 들어가 곰포이 북쪽의 소도시 아이기니온에 도착했다.

테살리아는 폼페이우스에 대한 지지를 선언했다. 그리스의 다른 지역들과 마찬가지로 테살리아도 여러 소도시의 연합체로 구성되어 있었고 그 의회는 테살리아 연맹이라고 불렀다. 폼페이우스가 디라키온에서 대승했다는 소식을 들은 테살리아 연맹의 지도자 곰포이의 안드로스테네스는 연맹 전체에 폼페이우스를 지지하라는 전언을 보냈다.

원기 왕성하고 효율적인 군대가 자기들을 정복하기 위해 빠르게 다가오는 모습을 홀린 듯 바라보던 아이기니온은, 테살리아 연맹의 다른 모든 소도시들에 패자와는 거리가 멀어 보이는 카이사르가 근처에 있다고 긴급하게 알렸다. 트리카이오스가 다음으로 함락되었다. 그런 다음 카이사르는 곰포이로 이동했고, 그곳의 안드로스테네스는 폼페이우스에게 카이사르가 예상보다 훨씬 일찍 도착했다는 긴급 서신을 보냈다. 곰포이 역시 함락되었다.

8월 초였지만 여전히 봄 날씨였다. 잘 익은 농작물은 찾아볼 수 없었고 산맥 동쪽에는 비도 잘 오지 않았다. 기근이 우려되었다. 그래서 카이사르는 테살리아 서부를 함락했던 것이다. 그 지역은 카이사르의 보급원이 되었다. 또한 카이사르는 나머지 아군이 합류하기를 기다리고 있었다. 7군단, 14군단, 11군단, 12군단에게 소환 명령이 전해졌다.

루키우스 카시우스, 사비누스, 칼레누스, 도미티우스 칼비누스가 돌아오자 카이사르는 동쪽으로 가서 라리사로 이어지는 상태 좋은 도로들과 마케도니아로 가는 템페 고갯길을 행군했다. 최고의 길은 에니페우스 강을 따라 스코투사로 가는 길이었다. 거기서 카이사르는 북쪽으로 틀어 라리사로 갈 계획이었다.

스코투사를 15킬로미터 남겨두고 카이사르는 에니페우스 강 북쪽, 파르살로스 마을 외곽에 튼튼한 진지를 세웠다. 폼페이우스가 오고 있다는 소식을 들었고 파르살로스의 지형은 전투가 가능했기 때문이다.

카이사르는 원래 최고의 땅을 자기 몫으로 선택하지 않았다. 약간의 불리함을 감수하는 데에는 언제나 보상이 뒤따랐다. 평범한 장군들—카이사르는 폼페이우스를 평범한 장군으로 분류했다—은 교본을 원칙으로 삼고 따르는 경향이 있었다. 폼페이우스는 파르살로스를 좋아할 터였다. 일련의 언덕들이 북쪽 비탈로 3킬로미터 너비의 작은 평원으로 내려가 에니페우스 강의 습지로 이어졌다. 그래, 파르살로스라면 가능했다.

폼페이우스가 곰포이의 안드로스테네스가 보낸 소식을 들은 건 베로이아에 있는 옛 훈련용 진지를 우회하고 있던 때였다. 그는 즉시 방향을 틀어 템페에서 테살리아로 이어지는 고갯길을 향해 갔다. 그 외에는 편한 길이 없었다. 올림포스 대산괴와 넓고 험준한 구릉지 때문에 직선으로 행군할 수 없었다. 라리사 외곽에서 마침내 메텔루스 스키피오와 재회한 폼페이우스는 여러 이유로 안도의 한숨을 쉬었다. 2개의 추가 노련병 군단이 큰 이유였다.

고위사령부 막사의 분위기는 헤라클레이아를 떠난 후 더욱 악화되었다. 모두가 이제 폼페이우스에게 제 분수를 깨닫게 해줄 때라고 결정한 뒤였고, 라리사에서 오래 들끓던 분노와 원망이 한꺼번에 수면 위로 떠올랐다.

시작은 폼페이우스의 상급 참모군관 중 하나인 아쿠티우스 루푸스가 군사 법정 심리를 열어 고위사령부를 소환하기로 했을 때였다. 폼페이우스와 그의 보좌관들 앞에서 아쿠티우스 루푸스는 루키우스 아프라니우스를 일레르다 이후 병사들을 버린 일로 반역죄로 정식 기소했다. 주요 기소인은 마르쿠스 파보니우스였는데, 폼페이우스를 '깨끗하게' 유지하라는 카토의 지시를 종교처럼 신봉하고 있는 자였다.

폼페이우스가 성이 나서 내질렀다. "아쿠티우스, 이 불법 법정을 해산하게!" 그는 두 주먹을 꽉 쥐고 붉으락푸르락한 얼굴로 포효했다. "어서, 내가 자넬 반역 혐의로 기소하기 전에 나가! 그리고 자네, 파보니우스, 공직생활을 그만큼 했으면 불법 기소는 해선 안 된다는 걸 알아야지! 나가! 나가! 나가라고!"

법정은 해산했지만 파보니우스는 단념하지 않았다. 그는 폼페이우스가 나타나기를 몰래 기다렸다가 기회만 생기면 아프라니우스의 흉을 보며 폼페이우스를 못살게 굴었고, 그런 무례함에 숨이 막힐 지경이던 아프라니우스는 아프라니우스대로 폼페이우스에게 파보니우스를 쫓아내라고 줄기차게 요구했다. 페트레이우스 또한 당연히 아프라니우스를 편들며 집요하게 쪼아댔다.

폼페이우스군의 실질적 지휘권의 주축은 라비에누스였다. 가장 경미한 과오에 그가 내리는 가장 가벼운 벌은 채찍질이었다. 병사들은 투덜거리며 몸을 떨었고, 어두운 눈빛을 주고받았으며, 모두가 임박했다고 알고 있는 전투에서 라비에누스가 창에 맞도록 할 방법을 궁리했다.

저녁식사 때 아헤노바르부스가 포문을 열었다.

"친애하는 우리의 왕중왕 아가멤논께서는 어찌 지내십니까?" 그는 파보니우스의 팔을 잡고 걸어들어오며 물었다.

폼페이우스는 입을 벌린 채 그를 쳐다보았다. "지금 뭐라고 했나?"

"왕중왕 아가멤논이라 했습니다." 아헤노바르부스가 조롱하듯 대답했다.

"무슨 뜻이지?" 폼페이우스가 위험하게 물었다.

"당신은 왕중왕 아가멤논과 같은 위치에 있으니 말입니다. 배 1천 척의 이름뿐인 수장, 당신처럼 스스로 왕중왕이라고 칭할 권리를 똑같이 갖고 있는 왕들 무리의 이름뿐인 우두머리. 하지만 그리스가 프리아모스의 나라를 공격한 건 천년도 지난 일입니다. 당신은 뭔가가 바뀌었다고 생각할 겁니다, 그렇죠? 하지만 바뀌지 않았습니다. 현대 로마에서 우리는 아직도 왕 중의 왕 아가멤논을 견뎌내고 있다고요."

"아킬레우스 역에 자네를 끼워넣으려는 건가, 아헤노바르부스? 자네 배들 옆에 부루퉁하게 서서 세상이 무너지고 최고의 남자들이 죽는 꼴을 지켜보려고?" 폼페이우스가 핏기 가신 입술로 물었다.

"글쎄, 모르겠습니다." 아헤노바르부스는 긴 의자의 파보니우스와 렌툴루스 스핀테르 사이에 편안하게 앉으며 대답했다. 그는 칼키디케 팔레네에서 배를 타고 건너온 온실 재배 포도를 골랐다. 그 수익성 좋은 농작물은 아마포가 드리워진 구조물 안에서 자랐다. "사실," 그는 씨를 뱉어내고 손을 뻗어 포도 한 송이를 통째로 집어들며 말을 이었다. "난 왕중왕 아가멤논의 역할에 대해 요즘 들어 한층 더 생각하게 되었습니다."

"말씀 한번 잘하셨습니다." 파보니우스가 짖었다. 그는 더 검소한 음식을 찾다가 실패했고, 카토가 여기 없어서 폼페이우스의 고위사령부가 이 로마화되고 사치스러운 풍요의 땅에서 어떻게 지내는지 보지 않아도 된다는 게 몹시 기뻤다. 온실 포도라니! 암포라에 든 20년 된 키오스산 포도주에! 이국적인 액젓으로 양념한 리주스에서 급송된 성게까지! 어미에게서 훔쳐와 렌툴루스 크루스의 식도로 넘어가고 있는 메추라기 새끼는 또 어떻고!

"사령부를 원하나, 아헤노바르부스?"

"아니라고 대답할지 잘 모르겠군요."

폼페이우스는 치즈 빵을 거칠게 뜯으며 물었다. "왜 사태를 악화시키려는 건가?"

"사태 악화는," 대머리를 예쁜 봄꽃 화관으로 장식한 아헤노바르부스가 말했다. "왕중왕 아가멤논이 도무지 전투를 하려 들지 않는다는 게 원인이죠."

"그편이 현명하기 때문이야." 폼페이우스는 화를 꾹 참으며 말했다. "내 전략은 파비우스식 전술로 카이사르를 지치게 만드는 거네. 그자와 교전하는 건 불필요한 위험이야. 우린 지금 그자와 좋은 보급선들 사이에 자리잡고 있네. 그리스는 지금 가뭄이 들었어. 여름이 오면 카이사르는 배를 곯게 될 거야. 가을쯤이면 온 그리스를 약탈해 먹을 수 있는 거라면 뭐든 빼앗을 거고. 그러다 겨울이 오면 놈은 항복할 거네. 내 아들 나이우스가 케르키라를 지키고 있으니 놈은 아드리아 해 건너편에서 아무것도 얻지 못할 거야. 가이우스 카시우스는 메사나 앞에서 폼포니우스를 상대로 대승을 거뒀……."

"내가 듣기론," 렌툴루스 스핀테르가 끼어들었다. "그 극찬받은 승리에 이어, 가이우스 카시우스는 카이사르의 오랜 보좌관 술피키우스와 전투를 벌였다지요. 뭍에서 지켜보던 카이사르의 군단 1개는 술피키우스의 전투 방식에 너무 질려버려서 노를 저어 바다로 나가 카시우스의 배들에 올라타 그를 완패시켰다고 하던데요. 카시우스는 자기 기함의 난간을 넘어 도망쳐야만 했고 말입니다."

"그건 사실이네." 폼페이우스가 인정했다.

"파비우스 병법은," 렌툴루스 크루스는 적갈색 먹물로 양념한 촉촉한 오징어를 입안 가득 넣고 우물거렸다. "웃기는 선택입니다, 폼페이우스. 카이사르는 이길 수 없어요, 우리 모두가 알듯이. 당신은 늘 돈이 없다고 불평하면서 어째서 파비우스 전략을 고집하는 겁니까?"

"전략이 아니라 전술이네." 폼페이우스가 말했다.

"뭐가 됐든―알 게 뭡니까?" 렌툴루스 크루스가 도도하게 물었다.

"카이사르를 발견하는 즉시 전투를 해야 한다고 생각합니다. 정면 돌파해서 끝내버리세요. 그런 다음 이탈리아로 귀국해 공권박탈을 몇 차례 실시하고요."

누워서 듣고 있던 브루투스는 점점 더 두려워졌다. 디라키온 포위에서 그의 참여는 미미했다. 기회가 생길 때마다 그는 테살로니카든 아테네든, 어디든 그 광란의 반동적인 오수 구덩이로부터 먼 곳으로 자원해서 달려갔다. 헤라클레이아에 와서야 그는 폼페이우스와 보좌관들 사이에 어떤 불화가 진행되고 있는지 깨달았다. 헤라클레이아에서 그는 라비에누스의 만행들에 대해 들었다. 헤라클레이아에서 그는 폼페이우스의 보좌관들이 결국에는 폼페이우스를 망칠 것임을 깨닫기 시작했다.

아, 어째서 그는 타르소스를, 푸블리우스 세스티우스와 그 신중한 중립 상태를 떠났던 것인가? 어떻게 폼페이우스의 전쟁에 자금을 대는 데이오타로스와 아리오바르자네스 같은 사람들한테서 대출이자를 거둬들일 수 있는가? 그는 어떻게 할 것인가, 만약 이 비협조적인 멧돼지들이 기어이 폼페이우스를 폼페이우스가 결코 원하지 않는 전투로 밀어넣는 데 성공한다면? 그는 옳다, 그는 옳다! 파비우스 전술―전략―은 결국 성공할 터였다. 그리고 로마인들의 목숨을 보전하는 것은, 유혈 사태를 최소화하는 것은 가치 있는 일이 아닌가? 그는 어떻게 할 것인가, 만약 누군가 그의 손에 검을 강제로 쥐여 주며 싸우라고 한다면?

"카이사르는 결딴났습니다." 메텔루스 스키피오가 말했다. 그는 이 사안에서 사위와 생각이 달랐다. 그는 만족스러운 듯 한숨을 내쉬고 웃음을 지었다. "마침내 내가 최고신관이 되겠군요."

아헤노바르부스가 허리를 꼿꼿이 세우고 앉았다. "뭐가 된다고?"

"마침내 최고신관이 될 거라고 했네."

"내가 죽기 전엔 안 되지!" 아헤노바르부스가 고함을 질렀다. "그건 나와 내 가문에 속한 공적인 명예라고!"

"헛소리!" 렌툴루스 스핀테르가 싱긋 웃으며 말했다. "자넨 최고신관은 고사하고 신관으로도 뽑힐 수 없어, 아헤노바르부스. 타고난 패배자니까."

"난 내 조부께서 하신 일을 할 거요, 스핀테르! 같은 선거에서 신관은 물론 최고신관으로도 뽑힐 거고!"

"아니! 그건 나와 스키피오 간의 경합이 될 거야."

"두 사람한테는 가능성이 없어!" 메텔루스 스키피오가 성이 나서 숨을 헐떡였다. "차기 최고신관은 바로 나야!"

값비싼 금접시에 쨍그랑 하고 나이프가 부딪히는 소리에 모두가 움찔했다. 폼페이우스는 긴 의자에서 미끄러지듯 내려서더니 뒤돌아보지 않고 식당에서 나가버렸다.

8월의 다섯번째 날에 폼페이우스와 그의 군대는 파르살로스에 도착해서 카이사르가 강의 북쪽 편에서 동쪽을 바라보며 진을 친 것을 발견했다.

"아주 좋아!" 폼페이우스는 파우스투스 술라에게 말했다. 착한 녀석인 파우스투스 술라는 폼페이우스가 대화 상대로 견딜 수 있는 거의 유일한 보좌관이었다. 결코 비난하는 법이 없었고 장인이 시키는 대로 잘 따랐기 때문이었다. 물론 브루투스도 있었다. 브루투스도 좋은 녀석이었다. 하지만 늘 슬그머니 숨었다! 언제나 눈에 띄지 않는 곳에 있으면서 작전회의는 물론 정찬에도 참여하기 싫어했다. "파우스투스, 우리가 구릉으로 올라가는 이 멋진 비탈에 자리를 잡으면 카이사르의 진지보다 훨씬 높은 곳이자 그자와 라리사, 템페, 마케도니아로 가는 길 사이에 있게 되는 거라네."

"전투가 벌어질까요?" 파우스투스 술라가 물었다.

"전투가 없기를 바라지만 아마도 벌어질 거야."

"저들은 왜 그리도 전투를 하려 드는 걸까요?"

"아," 폼페이우스는 한숨을 쉬고 말했다. "왜냐하면 놈들은 라비에누스말고는 군인이라고 할 수가 없기 때문이지. 놈들은 아무도 상황을 이해하지 못하고 있어."

"라비에누스도 싸우고 싶어하는데요."

"라비에누스는 카이사르와 맞붙고 싶은 거야. 그럴 기회를 절실히 바라고 있지. 라비에누스는 자기가 더 유능한 장군이라고 생각해."

"그가 정말 카이사르보다 낫습니까?"

폼페이우스는 어깨를 으쓱했다. "솔직히 말해, 파우스투스, 전혀 모르겠어. 하지만 라비에누스는 알겠지. 장발의 갈리아에서 오랫동안 카이사르의 오른팔이었으니까. 그러니 굳이 말하자면 그렇다고 대답하겠네."

"전투는 내일입니까?"

폼페이우스가 움찔하는 듯하더니 고개를 저었다. "아니, 아직은 아니야."

다음날 카이사르는 진지에서 나와 부대를 배치했다. 폼페이우스는 그러지 않았다. 몇 시간 후 카이사르는 군인들을 진지로 돌려보내 그늘에 대기시켰다. 봄이지만 태양은 뜨거웠고, 공기는 아마도 강의 물기 때문이겠지만 숨이 막히도록 습했다.

그날 오후 폼페이우스는 보좌진을 소환했다. "결정했소." 그는 선 채로 누구에게도 앉으라고 하지 않고 선언했다. "이곳 파르살로스에서 전투를 벌일 거요."

"아, 잘됐군요!" 라비에누스였다. "준비를 시작하겠습니다."

"아니, 아니, 내일은 아니야!" 폼페이우스가 겁먹은 얼굴로 외쳤다.

내일은 아니다. 폼페이우스는 병사들의 다리를 풀 겸 그들을 이끌고 산책을 나갔다―또는 그렇다고 보좌진은 추측했다. 왜냐하면 그는 오직 바보만 공격하러 올, 한참을 뛰어올라가야 하는 언덕 위로 병사들을 데려갔기 때문이다. 바보가 아닌 카이사르는 물론 공격하지 않았다.

그러나 8월의 여덟번째 날, 진지 뒤로 해가 뉘엿뉘엿 질 무렵 폼페이우스는 다시 한번 보좌관들을 불러모았다. 이번 모임 장소인 사령부 막사 가운데에는 폼페이우스의 제도사들이 송아지 가죽에 그린 큰 지도가 있었다.

"내일이오." 폼페이우스는 간단명료하게 말하고는 뒤로 물러섰다. "라비에누스, 계획을 설명하게."

"기병대 싸움이 될 겁니다." 라비에누스가 설명을 시작했다. 그는 모두에게 가까이 오라고 청하며 지도 앞으로 갔다. "우리한테 기병대가 훨씬 많다는 걸 이용해 카이사르를 이길 거라는 뜻입니다. 카이사르한테는 게르만족 기병 천 명밖에 없습니다. 한편 우리가 저들과 소규모 전투를 하면서 알게 된 사실은 카이사르가 보병 일부를 우비족 보병처럼 무장시켜서 우비족 기병들 사이에 심어놓는다는 겁니다. 그들은 위험하지만 수가 극히 적습니다. 우리는 여기 있을 겁니다. 강과 구릉지 사이에 긴 축을 두고요. 카이사르에겐 9개 군단이 있으니 우리 쪽의 수가 더 많습니다. 게다가 카이사르는 그의 9개 군단 중 하나를 예비로 두어야 합니다. 바로 그 점에서 우리가 유리합니다. 우리에겐 1만 5천 명의 외국인 보조군 보병들이 예비 병력으로 있지요. 지세도 우리에게 유리합니다. 우리가 약간 더 높은 곳에 있으니까요. 그러므로 우리는 다른 때보다 카이사르의 최전선에서 더 먼 곳에 정렬할 겁니다. 돌격하지도 않을 겁니다. 적군이 우리의 최전선까지 달려오면서 숨을 헐떡이게 하십시오. 아군의 보병은 밀집시킬 겁니다. 기병 6천 명을 좌익에, 바로 이곳 언덕 옆에 배치할 테니까요. 우측에는 기병 천 명을 강 옆에 배치할 겁니다. 땅이 너무 질척거려서 기병을 잘 활용할 수 없기 때문입니다. 궁수와 투석병 천 명은 좌측의 첫 보병 군단과 내 기병 6천 명 사이에 배치될 것입니다."

라비에누스는 잠시 말을 멈추고 주위 사람들을 한 사람씩 강렬한 눈빛으로 쳐다보았다. "보병들은 각각 열 개 횡렬로 구성된 3개 집단으로 정렬할 겁니다. 셋 다 동시에 돌격합니다. 우리는 카이사르보다 물리력이 우세합니다. 믿을 만한 정보통에 따르면, 그가 지난 몇 달간 에페이로스에서 병사들을 잃은 탓에 각 군단의 병력이 4천밖에 되지 않는다고 합니다. 우리 대대들은 완전편성 상태입니다. 우린 그의 군인들이 숨을 헐떡이며 우리한테 돌격하게 할 것이며, 그의 최전선을 밀어낼 것입니다. 하지만 이번 계획의 꽃은 기병대입니다. 카이사르로서는 그의 우익에 돌격하는 기병 6천을 막아낼 방법이 없습니다. 궁수와 투석병 부대가 카이사르의 오른쪽 가장자리에 있는 군단을 폭격하는 동안, 내 기병대는 홍수처럼 앞으로 밀고 나가 그의 빈약한 기병대를 격퇴한 다음 그의 전선 뒤에서 급선회하여 뒤쪽에서 그를 잡을 겁니다." 라비에누스는 함박웃음을 지으며 뒤로 물러섰다. "폼페이우스, 말씀하십시오."

"덧붙일 말은 많지 않소." 공기가 습해 땀을 흘리며 폼페이우스가 말했다. "라비에누스가 내 왼쪽에서 기병 6천 명을 지휘할 것이오. 보병으로 넘어가서, 1군단과 3군단을 좌익에 둘 생각이오. 아헤노바르부스, 자네가 지휘하게. 시리아인 군단 2개를 포함하여 5개 군단을 중앙에 배치하겠소. 스키피오, 자네가 중앙을 지휘하게. 스핀테르, 내 오른쪽, 강과 가장 가까운 쪽을 맡기겠네. 군단이 아닌 18개 대대를 이끌게 될 걸세. 브루투스, 자네는 스핀테르의 부사령관이야. 파우스투스는 스키피오의 부사령관이네. 아프라니우스와 페트레이우스는 아헤노바르부스의 부사령관일세. 파보니우스와 렌툴루스 크루스, 자네들은 예비로 배치할 외국인 징집군을 맡아주게. 젊은 마르쿠스 키케로, 자네는 예비 기병대를 담당하게. 토르콰투스, 예비 궁수와 투석병을 맡게. 라비에누스, 적당한 사람에게 강가의 기병 1천의 지휘를 맡기게. 나머지 사람들은 군단들 사이에 알아서 위치를 정하도록. 다들 알겠소?"

모두가 순간적인 위압감에 무거워진 마음으로 고개를 주억거렸다.

나중에 폼페이우스는 파우스투스 술라와 함께 막사를 나갔다. "이제," 그는 말했다. "저들이 원하는 대로 되었군. 나는 더 버틸 수가 없었다네."

"괜찮으십니까, 마그누스?"

"더할 나위 없이 괜찮네, 파우스투스." 폼페이우스는 디라키온을 떠나는 키케로를 토닥여줬을 때만큼 애정을 담아 사위를 토닥여주었다.

"내 걱정은 말게, 파우스투스, 정말이야. 난 늙었어. 두 달만 지나면 쉰여덟 살이지. 때때로…… 허무하다네, 권력을 향한 이 모든 아귀다툼이 말이야. 늘 열 명 정도는 침을 줄줄 흘리며 로마의 일인자를 찢어발길 생각을 하고 있지." 그는 헛헛하게 웃었다. "누가 카이사르 다음으로 최고신관이 될 것인지를 두고 싸울 기력이 있다니! 마치 그게 중요한 일인 것처럼 말이야, 파우스투스. 그건 중요하지 않아. 그들도 다 죽을 것인데."

"마그누스, 그런 말씀 마십시오!"

"어째서? 내일이면 모든 게 결정날 거야. 내가 원한 일은 아니지만 후회하지 않네. 어떤 결정을 하든 이런 사령부에서 계속 생활하는 것보다는 나으니까." 그는 파우스투스의 어깨에 팔을 둘렀다. "가세, 전군을 소집해야 해. 내일이 결전의 날이라고 말해줘야 하거든."

전군이 소집되고 필수적인 전투 전 연설이 끝나고 나자 어둠이 내려 있었다. 조점관인 폼페이우스는 직접 점을 보았다. 적합한 소가 없었기 때문에 희생양은 흠 없는 흰 양이 될 터였다. 열 마리 남짓한 양들을 우리 안으로 몰아 씻기고 빗질하여 준비를 마쳤다. 조점관은 전문가의 눈으로 가장 적합한 희생제물을 물색했다. 그러나 폼페이우스가 순해 보이는 암양을 지목한 후 쿨타리우스와 포파가 양 우리의 문을 열자 열두 마리 양이 모두 갑자기 튀어나와 도망을 쳤다. 한바탕 추격전을 벌인 후에야 진흙투성이에 스트레스를 받은 희생양을 베어 죽일 수 있었다. 좋은 징조가 아니었다. 동요한 병사들이 웅성거리자 폼페이우스는 문제 해결을 위해 희생제의 후 조점관용 단상에서 내려왔고 그들을 달래어 안심시켰다. 간은 완벽하다, 다 괜찮다, 걱정할 것은 아무것도 없다.

그런데 최악의 상황이 발생했다. 병사들은 카이사르의 진지가 있는 동쪽을 보며 여전히 수군거리며 서성이고 있었는데, 갑자기 거대한 유성이 마치 하얗게 타는 혜성이 떨어지듯 쪽빛 하늘을 가로질렀다. 유성은 불꽃으로 이루어진 꼬리를 달고 아래로, 아래로 내려가다가 카이사르의 진지에 떨어지지 않고—떨어졌다면 길조였을 것이다—저멀리 어둠 속으로 사라져버렸다. 병사들이 다시 동요하기 시작했고, 이번에는 폼페이우스도 어찌해볼 도리가 없었다.

그는 숙명론적인 기분으로 잠자리에 들었다. 내일 어떤 일이 벌어질지는 몰라도 결국은 다 잘될 거라고 확신했다. 불덩어리가 어째서 흉조인가? 니기디우스 피굴루스, 놀라운 고대 에트루리아 조점술의 걸어다니는 백과사전인 그였다면 그것을 어떻게 해석했을까? 에트루리아인들은 그것을 흉조라고 생각했을까? 로마인들은 간만 확인하고 가끔 내장이나 새들을 살필 뿐이지만, 에트루리아인들은 모든 것을 살폈다고 하던데.

동이 트기 몇 시간 전 폼페이우스는 천둥소리에 벌떡 일어났다. 침대에 똑바로 앉아서, 자기가 가죽으로 된 천장까지 펄쩍 뛰어오른 건 아닌지 의아해했다. 적당한 순간 잠에서 깨었기에, 꾸고 있었던 꿈이 지금도 꿈속인 듯 생생하게 떠올랐다. 그의 석조 극장 꼭대기에 있는 베누스 빅트릭스 신전, 율리아의 얼굴과 가냘픈 몸을 한 베누스 신상이 있는 곳. 그는 그곳의 내부를 전승기념물로 장식하고 있었고, 수없이 많은 객석의 청중이 크게 기뻐하며 박수를 치고 있었다. 아, 대단한 길조다! 다만 전승기념물들은 그의 아군의 물건들이었다. 그가 가진 것 중 가장 좋은 은 갑옷과—티탄족을 이긴 신들을 묘사한 판갑을 보건대 틀림없었다—렌툴루스 크루스의 커다란 루비 외알 안경, 아버지 술라를 닮아 밝은 적금색인 파우스투스 술라의 머리카락 한 타래, 선조 스키피오 아프리카누스의 유물로 지금도 꼭대기에 좀먹고 빛바랜 왜가리 깃털이 달려 있는 스키피오의 투구, 그리고―가장 끔찍한―게르만족의 창에 꽂힌 아혜노바르부스의 대머리. 언제나처럼 꽃장식이 된.

추위로 떨고 열기에 땀을 흘리며 폼페이우스는 다시 드러누워 눈을 감았다. 번개가 치며 눈꺼풀 위로 흰 빛이 번쩍였고 천둥소리가 그의 뒤쪽에 있는 구릉을 넘어 멀어져갔다. 억수처럼 쏟아지는 비가 막사를 두드릴 때 그는 다시 편치 않은 잠에 들었다. 속으로는 여전히 그 소름끼치는 꿈의 세세한 것들을 떠올리고 있었다.

새벽이 되자 안개가 짙게 끼고 바람은 없어 공기가 답답했다. 카이사르의 진지 안은 온통 술렁이고 있었다. 노새 등에 짐을 싣고 수레를 짐승과 연결했다. 모두가 행군 채비를 했다.

"폼페이우스는 절대 싸우려 들지 않을 거야!" 카이사르는 해가 뜨기 한 시간쯤 전에 마르쿠스 안토니우스를 깨우러 가서 외쳤다. "폭풍우 때문에 강이 둑까지 차올랐다, 땅이 축축하다, 병사들이 비에 젖었다, 어쩌고저쩌고……. 폼페이우스는 변한 게 없어, 늘 이런저런 핑계를 대지. 우린 스코투사로 이동하네, 안토니우스. 폼페이우스가 무거운 엉덩이를 떼고 우릴 막기 전에 슬쩍 빠져나갈 거야. 맙소사, 그자는 어쩌나 굼뜬지! 놈을 전투로 유인할 수 있는 건 아무것도 없을걸?"

잠이 덜 깬 안토니우스는 카이사르의 부아 치민 비난을 들으며 또 영감의 신경이 곤두섰군, 하고 생각했다.

잿빛으로 반짝이는 장막 속에서는 그의 진지와 폼페이우스의 진지 사이의 저지대조차 보이지 않았다. 진지의 말뚝을 뽑는 작업은 쉴새없이 계속되었다.

그러던 중 한 아이두이족 정찰병이 전속력으로 말을 달려 카이사르에게 왔다. 카이사르는 9개 군단과 1천 명의 기병들이 조용하게 효율적으로 이동 준비를 하는 멋지고 질서정연한 모습을 지켜보며 서 있었다.

"장군님, 장군님!" 정찰병은 숨을 몰아쉬며 말에서 내렸다. "장군님, 나이우스 폼페이우스가 진지 밖에 나와서 군대를 정렬—전투 대열로 세우고 있습니다! 정말로 전투를 할 생각인 것 같습니다!"

"제기랄!"

그 외침이 카이사르의 입에서 나온 불평의 전부였다. 이제 거기서는 지시하는 고함소리가 줄줄 나왔다.

"칼레누스, 비전투원들을 시켜 짐승들을 모두 다시 진지로 넣으시오! 구보로! 사비누스, 병사들을 시켜 앞쪽 성벽을 부숴서 도랑을 메워—모두가 경기장의 야외관람석으로 몰려가는 최하층민보다도 빠르게 움직여야 해! 안토니우스, 승마용이 아닌 전투용으로 기병들의 안장을 얹게. 자네와 자네, 자네, 자네까지, 병사들을 우리가 논의한 대로 배치하게. 우리가 계획한 그대로 싸워야 해."

안개가 걷혔을 때 카이사르의 군대는 그날 아침에 행군할 계획은 있었던 적도 없다는 것처럼 평원에서 대기하고 있었다.

폼페이우스는 군대를 동쪽을 향해 정렬시켜놓았다. 그가 떠오르는 해를 마주보고 있다는 의미였다. 앞쪽은 구릉지의 선과 강 사이에 2.5킬로미터로 세웠고 좌익에는 대규모 기병대를, 우익에는 훨씬 작은 규모의 분견대를 배치시켰다.

카이사르는 병력에서 열세였지만 보병대를 조금 더 길게 앞쪽에 배치시켰고, 따라서 10군단은 카이사르의 오른쪽에서 폼페이우스의 궁수와 투석병 분견대와 라비에누스의 기병대 일부를 마주보고 있었다. 카이사르는 오른쪽부터 왼쪽으로 10군단, 7군단, 13군단, 11군단, 12군단, 6군단, 8군단, 9군단 순으로 배치했다. 아이기니온에서 군대를 재편성할 때 10개 대대에서 8개 대대로 규모를 줄인 14군단은 우익의 게르만족 기병 1천 명 뒤에 숨겼다. 그들은 특이하게 무장했는데, 일반적인 필룸창 대신 길고 가시 돋친 공성창을 들었다. 강을 끼고 선 그의 좌익은 강화해줄 기병대 없이 스스로 방어해야만 할 터였다. 요령 있는 군인 푸블리우스 술라는 카이사르의 오른쪽에서 지휘를 맡았다. 중앙은 칼비누스가 맡았고 왼쪽은 마르쿠스 안토니우스가 지휘관이었다. 예비 병력은 없었다.

공성창으로 무장한 8개 대대의 14군단 뒤 언덕 위에 자리를 잡은 카이사르는 여느 때처럼 발부리의 앞쪽 안장머리 두 개에 한쪽 다리를 걸고 옆으로 앉아 있었다. 다른 기수라면 위험한 자세였지만 카이사르에게는 그렇지 않았다. 그는 눈 깜짝할 새 자세를 바꿔서 안장에 제대로 앉아 질주할 수 있었기 때문이다. 카이사르는 자신의 모습을 병사들이 보기를 바랐다. 그들이 뒤쪽을 흘끔 보면, 완벽하게 느긋하고 지극히 자신만만한 모습의 총사령관을 보게 될 터였다.

아, 폼페이우스, 당신은 바보다! 바보! 라비에누스가 이 전투를 이끌게 하다니. 당신은 어리석고 허술한 세 가지에 모든 것을 걸었어. 첫째, 당신의 기병대가 내 우익을 측면 포위하여 뒤쪽에서 나를 공격할 물리력이 있다는 것. 둘째, 당신의 보병대가 내 군인들을 놀라게 할 물리력이 있다는 것. 셋째, 내 병사들이 당신이 있는 곳까지 뛰어가게 해서 지치게 만들리라는 것. 카이사르는 자신의 정반대쪽, 적군의 궁수와 투석병 들 뒤에서 덩치 큰 흰색 공마에 앉아 있는 폼페이우스를 바라보았다. 안됐군, 폼페이우스. 당신은 이 싸움에서 못 이겨, 아주 크게 질 거야.

모든 세부사항은 사흘 전에 정해지고 그후로도 매일 검토한 것이었다. 라비에누스의 기병대가 돌격했을 때 폼페이우스의 보병대는 가만히 있었지만 카이사르의 보병대는 돌격했다. 그러나 카이사르의 보병들은 반쯤 가서 멈춰 서더니 숨을 고른 다음 커다란 망치처럼 폼페이우스의 전선으로 돌진했다. 카이사르의 오른쪽에 있던 게르만족 1천 명은 전면적인 교전 없이 라비에누스가 돌격하기 전에 뒤로 물러났다. 라비에누스는 그들을 쫓는 데 시간을 낭비하지 않았고 10군단 뒤쪽에 도착하자마자 방향을 틀었다. 그리고 공성창의 벽 속으로 곧장 뛰어들어갔는데, 8개 대대로 이루어진 14군단은—그들은 사흘 동안 그 창을 쓰는 법을 연습했다—갈라티아인과 카파도키아인 들의 얼굴을 마구 찔렀다. 옛날 그리스의 밀집대형과 완전히 똑같군, 하고 라비에누스는 혼란 속에서 생각했다. 라비에누스의 기병대가 무너졌고, 그것을 신호로 게르만족은 그의 측면을 늑대처럼 덮쳤으며 10군단은 옆으로 돌아 궁수와 투석병 분견대를 도살한 뒤 라비에누스의 흐트러진 기병대 속으로 용감하게 전진해 들어왔다. 말들도 기병들도 비명을 지르며 쓰러졌다. 공포의 도가니였다.

다른 곳들도 비슷한 상황이었다. 파르살로스 전투는 싸움이 아니라 일방적인 패배에 가까웠다. 싸움은 한 시간도 채 가지 못했다. 예비 병력인 폼페이우스의 외국인 보조군은 기병대가 휘청거리는 걸 보자마자 달아났다. 시리아인 군대와 1군단, 3군단을 비롯한 군단병들은 대부분 계속 남아 싸웠지만 폼페이우스의 오른쪽에서 강을 끼고 있던 18

개 대대는 사방으로 흩어졌고, 남은 안토니우스는 에니페우스 강변의 완벽한 승리자가 되었다.

폼페이우스는 자신이 끝났음을 깨닫자마자 흔들림 없이 속보로 달려 전장을 떠났다. 망할 라비에누스, 카이사르의 군인들을 파두스 강 이북에서 온 풋내기 신병들이라고 무시하며 조롱하더니! 전장의 그들은 노련했고 하나의 단위로서 극히 완벽하고 사무적인 태도로 분별 있게 싸웠다! 내가 옳았어, 내 보좌관들은 틀렸고. 대관절 라비에누스는 뭘 하고 있는 거지? 전장에서 카이사르를 이길 수 있는 사람은 아무도 없을 것이다. 그자는 모든 것의 위에 있다. 우월한 전략과 우월한 전술. 난 끝났다. 이것이 고위사령부가, 라비에누스가 그동안 쭉 목표로 하고 있던 것인가?

폼페이우스는 진지로 돌아와 자신의 막사로 들어갔고, 양손으로 머리를 움켜쥔 채 한참을 앉아 있었다. 울지는 않았다. 눈물을 흘릴 시간은 이미 지났다.

마르쿠스 파보니우스와 렌툴루스 스핀테르, 렌툴루스 크루스도 그래서 울지 않았다. 그들은 두 손으로 머리를 움켜쥐고 앉은 폼페이우스를 찾아냈다.

"폼페이우스, 일어나십시오." 파보니우스가 이렇게 말하며 다가가서 은 판갑에 싸인 그의 등에 손을 얹었다.

폼페이우스는 아무 말도, 아무 행동도 하지 않았다.

"폼페이우스, 일어나세요!" 렌툴루스 스핀테르가 외쳤다. "다 끝났습니다, 우리가 졌어요."

"카이사르가 우리 진지로 들어올 겁니다, 도망쳐야 합니다!" 렌툴루스 크루스가 떨면서 말했다.

폼페이우스가 손을 떨구고 고개를 들었다. "어디로 도망친단 말인가?" 그가 냉담한 목소리로 물었다.

"모릅니다! 어디로든, 어디로든 가야지요! 제발, 폼페이우스, 어서 우리와 함께 갑시다!" 렌툴루스 크루스가 간청했다.

초점을 되찾은 폼페이우스의 눈에 세 사람 모두 그리스 상인의 옷차림을 하고 있는 것이 보였다. 튜닉과 클라미스 망토, 챙 넓은 모자와 발목까지 오는 장화. "그렇게? 변장을 하고?" 그가 물었다.

"그러는 게 좋습니다." 비슷한 복장을 한 파보니우스가 말했다. "갑시다, 폼페이우스, 일어나십시오, 어서! 갑옷을 벗기고 변장을 시켜드리겠습니다."

폼페이우스는 일어서서 그가 자신을 로마 최고사령관에서 그리스 장사꾼으로 변신시키게 내버려두었다. 변장이 끝난 후 폼페이우스는 자신의 막사 안을 멍하니 바라보다가, 문득 제정신이 든 것처럼 킬킬 웃으며 그의 양치기들을 따라 나갔다.

일행은 카이사르가 오기 전에 말을 타고 라리사에서 가장 가까운 성문으로 진지를 빠져나가 느린 구보로 달렸다. 라리사는 불과 50킬로미터 떨어져 있었다. 말을 바꿔 타야 할 만큼 먼 거리는 아니었지만, 스코투사 성문을 통과하기도 전에 네 마리 모두 지쳐버렸다.

그런데도 카이사르의 파르살로스 전투 승리 소식은 그들보다 앞서 도착했다. 폼페이우스의 대의를 단호히 지지했던 라리사 주민들은 혼란스러워하며 이리저리 서성이고 있었고, 카이사르가 오면 자신들의 운명은 어떻게 될지 걱정하는 소리가 여기저기서 들렸다.

"카이사르는 여러분을 해치지 않을 거요." 폼페이우스는 아고라에 이르자 말에서 내려 모자를 벗고 말했다. "그냥 일상생활을 하시오. 카이사르는 자비로운 자요. 해치지 않을 거요."

물론 사람들은 폼페이우스를 알아보았지만, 모든 신들께 감사하게도 패배를 두고 그를 비난하지 않았다. 옛날에 내가 술라한테 뭐라고 했더라? 폼페이우스는 울면서 도와주겠다고 하는 지지자들에 둘러싸인 채 자문했다. 베네벤툼 외곽의 길에서 술라한테 내가 뭐라고 했었지? 술라가 술에 잔뜩 취했을 때. 지는 해보다 뜨는 해를 숭배하는 사람들이 더 많다고……. 그래, 그렇게 말했어. 카이사르의 해는 뜨고 있다. 나의 해는 졌고.

정원의 절반인 서른 명의 갈라티아 기병대대가 결집하여 폼페이우스와 그의 동료들을 원하는 곳까지─단, 그곳이 갈라티아와 약간의 평화로 돌아가는 길에 있는 동쪽의 목적지라면─호위하겠다고 제안했다. 그들 모두 갈리아인으로, 일부는 카이사르가 데이오타로스 왕에게 선물한 사람들이었다. 그들을 죽이지 않되 살아서 반란을 일으킬 수도 없도록 하기 위한 처사였다. 대부분 고향에서 아주 먼 곳으로 이주당했기에 엉터리 그리스어를 조금 배운 트레베리족이었다.

말을 갈아탄 폼페이우스와 파보니우스, 렌툴루스 집안사람 두 명은 기병들 사이에 숨어 라리사의 테살로니카 성문을 빠져나갔다. 템페 고개 안의 페네이오스 강에 다다랐을 때 바다로 가는 바지선이 한 척 있었는데, 텃밭에서 키운 채소를 디온의 시장으로 실어나르는 선장은 네 도망자를 디온까지 태워다주겠다고 했다. 폼페이우스는 갈리아인 기병들에게 감사 인사를 하고 동료 세 명과 함께 바지선에 올랐다.

"이 방법이 낫겠군요." 나머지 세 사람보다 빨리 기운을 차린 렌툴루스 스핀테르가 말했다. "카이사르는 테살로니카로 가는 길에서 우리를 찾고 있을 겁니다, 채소가 잔뜩 실린 바지선이 아니라요."

페네이오스 강 하구에서 해안을 따라 몇 킬로미터 올라간 디온에서 네 사람에게 또 한번 행운이 찾아왔다. 방금 이탈리아 갈리아에서 가져온 수수와 병아리콩을 내려놓은 배 한 척이 묶여 있었던 것이다. 거기엔 말쑥한 로마 상인과 마르쿠스 페티키우스라는 순수 로마인 선장이 있었다.

"누구신지 말씀하실 필요 없습니다." 페티키우스는 폼페이우스의 손을 다정하게 잡고 흔들며 말했다. "어디로 가고 싶으십니까?"

이번에는 렌툴루스 크루스가 제대로 처신했다. 진지를 떠나기 전에 찾을 수 있는 모든 데나리우스 은화와 세스테르티우스를 쓸어모아 온 것이다. 아마도 로마 국고의 돈과 금은괴를 가져오는 걸 깜빡한 일에 대한 사죄의 표시였을 터였다. "원하는 뱃삯을 말해보시오, 마르쿠스 페티키우스." 그가 당당하게 말했다. "폼페이우스, 어디로 갑니까?"

"암피폴리스." 폼페이우스는 기억 속에서 골라낸 지명을 말했다.

"잘됐군요!" 페티키우스가 쾌활하게 말했다. "저는 거기서 마가목이나 잔뜩 실어와야겠습니다—아퀼레이아에서는 구하기 힘든 목재거든요."

승자이자 파르살로스 들판의 주인 카이사르에게 그 8월의 아홉번째 날은 복잡한 날이었다. 아군의 손실은 미미한 반면, 6천이라는 적군의 사망자 수는 훨씬 더 컸을 수도 있었다.

정리 작업이 시작되었을 때 카이사르는 슬픈 목소리로 안토니우스와 푸블리우스 술라, 칼비누스, 칼레누스를 향해 말했다. "그들은 내 업적을 무효화하고 내게 유죄판결을 내렸을 거요. 내가 내 병사들에게 도움을 청하지 않았다면."

"착한 녀석들." 안토니우스가 애정을 담아 말했다.

"늘 착한 녀석들이지." 카이사르가 잠시 입술을 앙다물었다. "9군단
은 빼고."

폼페이우스군 대다수는 종적을 감췄다. 카이사르는 그들을 쫓아가
려 애쓰지 않았다. 그럼에도 불구하고, 해 질 무렵이 되어서야 그는 마
침내 폼페이우스의 진지를 조사하러 갈 시간을 낼 수 있었다.

"맙소사!" 그는 숨을 들이쉬었다. "자기들이 이길 거라 확신하고 있
었군!"

모든 막사가, 사병들의 막사까지도 장식이 되어 있었다. 성대한 잔치
를 명령했었다는 증거가 도처에 널려 있었다. 무더기로 쌓아올린 채소,
그날 아침 해안에서 운반되어 그늘진 곳에 전투의 소음을 들으며 얌전
하게 놓여 있던 해산물, 도살된 양 사체 수백 마리, 빵더미, 스튜 냄비들,
익힌 병아리콩이 담긴 항아리들과 기름과 마늘을 섞어 찧은 참깨, 끈적
끈적한 꿀과자들, 통에 담긴 올리브, 다량의 치즈와 줄줄이 소시지들.

"폴리오," 카이사르는 까마득한 하급 보좌관 가이우스 아시니우스
폴리오에게 말했다. "이 음식을 적군 진지에서 우리 진지로 옮기는 건
어리석은 짓이야. 우리 병사들을 여기로 불러서 적들이 준비한 우리의
승리 축하연을 즐기라고 하게." 카이사르는 툴툴거렸다. "반드시 오늘
밤이어야 해. 내일이면 이 많은 음식들이 다 상해버릴 거야. 군인들이
탈이 나는 건 싫다네."

그러나 정말로 눈이 번쩍 뜨이는 광경은 폼페이우스 보좌관들의 막
사에 펼쳐져 있었다. 얄궂은 우연에 의해 카이사르가 마지막으로 간 곳
은 렌툴루스 크루스의 처소였다. "기테이온 바닷가의 그 궁전이 생각나

는군!" 그는—아무도 이해하지 못한—말을 하며 고개를 흔들었다. "놈이 굳이 로마 국고를 비우지 않고 간 게 이해가 돼! 자기가 국고로 가면 사리사욕을 채울 줄 알고 있었던 거지. 사면해줘야 겠는걸!"

사방에 금접시가 흩어져 있었고, 긴 의자들은 티로스 자주색이었으며, 베개에는 진주가 수놓여 있었고, 모퉁이의 탁자들은 값을 매길 수 없는 산다락나무였다. 조사단은 렌툴루스 크루스의 침실에서 희귀한 붉은색 대리석으로 만든, 받침대가 사자 발 모양인 거대한 욕조를 발견했다. 주방은 막사 뒤쪽의 개방된 공간으로, 수많은 통에 맛있는 수산물—새우, 성게, 굴, 땅꾼 숭어—이 눈과 함께 담겨 있었다. 눈을 더 많이 채운 통에는 여러 종류의 작은 새들과 양의 간과 신장, 허브를 넣은 소시지가 들어 있었다. 빵 반죽이 부풀고 있었으며 갖은 소스들이 나란히 놓인 단지에 담겨 데워지기를 기다리고 있었다.

"흐음," 카이사르가 말했다. "우린 오늘밤 여기서 잔치를 벌이세! 안토니우스, 이번만은 실컷 먹고 마실 수 있을 거야. 하지만," 그는 잠시 말을 끊고 킬킬 웃었다. "내일 밤이면 다시 예전 생활로 돌아가야 해. 난 전쟁중에는 삼프시케라모스처럼 살지 않을 거야. 아마도 크루스는 올림포스 산에서 눈을 가져온 것 같군."

카이사르는 칼비누스만 데리고 폼페이우스의 사령부 막사에 앉아, 거기서 찾은 여러 궤짝에 담긴 서신과 서류를 살펴보았다.

"옛말을 들먹이며 적의 서류를 불태웠다고 선언해야 직성이 풀리는 사람들이 있소—폼페이우스는 예전에 세르토리우스가 죽은 후 오스카에서 그리했다오. 하지만 그러기 전에 그것들을 찬찬히 읽어보지 않는 자는 바보지."

"그것들을 태우실 겁니까?" 칼비누스가 웃음을 지으며 물었다.

"아, 물론이오! 다들 보는 앞에서, 폼페이우스가 그랬던 것처럼. 하지만 난 금방 다 읽는다오, 칼비누스. 이렇게 합시다. 내가 모든 걸 먼저 정독한 다음, 한가할 때 읽을 가치가 있다고 생각되는 건 당신한테 주겠소."

수십 가지의 매혹적인 서류 중에는 이집트의 선왕 프톨레마이오스 아울레테스의 유언장도 있었다.

"이런, 이런!" 카이사르가 생각에 잠겨 말했다. "이건 불태우면 안 되겠군. 나중에 아주 요긴하게 쓸 수 있을지 몰라."

다음날 아침, 카이사르를 포함해 모두가 늦게 일어났다. 카이사르는 거의 동틀 무렵까지 앉아서 수많은 궤짝의 서류들을 읽었고 실로 유용한 정보를 많이 얻었다.

병사들이 시체를 불태우는 등 승리에 따라오는 불가피한 다른 임무들을 끝낸 뒤, 카이사르와 보좌진은 라리사로 가는 도로를 달렸다. 라리사에서 그들은 폼페이우스의 로마 병사들 다수와 마주쳤다. 2만 3천 명의 병사들은 울면서 사면을 청했고, 카이사르는 기분좋게 청을 들어주었다. 그런 다음 누구든 원하는 사람은 자기 군대에 들어와도 좋다고 제안했다.

"어째서인가, 카이사르?" 깜짝 놀란 푸블리우스 술라가 물었다. "우린 이곳 파르살로스에서 이겼잖나!"

서늘하고 얄궂은 기색을 띤 옅은 색 눈동자가 흔들림 없이 술라의 조카를 응시했다. "무슨 말씀입니까, 푸블리우스! 전쟁은 아직 끝나지 않았습니다. 폼페이우스는 지금도 행방이 묘연해요. 라비에누스와 카토, 폼페이우스 함대와 함대의 모든 지휘관들도 마찬가지고요! 최소 열 명은 되는 다른 위험한 인물들도 그렇죠. 이 전쟁은 그들 모두가 내게 복종하기 전에는 끝난 것이 아닙니다."

"자네한테 복종한다고?" 푸블리우스 술라가 얼굴을 찡그렸다가 표정을 풀었다. "아! 로마에 복종하기 전까지라는 뜻이군."

"내가 로마입니다, 푸블리우스. 파르살로스가 그것을 증명했지요."

브루투스에게 파르살로스는 악몽이었다. 폼페이우스가 자신의 괴로움을 아는 것인지 궁금해하며, 브루투스는 그가 자신을 강가의 우익에 배치해준 것에 매우 고마워했다. 하지만 안토니우스와 8군단, 9군단이 그들 앞에 있었고, 특히 9군단은 14군단의 미숙한 병사들로 더 많이 보충되어 있었지만, 나중에 9군단이 폼페이우스군을 혼내주지 않았다고는 아무도 말할 수 없었다. 제일 바깥쪽 대대들을 맡으라는 명령과 말한 필을 받은 브루투스는 튼튼한 강철 갑옷을 입고 말에 앉은 채, 뱀에 홀린 작은 짐승처럼 자기 검의 독수리 모양 상아 칼자루를 쳐다보았다.

그 검은 한 번도 뽑히지 못했다. 갑자기 대혼란이 벌어졌고 그의 병사들은 모두 "헤르쿨루스 인빅투스!"라고 외쳤으며, 9군단의 군인들은 알아들을 수 없는 함성을 질렀다. 브루투스는 충격 속에서, 군단의 최전선에서 벌어지는 백병전은 일대일로 짝을 지어 싸우는 것이 아니라 쇠사슬 갑옷 병사들이 떼로 밀고, 밀고, 미는 동안 다른 쇠사슬 갑옷 병사들이 반대쪽으로 밀리고 밀리고 밀리는 것임을 깨달았다. 병사들은 검에 찔리고 베였고, 방패는 공성망치와 지렛대처럼 사용되었다. 저들은 대체 어떻게 동지와 적을 구분하는 것인가? 투구 깃털장식의 색깔을 확인할 시간이 정말로 있을까? 못박힌 듯 꼼짝하지 못하며 브루투스는 그저 말 등에 앉아 지켜보고만 있었다.

폼페이우스의 좌익과 기병대가 무너졌다는 소식이 브루투스로서는 이해할 수 없는 방식으로 그의 전선까지 전해졌다. 그가 알아차린 건 그때부터 "헤르쿨루스 인빅투스!"라는 외침이 멈추고 살려달라며 애걸하는 소리가 들려오기 시작했다는 것뿐이었다. 카이사르의 9군단 투구 장식은 파란색 말총이었다. 브루투스 대대의 노란색 말총 장식이 갑자기 파란 말총의 바다 앞에서 사라져버리는 것처럼 보일 때, 브루투스는 고집 센 그의 말 옆구리를 발로 차고 강을 향해 질주했다.

낮 내내 그리고 밤까지 그는 에니페우스 강이 범람하여 축축한 습지에 숨어 있었다. 단 한 순간도 말고삐를 손에서 놓지 않았다. 마침내 환호성이, 승리감에 차 잔치를 즐기는 카이사르 병사들의 고함소리와 웃음소리가 그들의 모닥불과 함께 잦아들기 시작하자 그는 말 등에 올라타고 라리사로 달려갔다.

라리사에서 인정 많은 주민이 내준 그리스 사람의 옷과 은신처를 받자 브루투스는 즉시 자리에 앉아서 카이사르에게 편지를 썼다.

카이사르, 한때 당신의 동지였던 마르쿠스 유니우스 브루투스입니다. 제발 청컨대, 나이우스 폼페이우스 마그누스와 망명 원로원을 돕기로 결정했던 저의 뻔뻔함을 용서해주십시오. 여러 달 동안 저는 타르소스에서 푸블리우스 세스티우스와 그의 보좌관 직을 버린 제 행동을 후회해왔습니다. 저는 모험을 찾아 떠나는 어리석은 소년처럼 제 직위를 버렸습니다. 하지만 결국 그 모험은 제 취향이 아니더군요. 저는—이제 압니다—우스울 정도로 전투에 소질이 없으며, 전쟁에 대한 의욕도 거의 없습니다.

장군께서 모든 계급의 폼페이우스군 병사들을—이미 사면받은 적이 없는 한—사면해주셨다는 소식을 제가 있는 마을 사람들은 다 알고 있습니다. 당신의 부하가 청원하면 이미 사면받은 사람도 다시 사면해주실 의향이 있다고도 들었습니다. 하지만 저는 그런 청원이 필요치 않습니다. 저는 초범으로서 사면을 간절히 청합니다. 제게도 자비를 베풀어주실 수 없을까요? 저는 밉더라도 제 어머니와, 세상을 떠난 장군님의 사랑하는 따님 율리아를 위해서 말입니다.

그 편지를 받아본 카이사르는 보좌관들과 함께 말을 달려 라리사로 갔다.

"마르쿠스 유니우스 브루투스를 찾아서 내게 데려오시오." 그는 곧바로 나타나 주민들을 용서해달라고 비는 라리사의 행정장관에게 말했다. "그를 내게 데려오면 라리사 사람들은 아무런 해를 입지 않을 것이오."

브루투스가 왔다. 여전히 그리스인의 옷을 입은 그는 비참한 몰골이었다. 비쩍 마르고 풀이 죽어 있었으며, 고개를 들어 말에 탄 사람을 쳐다보지도 못했다.

"브루투스, 브루투스, 몰골이 그게 뭔가?" 브루투스는 익숙한 낮은 목소리를 들었고, 이어 그의 어깨를 잡는 두 손을 느꼈다. 누군가 그를 튼튼한 강철 같은 두 팔로 안고 입을 맞추었다. 마침내 브루투스는 고개를 들었다. 카이사르였다. 카이사르말고 누가 그런 눈을 갖고 있겠는가? 다른 누가 어머니를 유린할 힘과 아름다움을 동시에 가졌겠는가?

"친애하는 브루투스, 이렇게 다시 보게 되어 정말 기쁘네!" 카이사르는 한 팔로 브루투스의 어깨를 감싼 채, 아까부터 말에 탄 채 냉소적인 시선을 던지고 있던 보좌관들로부터 먼 쪽으로 걸어갔다.

"저를 사면해주시는 건가요?" 브루투스가 속삭였다. 그는 카이사르의 팔의 무게와 열기가 어머니와 비슷하다고 느꼈고, 생생하게 어머니가 떠올랐다. 그를 짓누르고 죽음에 이르게 할 납덩어리.

"자네는 내 사람이야, 사면받을 필요가 없네!" 카이사르가 말했다. "자네 짐은 어디에 있나? 말은 있고? 이제 나와 함께 가세나, 자네가 절실하게 필요해. 언제나처럼 나한테는 사실관계와 숫자, 세목을 처리할 수 있는 사람이 아무도 없거든. 그리고 내 약속하지," 그 따스하고 다정한 목소리가 계속 말했다. "내 보호 아래 있으면 몇 년 후 자네는 폼페이우스 아래서보다 훨씬 더 성공한 사람이 되어 있을 거라네."

"달아난 놈들은 어떻게 하실 작정입니까, 카이사르?" 그날 오후 파르살로스에 돌아갔을 때 안토니우스가 물었다.

"일단은 폼페이우스를 뒤쫓아야지. 소식 없는가? 라리사를 떠난 뒤로 목격된 적이 있어?"

"디온에서 배를 탔다고 말하는 사람들이 있습니다." 칼레누스가 대답했다. "암피폴리스로 갔다더군요."

카이사르가 눈을 깜박였다. "암피폴리스? 그렇다면 그는 서쪽이나 남쪽이 아니라 동쪽으로 가고 있다는 거군. 라비에누스와 파우스투스 술라, 메텔루스 스키피오, 아프라니우스, 페트레이우스는?"

"단 한 명 확신할 수 있는 사람은, 카이사르─친애하는 마르쿠스 브루투스를 제외하고 말이죠─아헤노바르부스입니다."

"그렇지, 안토니우스. 파르살로스의 전장에서 죽은 유일한 거물이지. 내 적들 중 두번째로 죽은 사람이기도 하고. 하지만 솔직히 난 그자가 비불루스만큼 그립지는 않을 것 같아. 그의 유골은 처리했나?"

"이미 그의 부인에게 가는 중입니다." 자신에게 온갖 종류의 임무가 맡겨지고 있음을 깨달은 폴리오가 말했다.

"잘했군."

"내일 행군합니까?" 칼비누스가 물었다.

"그럴 거요."

"브룬디시움 쪽으로 가는 도망자들이 많을 수 있네." 푸블리우스 술라가 말했다.

"그래서 이미 살로나에 있는 푸블리우스 바티니우스에게 서신을 보내놓았죠. 퀸투스 코르니피키우스가 당분간 일리리쿰을 맡고, 바티니우스는 브룬디시움의 지휘관으로 가서 도망자들을 쫓아버리라고." 카이사르는 안토니우스를 보며 싱긋 웃었다. "마음 푹 놓게, 안토니우스. 젊은 폼페이우스가 자네 동생을 케르키라에서 풀어줬다더군. 다친 데 없이 안전하게 있다고 해."

"유피테르 신께 감사의 공물을 바치겠습니다!"

다음날 아침, 파르살로스는 예전처럼 테살리아 구릉지 안의 고요하고 습한 계곡으로 돌아갔다. 카이사르의 군대는 뿔뿔이 흩어졌다. 카이사르가 아시아 속주로 가는 길에 동행한 군단은 2개밖에 안 되었고 양쪽 모두 패배한 폼페이우스군 자원병들로 구성되어 있었다. 카이사르의 노련병들은 안토니우스 휘하에 이탈리아 캄파니아로 돌아가 받을 자격이 충분한 휴가를 즐길 터였다. 브루투스와 나이우스 도미티우스 칼비누스가 카이사르와 함께 갔다. 카이사르는 칼비누스를 점점 더 좋아하게 되었다. 힘든 상황에서 능력을 발휘하는 사람, 그것이 칼비누스였다.

암피폴리스행 행군은 카이사르의 평소와 같은 빠른 속도로 이루어졌다. 폼페이우스군에서 온 병사들이 그들한테 익숙한 것보다 빠른 속도에 숨차했는지는 몰라도, 불평하는 사람은 없었다. 실제로 카이사르는 '유능한' 군대를 운영했고, 병사들이 자신의 위치를 알게 했다.

테살로니카에서 에그나티우스 가도로 130킬로미터 가면 나오는, 스트리몬 강이 케르키니티스 호수에서 흘러나오며 넓어져 곧바로 바다로 가는 곳에 위치한 암피폴리스는 조선업과 목재로 유명한 소도시였다. 훨씬 더 내륙 쪽에서 자라는 나무들은 통나무 상태로 스트리몬 강을 따라 내려와 암피폴리스에서 다듬어지고 정리되었다.

마르쿠스 파보니우스는 이곳으로 그의 목표물이 올 것을 알고 혼자서 기다리고 있었다.

"사면을 간청합니다, 카이사르." 두 사람이 만나자 그는 말했다. 파르살로스에서의 패배가 알아보지 못할 만큼 바꾸어놓은 또다른 사람이었다. 그의 공격적인 태도와 카토 흉내는 사라지고 없었다.

"기꺼이 그리하지, 파보니우스. 브루투스가 나와 함께 있네. 자네를 무척 보고 싶어해."

"아, 브루투스도 사면해주셨군요."

"물론이지. 나는 반듯한 사람들이 잘못된 이상을 추구했다고 해서 벌하지 않아. 내가 바라는 건 우리 모두 언젠가 로마에서 로마의 안녕을 위해 협력하는 거라네. 자네는 뭘 하고 싶은가? 바티니우스에게 자네가 원하는 자리를 주라는 편지를 써주겠네."

"제가 바라는 건," 속눈썹에 눈물이 맺힌 파보니우스가 대답했다. "이 모든 일이 다시는 벌어지지 않는 것입니다."

"내 바람도 같아." 카이사르가 진심으로 말했다.

"네, 이해할 수 있습니다." 파보니우스는 숨을 들이쉬었다. "저는 그저 루카니아에 있는 제 땅으로 은퇴해서 조용히 살고 싶습니다. 전쟁도, 정치도, 다툼도, 불화도 없이 말입니다. 평화입니다, 카이사르. 그게 제가 원하는 전부입니다. 평화요."

"다른 사람들이 어디로 갔는지 아는가?"

"일단 미틸레네가 다음 목적지라는 건 알지만 거기 계속 머물 것 같지는 않습니다. 렌툴루스 집안사람들은 적어도 당분간은 폼페이우스와 함께 있을 거라고 했습니다. 떠나기 직전에 폼페이우스는 일부 다른 사람들한테서 전갈을 받았습니다. 라비에누스, 아프라니우스, 페트레이우스, 메텔루스 스키피오, 파우스투스 술라와 다른 몇 명은 아프리카로 떠났습니다. 그 이상은 저도 모릅니다."

"카토는? 키케로는?"

"누가 알겠습니까? 하지만 제 생각에 카토는 다른 많은 사람들이 아프리카로 가고 있단 걸 알게 되면 그리로 갈 것 같습니다. 아프리카 속주에는 폼페이우스에게 우호적인 정부가 있으니까요. 그들은 아마 싸우지 않고서는 당신한테 굴복하지 않을 겁니다, 카이사르."

"내 생각도 같네. 고맙네, 마르쿠스 파보니우스."

그날 저녁 카이사르는 브루투스만 불러 조용히 식사를 했다. 동틀 무렵에는 헬레스폰트 해협을 향해 가고 있었다. 그의 옆에는 칼비누스와 브루투스가 있었다. 카이사르는 브루투스에게 가장 다정했다. 그는 브루투스를 편안한 이륜마차에 돌봐줄 하인과 함께 타게 했다.

파보니우스는 말을 달렸다. 바라건대 마지막으로, 로마인들이 최대한 곧고 경사가 완만하며 편안하게 만들어놓은 도로를 성큼성큼 걷는 은빛의 로마 군단 행렬을 쳐다보았다. 그러나 결국 파보니우스의 시선을 가득 채운 것은, 실제 나이보다 훨씬 젊은 남자처럼 편안하고 우아하게 기운찬 갈색 말을 타고 있는 카이사르였다. 파보니우스는 카이사르가 암피폴리스의 성벽이 보일 때쯤 말에서 내려 걸을 것임을 알고 있었다. 말들은 전투와 행진과 장관을 위한 것이었다. 자신의 훌륭함을 그토록 확신하는 사람이 어쩌면 저렇게 현실적일 수가 있는가? 세상에서 가장 기이하게 복잡한 사람, 가이우스 율리우스 카이사르. 숱 적은 금발은 에게 해의 매서운 바람에 흔들리는 리본처럼 흩날렸고, 척추는 완벽하게 곧았으며, 받침대 없이 내려뜨리고 있는 두 다리는 언제나처럼 튼튼하고 실팍했다. 로마 최고의 미남들 중 한 명이면서도 결코 멤미우스처럼 예쁘장하지도, 실리우스처럼 사내답지 못하지도 않았다. 베누스와 로물루스의 후손. 하, 누가 알겠는가? 어쩌면 신들은 정말로 그들 최고의 작품을 사랑하는지도. 아, 카토, 카이사르에게 계속 반대하지 마십시오! 아무도 그럴 수 없습니다. 카이사르는 로마의 왕이 될 겁니다―다만, 오직 그가 그것을 원한다면요.

미틸레네 역시 충격에 휩싸여 있었다. 두 로마 거물의 극히 예상 밖이며 무시무시한 충돌 결과가 준 충격이 동방 전역에 퍼지고 있었다. 카이사르를 아는 사람이라 해도 한 다리 건너, 혹은 두 다리, 세 다리 건너 아는 사람들뿐이었다. 카이사르는 서방에서만 총독을 지냈고, 그가 동방에 있던 시절은 너무 오래전 일이라 잊혔다. 미틸레네 사람들이 아는 것은 루쿨루스가 술라의 명으로 그곳을 포위공격했을 때 가이우스 카이사르가 최전선에서 싸운 후 용맹함을 기리는 시민관을 받았다는 사실이었다. 그가 아시아 속주의 트랄레스 외곽에서 미트리다테스 군대를 상대로 지휘했던 전투를 아는 사람은 거의 없었지만, 트랄레스 주민들은 그 일로 전장 근처 작은 승리의 여신전에 카이사르의 조각상이 세워졌음을 알고 있었다. 이제 그들은 그 신전으로 몰려가 경내를 단장하고 카이사르 조각상의 상태가 좋은지 확인했다. 경이롭게도, 조각상 아래 야자수 이파리들 사이에 야자 새싹이 나 있었다. 위대한 승리를 암시하는 징조이자 위대한 인물을 암시하는 징조였다. 트랄레스에 소문이 번져나갔다.

로마가 지중해 세계를 지배해온 지 너무 오래되어서, 로마 유력자들 간의 모든 알력 싸움은 지진의 여파처럼 지중해 근방의 모든 땅을 뒤흔들었다. 무슨 일이 벌어질 것인가? 지중해 세계의 구조는 어떻게 바뀔 것인가? 카이사르는 술라처럼 합리적인 사람인가, 총독과 징세청부업자 들의 착취를 줄일 조치를 시행할 것인가? 아니면 그는 그런 갈취 행위를 장려하는 또 한 명의 폼페이우스 마그누스인가? 메텔루스 스키피오, 렌툴루스 크루스, 그리고 폼페이우스의 하급 보좌관인 티투스 암피우스 발부스에게 시달려 기진맥진한 아시아 속주의 모든 섬과 도시와 지역은 앞다투어 몰려가 위대한 폼페이우스의 조각상들을 끌어내리고 가이우스 카이사르의 조각상을 세우는 일에 착수했다. 새로운 로마의 일인자와 꼭 닮은 조각상이 있는 트랄레스 외곽 승리의 여신전으로 많은 사람들이 몰려들었다. 아시아 속주 몇몇 해안 도시의 대표들은 에페소스에 모여 돈을 추렴해서 트랄레스의 카이사르 조각상 복제품을 아프로디시아스의 유명 공방들에 의뢰했다. 그 결과물은 아고라 한복판에 세워졌고, 대좌에는 다음과 같이 적혀 있었다. "가이우스 율리우스 카이사르, 가이우스의 아들, 최고신관, 임페라토르, 재선 집정관, 아레스와 아프로디테의 후손, 신의 현현이자 인류의 구원자." 이는 엄청난 찬사였는데, 카이사르를 베누스와 그녀의 아들 아이네아스의 후

손이기 이전에 마르스와 그의 아들 로물루스의 후손으로 언급했기 때문이다. 아시아 속주는 이런 숙제를 하느라 매우 분주했다.

렌툴루스 집안사람 두 명과 함께 레스보스 섬의 미텔레네 항구에 내렸을 때 폼페이우스는 충격과 알랑거리는 아첨이 섞인 이런 분위기 속으로 걸어들어간 것이었다. 레스보스는 오래전에 폼페이우스에 대한 지지를 선언했지만, 패자인 그를 받아주는 건 어렵고 미묘한 문제였다. 폼페이우스의 도착은 그가 아직 경기장에서 나가지 않았다는 의미이자, 어쩌면 파르살로스 전투 같은 싸움이 또 있을 수 있다는 의미였다. 다만─과연 그가 승리할 수 있을까? 카이사르는 절대로 전투에서 지지 않는다는(디라키온에서의 '위대한 승리'는 이제 무가치한 것으로 여겨지고 있었다), 아무도 카이사르를 이길 수 없다는 소문이 돌고 있었다.

폼페이우스는 상황에 잘 대처했다. 그리스인의 옷차림을 유지한 채 의회의 행정장관들에게 카이사르는 자비롭기로 매우 유명하다고 알린 것이다.

"그자에게 잘하시오." 폼페이우스는 조언했다. "세상을 다스리는 자요."

코르넬리아 메텔라와 젊은 섹스투스가 폼페이우스를 기다리고 있었다. 섹스투스가 주도하는 기이한 재회였다. 그는 사랑하는 아버지를 부둥켜안고 서럽게 울었다.

"울지 마라." 폼페이우스는 아들의 곱슬기 없는 갈색 머리카락을 쓰다듬으며 말했다. 섹스투스는 그의 세 자식 중 유일하게 무키아 테르티아의 짙은 머리색을 물려받은 아이였다.

"제가 수습군관으로 아버지와 함께 있었어야 했어요!"

"사태가 좀 천천히 전개되었다면 그랬을 거다. 하지만 넌 더 큰일을 해냈다, 섹스투스. 나 대신 코르넬리아를 지켜줬잖니."

"그건 여자의 일이에요!"

"아니, 남자의 일이다. 가족은 모든 로마 사상의 핵심이다, 섹스투스. 그리고 폼페이우스 마그누스의 아내는 아주 중요한 사람이란다. 그의 아들들 역시 마찬가지고."

"다시는 아버지를 떠나지 않을 거예요!"

"나도 그러기를 바라. 언젠가 우리 모두가 다시 만나게 해달라고 라레스와 페나테스, 베스타께 공물을 바쳐야겠다." 폼페이우스는 섹스투스를 안은 팔을 푼 뒤 손수건을 건네 코를 풀고 눈물을 닦게 했다. "이제 아비의 부탁을 하나 들어주렴. 네 형 나이우스에게 편지를 쓰거라. 다 쓸 때쯤에 다시 너한테 가마."

섹스투스가 손수건을 꼭 쥔 채 훌쩍거리며 아버지의 부탁대로 하러 물러가고서야 폼페이우스는 코르넬리아 메텔라를 제대로 볼 수 있었다.

그녀는 변하지 않았다. 여전히 거만한 표정에 도도했고 조금 서먹서먹했다. 하지만 그녀의 회색 눈 가장자리는 빨갛게 부어 있었으며, 그를 바라보는 시선은 슬펐다. 폼페이우스는 다가가서 그녀의 손에 입을 맞췄다.

"슬픈 날이오." 그가 말했다.

"내 아버지는요?"

"아프리카 쪽으로 간 것 같은데, 곧 확실히 알게 될 거요. 당신 아버지는 파르살로스에서 다치지 않았소." 이제 정말 하기 힘든 얘기를 꺼내야 한다! "코르넬리아," 폼페이우스는 아내의 손을 만지작거리며 말했다. "나와 이혼하고 싶다면 기꺼이 보내주겠소. 그렇게 하면 당신의 부동산은 잃지 않을 거요. 적어도 난 알바누스 구릉의 빌라를 당신 명의로 해놓을 만큼은 똑똑하게 처신했다오. 이번 전쟁 비용을 대기 위해 재산을 많이 팔았지만 그 빌라는 그대로 두었소. 마르스 평원의 빌라와 카리나이의 집도 그렇고. 그것들은 내 재산이고, 카이사르는 그것들을 당신과 내 아들들한테서 빼앗을 거요."

"카이사르는 공권박탈을 실시하지 않을 거라고 생각했는데요."

"공권박탈은 하지 않을 거요. 하지만 이번 전쟁 사령부의 재산은 몰수될 것이오, 코르넬리아. 그게 관습이자 전통이니까. 그는 그런 것들을 거스르지 않을 것이오. 그래서 내 생각엔 당신이 나와 이혼하는 것이 더 안전하고 분별 있는 처신이오."

코르넬리아는 고개를 저었고, 평소에 잘 짓지 않아 어색한 웃음을 지었다. "아뇨, 마그누스. 난 당신 아내예요. 앞으로도 그럴 거고요."

"그럼 적어도 귀국이라도 하시오." 폼페이우스는 아내의 손을 놓고 자신의 손을 망연히 흔들었다. "앞으로 내가 어찌될지 모르겠소! 어떻게 하는 것이 최선인지도 모르겠고. 이제 어디로 가야 하는지도 모르겠지만 여기 계속 머물 수도 없다오. 나와 함께 있으면 삶이 그리 편치 않을 거요, 코르넬리아. 난 낙인찍힌 사람이오. 카이사르는 나를 체포해야 한다는 걸 알고 있소. 내가 잡히지 않는 한 난 또다른 전쟁을 도모할 주동자인 셈이니까."

"섹스투스와 마찬가지로, 나도 다시는 당신을 떠나지 않을 거예요. 하지만 분명한 건 아프리카로 가야 한다는 거죠. 당장 배를 타고 우티카로 떠나야 해요, 마그누스."

"그게 낫겠소?" 그의 살진 얼굴에서 선명한 파란색 눈이 반짝였다.

그의 몸과 마찬가지로 고뇌와 고통, 여전히 다스리기 힘든 자존심의 상처 때문에 쪼그라든 눈이었다. "코르넬리아, 그동안 정말 끔찍했소. 카이사르나 전쟁 때문이 아니라, 이번 작전을 함께한 내 동료들 때문에. 아, 당신 아버지는 아니오! 그분은 내게 힘이 되어줬지만, 다른 사람들한테 내가 시달릴 때는 내 옆에 없었소. 다툼과 트집 잡기, 끝도 없는 책망에 말이오."

"그 사람들이 당신을 책망했다고요?"

"끝도 없이 그랬소. 나를 갉아먹었지. 아마도 내가 사령부 막사를 통제할 수 있었다면 카이사르를 더 잘 처리했을 거요. 하지만 통제가 안 됐지. 코르넬리아, 내가 아니라 라비에누스가 대장이었소. 끔찍한 작자야! 카이사르는 대체 어떻게 그자를 견뎌낸 거지? 라비에누스는 야만인이오. 정말이지 사람 눈알을 뽑아내야만 육체적인 만족감을 느낄 수 있는 것 같다니까—아, 더 심한 짓거리들에 대해서는 당신에게 말할 수가 없구려! 그리고 전장에서 용감하게 싸우다 죽기는 했지만, 아헤노바르부스도 틈만 나면 나를 괴롭혔소. 나를 왕중왕 아가멤논이라고 불렀다오."

지난 두 달 간의 충격과 긴 여행은 코르넬리아 메텔라를 크게 변화시켰다. 버릇없는 아마추어 학자가 어느 정도의 동정심, 그리고 많이 부족했던 공감능력을 갖게 된 것이다. 그래서 그녀는 폼페이우스의 말을 자기연민의 증거로 삼는 실수를 범하지 않았다. 그는 고귀하고 오래된 바위였다. 끊임없이 뚝뚝 떨어지는 침식성 물에 쓸리고 또 쓸린 바위.

"마그누스, 문제는 그 사람들이 전쟁을 또다른 종류의 원로원으로 본다는 데 있는 것 같아요. 그들은 정치가 군사적 문제와 아무런 관련이 없다는 걸 이해하지 못했어요. 카이사르가 자기들한테 이래라저래라 하지 못하도록 원로원 최종 결의를 통과시킨 사람들이잖아요. 당신이라고 자기들한테 이래라저래라 하게 놔뒀겠어요?"

폼페이우스는 쓴웃음을 지었다. "당신 말이 맞소. 그러니 내가 왜 아프리카로 가길 꺼리는지도 알 거요. 당신 아버지가 그리 가는 건 알지만, 라비에누스와 카토도 그쪽으로 갈 거라오. 아프리카에서라고 뭐가 달라지겠소? 거기서도 난 내 사령부 막사를 통제할 수 없을 거요."

"그럼 파르티아의 왕에게 은신처를 부탁해봐요, 마그누스." 단호한 말투였다. "당신 친척을 오로데스 왕한테 보냈잖아요. 그는 돌아오지 않았지만 무사히 잘 있어요. 엑바타나로 가면 카이사르도 라비에누스도 볼 일이 없을 거예요."

"하지만 포로가 된 로마 독수리 깃발들을 올려다보는 기분이 어떻겠소? 크라수스의 그늘과 함께 살게 될 텐데."

"다른 대안이 있나요?"

"이집트."

"거긴 그다지 먼 곳이 아닌데요."

"그렇소, 하지만 거긴 경유지일 뿐이오. 인더스 강가나 세리카에 있는 사람들이 로마 장군을 영입하기 위해 얼마나 많은 돈을 내놓으려 하는지 아시오? 난 나를 고용한 자가 그쪽 세계를 손에 넣게 해줄 수 있지. 이집트인들은 타프로바네로 가는 방법을 알고 있소. 그리고 타프로바네에는 세리카나 인더스 강으로 가는 방법을 아는 사람이 있을 거요."

코르넬리아가 활짝 웃었다. 보기 좋은 광경이었다. "마그누스, 참 좋은 생각이네요! 그래요, 나랑 섹스투스랑 같이 세리카로 가요!"

폼페이우스는 미틸레네에 오래 머물지 않았지만, 위대한 철학자 크라티포스가 거기 있다는 얘기를 듣고 그를 만나러 갔다.

"영광입니다, 폼페이우스." 새하얀 수염을 새하얀 옷 위로 늘어뜨린 늙은 철학자가 말했다.

"제가 영광이지요." 폼페이우스는 앉으려 하지 않고 선 채로 눈물을 질금대는 철학자의 눈을 들여다보며, 왜 거기에 현명함의 기미가 전혀 보이지 않는 것인지 의아해했다. 철학자들은 늘 현명해 보이지 않던가?

"좀 걸읍시다." 크라티포스는 이렇게 말하고 폼페이우스에게 팔짱을 꼈다. "정원이 무척 아름답습니다. 물론 로마식 정원이지요. 우리 그리스인들은 정원 쪽으로는 재능이 없답니다. 전 항상 로마인들이 자연미를 높이 사는 건 로마 사람들 내면의 가치를 말해준다고 생각해왔죠. 우리 그리스인들은 미에 대한 사랑을 인위적인 것들로 돌린 반면, 로마인들은 그들이 만든 인위적인 것들을 마치 원래부터 거기 있었던 것처럼 자연에 편입시키는 천재성이 있습니다. 다리며, 수도교며……. 그야말로 완벽하죠! 그리스인들은 아치의 아름다움을 결코 이해하지 못했죠. 자연은," 크라티포스는 장황하게 말을 이었다. "결코 직선이 아닙니다, 나이우스 폼페이우스. 자연은 둥글어요, 지구처럼."

"저는 지구가 둥글다고 느낀 적이 한 번도 없습니다만."

"에라토스테네스가 이집트 북쪽과 남쪽의 동일한 기준면에서 그림자를 측정해서 증명하지 않았습니까? 지구가 편평하다면 가장자리라는 게 있어야 합니다. 그렇다면 어째서 대서양 바닷물은 폭포처럼 떨어져 내리지 않습니까? 나이우스 폼페이우스, 세상은 구체입니다, 주먹처럼 스스로를 감싸고 있지요. 손가락 끝은 손바닥 안쪽에 닿아요. 그리고 그건, 당신도 아시다시피, 일종의 무한이지요."

"혹시," 폼페이우스가 적당한 표현을 찾으며 말했다. "신들에 대해 말씀해주실 수 있는지요."

"많이 해드릴 수 있습니다만, 알고 싶은 게 무엇입니까?"

"신들의 형태에 대해서요. 신성이란 무엇인지."

"로마인들이 그리스인들보다 그 답에 가까이 간 것 같습니다만. 우리는 우리의 신들을 인간 남녀와 비슷한 존재로 설정했습니다. 따라서 인간의 모든 결점과 욕망, 취향과 악을 갖고 있지요. 반면 로마의 신들, 진정한 로마 신들은 얼굴도, 성별도, 형태도 없습니다. 누멘이라고 하지요. 공기중에 있고, 공기의 일부입니다. 일종의 무한이죠."

"하지만 신들은 어떻게 존재합니까, 크라티포스?"

철학자의 축축한 눈은 거무스름했지만 홍채 가장자리에 옅은 색 고리가 있다는 걸 폼페이우스는 보았다. 노인의 아치, 임박한 죽음의 징조였다. 그가 이 세상, 이 구체에서 살 날은 얼마 남지 않았다.

"그저 신들로서 존재하지요."

"그게 아니라, 신들은 무엇과 같습니까?"

"신들 같지요. 그것이 어떤 것인지는 우리가 신들을 모르기 때문에 이해할 수 없습니다. 우리 그리스인들이 신들에게 인간의 페르소나를 준 건 다른 방법으로는 파악할 도리가 없었기 때문입니다. 하지만 그러면서도 우린 그들을 신으로 만들기 위해 그들에게 초인적인 힘을 부여했지요. 제가 믿기론," 크라티포스가 부드러운 목소리로 말했다. "모든 신들은 사실 하나의 위대한 신의 일부입니다. 다시 말하지만, 로마인들이 그런 진실에 더 가까이 가 있지요. 로마의 모든 신들은 위대한 신 유피테르 옵티무스 막시무스의 일부인 걸 알고 계시겠지요."

"그 위대한 신은 공기중에 삽니까?"

"모든 곳에서 산다고 생각합니다. 위에, 아래에, 안에, 밖에, 가까운 곳에, 먼 곳에. 저는 우리도 그 신의 일부라고 생각합니다."

폼페이우스는 입술을 핥고 마침내 그의 마음을 괴롭히던 문제를 꺼냈다. "우리는 죽은 후에도 계속 삽니까?"

"아! 영원한 질문이군요. 일종의 무한."

"본래 신들 또는 위대한 신은 불멸합니다. 우리는 죽습니다. 하지만 우리는 계속해서 사는 걸까요?"

"불멸은 무한과 다릅니다. 불멸에는 아주 다양한 종류가 있지요. 신의 긴 삶―하지만 그것이 무한히 길까요? 저는 그렇게 생각하지 않습니다. 제 생각에 신은 측정할 수 없이 긴 주기로 태어나고 다시 태어납니다. 반면 무한은 불변하는 것입니다. 무한에는 시작이 없었고 끝도 없을 겁니다. 우리 인간은―모르겠습니다. 한 가지 확신하건대, 나이우스 폼페이우스, 당신은 불멸할 것입니다. 당신의 이름과 업적은 당신이 사라진 후에도 수천 년을 살 것입니다. 생각만 해도 멋지군요. 거기에는 그 자체로 신성이 있지 않을까요?"

폼페이우스는 아무런 궁금증도 해결하지 못한 채 그곳을 떠났다. 뭐, 사람들이 늘 그렇게 말하지 않던가? 그리스인을 이해하려고 노력하는 건 결국 소용없는 일이라고. 그것도 일종의 무한이었다.

폼페이우스는 코르넬리아 메텔라, 섹스투스, 그리고 렌툴루스 집안 사람 두 명과 배를 타고 떠났다. 에게 해 동부를 따라 섬과 섬을 지나며 여행했다. 어느 곳에서도 하룻밤 이상 머물지 않았고, 리키아 모퉁이를 돌아 팜필리아의 대도시 아탈레이아에 배를 댈 때까지 아는 사람을 아무도 보지 못했다. 아탈레이아에서 그는 망명 원로원 의원을 60명이나 발견했다. 다들 위엄이라곤 없어 보였고 몹시 당혹스러워하는 표정이었다. 아탈레이아는 변함없는 충성을 선언하며 폼페이우스에게 깔끔한 내파성 3단 노선 열두 척을 내주었고, 아직 케르키라 섬에 있는 그의 아들 나이우스의 편지도 전해주었다. 어떻게 소문이 이리도 빨리 퍼졌단 말인가?

아버지, 동일한 편지를 여러 장소에 보내놓았습니다. 간곡히 청컨대, 포기하지 마십시오! 키케로한테 사령부 막사에서 아버지가 겪으신 끔찍한 고난에 대해 들었습니다. 키케로는 여기 있었지만 이젠 떠나고 없습니다. 라비에누스란 놈 때문이야! 키케로가 제게 그렇게 말했습니다.

라비에누스는 카토와 회복한 부상병들 천 명과 함께 도착했습니다. 카토는 그 군인들을 데리고 아프리카로 가고 싶지만, 일개 법무관인 자신이 전직 집정관—키케로 말이죠—을 제치고 지휘하는 것은 부적절하다고 선언했습니다. 카토의 목표는 자신과 병사들에 대한 책임을 키케로에게 떠넘기려는 것이었지만, 그 늙은 허풍선이는 아버지가 저보다 잘 아시니 그자가 뭐라고 대답했을지는 추측이 되시겠지요. 키케로는 더이상의 저항이나 군대, 카토와는 절대 엮이지 않길 바랐습니다. 키케로가 몰래 이탈리아로 돌아가려고 결심했다는 걸 알게 된 카토는 평정을 잃고 키케로에게 덤벼들려 했습니다. 제가 카토를 뜯어말려야 했죠. 기회가 오자 키케로는 곧바로 동생 퀸투스와 조카 퀸투스를 데리고 파트라이로 도망쳤습니다. 두 퀸투스는 그동안 저와 함께 있었거든요. 저는 그들 셋이 이제 파트라이에서 옥신각신하고 있을 거라고 생각합니다.

카토는 제 수송선단을 이끌고—제겐 그것이 필요 없습니다—아프리카로 출항했습니다. 유감스럽게도 항해사로 내줄 만한 사람이 없었기에, 그에게 뱃머리를 남쪽으로 두고 바람과 해류가 이끄는 대로 가라고 말했습니다. 그나마 다행인 건 아프리카가 지중해 남쪽을 막고 있으니 그는 결국 아프리카 어딘가에 도착할 수밖에 없다는 사실입니다.

이 사실이 제게 말해주는 건, 카이사르와의 전쟁이 끝나려면 아직 멀었다는 겁니다. 망명자들이 모두 그리로 향하고 있으니 아프리카 속주에서 저항이 구체화할 것입니다. 우리는 아직 팔팔하게 살아 있고, 바다는 아직 우리의 것입니다. 제발 부탁입니다, 사랑하는 아버지, 배를 최대한 모아서 저에게 오시거나 아프리카로 가십시오.

폼페이우스의 답장은 짧았다.

사랑하는 아들아, 아비는 잊어라. 나는 공화국의 대의를 도모하기 위해 아무것도 할 수가 없구나. 내 시절은 끝났다. 그리고 솔직히 말하면, 카토와 라비에누스가 나를 귀찮게 따라다니는 사령부 막사를 떠올리기도 싫어. 내 경주는 끝났다. 네가 무엇을 할지는 너의 선택이다. 하지만 카토와 라비에누스를 조심하렴. 한 명은 융통성 없는 이상주의자고 다른 한 명은 잔인한 자다.

나는 코르넬리아, 섹스투스와 함께 아주 멀리 떠날 거다. 이 편지가 탈취당할 경우를 대비해 행선지는 말하지 않겠다. 지금까지 나와 동행한 렌툴루스 집안사람 두 명한테도 행선지를 밝히지 않고 떠날 것이다. 이곳 아탈레이아에서 두 사람한테서 벗어나고 싶구나.

부디 몸조심하거라, 아들아. 사랑한다.

9월 초에 출발 시기가 왔다. 폼페이우스의 배는 렌툴루스 집안사람 두 명과 망명 원로원 의원 60명 모르게 항구를 벗어났다. 폼페이우스는 3단 노선을 세 척만 가져갔고 나머지 아홉 척은 케르키라의 나이우스에게 보냈다.

그들은 킬리키아 시에드라에 잠깐 들렀다가 키프로스의 파포스로 건너갔다. 킬리키아를 통해 로마의 지배를 받고 있던 키프로스의 곡물 담당관은 감찰관 아피우스 클라우디우스 풀케르의 아들이었는데, 어떻게 하면 폼페이우스를 도울 수 있을지 열성적으로 물었다.

"당신 부친이 너무도 갑작스럽게 세상을 떠나서 유감이오." 폼페이우스가 말했다.

"저도요." 가이우스 클라우디우스 풀케르가 별로 유감스럽지 않은 표정으로 대답했다. "아버지가 완전히 실성하시긴 했지만요, 아시겠지만."

"그러셨다고 얘기를 좀 듣긴 했소. 그래도 그분은 적어도 파르살로스에서의 일 같은 건 겪지 않아도 되었구려." '파르살로스', 그 단어를 입에 올리기가 어찌나 힘든지!

"네. 아버지와 저는 언제나 장군님을 지지했습니다. 하지만 파트리키 클라우디우스 씨족 전체가 그렇다고는 말씀드리지 못하겠군요."

"내부적인 의견 차이가 없는 명문가가 어디 있겠소, 가이우스 클라우디우스."

"안타깝게도 장군께서는 여기 계속 계시면 안 됩니다. 안티오케이아와 시리아가 카이사르 지지 선언을 했고, 타르소스의 총독 관저에 있는 세스티우스는 늘 카이사르를 편드는 자니까요. 그자도 조만간 공식 지지 선언을 할 겁니다."

"이집트로 가려는데, 바람이 좀 어떻소?"

가이우스 클라우디우스의 표정이 굳어졌다. "저라면 이집트는 안 가겠습니다, 마그누스."

"어째서?"

"내전중이거든요."

클레오파트라가 즉위한 후 세번째 범람기의 수위는 2천 년 동안 이집트가 기록해온 범람 수위의 최저치를 기록했다. 죽음 수위 아래인 건 물론이고, 죽음 수위 가운데서도 최저 기록인 2.5미터였다.

클레오파트라는 그 소식을 듣자마자 그해엔 타셰와 모이리스 호수 지역에서조차 농작물 수확이 전혀 없을 것임을 알았다. 그녀는 재앙을 늦추기 위해 할 수 있는 일을 했다. 2월에는 어린 왕과 공동으로 중부 이집트에서 생산되거나 보관중인 모든 곡물을 알렉산드리아로 보내라는 칙령을 내렸다. 중부와 상부 이집트는 제1폭포에서 테베까지 나일 강의 좁은 계곡을 관개하여 자급자족해야 할 터였다. 이집트에서 나는 모든 밀과 보리는 이중 왕관 주인의 소유였기에, 클레오파트라는 그런 칙령을 발효할 정당한 권한이 있었다. 또한 칙령을 위반하는 곡물상이나 관료를 처벌할 권한도 있었다. 밀고자들에겐 현금으로 보상했으며, 밀고자가 노예일 경우 해방까지 시켜줬다.

반응은 즉각적이고 강렬했다. 3월에 여왕은 두번째 칙령 발효가 정치적으로 필요하다고 생각했다. 이번 칙령은 '군왕의 서' 보유자는 세금과 군역을 명예롭게 면제받는다는 내용이었다. 면제 조건은 단 하나, 농업에 종사하는 것이었다. 알렉산드리아를 제외한 이집트 전역은 가장 고통스러운 방식으로, 즉 범람 없이 관개하여 농사를 지어야만 했다.

항의 편지가 쇄도했다. 종곡과 세금 감면 요청도 쇄도했는데, 이중 왕관의 주인으로서는 그 어느 것도 들어줄 수 없는 처지였다.

더 심각한 문제는 알렉산드리아의 어수선한 민심이었다. 식품 물가가 급등하자 빈자들은 몇 안 되는 소중한 소유물을 팔아 식량을 살 돈을 마련했고 부자들은 돈과 저장성 좋은 식품을 비축하기 시작했다. 어린 왕과 누이 아르시노에는 히죽히죽 웃었다. 포테이노스와 테오도토스는 아킬라스 장군의 도움을 받아 알렉산드리아를 사면팔방으로 돌아다니며 폭발 직전인 시민들에게 위로의 말을 건네고, 식량 부족이 선동 분자들을 굶겨서 도시 밖으로 내몰고 그 숫자를 줄이려는 클레오파트라의 계책이라고 암시했다.

6월에 그 삼인방은 공격을 감행했다. 폭발한 알렉산드리아 군중이 아고라에서 모여 왕실 구역으로 향했다. 포테이노스와 테오도토스가 성문을 열자 아킬라스가 이끄는 군중이 폭풍처럼 밀고 들어왔다. 하지만 클레오파트라는 이미 사라지고 없었다. 그들은 실망하지 않고 아르시노에를 새 여왕으로 삼았으며, 어린 왕은 식량 부족 상황을 개선하겠다고 약속했다. 군중은 집으로 돌아갔고 포테이노스와 테오도토스, 아킬라스는 만족했다. 하지만 그들은 아주 어려운 문제들에 직면했다. 여분의 식량이 없었던 것이다. 그래도 손에 넣은 권력은 지켜야 했기에 포테이노스는 유다이아와 페니키아의 곡창을 약탈할 함대를 보냈다.

위대한 폼페이우스와 가이우스 카이사르의 전쟁이 세상의 이목을 다른 지역에 집중시키고 있으니 이집트가 몇 번 다른 나라를 침략하더라도 묵과되거나 처벌받지 않을 거라는 확신에 따른 행동이었다.

한 가지 확실한 문제는 있었다. 행방이 묘연한 클레오파트라. 잡히지 않는 한 그녀는 지칠 줄 모르고 어린 왕 프톨레마이오스의 궁정 파벌을 몰락시키려 할 것이다. 그녀는 대체 어디로 간 걸까? 왕좌를 뺏긴 프톨레마이오스 집안사람은 모두 배를 타고 멀리 떠났었다! 하지만 이 땅의 드넓은 물가 어디에서도, 궁정 파벌의 첩자들 가운데 아무도 클레오파트라가 뱃길로 도망쳤다는 증거를 발견하지 못했다.

그녀는 뱃길로 도망치지 않았다. 클레오파트라는 카르미온과 이라스, 기골이 장대하고 피부가 검은 환관 아폴로도로스와 함께 알렉산드리아의 부잣집 아가씨처럼 옷을 입고 당나귀를 타고 왕실 구역을 떠났다. 군중이 궁정으로 들이닥치기 불과 몇 시간 전에 카노포스 성문을 통과한 그들은 알렉산드리아 뒤쪽의 마레오티스 호수에서 흘러나온 운하가 나일 삼각주의 카노포스 쪽 하구로 유입되는 스케디아에서 작은 바지선을 탔다. 나일 강이 삼각주에서 퍼지기 직전의 강변에 위치한 멤피스까지의 거리는 800그리스 스타디온—약 150킬로미터—도 되지 않았다.

멤피스는 이집트의 종교 중심지 자리를 재탈환한 곳이었다. 초기와 중기 파라오들 통치 시절에 창조신 프타 숭배의 중심지였던 멤피스는 보물 보관실들과 위엄 넘치는 사제들이 있는 곳이었다. 그러나 세소스트리스 파라오 통치기부터 테베의 아몬 신이 부상하면서 종교적 권한—그리고 보물 보관실—도 멤피스에서 테베로 이동했다. 하지만 진정한 이집트 파라오들의 대가 끊긴 후 왕국이 흥망을 겪으면서 아몬의 영향력이 약화되었다. 이어 프톨레마이오스 왕조와 알렉산드리아가 부상했다. 멤피스도 재부상했는데, 테베보다 알렉산드리아에 훨씬 더 가까웠기 때문이다. 명석했던 프톨레마이오스 1세는 프타 신의 대사제 마네토에게 제우스-오시라피스-오시리스-아피스와 아르테미스-이시스의 신성에 따르는, 그리스와 이집트의 특성을 혼합한 종교를 창시해 알렉산드리아가 이집트와 친밀한 관계를 맺게 했다.

비문에서는 소테르 2세, 신하들에게는 라티로스(병아리콩이라는 뜻이다)라고 불린 프톨레마이오스 9세 때 프톨레마이오스 왕조 통치에 반대하면서 테베가 몰락했다. 라티로스는 유대인 군대와 경흘수 갤리선들을 이끌고 나일 강을 따라 내려가 테베를 혼내주었다. 약탈과 완전한 파괴를 감행했다. 아몬은 몰락했다.

그러나 3천 년의 명맥을 이어온 이집트 사제 계층은 약탈에 이골이 나 있었다. 영면에 든 파라오들은 모두 엄청난 보물들에 둘러싸여 있었고, 그래서 사자를 약탈하기 위해서는 무슨 짓이든 다 하는 강도들의 표적이었다. 왕국이 부강할 때는 그런 강도들의 활동이 주춤했지만 이집트가 외세의 침략에 시달리기 시작하면서 대다수의 왕릉이 털렸다. 비밀스러운 장소에 있는 묘들만 약탈을 면했고 보물 보관소도 사정이 비슷했다.

병아리콩 프톨레마이오스가 (보물 보관소들을 찾아서) 이 잡듯 테베를 뒤질 때쯤 보물들은 이미 멤피스로 돌아가 있었다. 왕은 절박하게 돈이 필요했다. 파라오였던 어머니 클레오파트라 3세는 병아리콩이 파라오가 되지 못하게 했던 것이다. 그녀는 그를 혐오하고 그의 동생인 알렉산드로스를 편애했는데, 결국에는 병아리콩을 축출하고 알렉산드로스를 왕좌에 앉히는 데 성공했다. 이집트에 치명적인 행위였다. 알렉산드로스가 어머니를 살해한 후 두 형제는 왕좌를 놓고 전쟁을 벌였다. 두 형제가 모두 죽자 독재관 술라는 알렉산드로스의 아들을 이집트 통치자로 보냈다. 그는 왕실의 마지막 적통 왕자였지만 후손을 남길 수 없는 몸이었고, 유언으로 이집트를 로마에 증여해서 그때부터 이집트 사람들이 공포 속에서 살게 만들었다.

클레오파트라는 서쪽 강변에 도착하여 당나귀를 타고 1.3제곱킬로미터 넓이 구역의 서쪽 탑문으로 갔다. 프타 신전이 있는 구역이었다. 아피스 소들을 미라로 만드는 그 신전 구역에는 사제들과 그들의 다양한 활동, 그리고 오래전에 죽은 파라오들을 기리는 수없이 많은 소신전이 있었다. 지하에는 벌집 같은 방과 터널 들이 수 킬로미터 떨어진 피라미드 구역까지 이어져 있었다. 아피스 소 미라 제작실에서 그 미로로 들어가는 부분에는 이제껏 살았던 모든 아피스 소들의 미라와 고양이, 따오기 미라들이 보관되어 있었다. 프타 신전 비밀의 방에서 미로로 들어가는 부분에는 보물 보관실들이 있었다.

우엡은 클레오파트라를 맞이하기 위해 암송 사제인 케르헵과 회계 담당자, 관료들, 그리고 평사제인 메테-엔-사들을 대동하고 나왔다. 키가 150센티미터 정도밖에 되지 않고 체중은 1.5탈렌툼도 안 되는 클레오파트라 앞에, 200명의 삭발한 남자들이 광이 나는 붉은 화강암 포석에 이마를 대고 엎드려 있었다.

"지상의 여신, 라의 딸, 이시스의 현현, 왕중왕이시여." 프타의 대사제가 말하고는 능숙한 솜씨로 절하는 횟수를 줄여가며 서서히 일어섰다. 다른 사제들은 계속 엎드려 있었다.

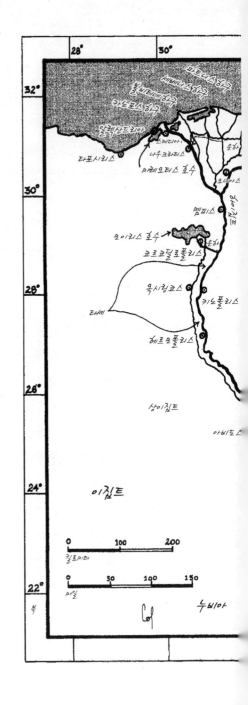

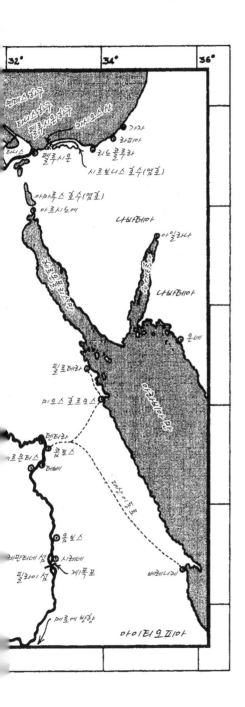

32°   34°   36°

메데스항구
벧브오스항구
헤로온항구

라피아

가자

레니스

펠루시움

리노콜룰라

시르보니스 호수(염호)

아마룩스 호수(염호)

아르시노에

나바테아

아일라나

나바테아

윤네

필로테라

미오스 호르모스

베레니케

콥토스

테바

테스몬티스

덴데아 길

음빗스

레판티네 섬

시레네

필라이 섬

제폭포

메로에 방향

아이티오피아

"프타의 셈 사제, 넵-노트루, 위대한 영도자, 세케르-카바우, 프타의 아들, 카임-우에세," 파라오가 다정한 웃음을 지으며 말했다. "친애하는 카임, 다시 만나 정말 기뻐요!"

카임과 그의 아랫사람들을 구별짓는 유일한 의복은 옷깃 모양 목걸이였다. 머리카락은 완전히 밀었고, 젖꼭지 바로 밑에서 장딴지 중간까지 하늘하늘하게 퍼지는 두꺼운 흰색 아마포 치마 외에는 아무것도 입고 있지 않았다. 옷깃 모양 목걸이는 최초의 파라오 때부터 프타 대사제의 상징으로서, 목에서 어깨 끝과 젖꼭지까지 덮는 갑옷의 가슴받이처럼 넙적한 금 장신구였다. 바깥 가장자리에는 청금석과 홍보석, 녹주석과 줄마노가 훨씬 더 두꺼운 꼬인 금줄에 둘러싸여 박혀 있었다. 왼쪽 금줄은 자칼 모양, 오른쪽 것은 사람의 두 발과 사자의 한 발 모양이었다. 지그재그형의 무거운 금줄 두 개가 젖꼭지께의 청금석 장식과 그의 목을 연결했다. 그 위로는 홍보석이 박힌 원반들로 끝나는 금줄 목걸이 세 개를 차고, 그 위로는 각 변 길이가 같은 보석 박힌 십자가들로 끝나는 금줄 목걸이가 여섯 개를 더 하고 있었다. 세 개는 아래쪽, 세 개는 위쪽에 있었다.

"변장을 하셨군요." 그는 옛 이집트어로 말했다.

"알렉산드리아인들이 나를 끌어내렸어요."

"아!"

카임은 그의 궁전으로 파라오를 안내했다. 아몬이기도 한 라를 만든 창조신을 섬겼던 모든 프타 대사제들의 카르투슈와 상형문자가 그려진, 작은 블록 같은 석회암 건물이었다. 문 옆에는 프타의 멤피스 3신 조각상이 서 있었다. 목까지 미라 붕대가 감긴 직립 인간 형상에 테두리 없는 모자를 쓴 프타, 암사자 머리를 한 그의 아내 세크메트, 신성한 파란색 연꽃과 흰색 타조 깃털로 된 관을 쓴 연꽃의 신 네페르템이었다.

내부는 시원하고 하얬지만 여러 그림과 장식으로 생동감 넘쳤고 상아와 흑단, 금으로 만든 의자와 탁자가 있었다. 사람들의 목소리를 듣고 한 여자가 방으로 들어왔다. 전형적인 이집트 여자로, 이집트 사제 계급이 수천 년에 걸쳐 완성한 특유의 무표정한 방식으로 매우 아름다웠다. 어깻죽지가 드러나게 자른 검은색 가발을 썼고 불투명한 흰색 아마포 소재에 소매가 너울거리며 벌어진 튜브 같은 속옷과, 그 위로 오직 이집트에서만 생산되는 투명하고 곱게 주름이 잡힌 고급 아마포 옷을 입고 있었다.

그녀 역시 엎드렸다.

"타카," 클레오파트라가 그렇게 부르며 그녀를 안았다. "내 어머니."

"3년 동안은 실제로 그랬지요." 카임의 아내가 말했다. "시장하십니까?"

"먹을 것이 충분한가요?"

"이토록 힘든 시기에도 저희는 그럭저럭 버티고 있습니다, 라의 따님이시여. 제 정원에는 나일 강으로 흐르는 좋은 운하가 있습니다. 하인들이 우리를 위해 농사를 짓는답니다."

"내가 데려온 사람들도 먹을 수 있을까요? 세 명뿐이지만, 불쌍한 아폴로도로스는 많이 먹어요."

"저희가 알아서 하겠습니다. 어서 앉으십시오!"

납작한 빵과 통째로 튀긴 작은 생선과 대추 한 접시에 보리 맥주를 곁들인 수수한 식사를 하며 클레오파트라는 그간의 이야기를 들려주었다.

"어떻게 하실 생각입니까?" 거무스름한 눈이 반쯤 감긴 것처럼 보이는 카임이 물었다.

"유다이아와 나바테아에서 군대를 살 돈을 내게 주세요. 포테이노스는 그 나라들의 곡창을 약탈하겠다고 말하고 있으니, 내가 거기서 좋은 군대를 모집하는 일이 어렵진 않을 거예요. 메텔루스 스키피오는 작년에 시리아를 떠나면서 유능한 사람은 아무도 남겨두지 않았어요—시리아가 자기들 힘으로 지내고 있다는 얘기죠. 나는 해안만 피한다면 어려움을 겪지 않을 거예요."

타카가 목을 가다듬었다. "여보, 파라오와 의논할 다른 문제가 있잖아요." 모든 아내들이 연마하는 어투였다.

"좀 참으시오, 여보! 파라오께서 말씀하신 사안부터 끝내겠소. 알렉산드리아는 어떻게 처리하면 되겠습니까?" 카임이 물었다. "애초에 그곳이 세워진 이유도 알고, 기존의 펠루시온보다 덜 취약하고 진흙탕이 아닌 지중해 항구를 갖는 게 좋다는 것도 인정합니다. 하지만 알렉산드리아는 기생충 같은 존재입니다! 이집트에서 모든 것을 받으면서도 이집트에 돌려주는 건 아무것도 없으니까요."

"알아요. 내가 이곳에 살 때 내게 늘 그렇게 말했잖아요? 내 보위가 확실해지면 그 문제를 시정해야 한다고요. 하지만 난 내 보위를 확실하게 만들어야 해요. 이집트가 마케도니아 알렉산드리아로부터 분리될 수는 없다는 건 알죠, 카임? 그러기엔 이미 늦었어요. 내가 파라오로서 그곳을 떠나 멤피스에서 진짜 이집트를 통치한다면, 알렉산드리아는 그저 엄청난 군사를 사서 우리를 처부수러 올 거예요. 이집트는 곧 나일 강이에요. 그 강 너머로 달아날 곳은 없어요. 정말이지 손쉬운 공격이겠죠, 병아리콩이 증명해 보이지 않았나요? 바람은 전투용 갤리선들을 삼각주에서 남쪽으로 멀리 제1폭포까지 밀어보낼 테고 나일 강의 물살은 재빨리 돌려보내주겠죠. 진정한 이집트는 마케도니아인과 혼혈, 로마인 들의 노예가 되고 말 거예요. 로마군이 올 테니까요."

"그렇다보니, 지상의 여신이시여, 무척 예민한 주제로 넘어가야겠습니다."

클레오파트라는 황록색 눈을 가늘게 뜨고 얼굴을 찌푸렸다. "죽음 수위 말이군요."

"연속으로 두번째입니다. 이번 수위는 2.5미터밖에 안 됐습니다―전례 없는 저수위입니다! 나일 강의 백성들이 수군거리고 있습니다."

"기근에 대해서요? 당연하죠."

"아닙니다, 파라오에 대해서입니다."

"자세히 말해보세요."

타카는 자리를 뜨지 않았다. 신전의 사제 음악가이자 우엡의 아내라는 특권이 있었기 때문이다.

"라의 따님이시여, 여자 파라오가 사내아이를 수태하여 낳을 때까지 죽음 수위는 계속될 거라는 말이 있습니다. 여자 파라오의 의무는 다산을 하여 악어신과 하마신을 달래고 그들이 콧구멍으로 강물을 지나치게 빨아들이지 않도록 하는 것입니다."

"나도 당신만큼이나 잘 알고 있어요, 카임!" 클레오파트라가 신랄하게 외쳤다. "내가 어렸을 적부터 귀에 못이 박히도록 해준 얘기를 굳이 왜 또 하는 거죠? 나도 밤낮으로 수위 걱정뿐이라고요! 하지만 내가 뭘 어쩌겠어요? 내 동생이자 남편은 아직 어리고, 나보다 자기 친누나를 좋아해요. 내 피는 미트리다테스 왕가에 의해 오염되어 프톨레마이오스 왕가의 피가 부족하기 때문이죠."

"다른 배필을 찾으셔야 합니다, 지상의 여신이시여."

"아무도 없어요. 아무도요! 정말이에요, 카임, 할 수만 있다면 당장이라도 그 독사 새끼를 죽여버릴 거예요! 그애의 남동생도! 아르시노에도! 어차피 가족끼리 죽이기로 유명한 집안이잖아요! 하지만 프톨레마이오스 혈통은 우리 넷, 여자 둘과 남자 둘밖에 남지 않았어요. 내 처녀성을 가져갈 다른 남자는 없고, 난 신이 아닌 누구와도 이집트의 이름으로 짝을 맺지 않을 거예요!" 그녀는 이를 갈며 듣기 싫은 소리를 냈다. "언니 베레니케가 시도했었잖아요! 하지만 저 로마인 아울루스 가비니우스가 언니를 저지했고, 아버지를 복귀시키는 쪽을 택했죠. 베레니케는 아버지 손에 죽었고요. 앞으로 조심하지 않으면 나도 죽을 거예요."

벽에 난 구멍으로 들어온 가느다란 빛줄기 속에서 떠다니는 먼지가 보였다. 카임은 길고 앙상한 갈색 양손을 쫙 펴서 타일이 깔린 바닥에 그림자를 만들었다. 그리고 한 손을 다른 손 위에 얹어 한줄기 빛을 만들었다. 그런 다음 한 손을 거두고 다른 손으로 우라이오스, 즉 신성한 뱀 모양을 만들었다. "기이하고 집요한 징조들입니다." 그는 꿈을 꾸듯 말했다. "계속해서 서방으로부터 신이 올 거라고 나옵니다⋯⋯. 서방에서 오는 신. 파라오에게 걸맞은 남편감이라고요."

파라오는 긴장하며 몸을 떨었다. "서방요?" 놀란 어조였다. "죽은 자들의 땅? 그러니까 죽은 자들의 땅에서 돌아와 이시스를 수태시킨 오시리스 말인가요?"

"그리고 사내아이를 낳게 하죠." 타카가 말했다. "호루스. 하로에리스."

"하지만 어떻게 그런 일이?" 파라오가 아닌 여자로서의 질문이었다.

"어쨌거나 그리될 것입니다." 카임이 말하고는 오랜 방식으로, 먼저 엎드린 다음 일어섰다. "그때까지, 여왕 중의 여왕이시여, 우리는 반드시 유능한 군대를 매수해야 합니다."

두 달 동안 클레오파트라는 대(大)시리아를 돌아다니며 용병을 모집했다. 옛 시리아의 왕국들은 모두 용병 판매를 수익성 좋은 사업으로 삼았고 그 용병들은 세계 최고로 널리 인정받고 있었다. 이두메아인, 나바테아인. 하지만 그중에서도 최고 용병은 유대인들이었다. 클레오파트라는 서둘러 예루살렘으로 가서 그 유명한 안티파트로스를 만났다. 그는 마음에 들었지만, 그가 데려온 차남 헤로데스는 오만하고 못생긴 청년이라 별로 마음에 들지 않았다. 하지만 그 부자는 매우 똑똑하고 탐욕스러웠다. 그들은 클레오파트라의 황금을 언급하며 그걸로는 군대뿐 아니라 군대의 충성심까지도 살 수 있다고 했다.

"아시겠지만," 안티파트로스가 말했다. 이 타락한 집안의 호리호리한 자손이 흠잡을 데 없는 아람어를 구사한다는 사실이 그로서는 무척 흥미로웠다. "나는 폼페이우스 마그누스가 서방에서 나타난 신비로운 자 가이우스 율리우스 카이사르를 이길 가능성이 거의 없다고 생각하오."

"서방에서 나타난 자라고요?" 클레오파트라가 맛있는 석류를 베어물며 나른하게 물었다.

"그렇소, 헤로데스와 나는 그를 그렇게 부르오. 그는 서방에서 정복 활동을 해왔소. 이제 우리는 그가 동방에서 어떻게 해내는지 보게 되겠지요."

"가이우스 율리우스 카이사르……. 내가 그에 대해 아는 거라곤 내 아버지에게 우호동맹 지위를 팔고 아버지의 왕위를 보장해줬다는 것

밖에 없어요. 돈을 받고 말이에요. 그 카이사르라는 자가 누군지 얘기
해봐요."

"카이사르가 누구냐고요?" 안티파트로스는 몸을 옆으로 기울여 금
대야에 손을 씻었다. "로마가 아닌 다른 곳에서 태어났다면 그는 왕일
것이오, 위대한 여왕이여. 그의 가문은 유서 깊고 고귀하오. 사람들 말
로는 그자가 아이네이아스와 로물루스의, 더 위로는 아프로디테와 아
레스의 후손이라고 하오."

크고 아름다우며 사자 같은 두 눈이 깜짝 놀란 기색을 띠었다. 긴 속
눈썹이 내려와 그 눈을 가렸다. "그렇다면 그는 신이로군요."

"우리 같은 유대인들에게는 그렇지 않소만, 맞아요. 그자는 어느 정
도 신성을 주장할 수 있다고 생각하오." 헤로데스가 나른하게 대답하며
헤나로 물들인 통통한 손가락으로 견과류 접시를 헤집었다.

소(小)시리아 왕국 사람들은 어찌나 우쭐대는지! 클레오파트라는 생
각했다. 세상의 배꼽이 예루살렘이나 페트라 또는 티로스에 있다는 듯
이 행동한단 말이야. 사실은 그렇지 않은데. 세상의 배꼽은 로마에 있
어. 멤피스에 있다면 좋겠지만! 심지어 알렉산드리아에 있기만 해도
좋겠어.

오니아스의 땅에서 온 자원병들로 순식간에 클레오파트라의 2만 군
사가 형성되었다. 알렉산드리아와 이집트의 여왕은 시르보니스 호수
의 너른 소금 습지와 바다 사이에 있는 라피아를 떠나 해안 도로를 내
려가다가, 펠루시온에서 15킬로미터밖에 떨어지지 않은 모래언덕인
카시오스 산의 시리아 쪽 기슭에 자리를 잡았다. 누가 이집트 왕좌에
앉을 것인지 결정할 장소로 적당한 곳이었다. 그녀는 깨끗한 물과 시리

아 보급선도 확보했다. 시리아에서는 안티파트로스와 그의 아들 헤로데스가 식량을 사들이고 있었다. 그들은 높은 수수료를 붙였지만 그녀는 전혀 불평하지 않았다.

아킬라스와 이집트 군대가 클레오파트라를 막기 위해 이동했다. 9월 중순경에 그는 펠루시온 쪽 카시오스 산에 도착해 자리를 잡았다. 신중한 군인인 아킬라스는 공격하기 전에 클레오파트라를 지치게 만들고 싶었다. 한여름에는 태양이 작열하니 그녀의 용병들은 땀흘려야 하는 전투와 시원한 고향을 저울질할 터였다. 그때 그녀를 쳐야 했다.

한여름! 다음 범람기! 클레오파트라는 범람 문제를 얼른 해결하고 싶어서 안달이 난 채 자신의 거처를 서성거렸다. 세상이 무너지고 있다! 서방에서 나타난 그 남자가 파르살로스에서 나이우스 폼페이우스 마그누스를 무찔렀다! 하지만 이곳 카시오스 산에 있으면서 어떻게 그 남자가 이집트로 오게 할 수 있단 말인가? 그러려면 그녀는 왕좌를 확실하게 차지하고 국빈 방문 초청장을 보내야 할 터였다. 로마인들은 이집트에 오는 것을 무척 좋아했다. 악어를 보게 해달라고, 하마도 한 마리라도 보게 해달라고 요구했으며, 금은보화를 보고 감탄하고 싶어했고, 거대한 신전들에 압도당했다. 풀죽은 얼굴에 눈물을 흘리며, 클레오파트라는 세번째의 죽음 수위 범람기를 받아들였다. 카임이 보는 징조들은 늘 옳았다. 가이우스 율리우스 카이사르, 서방에서 나타난 신, 그는 반드시 올 것이다. 하지만 그것은 한여름이 지나고 난 이후의 일이리라.

폼페이우스는 쉰여덟 살 생일 이틀 전 아침에 펠루시온 앞바다에 도착하여, 그 오래되고 버려진 항구가 이집트의 전투용 갤리선과 군사 수송선으로 가득한 모습을 보았다. 편안하게 뭍으로 가기는커녕 진흙탕 해변에도 정박할 수 없을 듯했다. 그와 섹스투스는 배 난간에 기댄 채 홀린 듯이 대혼란의 광경을 응시했다.

"정말로 내전을 하나봅니다." 섹스투스가 말했다.

"어찌됐든 나한테는 득 될 게 없겠구나." 그의 아버지가 싱긋 웃으며 대꾸했다. "정찰할 사람을 보낸 다음 어떻게 할지 결정해야겠다."

"알렉산드리아로 계속 갈 거죠?"

"어쩌면, 하지만 내 선장 세 명이 식량도 물도 다 떨어져간다고 하니 식량을 실을 때까지 여기 머물러야 할 거다."

"제가 가겠습니다." 섹스투스가 제안했다.

"아니, 필리포스를 보낼 거야."

섹스투스가 성난 표정을 짓자 아버지는 주먹으로 아들의 어깨를 가볍게 쳤다.

"인과응보다, 섹스투스. 옛날에 그리스어 숙제를 게을리하지 않았느냐. 필리포스를 보내는 건 그가 시리아계 그리스인이라 의사소통이 가능해서다. 아티케식 그리스어가 아니면 통하지 않으니까."

폼페이우스의 해방노예인 나이우스 폼페이우스 필리포스가 지시를 받으러 왔다. 덩치 크고 피부가 흰 남자인 그는 집중하여 듣더니 질문 없이 고개를 주억거리고는 3단 노선의 난간을 훌쩍 뛰어넘어 상륙용 조각배에 탔다.

"전투가 임박했습니다, 나이우스 폼페이우스." 그는 두 시간 뒤에 돌아와서 말했다. "이집트 인구의 절반이 이 근처에 와 있습니다. 여왕의 군대는 카시오스 산 건너편에 야영중이고 왕의 군대는 산의 이쪽에 야영중입니다. 펠루시온 사람들 말로는 며칠 내로 양측이 맞붙을 거랍니다."

"펠루시온 사람들이 어떻게 전투 시점을 아는가?" 폼페이우스가 물었다.

"어린 왕이 이곳에 도착했기 때문입니다―보기 드문 일이지요. 그는 너무 어려서 전쟁을 지휘할 수 없습니다. 아킬라스라는 자가 사령관입니다. 하지만 왕이 나타나지 않으면 전투가 공식화하지 않는 모양입니다."

폼페이우스는 앉아서 프톨레마이오스 왕에게 즉시 면담을 하자는 편지를 썼다.

그날이 다 가도록 답신이 없자 폼페이우스는 이제껏 한 적 없는 생각을 하게 되었다. 2년 전에 그런 편지를 썼더라면, 심지어 올림포스 산의 통치자들에게도 창으로 똥구멍을 찌른 것 같은 반응을 촉발했을 것이다. 이제 풋내기 왕조차 자기 좋을 때 답장을 써도 된다고 생각하는군.

"카이사르였다면 얼마 만에 답장을 받았을지 궁금하구려." 폼페이우스는 코르넬리아 메텔라에게 약간 씁쓸한 목소리로 말했다.

그녀는 남편의 손을 가볍게 두드렸다. "마그누스, 조바심할 것 없어요. 저들은 이상한 민족이니 관습도 분명 이상한 거겠죠. 게다가 여기 사람들은 아직 파르살로스 전투에 대해 모를 거예요."

"그렇지는 않을 거요, 코르넬리아. 내 생각에 이제는 파르티아 왕조차도 파르살로스 일을 알고 있을 거요."

"침대로 가서 자요. 내일은 답신이 올 거예요."

필리포스가 말단 비서에게 건넨 폼페이우스의 편지는 몇 시간이 지나서야 사무직 계급의 사다리를 오를 수 있었다. 사람들이 하는 말에 따르면, 관료제에 대해서라면 이집트는 아시아의 그리스인들에게 한수 가르쳐줄 수 있을 정도였다. 일몰 조금 전에 대시종장 포테이노스의 비서의 비서에게 편지가 전달되었다. 호기심 어린 표정으로 봉인을 살펴보던 그의 몸이 굳었다. 사자의 머리와 갈기를 둘러싼 'CN POMP MAG'라는 문구? "오, 세라피스시여!" 그는 그길로 포테이노스의 비서에게 달려갔고, 비서는 포테이노스에게로 달려갔다.

"대시종장님!" 그는 숨을 헐떡이며 그 작은 두루마리를 내밀었다. "나이우스 폼페이우스 마그누스의 서신입니다!"

일과를 다 끝낸 후라 얇고 비치는 자주색 아마포 옷을 입고 있던 포테이노스는 긴 의자에서 벌떡 일어나 두루마리를 낚아채고 믿을 수 없다는 표정으로 그 봉인을 노려보았다. 정말이다! 틀림없이 그의 편지다!

"테오도토스와 아킬라스를 불러와." 그는 퉁명스럽게 명령한 후 책상 앞에 앉아 붉은색 밀랍 봉인을 뜯었다. 두 손을 떨며 판니우스 종이 한 장으로 된 두루마리를 펼치고 구불구불 기는 듯한 필체로 적힌 그리스어를 해독하기 시작했다.

테오도토스와 아킬라스가 도착했을 때, 포테이노스는 두루마리를 모두 읽고 앉아서 창밖을 응시하고 있었다. 서쪽을 향한 창으로 여전히 분주히 움직이는 사람들로 가득한 펠루시온 항구가 보였다. 그는 정박해 있는 세 척의 늘씬한 3단 노선을 보고 있었다.

"무슨 일이오?" 아킬라스가 물었다. 마케도니아인과 이집트인의 피가 섞인 그는 마케도니아인의 체구와 이집트인의 거무스름한 피부를 물려받았다. 유연한 체격에 삼십대 중반인 그는 평생 군인으로 살아왔으며, 조만간 여왕을 무찔러야만 한다는 사실을 잘 알고 있었다. 그러지 못하면 추방과 파멸에 직면할 것이다.

"저기 배 세 척이 보이오?" 포테이노스가 손가락으로 가리키며 물었다.

"뱃머리를 보니 팜필리아에서 만든 배군요."

"저기 누가 타고 있는지 아시오?"

"짐작도 못하겠소."

"나이우스 폼페이우스 마그누스."

테오도토스는 꽥 소리를 지르고 힘없이 의자에 주저앉았다.

아킬라스는 맨팔의 근육을 구부려 딱딱한 가죽 판갑의 가슴 위에 양손을 올리며 외쳤다. "세라피스시여!"

"그러게 말이오." 대시종장이 말했다.

"원하는 게 뭐랍니까?"

"왕과 면담하고 알렉산드리아로 안전하게 지나가고 싶다고 하오."

"왕을 데려와야 합니다." 테오도토스가 말하고는 휘청거리며 일어섰다. "내가 데려오겠습니다."

포테이노스도 아킬라스도 반대하지 않았다. 어떻게 하든 왕명으로 처리해야 할 터였다. 왕은 자문들의 조언을 들을 권리가 있었다. 물론 발언권은 없겠지만, 어쨌거나 들을 권리는 있었다.

프톨레마이오스 13세는 단과자를 너무 먹어서 속이 좋지 않았다. 하지만 3단 노선 세 척에 누가 타고 있는지 듣자마자 메스꺼움이 사라지고, 설레는 흥분이 그 자리를 대신했다.

"아! 내가 그자를 만나게 되는 거야, 테오도토스?"

"그건 아직 모릅니다." 왕의 가정교사가 대답했다. "이제 앉아서 잘 들으십시오, 끼어들지는 마시고요……. 위대한 왕이시여." 마지막 호칭은 뒤늦게 생각나서 덧붙였다.

포테이노스는 의자에 앉아 아킬라스를 향해 고갯짓을 했다. "먼저 의견을 말해보시오, 아킬라스. 나이우스 폼페이우스와 관련해 우리가 어떻게 해야겠소?"

"글쎄요, 그의 편지만 봐서는 알 수 있는 것이 별로 없습니다. 그저 접견과 알렉산드리아로의 통행권만 요청하고 있으니까요. 그는 전함 세 척을 갖고 있고, 분명 병사들도 조금 타고 있을 겁니다. 하지만 걱정할 이유는 전혀 없습니다. 제 생각에," 아킬라스가 말했다. "우리는 그가 원하는 대로 접견과 통행을 허락해야 합니다. 그는 아마 아프리카에 있는 동료들에게 가는 중일 겁니다."

테오도토스가 초조한 듯 입을 열었다. "하지만 그러면 폼페이우스가 여기서 도움을 청했고, 도움을 받았고, 왕을 만났다는 게 알려질 겁니다. 그는 파르살로스 전투에서 이기지 못했습니다—졌죠! 그의 정복자, 강대한 가이우스 카이사르를 화나게 해도 되는 걸까요?"

포테이노스의 잘생긴 얼굴은 무표정했다. 그는 두 사람의 말을 모두 경청한 뒤 말했다. "테오도토스의 말이 더 일리가 있소. 어떻게 생각하십니까, 위대한 왕이시여?"

열두 살 소년인 이집트의 왕은 근엄하게 얼굴을 찡그렸다. "경의 말에 동의하오, 포테이노스."

"다행입니다! 테오도토스, 계속 말해보시오."

"생각해보십시오! 폼페이우스 마그누스는 파르티아 왕국 서쪽에서 가장 강한 나라인 로마에서의 지배력을 유지하기 위한 싸움에 졌습니다. 로마 독재관 술라가 받은 선왕 프톨레마이오스 알렉산드로스의 유언장에는 이집트를 로마에 유증한다고 적혀 있습니다. 우리는 알렉산드리아에서 그 유언장을 뒤엎고 전하의 아버님이 왕좌에 오르는 것을 보았습니다. 마르쿠스 크라수스는 이집트를 합병하려고 애썼습니다. 우리는 그 위기를 넘긴 후 아까 제가 언급한 가이우스 카이사르에게 돈을 주어 아울레테스께서 보위 기간을 확보하도록 만들었습니다." 야위고 화장을 한, 열이 나는 얼굴이 근심에 찌푸려졌다. "하지만 이제 그 가이우스 카이사르가 세상의 지배자라고들 합니다. 우리가 어찌 그의 심기를 거스를 수 있겠습니까? 그는 손가락만 까딱하면 자기가 줬던 걸 도로 가져갈 수 있습니다—이집트의 독립 말입니다. 우리의 명운이 달려 있어요. 우리의 보물과 생활방식을 보존하는 일이. 우리는 칼날 위를 걷고 있는 겁니다! 우리는 가이우스 카이사르로 대변되는 로마를 거스를 형편이 못 됩니다!"

"당신 말이 맞소, 테오도토스." 아킬라스가 불쑥 끼어들었다. 그는 손마디를 입으로 잘근잘근 씹고 있었다. "우린 지금 나라 안에서 전쟁을 하고 있습니다—비밀에 부쳐야 할 전쟁이죠! 로마의 주의를 끌어서는 안 됩니다. 행여나 로마에서 이집트는 자국의 일을 처리할 능력도 없다고 생각하게 되면 어쩝니까? 그 유언장은 지금도 존재합니다. 지금도 로마에 있지요. 나이우스 폼페이우스 마그누스에게 내일 새벽에 서신을 보내서 여기서 떠나라고 해야 합니다. 어떤 도움도 줘서는 안 됩니다."

"어떻게 생각하십니까, 위대하신 전하?" 포테이노스가 물었다.

"아킬라스의 말이 옳아!" 프톨레마이오스 13세가 외친 후 한숨을 쉬었다. "아, 하지만 그를 만나보고 싶었는데!"

"테오도토스, 더 할말이 있소?"

"네, 포테이노스." 가정교사는 의자에서 일어났다. 탁자를 돌아 어린 왕의 뒤에 서서, 두 손으로 소년의 숱 많고 짙은 금빛 머리카락을 어루 만지다가 매끄러운 어린 목으로 손을 옮겼다. "아킬라스의 제안대로 하는 것은 충분하지 않다고 봅니다. 당연히 강대한 카이사르는 폼페이우 스를 직접 쫓아오지 않을 겁니다. 세상의 지배자인 그에게는 그 일을 해줄 함대와 군대, 수백 명의 보좌관이 있으니까요. 우리가 알다시피, 현재 그는 아시아의 로마 속주를 왕처럼 순회하고 있습니다. 지금 그는 어디에 있을까요? 사람들 말로는 그의 조상의 고향인 옛 트로이아, 일 리온에 있다고 합니다."

어린 왕이 눈을 감았다. 그는 테오도토스에게 기대어 졸다가 잠이 들었다.

테오도토스가 양홍색 입술에 힘을 주며 물었다. "강대한 가이우스 카이사르에게 이집트 왕의 이름으로 선물을 보내는 게 어떻습니까? 강 대한 카이사르에게 적의 머리를 보내는 게 어떨까요?" 그의 거무스름 한 속눈썹이 파르르 떨렸다. "죽은 자는 물지 않는 법이지요."

침묵이 내려앉았다.

포테이노스는 맞잡아 탁자 위에 올린 두 손을 생각에 잠겨 쳐다보고 있었다. 마침내 그는 멋진 회색 눈을 크게 뜨며 고개를 들었다. "그렇 소, 테오도토스. 죽은 자는 물지 않소. 우리는 가이우스 카이사르에게 그의 적의 머리를 배에 실어 보낼 것이오."

"그런데 그 일을 어떻게 하지요?" 테오도토스가 물었다. 그는 자기가 그런 의견을 냈다는 게 흐뭇했다.

"내게 맡기시오." 아킬라스가 활기찬 목소리로 말했다. "포테이노스, 폼페이우스 마그누스에게 왕의 이름으로 접견하겠다는 편지를 쓰십시오. 제가 서신을 들고 가서 그를 뭍으로 꾀어내겠습니다."

"그자는 경호원 없이 오려고 하지 않을 수도 있소." 포테이노스가 말했다.

"그렇겠지요. 마침 제가 로마인을 한 명 압니다. 폼페이우스는 그자의 얼굴을 알아볼 것입니다. 폼페이우스가 신뢰하는 남자죠."

새벽이 왔다. 폼페이우스와 섹스투스, 코르넬리아는 오래된 빵을—단조로운 식단의 필연적인 결과로—의욕 없이 먹었고, 살짝 짠내가 나는 물을 마셨다.

코르넬리아가 말했다. "최소한 펠루시온에서 배에 식량을 실을 수 있기를 바라자고요."

해방노예 필리포스가 활짝 웃는 얼굴로 나타났다. "나이우스 폼페이우스, 이집트 왕의 편지가 왔습니다! 이렇게 좋은 종이는 처음 봅니다!"

폼페이우스는 봉인을 뜯고 한 장의 값비싼 파피루스를—그래, 정말 좋은 종이다!—펼쳐 그리스어로 적힌 짧은 글을 중얼중얼 읽은 뒤 고개를 들었다.

"왕을 접견하게 될 거요. 한 시간 후에 배로 나를 데리러 오겠다는군." 그는 정신이 번쩍 드는 표정이었다. "맙소사, 면도도 해야 하고 토가 프라이텍스타를 입어야 하는데! 필리포스, 내 몸종 좀 보내주게."

폼페이우스는 로마 원로원과 인민의 집정관 권한대행의 옷차림을 하고 서 있었다. 양옆에는 코르넬리아 메텔라와 섹스투스가 서 있었다. 그들은 자주색 돛을 단 화려한 금박 바지선이 육지에서 오기를 기다렸다.

"섹스투스." 갑자기 폼페이우스가 말했다.

"네, 아버지?"

"잠시 다른 할 일을 좀 찾아보는 게 어떠냐?"

"네?"

"가서 난간 너머로 오줌이라도 누거라, 섹스투스! 코를 풀든지! 뭘 하든 네 새어머니와 둘이서 시간을 좀 보낼 수 있게 해다오!"

"아!" 섹스투스가 싱긋 웃었다. "네, 아버지. 그럴게요, 아버지."

"착한 녀석이오." 폼페이우스가 말했다. "좀 둔해서 그렇지."

석 달 전의 코르넬리아 메텔라였다면 그 대화 전체가 유치하다고 생각했을 터지만 오늘 그녀는 소리 내어 웃었다.

"어젯밤엔 당신 덕분에 무척 행복했소, 코르넬리아." 폼페이우스는 아내의 몸에 닿을 정도로 가까이 다가가서 말했다.

"나도 당신 덕분에 아주 행복했어요, 마그누스."

"어쩌면, 내 사랑, 우린 같이 장기 항해를 더 오래 해야겠소. 미틸레네에서부터, 당신이 없었다면 내가 어찌되었을지 모르겠소."

"섹스투스도 있었죠." 그녀가 얼른 말했다. "저애는 참 잘하고 있어요."

"당신 나이가 나보다는 저 녀석과 더 가깝군! 난 내일 쉰여덟 살이 되오."

"섹스투스를 무척 좋아하지만, 그애는 소년 같아요. 난 나이든 남자가 좋아요. 솔직히 말하면 당신이 나한테 딱 좋은 나이의 남자라고 생각하게 되었어요."

"세리카에서 아주 잘 지낼 수 있을 거요!"

"나도 그렇게 생각해요."

두 사람이 다정하게 서로 기대어 있는데 섹스투스가 찌푸린 얼굴로 돌아왔다. "한 시간이 훌쩍 지났는데, 아버지, 왕가의 바지선은 보이지 않습니다. 저 상륙용 조각배만 보여요."

"우리 쪽으로 오고 있어요." 코르넬리아 메텔라가 말했다.

"아마도 저것만 오나보오." 폼페이우스가 말했다.

"당신을 태우러 오는 건데요?" 그의 아내가 냉랭한 목소리로 물었다.

"아뇨, 그럴 리가 없어요!"

"내가 더는 로마의 일인자가 아니라는 사실을 잊지 마시오. 그냥 늙은 로마인 집정관 권한대행일 뿐이오."

"저한테는 그렇지 않습니다!" 섹스투스가 악문 잇새로 말했다.

그때쯤 사실 상륙용 조각배보다는 조금 더 큰 노 젓는 배가 그들의 배 옆으로 왔다. 선미 쪽에 탄 판갑 차림의 남자가 고개를 살짝 들었다.

"나이우스 폼페이우스 마그누스를 찾고 있습니다!" 그가 소리쳤다.

"그분을 찾는 자가 누구요?" 섹스투스가 물었다.

"왕의 군대 총사령관 아킬라스 장군입니다."

"이리 올라오시오!" 폼페이우스가 밧줄 사다리를 가리키며 외쳤다.

코르넬리아 메텔라가 두 손으로 폼페이우스의 오른팔을 꽉 잡았다. 그는 놀란 표정으로 아내를 내려다보았다. "왜 그러시오?"

"마그누스, 느낌이 안 좋아요! 저 사람이 원하는 게 뭐든, 그를 돌려보내세요! 제발, 닻을 올려서 여길 떠나요! 여기서 지내느니 우티카까지 오래된 빵만 먹고 지내겠어요!"

"쉬잇, 괜찮소." 폼페이우스는 그렇게 말하고 아내의 손에서 벗어났다. 난간을 넘어온 아킬라스에게 웃음을 지으며 다가갔다. "잘 오셨소, 아킬라스 장군. 내가 나이우스 폼페이우스 마그누스요."

"압니다. 당신 얼굴은 모든 사람들이 알고 있죠. 당신의 조각상과 흉상이 세계 도처에 널려 있으니까요! 심지어 엑바타나에도 있다는 소문을 들었습니다."

"곧 달라질 거요. 사람들이 내 조각상을 쓰러뜨리고 카이사르의 것을 세울 거요."

"이집트에서는 그럴 일이 없습니다, 나이우스 폼페이우스. 당신은 우리 어린 전하의 영웅이십니다. 왕께서 당신의 모험담을 듣기를 아주 좋아하신답니다. 당신과 만날 생각에 흥분하셔서 어제 주무시지도 않았지요."

"그런 사람이 저런 배를 보냅니까?" 섹스투스가 냉소적으로 말했다.

"아, 지금 항구에 난리가 나서요." 아킬라스가 점잖게 말했다. "전함들로 가득차 있지요. 그중 한 대가 왕의 바지선을 들이받아 구멍이 났지 뭡니까. 그래서 이렇게 됐습니다."

"내 토가가 젖지는 않겠죠? 이집트의 왕을 후줄근한 모습으로 만날 순 없으니." 폼페이우스가 유쾌하게 말했다.

"오래된 뼈처럼 마른 상태로 가실 겁니다." 아킬라스가 대답했다.

"마그누스, 제발!" 코르넬리아 메텔라가 속삭였다.

"그래요, 아버지. 이런 모욕을 참지 마십시오!" 섹스투스가 말했다.

"정말이지," 아킬라스가 말했다. 그가 웃음을 짓자 앞니 두 개가 빠지고 없는 것이 보였다. "아까 말씀드린 사정상 이 배로 온 것이지 다른 이유는 없습니다. 꺼림칙하실까봐 장군께서 잘 아시는 사람도 데려왔습니다. 백인대장 복장을 한 저 사람이 보이십니까?"

폼페이우스는 요즘 시력이 별로 좋지 않았지만, 한쪽 눈을 사분의 삼쯤 찡그리면 다른 쪽 눈의 초점이 맞춰진다는 걸 알고 있었다. 그는 그 요령을 쓰더니, 피케눔식으로—카이사르라면 갈리아식이라고 말했

을 터지만—기쁨의 환성을 질렀다. "아, 믿을 수가 없군!" 폼페이우스
는 섹스투스와 코르넬리아 메텔라에게 들뜬 표정으로 말했다. "저기 앉
아 있는 사람이 누군지 아시오? 루키우스 셉티미우스요! 오래전 폰토
스와 아르메니아 시절의 핌브리아군 최고참 백인대장! 나는 그에게 훈
장을 여러 개 줬소. 카스피 해까지 함께 거의 내내 걸어서 갔었지. 그곳
의 기어다니는 벌레들이 싫어서 다시 발걸음을 돌리기는 했지만. 여!
루키우스 셉티미우스!"

그러자 그의 기쁨을 앗아가서는 안 될 것 같았다. 코르넬리아 메텔
라는 조심하라는 충고만 하기로 했고, 섹스투스는 1군단의 백인대장
두 명에게 얘기를 했다. 파포스에서 폼페이우스를 발견하고는 계속 따
라오겠다고 고집을 피운 사람들이었다.

"아버지한테서 눈을 떼지 마십시오." 섹스투스가 낮은 목소리로 말
했다.

"가세, 필리포스, 서둘러!" 폼페이우스는 그렇게 말한 뒤 자주색 단을
댄 토가를 입었음에도 가뿐하게 배 난간을 넘었다.

먼저 내려가 있던 아킬라스는 폼페이우스를 뱃머리의 하나뿐인 의
자로 안내했다. "물이 가장 적게 튀는 자리입니다."

"셉티미우스, 불한당 같은 친구, 이리 와서 내 옆에 앉게!" 폼페이우
스가 자세를 바로 하며 말했다. "아, 이리 만나니 정말 반갑네! 그런데
펠루시온에서 뭘 하고 있는 건가?"

필리포스와 그의 노예 하인은 배 중앙에, 노잡이 여섯 명 중 두 명 사
이에 앉았고 폼페이우스의 백인대장 두 명은 그들 뒤에, 아킬라스는 선
미 쪽에 있었다.

"아울루스 가비니우스가 알렉산드리아에 주둔군을 남기고 떠난 후

여기서 퇴역했습니다." 한쪽 눈이 먼 백발의 노장 셉티미우스가 말했다. "비불루스의 아들들과 작은 다툼을 벌인 후 모든 것이 산산조각 났지요─장군께서도 아실 겁니다. 사병들은 안티오케이아로 돌려보냈고 주동자들은 처형되었습니다. 하지만 저기 있는 아킬라스 장군이 백인대장들을 계속 데리고 있길 원했습니다. 그래서 저는 여기서 유대인 군단의 최고참 백인대장으로 있습니다."

폼페이우스는 잠시 환담을 나눴지만 배는 무척 느렸고, 이제 그는 가서 할 이야기가 조금 걱정이 되었다. 열두 살 소년에게 그리스어로 들려줄 화려한 이야기를 준비하는 일은 어려웠다. 그는 뱃머리의 의자에서 몸을 돌려 필리포스에게 외쳤다.

"내 연설문 좀 주겠나?"

필리포스는 폼페이우스에게 연설문을 전달해주었다. 폼페이우스는 두루마리를 펼치고 어깨를 웅크린 채 다시 한번 정독하기 시작했다.

어찌나 집중해서 읽고 있었는지, 해변에 도착한 것이 갑작스럽게 느껴질 정도였다.

"목적지가 멀지 않아야 할 텐데, 내 신발이 진흙투성이가 되면 안 되니까!" 그는 셉티미우스를 보며 소리 내 웃고는 배가 흔들릴 것을 대비했다.

노잡이들은 지저분한 진흙투성이 해변에 노련하게 배를 댔다.

"일어서자!" 폼페이우스는 이렇게 혼잣말했다. 이상하게 기분이 좋았다. 코르넬리아와 보낸 지난밤은 정력적이었다. 앞으로 더 정력적인 밤들이 올 것이며, 세리카에서의 생활도 기대되었다. 늙은 군인으로서 이국 사람들에게 로마의 전술을 가르치는 새로운 생활. 세리카에는 가슴에서 머리가 자라나는 사람들, 머리가 두 개인 사람들, 외눈박이 사람들이 있고 바다뱀도 있다고 들었다. 아, 해가 뜨는 곳 너머의 그곳에 뭔들 없겠는가?

서방은 네가 가져라, 카이사르! 난 동방으로 갈 것이다! 세리카와 자유를 향해! 세리카 사람들이 피케눔을 알기는 할까, 로마는 알고 있을까? 세리카인들은 나 같은 피케눔 출신 벼락출세자를 율리우스나 코르넬리우스 집안사람과 대등하게 봐줄까?

뭔가가 찢어지고 부스러지고 부러졌다. 이미 몸을 반쯤 배 밖으로 내민 폼페이우스는, 고개를 돌려 루키우스 셉티미우스가 자기 뒤에 바짝 붙어 있는 것을 보았다. 따뜻한 액체가 두 다리로 흘러내렸다. 잠시 동안 폼페이우스는 자기가 오줌을 싼 건가 생각했지만, 착각할 수 없는 냄새를 맡았다. 피다. 내 피? 하지만 통증이 없는데? 다리에 힘이 풀리면서 그는 더러운 마른 진흙 바닥에 벌렁 나자빠졌다. 뭐지? 나한테 무슨 일이 생긴 거야? 그는 셉티미우스가 자신을 획 뒤집는 걸 보았다기보다는 느꼈다. 가슴 위에 검이 드리워져 있다는 걸 느꼈다.

나는 로마인 귀족이다. 저들이 죽어가는 나의 얼굴을 보아서는 안 된다, 나를 사람으로 만드는 신체 부위를 보아서는 안 된다. 나는 로마인 귀족답게 죽어야 한다! 폼페이우스는 마지막으로, 발악하듯 애를 썼다. 한 손으로 토가를 잡아채 허벅지까지 내리고 다른 손으로는 주름 잡힌 부분을 잡아 얼굴을 가렸다. 검 끝이 노련하고도 힘차게 그의 가슴으로 들어왔다. 그는 이제 움직이지 않았다.

아킬라스는 뒤에 있던 백인대장 두 명을 모두 칼로 찔렀지만, 두 사람을 동시에 죽이기는 어려웠다. 싸움이 벌어졌다. 필리포스와 노예는 얼어붙은 듯 앉아 있다가, 갑자기 자기들도 죽을 거라는 사실을 깨닫고 배 밖으로 풀쩍 뛰어내려 도망쳤다.

"제가 쫓아가겠습니다." 셉티미우스가 으르렁댔다.

"멍청한 그리스인 두 놈을?" 아킬라스가 물었다. "저놈들이 뭘 할 수 있겠나?"

근처에는 노예 몇몇이 발밑에 커다란 오지단지를 둔 채 대기하고 있었다. 아킬라스가 고개를 쳐들자 그들은 단지를 들고—무척 무거워보였다—다가왔다.

그동안 셉티미우스는 폼페이우스의 얼굴이 보이도록 토가 자락을 젖혔다—평온한 표정에 상처도 없었다. 이어서 오른쪽 어깨에 넓적한 자주색 줄무늬가 있는 튜닉을 피 묻은 검 끝으로 목 부분부터 허리춤까지 갈랐다. 두번째 공격이 유효했군. 심장을 찔렀어.

"이런 몸에서 머리를 잘라내는 건 조금 어렵습니다." 셉티미우스는 말했다. "누가 나무토막 하나 찾아주십시오."

누군가 나무토막을 찾아왔다. 셉티미우스는 그 위에 폼페이우스의 목을 걸치고 검을 높이 들었다가 내리쳤다. 깔끔하고 깨끗하게. 머리는 조금 굴러갔고 몸은 진흙땅으로 떨어졌다.

"내가 그를 죽이게 될 거라고는 상상한 적도 없는데. 우습군요……. 최고의 장군이었는데……. 하지만 살아 있는 그는 내게 아무 쓸모가 없습니다. 머리를 저 단지에 넣을까요?"

아킬라스는 그 로마인 백인대장보다도 감회가 깊은 표정으로 고개를 끄덕였다. 셉티미우스가 은발이 풍성한 머리를 들어올리자, 아킬라스의 시선은 자기도 모르게 잘린 머리로 향했다. 꿈꾸는 듯한 표정이군……. 무슨 꿈일까?

단지는 거의 입구까지 천연 탄산소다로 차 있었다. 미라 제작자들이 내장을 제거한 몸을 담그는 액체였다. 노예 한 명이 단지의 나무 뚜껑을 열자, 셉티미우스는 잘린 머리를 단지 속으로 떨어뜨린 후 보존액이 튈까봐 재빨리 뒤로 물러났다.

아킬라스가 고개를 끄덕였다. 노예들은 단지의 밧줄 손잡이를 잡고 앞장서서 걸었다. 노잡이들은 상륙용 조각배를 밀어내고는 바쁘게 노를 저어 떠났다. 루키우스 셉티미우스는 마른 흙에 검을 찔러서 피를 닦아낸 다음 검집에 도로 넣고 일행을 따라 느긋하게 걸어갔다.

몇 시간 후 필리포스와 노예는 머리 없는 몸통이 누워 있는 적막한 해변으로 살금살금 걸어왔다. 심홍색 토가에 묻은 피는 오래되어 갈변 중이었지만 아직도 투과성 좋은 양모 천을 통해 배어나오고 있었다.

"우린 이집트에 발이 묶였습니다." 노예가 말했다.

울어서 기진맥진해진 필리포스는 폼페이우스의 몸을 바라보다가 멍한 표정으로 고개를 들었다. "발이 묶여?"

"네, 발이 묶였어요. 우리 배는 떠나버렸습니다. 제가 봤어요."

"그렇다면 이분을 돌봐드릴 사람은 우리밖에 없군." 필리포스는 주위를 둘러보고 고개를 끄덕였다. "최소한 부목(浮木)은 있구나. 놈들이 여기로 온 게 놀랍지 않아. 아주 외떨어진 곳이군."

두 사람은 고생 끝에 2미터가량의 화장용 장작 더미를 쌓아올렸다. 시체를 그 위에 올리기가 쉽지 않았지만 결국에는 해냈다.

"불이 없습니다." 노예가 말했다.

"그럼 가서 구해와."

어둠이 내릴 때쯤 노예가 연기가 피어오르는 작은 양동이를 들고 돌아왔다.

"처음에는 주기 싫어하더군요." 노예가 말했다. "하지만 나이우스 폼페이우스 마그누스를 화장하려 한다니까 가져가라고 했습니다.”

필리포스는 불타는 석탄을 장작 더미 속에 집어넣고 토가를 잘 추슬러 넣은 다음, 노예와 함께 물러서서 장작 더미에 불이 붙는지 지켜보았다.

시간은 좀 걸렸지만 불이 붙었다. 장작 더미는 필리포스의 눈물을 말려버릴 만큼 활활 타올랐다.

기진맥진한 두 사람은 장작 더미에서 조금 떨어진 곳에 누워 잠이 들었다. 그 나른한 공기 속에서 불은 지나치게 뜨거웠기 때문이다. 새벽에 그들은 양동이로 바닷물을 퍼서 시꺼먼 잔해만 남은 장작 더미에 부어 식힌 다음 폼페이우스의 유골을 수습했다.

“뭐가 그분이고 뭐가 나무인지 모르겠습니다.” 노예가 말했다.

“차이가 있어.” 필리포스가 참을성 있게 설명했다. “나무는 바스러지지만 유골은 그렇지 않아. 잘 모르겠으면 나한테 물어봐.”

그들은 수습한 유골을 양동이에 담았다.

“이제 어쩌죠?” 노예가, 씻기고 문질러 닦는 일밖에 모르는 그 가련한 사람이 물었다.

“걸어서 알렉산드리아로 간다.” 필리포스가 말했다.

“돈도 없는데요.” 노예가 말했다.

“나이우스 폼페이우스의 돈주머니를 내가 갖고 있어. 굶지는 않을 거다.”

필리포스는 양동이를 집어들고 노예의 힘없는 손을 잡았다. 그러고는 걸어서 해변을 뒤로하고 들끓는 펠루시온을 빠져나갔다.

〈『카이사르』 끝, 6부 『시월의 말』로 이어짐〉

이제 고대의 사료가 풍부하게 남아 있는 시기에 이르렀다. 하지만 출판사에서 허용할 수 있는 분량은 한계가 있으니, 모든 이야기를 다시 쓰기보다도 신중을 기해 중요한 것만 추렸다. 특히 카이사르가 쓴 두 전쟁 기록, 즉 갈리아에서의 활약상을 담은 『갈리아 전기』와 폼페이우스 마그누스와의 대결을 다룬 『내전기』가 추가되어 참고할 고대 사료의 폭이 매우 넓어졌다.

카이사르의 『갈리아 전기』가 원로원에 제출된 공식 보고서라는 시각이 거의 정설로 받아들여지고 있기 때문에 나 역시 소설에서 그렇게 묘사했다. 오늘날 흔히 논란이 되는 것은 이 공문서들이 기원전 51년 초 한꺼번에 발간됐는지, 아니면 여러 해에 걸쳐 한 권씩 나누어 발간됐는지 여부다. 이 책에서는 카이사르가 첫 일곱 권을 한 질로 묶어서 기원전 51년 초 한꺼번에 발간했다는 설을 택했다.

『갈리아 전기』는 세부묘사가 어마어마하고, 한 번밖에 언급되지 않는 이름이 수없이 등장한다. 한 번만 등장하는 이름은 되도록 줄이는 방향을 취했다. 예를 들어 퀸투스 키케로는 모사 강 인근에 겨울 전투를 나가 있던 때 휘하에 참모군관들을 두었지만 나는 이들을 전혀 언급하지 않았다. 사비누스와 코타의 경우도 마찬가지다. 카이사르는 늘 참모군관들보다 백인대장들을 더 아꼈지 않은가. 새로운 귀족 이름들이 홍수처럼 쏟아져나와 독자를 혼란스럽게 할 것 같을 경우 카이사르의 전례를 따랐다.

그 밖에도 또다른 면에서 『갈리아 전기』를 몇 군데 '다듬었다'. 그중 하나는 꽤 중요한 조정이다. 기원전 53년 말의 퀸투스 키케로에 관한 것으로, 당시 그는 그해 초의 겨울 전투에서 겪었던 것과 상당히 유사한 어려움에 처해 있었다. 다시 한번 진지에서 포위되었던 것인데, 이번에는 아투아투키족의 요새였다. 앞서 사비누스와 코타가 도망쳐나온 곳이다. 나는 소설의 길이를 고려해 이 사건을 행군중에 수감브리족과 맞붙는 일화로 대체했다. 또한 퀸투스 키케로 휘하의 군단을 14군단이 아닌 15군단으로 바꾸었다. 나중에 카이사르가 플라켄티아에서 아게딩쿰으로 급히 데려간 군단을 정확히 알기 어려워서다. 카이사르가 겨울에 케벤나를 넘은 일화도 소설의 전체 길이를 고려해 내용을 다듬었다.

이보다 사소한 불일치는 대개 카이사르 스스로의 부정확성에 기인한다. 예를 들면 거리 추정치에 종종 오류가 있다. 가끔은 정황 설명도 그렇다. 백인대장 풀로와 보레누스의 시합 이야기는 더 간단히 정리했다.

갈리아 전쟁의 가장 큰 수수께끼는 알레시아 공성전에 콤미우스 왕이 데려올 수 있었던 아트레바테스족 지원병 수가 적었다는 점이다. 나는 아트레바테스족이 떼죽음을 당한 전투를 어디서도 발견하지 못했다. 라비에누스의 작은 계략이 있기 전까지 콤미우스와 그의 아트레바테스족 병사들은 항상 카이사르 편이었기 때문이다. 생각해볼 수 있는 유일한 가능성은 라비에누스가 세콰나 강(오늘날 프랑스 센 강) 연안에서 파리시족, 아울레르키족, 벨로바키족을 도륙할 당시 아트레바테스족이 이 세 부족을 도우러 대규모로 진군했다는 것이다. 당시 카이사르는 게르고비아와 노비오두눔 네비르눔 인근에서 작전 수행중이었다. 훗날 로마에 골칫거리가 될 정도로 많은 수가 살아남은 부족은 벨로바키족이니까, 어쩌면 '아트레바테스족'을 '벨로바키족'으로 봐야하지 않을까.

역시 간결성을 고려해 대규모 갈리아 부족 연합체의 분파, 즉 트레베리 연합부족(메디오마트리키족 및 다른 분파), 아이두이 연합부족(암바리족, 세구시아비족), 아르모리키 연합부족(에수비족, 베네티족, 베넬리족 등)은 자세히 다루지 않았다.

카이사르가 죽고 몇 년 뒤 어느 장발의 갈리아 출신 사내가 로마에 나타나 자신이 카이사르의 아들이라고 주장했다. 고대 사료에 따르면 카이사르와 외모가 닮은 사내였다고 한다. 이 사건으로부터 리안논과 그의 아들 이야기를 만들어냈다. 이 일화를 넣은 이유는 두 가지다. 첫째, 카이사르는 아이를 잉태시킬 능력이 없었던 것이 아니라 한 여자의 침대에 그녀를 잉태시킬 만큼 오래 머무르지 않았던 것이라는 내 견해를 강조하기 위해, 둘째는 갈리아인들의 생활과 관습을 밀착된 시선으로 들여다보기 위해서다. 후대의 역사가이긴 하지만 암미아누스에게서 많은 정보를 얻었다.

카이사르가 루비콘 강을 건넌 후 라비에누스가 왜 카이사르 대신 폼페이우스의 편으로 갔는지는 현대 학자들의 논문에 자주 등장하는 주제다. 라비에누스가 피케눔 지역 카메리눔 출신으로서 폼페이우스와 피호관계였다는 것, 그리고 기원전 63년 호민관 재임시 폼페이우스의 말 잘 듣는 호민관 역할을 했다는 것을 흔히 중요한 사실로 꼽는다. 하지만 라비에누스가 폼페이우스보다 카이사르를 위해서 훨씬 더 많이 일했다는 사실을 간과해선 안 된다. 심지어 호민관을 지낸 해에도 그랬다. 게다가 그는 폼페이우스보다 카이사르와 연합했을 때 얻을 게 더 많았다. 흔히 사람들은 라비에누스가 카이사르를 등졌다고 생각하지만, 카이사르가 라비에누스를 등졌을 수도 있지 않을까? 『갈리아 전기』 제8권에 이러한 시각을 논리적으로 뒷받침하는 답이 있다. 제8권은 카이사르가 직접 쓰지 않았고 그를 광신적으로 추종하던 아울루스 히르티우스가 썼다. 히르티우스는 카이사르가 제7권에 라비에누스가 콤미우스 왕을 상대로 꾸민 계략에 대해 기록하지 않았다고 분개한다. 히르티우스에 따르면 그 계략을 기록할지 말지에 대한 결정은 카이사르에게 달려 있었다. 라비에누스의 계략은, 이 소설을 읽은 독자들이라면 모두 알겠지만 부당하고 불명예스러운 행위였다. 결코 카이사르가 승인했을 만한 일이 아니다. 반면 카이사르가 욱셀로두눔에서 취한 끔찍한 조치는 모두 솔직히 공개되었다. 카이사르는 매사에 처신이 올발랐던 것 같다. 반면 라비에누스는 교활하고 음흉했다. 증거를 모아보면 카이사르는 라비에누스가 전장에서 보인 눈부신 활약 때문에 갈리아에서는 그를 용인했지만, 막상 루비콘 강을 건넌 뒤에는 자기 진영에 두기를 원치 않았던 것 같다. 카이사르에게는 라비에누스와의 정치적 연합이 마치 코브라와의 결혼 같았으리라.

루비콘 강을 건널 때 카이사르가 실제로 한 말에 대해서는 수에토니우스보다 플루타르코스 쪽이 증거 면에서 더 우세하다. 그 자리에 함께 있었던 폴리오는 카이사르가 시인이자 신(新)희극 작가인 메난드로스의 2행 연구(聯句)를 인용해, 라틴어가 아닌 그리스어로 "주사위를 높이 던져라!"고 말했다고 한다. "주사위는 던져졌다"가 아니다. 나는 폴리오의 말에 신뢰가 간다. "주사위는 던져졌다"는 우울하고 숙명론적이다. 반면 "주사위를 높이 던져라!"는 어깨를 으쓱하는 것과 같은, 어떤 일이든 벌어질 수 있음을 인정하는 태도다. 카이사르는 숙명론자가 아니었다. 그는 모험가였다.

『내전기』는 조정할 부분이 훨씬 적었다. 딱 한 군데에서 사건의 순서를 바꾸었다. 아프라니우스와 페트레이우스가 폼페이우스에게 돌아가는 시기를 앞당긴 것이다. 학자가 아닌 일반 독자들이 이들을 더 쉽게 기억하도록 돕기 위해서였다.

이제 지도 이야기이다. 대부분은 딱히 설명이 필요 없다. 아바리쿰 삽화와 알레시아 지도만 약간의 설명이 필요하다.

아바리쿰과 알레시아에서 벌어진 불멸의 사건들에 대한 우리의 지식은 대부분 19세기에 작성된 지도와 모형도에 근거한다. 『카이사르의 생애』 집필 의욕에 사로잡힌 프랑스 황제 나폴레옹 3세가 스토펠 대령을 시켜 갈리아 전쟁 당시 카이사르의 진지와 전투 장소를 찾으려고 프랑스 땅을 파헤치던 시기에 제작된 것들이다.

나는 스토펠의 지도 및 모형도와 몇 군데를 다르게 했다.

먼저 알레시아. 카이사르가 자신의 공적에 대해 거짓말을 하지 않았음이 유적 발굴로 증명된 곳이다. 나는 알레시아 지도에서 두 가지를 스토펠과 다르게 파악했다(물론 이는 카이사르의 기록과 상충되지 않는다). 첫째, 로마군 기병 진지. 자유롭게 이동 가능하고 물이 없는 것으로 보이는 이들 기병 진지는 카이사르의 방어 요새와 연결돼 있어야 한다. 또 갈리아인들이 우회할 수 없는 자연 하천을 그 일부로 포함시켜야 한다. 하천의 위치는 천 년 사이에 바뀌니까, 지금의 우리로서는 이 하천들이 2천 년 전 정확히 알레시아의 어디를 흘렀는지 알 길이 없다. 항공 측량조사에 따르면 로마군의 방어 요새는 그들의 평소 관례대로 직선에 등변·등각 형태였다고 한다. 따라서 나는 스토펠이 비뚤비뚤하게 그린 일부 기병 진지를 사각형에 가깝게 고쳐 그렸다. 둘째, 레빌루스와 안티스티우스의 진지가 로마군 방어선 고리의 일부를 이루었을 거라고 판단해서 지도에도 그렇게 그렸다. 스토펠은 그들의 진지가 마치 '붕 떠 있는' 듯이 그려서 로마군 방어선 고리 한쪽이 뚫려 있는 것처럼 보인다. 하지만 카이사르가 그런 실수를 범했을 것 같지 않다. 산 위에 성벽을 칠 수는 없었음을 감안할 때 취약한 진지를 방어선의 일부로 사용하는 것은 현명한 판단이다. 카이사르는 방어선에서 가장 취약한 이 지점에 2개 군단을 두고 정찰을 지시했다.

아바리쿰 삽화는 스토펠의 모형도와 네 군데가 다르다. 첫째, 두 측벽과 연결 벽을 다른 높이로 만들 이유가 없다. 연결 벽도 같은 높이로 제작해야 동시에 사방에서 공격해오는 적군과 싸우기 좋은 토대가 된다. 둘째, 공성탑을 아바리쿰 성벽 위에 세웠을 리가 없다. 그렇게 되면 공성탑의 건널판자가 밑으로 쿵 떨어지고 말았을 테니까. 비투리게스족은 쇠를 많이 쓰기로 유명했으니까 공성탑 맞은편에는 분명 쇠로 만든 방패 판이 서 있었을 것이다. 따라서 공성탑은 다른 위치에 있어야 더 유용하다. 셋째, 스토펠의 모형도와 비교해 측벽 바깥쪽에 자리한 방탄벽의 개수를 반으로 줄였다. 이들 방탄벽은 전투대(壘)에서 싸우던 군인들의 몸을 보호하기에 적당치 않다. 이것들은 필시 로마군 공병들을 보호하기 위한 장비였을 것이다. 넷째, 전투대에 대피소나 목책을 그리지 않았다. 대피소나 목책이 거기에 없었기 때문이 아니라, 전투대의 생김새를 제대로 보여주기 위해서였다.

다음은 초상화에 관한 것이다.

이번 5부에는 초상화가 그리 많지 않다. 카이사르 초상화는 실제 조각상을 보고 그렸다. 티투스 라비에누스 초상화도 이탈리아 크레모나의 미술관에 소장된 유광대리석 흉상을 보고 그렸다. 빛의 반사 때문에 인상을 포착하기가 무척 어려웠다. 아헤노바르부스 초상화에 사용된 조각상이 실제 인물을 본뜬 작품인지는 논란이 있다. 우리에게 잘 알려진 마르쿠스 키케로의 동생 퀸투스 키케로의 초상화는 형의 조각상을 보고 그렸지만, 이 조각상이 마르쿠스 키케로를 묘사한 것이 아니라는 연구 결과도 있다. 두개골 모양이 완전히 다를뿐더러 키케로의 다른 초상화들에 비해 머리가 너무 많이 벗어졌다는 것이다. 그럼에도 이 조각상은 키케로와 확연히 닮은 데가 있다. 그렇다면 이것은 혹시 동생 퀸투스의 조각상이 아닐까?

베르킹게토릭스의 초상화는 주화의 옆얼굴에 기초해 그렸다.

메텔루스 스키피오와 쿠리오의 초상화는 실제 인물이 아닌 기원전 1세기 흉상들을 보고 그렸다.

폼페이우스 마그누스의 초상화는 덴마크 코펜하겐에 전시되어 있는 유명한 흉상을 보고 그렸다.

　　　　　　　　　　　　*

　모든 조사를 내가 직접 하고 있지만, 변함없이 큰 도움을 주신 많은 분들께 깊은 감사를 전하고 싶다. 고대사 전문 편집자 시드니 맥쿼리 대학 얼래나 놉스 교수와 그 동료 여러분. 나를 위해 늘 열심히 일해주는 비서, 가정부, 인부 여러분. 조 놉스. 프랭크 메이슨. 그리고 내 남편 릭 로빈슨.

　다음에 출간될 6부의 제목은 『시월의 말』이다.

카이사르는 『갈리아 전기』와 『내전기』를 집필하고 명장이자 명필가로 불후의 명성을 얻었다. 광활한 갈리아 전역을 로마의 속주로 개척하고 루비콘 강을 건너 독재관 자리에 오른 시기를 직접 상세한 기록으로 남긴 것이 이 두 작품이다. 〈마스터스 오브 로마〉 시리즈 5부 『카이사르』는 대략 그 시기, 그러니까 기원전 58년에서 48년까지 카이사르에게 인생의 절정기였던 그의 40대를 다룬다.

매컬로가 '작가의 말'에서 밝히듯 5부에서 다루는 시기는 고대 사료가 풍부하다. 카이사르가 쓴 『갈리아 전기』와 『내전기』를 가장 많이 참고했겠지만, 그 외에도 키케로를 비롯한 동시대인이나 후대 역사가가 남긴 여러 사료가 전해진다. 기록이 다양한 만큼 자연히 상충되는 내용도 많다. 사료가 부족한 시기를 다룰 때는 아무래도 이야기 흐름에서 사이사이 누락된 부분을 치밀한 논리와 작가적 상상력으로 채워 넣는 것이 작업의 큰 부분을 차지했겠지만, 이제는 작가 자신이 설정한 인물상과 정치 지형에 잘 부합하는 내용을 취사선택하는 것이 중요했을 터다. 그래서인지 5부 『카이사르』에서는 다양한 역사적 인물들에 대한 매컬로만의 해석이 첨예하게 드러난다.

카이사르의 경우 매컬로는 그를 인간적 능력을 최대치로 실현한 존재, 말하자면 초인(超人)으로 보는 듯하다. 카이사르에게는 늘 승리의 기운이 따라다닌다. 카이사르 본인은 생전에 그를 왕으로 혹은 더 나아가 신으로까지 받드는 태도를 극도로 경계했다고 알려져 있지만, 그는 사실상 사후에 공식적으로 신격화되어 훗날 그를 기리는 신전이 건립되기도 했으니 그러한 시각을 아주 부정할 수만은 없을 것 같다. 갈리아의 왕 베르킹게토릭스는 어떻게 그려냈을까? 로마 역사에서는 야만족 적장일 뿐이지만 프랑스 역사에서 베르킹게토릭스는 갈리아의 저항운동을 상징하는 인물이다. 카이사르의 정적들 역시 갈리아 전쟁이 패권주의적 정복 전쟁이라고 그를 공격했지 않은가. 소설에서는 베르킹게토릭스의 저항과 승복의 과정을 고결하게 그리려고 노력한 흔적이 엿보인다. 그가 실패한 원인 역시 개인적인 역량의 부족 때문이라기보다는 갈리아 부족의 내부 분열과 급변하던 국제정세 때문으로 보는 듯하다. 브루투스에 대한 시각도 눈여겨볼 만하다. 예민한 감성의 소유자인 그는 감정의 진폭이 보통 사람들보다 훨씬 크다. 그런 그의 감정이 훗날 누구를 향하게 될 것인가를 상상하노라면 독자는 불안한 긴장감에 휩싸이게 된다. 카이사르의 연인으로 알려진 이집트 여왕 클레오파트라의 인물상도 낯설 정도로 새롭다.

권수를 더해가고 이야기가 방대해질수록 번역자들은 고유명사나 인물의 어투를 설정하는 데 더욱 신중해져야 함을 느낀다. 고대의 분위기를 적절히 살리면서도 자연스럽고 편안하게 읽힐 수 있도록 네 명이

지혜를 모아보지만, 어려운 선택을 마주할 때면 늘 아쉬움이 남는다. 5부에서 한 가지 밝히고 싶은 것은 라비에누스의 나이에 관한 내용이다. 원서에서는 내전이 발발하고 라비에누스가 진영을 옮겼을 때의 나이를 40대 초반으로 서술하지만, 다른 여러 문헌에서는 라비에누스와 카이사르가 비슷한 시기에 태어난 것으로 보고 있다. 소설에서 라비에누스가 각종 관직을 카이사르보다 조금 더 늦게 역임하고 줄곧 카이사르와 수직적인 상하 관계를 유지하긴 한다. 하지만 번역자들은 이것이 두 사람의 태생의 차이로 인한 것일 뿐 나이로만 보면 숫자에 오류가 있다고 판단해 50대 초반으로 고쳐서 옮겼다. 1부부터 본 시리즈의 독자 모니터링을 맡아주신 서승일 씨께 이 문제를 비롯해 많은 도움을 받았다. 지면을 빌려 감사의 말씀을 전한다.

카이사르 3

마스터스 오브 로마 5

1판 1쇄 2017년 6월 16일
1판 4쇄 2020년 6월 23일

지은이 콜린 매컬로 | 옮긴이 강선재 신봉아 이은주 홍정인 | 펴낸이 신정민

편집 신정민 신소희 | 디자인 고은이 이주영
마케팅 정민호 김경환 | 홍보 김희숙 김상만 지문희 우상희 김현지
저작권 한문숙 김지영 이영은 | 모니터링 서승일 이희연 전혜진
제작 강신은 김동욱 임현식 | 제작처 한영문화사

펴낸곳 (주)교유당
출판등록 2019년 5월 24일 제406-2019-000052호

주소 10881 경기도 파주시 회동길 210
문의전화 031) 955-8891(마케팅), 031) 955-3583(편집)
팩스 031) 955-8855
전자우편 gyoyudang@munhak.com

ISBN 978-89-546-4589-8 04840
        978-89-546-4586-7 (세트)